깜빡이는 소녀들

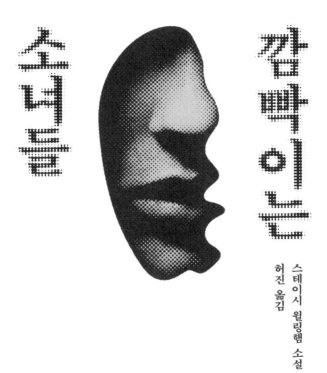

깜빡이는 소녀들

소녀들

허진 옮김 스테이시 윌링햄 소설

세계사

나의 부모님, 케빈과 수를 위하여.
전부 감사합니다.

괴물과 싸우려는 자는

그 과정에서 괴물이 되지 않도록 조심해야 한다.

심연을 오래 바라보면 심연도 당신을 바라본다.

— 프리드리히 니체

차례

나는 괴물이 뭔지 안다고 생각했다.

어렸을 때 나는 괴물이란 걸려 있는 옷 뒤, 침대 밑, 숲속에 숨어서 기다리는 수수께끼 같은 그림자라고 생각했다. 괴물은 내 뒤에서 정말로 느껴지는 존재, 저무는 태양의 내리쬐는 햇빛을 받으며 학교에서 집으로 돌아갈 때 살며시 다가오는 것이 느껴지는 존재였다. 그 느낌을 어떻게 설명해야 할지 모르겠지만, 아무튼 나는 괴물이 거기 있음을 그냥 알았다. 몸으로 괴물을, 위험을 느낄 수 있었다. 무방비한 어깨에 누군가의 손이 닿기 전 피부가 따끔거리는 것처럼, 떨칠 수 없는 느낌이 든 것은 웃자란 관목 뒤에 숨어서 당신의 뒤통수를 뚫어지게 보는 한 쌍의 눈 때문이었음을 깨닫는 순간처럼 말이다.

하지만 돌아보면 그 눈은 사라지고 없다.

나는 집으로 향하는 자갈길을 점점 더 빨리 걸을 때 땅이 울퉁불퉁해서 가녀린 발목이 휘청거리던 느낌을, 멀어지는 통학버스가 내뿜는 연기가 내 뒤에서 일렁거리던 것을 기억한다. 나뭇가지 사이로 햇살이 쏟아지자 숲속의 그림자들이 춤을 추었고, 내 실루엣이 갑자기 덤벼들 태세를 갖춘 동물처럼 커다랗게 어른거렸다.

나는 숨을 깊이 들이마시고 열까지 셌다. 눈을 질끈 감고 눈꺼풀에 힘을 주었다.

그런 다음 달렸다.

매일 그 외딴 도로를 아무리 달려도 저 멀리 보이는 우리 집은 점점 가까워지는 대신 멀어지는 것만 같았다. 내 스니커즈에 뜯어진 풀과 자갈과 먼지가 튀어 오르고 나는⋯ 무언가와 경주를 했다. 뭔지 모르겠지만 그것이 저 안에서 지켜보았다. 기다렸다. 나를 기다렸다. 나는 신발 끈을 밟아 넘어져 가면서 현관 앞계단을 올라 두 팔을 활짝 벌린 아빠의 따뜻한 품으로 뛰어들었고, 아빠는 뜨거운 입김을 뿜으며 내 귀에 속삭였다. 내가 있잖아, 내가 있잖아. 아빠가 양손으로 내 머리카락을 살짝 잡았고, 나는 공기를 들이마시느라 폐가 따끔거렸다. 심장이 흉곽에 세게 부딪치며 머릿속에 한 단어가 떠올랐다. 안전해.

적어도 나는 그런 줄 알았다.

두려움은 천천히 발전해야 한다. 동네 쇼핑센터의 산타클로스에서 침대 밑에 숨어 있는 귀신으로, 베이비시터가 보여 준 청소년관람불가 영화에서 해 질 무렵 길을 걸어갈 때 공회전하는 자동차 안에 앉아 색이 짙은 차창 너머로 당신을 빤히 쳐다보는 남자로 말이다. 그 남자가 조금씩 따라오는 것이 곁눈질로 보이면 심장박동이 가슴에서부터 목을 지나 안구 뒤까지 올라온다. 그것은 점진적인 배움, 하나의 위협에서 다음 위협으로 이어지는 배움이며, 바로 다음 것은 바로 앞의 것보다 더욱 현실적으로 위험하다.

하지만 내 경우는 그렇지 않았다. 두려움이라는 개념이 청소년기였던 내 몸이 한번도 경험한 적 없었던 강력한 힘으로 나를 짓눌렀다. 너무나 숨통을 조여서 숨을 쉬는 것이 아플 정도의 힘. 그 순간, 두려움이 나를 짓누르는 순간, 나는 괴물이 숲속에 숨지 않는다는 사실을 깨달았다. 괴물은 나무 사이의 그림자도 아니고 어둑한 구석에 숨어서 기다리는, 눈에 보이지 않는 것도 아니다.

아니, 진짜 괴물은 빤히 보이는 곳에서 움직인다.

그런 그림자들이 형체를, 얼굴을 갖추기 시작했을 때 나는 열두 살이었다. 괴물은 유령이 아니라 더욱 구체적인 것이 되기 시작했다. 더욱 현실적인 것. 그때 나는 괴물이 우리들 사이에서 살고 있을지도 모른다는 사실을 깨달았다.

그리고 단 하나의 괴물이, 내가 무엇보다도 더욱 두려워하게 된 괴물이 있었다.

2019년
5월

A FLICKER
IN THE
DARK

1

목이 간질간질하다.

처음에는 미묘하다. 깃털 끝으로 식도 안쪽을 꼭대기부터 맨 아래까지 긋는 느낌이다. 나는 혀를 목구멍에 넣어 긁으려고 애쓰지만 소용없다.

병에 걸린 건 아니길. 최근에 아픈 사람 근처에 갔었나? 감기에 걸린 사람 근처에? 사실, 확실히 알 방법이 없다. 나는 종일 사람을 만난다. 아파 보이는 사람은 없었지만 일반적인 감기는 증상이 나타나기 전부터 전염될 수 있다.

나는 다시 목을 긁으려 애쓴다.

아니면 알레르기일지도 모른다. 돼지풀에 대한 알레르기 수치가 정상보다 높다. 사실은 좀 심한 수준이다. 알레르기 검사에서 10점 만점 중 8점이 나왔다. 날씨 애플리케이션의 작은 바람

개비가 새빨간 색이었다.

나는 물 잔으로 손을 뻗어 한 모금 마신다. 물로 입안을 헹군 다음 삼킨다.

그래도 소용없다. 나는 목을 가다듬는다.

"네?"

내 앞에 앉아 있는 환자를 올려다본다. 지나치게 큰 가죽 리클라이너에 묶인 나무판자처럼 뻣뻣하다. 손가락으로 허벅지를 꽉 잡고 있다. 가느다랗고 맨들거리는 흉터가 보일락 말락 하는 손이지만 그것만 빼면 피부가 완벽하다. 손목에 찬 팔찌가 보인다. 깊고 울퉁불퉁하고 제일 심한 자주색 흉터를 가리려고 찬 팔찌다. 묵주처럼 나무 구슬로 된 팔찌에 은 십자가가 달랑달랑 달려 있다.

나는 다시 소녀에게 시선을 돌려 그 표정을, 눈을 유심히 본다. 눈물은 없지만 아직 상담을 시작한 지 얼마 안 됐다.

"미안해." 내가 앞에 놓은 노트를 슬쩍 내려다보며 말한다. "레이시. 목이 좀 간지러워서. 자, 얘기 계속해."

"아, 알았어요. 음, 아무튼 말씀드린 것처럼… 저는 가끔 그냥 너무 화가 나요. 그런데 그 이유를 모르겠어요. 그냥 분노가 쌓이고 쌓이다가 나도 모르게 어쩔 수 없이…."

레이시가 자기 팔을 내려다보며 양손을 쫙 편다. 손가락 사이 물갈퀴 같은 살에 유리에 베인 실금 같은 상처투성이다.

"해소하는 거예요." 레이시가 말한다. "마음을 가라앉히는 데

도움이 되거든요."

나는 고개를 끄덕이며 간질거리는 목을 무시하려 애쓴다. 점점 더 심해진다. 먼지 때문일지도 몰라, 여기 먼지가 많잖아. 나는 혼자 생각하다가 창틀과 책장, 그리고 벽에 걸린 학위 증명서 액자를 흘깃 본다. 전부 회색 먼지가 얇게 한 층 쌓여서 햇살에 반짝인다.

집중해, 클로이.

나는 다시 소녀를 본다.

"왜 그렇다고 생각하니?"

"방금 말씀드렸잖아요, 모르겠다고요."

"추측을 해 보자면?"

레이시가 한숨을 쉬고 눈을 옆으로 굴리더니 딱히 뭘 보는 게 아니라 허공을 빤히 응시한다. 그녀는 내 시선을 피하고 있다. 곧 눈물이 솟는다.

"그러니까, 어쩌면 아빠랑 관련이 있을지도 몰라요." 레이시가 아랫입술을 살짝 떨며 말한다. 그녀가 이마에 내려온 금발을 뒤로 넘긴다. "아빠가 떠나고 뭐 그래서요."

"아빠가 언제 떠났지?"

"2년 전에요." 레이시가 말한다. 큐 사인이라도 받은 것처럼 눈물샘에서 눈물이 한 방울 넘쳐 주근깨 난 뺨을 타고 흘러내린다. 레이시가 화난 사람처럼 눈물을 닦는다. "작별 인사도 안 했어요. 우리한테 빌어먹을 이유도 알려 주지 않고요. 그냥 가 버

15

렸어요."

나는 메모를 하며 고개를 끄덕인다.

"아빠가 그렇게 가 버려서 아직도 아빠한테 화가 난다는 말이니?"

레이시의 입술이 다시 떨린다.

"아빠가 작별 인사도 하지 않았기 때문에 네가 그런 아빠의 행동에 어떤 느낌이 들었는지 말할 수도 없었고?"

레이시는 아직도 내 시선을 피하며 구석에 놓인 책장을 향해 고개를 끄덕인다.

"네, 그런 것 같아요."

"또 다른 사람한테도 화가 나니?"

"아마도 엄마한테요. 이유는 잘 모르겠어요. 전 항상 엄마 때문에 아빠가 떠났다고 생각했어요."

"좋아. 또 없어?"

레이시는 말없이 손톱으로 부풀어 오른 살갗을 뜯는다.

"나 자신이요." 그녀가 눈꼬리에 차오르는 눈물을 닦아 내지도 않고 조용히 속삭인다. "아빠가 떠나고 싶은 마음이 들지 않을 정도로 착한 애가 아니라서요."

"화가 나도 괜찮아. 우린 누구나 다 화를 내. 네가 화난 이유를 마음 편하게 말했으니까 이제 네가 조금 더 잘 지내도록 같이 노력할 수 있어. 스스로를 해치지 않고도 해 나갈 수 있도록 말이야. 괜찮은 계획 같니?"

"정말 너무 바보 같아요." 레이시가 중얼거린다.

"뭐가 말이야?"

"전부 다요. 아빠도, 이것도. 제가 여기 온 것도요."

"여기 온 게 왜 바보 같다는 거니?"

"저는 여기 있을 이유가 없어요."

이제 레이시는 소리를 지르고 있다. 나는 아무렇지도 않게 뒤로 기대어 앉아 손가락 깍지를 낀다. 레이시가 소리를 지르도록 내버려둔다.

"네, 전 화가 나요. 그게 뭐 어때서요? 빌어먹을 아빠가 날 버렸어요. 날 버렸다고요. 그게 어떤 기분인지 아세요? 아빠 없는 아이가 되는 게 어떤 기분인지 알아요? 학교에 가면 다들 빤히 쳐다보는 게 어떤지 알아요? 뒤에서 수군거리는 건요?"

"사실은, 나도 알아. 그게 어떤 기분인지 알아. 좋진 않지."

레이시는 말이 없다. 무릎에 놓인 손이 떨리고 엄지와 검지로 팔찌에 달린 십자가를 문지른다. 위아래, 위아래로.

"선생님 아빠도 떠났어요?"

"비슷해."

"몇 살이었어요?"

"열두 살." 내가 말한다.

레이시가 고개를 끄덕인다. "전 열다섯 살이에요."

"우리 오빠가 열다섯 살이었어."

"그럼 아시겠군요?"

이번에는 내가 고개를 끄덕이고 미소를 짓는다. 신뢰 쌓기는 상담에서 제일 어려운 부분이다.

"알아." 내가 다시 몸을 굽혀서 둘 사이의 거리를 좁히며 말한다. 레이시가 나를 본다. 눈물 젖은 눈이 애원하며 내 눈을 뚫어져라 바라본다.

"아주 잘 알지."

2

우리 업계는 클리셰로 먹고 산다. 나도 안다. 하지만 클리셰가 존재하는 데에는 다 이유가 있다.

진실이기 때문이다.

열다섯 살짜리 소녀가 자기 살에 면도칼을 대는 것은 자신이 부족하다는 느낌, 내면에서 타오르는 고통스러운 감정을 잠재우려면 육체적 고통을 느껴야 한다는 느낌과 관련이 있다. 열여덟 살짜리 남자애의 분노 조절 문제는 엄마와 아빠의 해결되지 않은 분쟁, 버려졌다는 느낌, 스스로를 증명해야 한다는 생각과 확실히 관련이 있다. 내면은 부서지고 있지만 강해 보여야 하는 것이다. 술에 취해서 2달러짜리 보드카토닉을 사주면 아무나와 자고 나서 아침이면 엉엉 우는 스무 살짜리 대학교 3학년생은 자존감이 아주 낮고 관심을 갈구한다. 집에서 관심을 얻으려면 싸워야 하기 때문이다. 실제 본인의 모습과 모두가 원하는 본인의 모습 사이에서 내적인 갈등을 겪는다.

아빠와의 갈등. 외동 신드롬. 이혼의 산물.

전부 클리셰지만, 진실이기도 하다. 나는 이런 말을 해도 괜찮다. 나 역시 클리셰니까.

나는 스마트워치 화면에서 깜빡이는 오늘 상담 기록을 내려다본다. 1시간 1분 52초. 아이폰으로 보내기를 누른 다음, 파일이 핸드폰으로 전송되는 동시에 내 노트북과 동기화되면서 작은 타이머가 회색에서 녹색으로 차오르는 것을 지켜본다. 기술이란 참. 어렸을 때 의사들이 내 파일을 들고서 손가락으로 종이를 넘기고 또 넘기는 동안 비슷비슷한 낡은 리클라이너에 앉아서 다른 사람들의 문제가 가득 담긴 파일 캐비닛을 흘끔거렸던 기억이 난다. 나 같은 사람이 가득했기에 나는 덜 외롭고 더 평범하다는 느낌이 들었다. 서랍 네 개짜리 철제 장은 내가 언젠가 나의 고통을 표현할 수 있을지도(말로 표현하고, 소리를 지르고, 울수 있을지도) 모른다는 가능성을 상징했다. 그러다가 60분짜리 타이머가 째깍째깍 흘러서 0이 되면 우리는 폴더를 닫고 서랍에 넣어 잠그고서 다음에 만날 때까지 그 내용을 잊었다.

5시, 문 닫을 시간이다.

나는 컴퓨터 화면 속 내 환자들을 압축한 아이콘의 숲을 바라본다. 이제 문 닫는 시간 같은 것은 없다. 이메일과 각종 소셜 미디어에 나를 찾아낼 방법이 항상 존재하기 때문에 환자들이 가장 우울한 순간 허둥대며 보내는 메시지를 거르는 데 지친 나는 결국 내 프로필을 지워 버렸다. 나는 늘 켜져 있고 항상 준비되어 있는, 어둠 속에서 꺼지지 않으려고 무진 애쓰며 '영업 중' 네온사인을 깜빡이는 24시 편의점이다.

화면에 녹음 기록 알림이 뜨자 클릭해서 파일에 '레이시 데클러, 상담 제1회'라는 라벨을 붙여 분류한 다음, 컴퓨터에서 시선을 들어 먼지 쌓인 창틀을 슬쩍 본다. 저무는 해의 번득이는 햇살 때문에 더러움이 더욱 잘 보인다. 나는 다시 목을 가다듬고 기침을 몇 번 한다. 그런 다음 옆으로 몸을 기울여 나무 손잡이를 잡고 책상 맨 아래 서랍을 열어서 사무실 안의 내 전용 약국을 뒤진다. 나는 흔한 이부프로펜부터 발음이 더 어려운 처방약인 알프라졸람, 클로르디아제폭시드, 디아제팜까지 다양한 알약통을 내려다보지만 전부 제쳐 두고 이머전 씨(물에 타서 마시는 비타민제—옮긴이 주) 상자를 집어 들어 한 포를 뜯어서 물 잔에 넣고 손가락으로 젓는다.

나는 몇 모금 마신 다음 이메일을 쓰기 시작한다.

섀넌에게,

즐거운 금요일! 방금 레이시 데클러와 첫 번째 상담을 아주 잘 끝냈어. 네가 소개해 준 덕분이야. 투약 때문에 확인하고 싶어서. 넌 아무것도 처방하지 않았더라. 오늘 상담한 내용을 봤을 때 우선 프로작을 약간 투약하면 괜찮을 것 같은데 어떻게 생각해? 걱정되는 점이라도 있어?

클로이

나는 보내기 버튼을 누르고 의자에 기대어 앉아 귤 맛이 나는 물을 마저 마신다. 물 잔 바닥에 가라앉아 있던 분말이 풀처럼 묵직하고 느릿하게 내려와 주황색 알갱이가 내 혀와 이를 뒤덮는다. 몇 분 만에 답장이 온다.

클로이,
우리 사이에 고맙긴 뭘! 나도 그게 괜찮을 것 같아. 언제든지 전화해.

추신. 조만간 한잔할까? 다가오는 대망의 날에 대해서 자세히 알아야 겠어!

의학박사 섀넌 택

사무실 전화 수화기를 들고 레이시의 약국이자 내가 자주 가는 CVS(미국의 약국 체인—옮긴이 주) 전화번호를 누르자 음성 메시지로 바로 넘어간다. 나는 메시지를 남긴다.

"안녕하세요. 클로이 데이비스 박사인데요, 레이시 데클러의 처방 때문에 전화드렸어요. 2004년 1월 16일생이요. 하루에 프로작 10밀리그램을 처방했어요. 8주분이요. 자동 갱신은 하지 말아 주세요."

나는 잠시 말을 멈추고 손가락으로 책상을 톡톡 친다.

"그리고 다른 환자의 처방 갱신도 신청하고 싶어요. 대니얼 브릭스, 1982년 5월 2일생이에요. 하루에 자낙스 4밀리그램이고요. 다시 한번 말씀드리지만, 클로이 데이비스입니다. 전화번호는 555-212-4524예요. 감사합니다."

나는 전화를 끊고 아무 소리도 들리지 않는 수화기를 흘끔거린다. 창문으로 시선을 돌리자 저무는 해 때문에 마호가니 사무실이 주황색으로 물든다. 물 잔 바닥에 괴어 있는 풀처럼 끈적한 찌꺼기와 별다를 것 없는 색이다. 나는 시계를 흘끔 보고 7시 반이 된 것을 확인하고 노트북 전원을 끄다가, 전화벨이 새된 비명을 지르며 울리는 바람에 깜짝 놀란다. 나는 전화기를 흘깃 본다. 상담 시간은 끝났고, 오늘은 금요일이다. 벨소리를 무시한 채 짐을 챙기는데 약국에서 처방전 때문에 전화했을지도 모른다는 생각이 문득 든다. 벨이 한 번 더 울린 다음 내가 전화를 받는다.

"데이비스 박사입니다."

"클로이 데이비스인가요?"

"클로이 데이비스 박사요." 내가 정정한다. "네, 맞아요. 무슨 일이시죠?"

"와, 통화 한번 하기 정말 어렵네요."

어떤 남자 목소리인데, 마치 내가 그렇게 만들기라도 한 것처럼 약간 화난 웃음을 짓는다.

"죄송하지만, 환자분이신가요?"

"환자 아닙니다. 하지만 종일 전화했어요. 종일 말입니다. 접수 담당자가 당신을 바꿔 주지 않아서 영업시간이 끝나고 걸어보자 싶었지요. 음성 메시지로 바로 넘어갈까 해서요. 당신이 받을 줄은 몰랐네요."

내가 얼굴을 찌푸린다.

"음, 여긴 내 사무실이고 개인적인 전화는 받지 않아요. 멀리 사는 환자만 연결해 주고…." 내가 왜 변명을 하면서 우리 사무실이 어떻게 돌아가는지 낯선 사람에게 설명을 해야 하나 싶어서 말을 멈춘다. 그리고 목소리를 딱딱하게 바꾼다. "무슨 일인지 여쭤봐도 될까요? 누구시죠?"

"제 이름은 에런 잰슨입니다. 〈뉴욕타임스〉 기자죠."

숨이 턱 걸린다. 기침을 해 보지만 목 졸리는 듯한 소리가 나온다.

"괜찮으세요?" 그가 묻는다.

"네, 괜찮아요. 목이 좀 이상해서요. 죄송해요. 〈뉴욕타임스〉라고요?"

이 질문이 튀어나오자마자 내가 싫어진다. 이 남자가 왜 전화했는지 안다. 솔직히 말하면 나는 이 전화를 기다리고 있었다. 뭔가를 기다리고 있었다. 〈뉴욕타임스〉는 아닐지도 모르지만, 아무튼 뭔가를 말이다.

"아시죠?" 그가 주저하며 말한다. "신문 말이에요."

"네, 알아요."

"제가 당신 아버지에 대한 기사를 쓰고 있는데요, 만나서 이야기를 나누고 싶어서요. 커피 한잔 대접해도 될까요?"

"죄송해요." 내가 그의 말을 자르고 다시 말한다. 젠장. 왜 자꾸 내가 사과하지? 나는 숨을 깊이 들이마시고 다시 시도한다. "그 일에 대해서 드릴 말씀이 없어요."

"클로이." 그가 말한다.

"데이비스 박사입니다."

"데이비스 박사님." 그가 한숨을 쉬며 따라 말한다. "기념일이 다가오고 있어요. 20주년이죠. 분명 아실 텐데요."

"물론 알죠." 내가 받아쳤다. "20년이 지났고 변한 건 없어요. 그 여자애들은 아직도 죽은 그대로고, 우리 아버지는 아직 감옥에 있죠. 이 일에 왜 아직도 관심을 갖죠?"

수화기 너머 에런은 말이 없다. 나는 이미 그에게 너무 많은 말을 했다. 나도 안다. 이제 막 나오려는 타인의 상처를 찢어발기려는 기자들의 역겨운 충동을 이미 충족시켜 버렸다. 피 냄새에 끌리는 바닷속 상어처럼, 그가 쇳 맛을 보고 더 많은 피를 원하게 만들어 버렸다.

"하지만 당신은 바뀌었죠. 사람들은 당신과 당신 오빠, 두 사람이 어떻게 지내는지 정말 알고 싶을 겁니다. 어떻게 극복하고 있는지 말이에요."

내가 눈을 굴린다.

"그리고 당신 아버지 말입니다." 그가 말을 잇는다. "어쩌면 그는 변했을지도 모르죠. 대화는 해 보셨나요?"

"저는 아버지에게 할 말이 없어요. 당신에게도 할 말 없고요. 다시는 전화하지 마세요."

나는 수화기를 의도했던 것보다 세게 내려놓으며 전화를 끊는다. 아래를 내려다보니 손가락이 떨리고 있다. 나는 손가락을 바쁘게 움직이려고 머리카락을 귀 뒤로 넘긴 다음 다시 창문을 본다. 하늘이 잉크처럼 짙은 파란색으로 변해 가고, 이제 태양은 지평선 위에 금방이라도 터질 듯한 거품처럼 떠 있다.

나는 다시 책상 쪽으로 몸을 돌려 가방을 집어 들고 의자를 뒤로 밀며 일어선다. 책상 스탠드를 흘깃 보고 천천히 숨을 내쉬면서 불을 끈 다음, 어둠 속에서 떨리는 걸음을 내딛는다.

3

우리 여자들은 갖가지 미묘한 방법을 이용해서 하루 종일 무의식적으로 그림자와 보이지 않는 약탈자로부터 스스로를 보호한다. 경각심을 심어 주는 이야기부터 도시 전설에 이르기까지. 사실은 너무나 미묘해서 스스로 자각하지도 못한다.

어두워지기 전에 퇴근한다. 한 손으로 가방을 가슴에 끌어안고 한 손으로는 손가락 사이에 열쇠를 무기처럼 끼운 다음, 어두워지기 전에 퇴근하지 못할 때를 대비해 전략적으로 가로등 바로 밑에 세워 놓은 자동차로 걸어간다. 검지를 옆으로 쓸어 밀면 911에 바로 연결되는 상태로 핸드폰을 꼭 쥐고서. 차에 올라 문을 다시 잠근다. 공회전은 하지 않는다. 재빨리 차를 몰고 떠난다.

사무실 건물 옆 주차장을 벗어나 시내에서 멀어진다. 빨간 신호를 받아 차를 멈추고 무의식적으로 룸미러를 흘깃 봤다가 내 모습에 움찔한다. 거칠해 보인다. 바깥공기는 눅눅하다. 피부가 기름기로 번들거릴 정도다. 갈색 머리카락은 보통 축 처져 있지만 지금은 끝이 약간 말렸다. 루이지애나의 여름만이 만들 수 있는 곱슬머리다.

루이지애나의 여름.

정말 많은 뜻이 담긴 말이다. 나는 여기서 자랐다. '여기'가 정확히 배턴루지는 아니다. 하지만 루이지애나에서 자랐다. 브로브리지라는 작은 마을, 가재의 세계 수도. 우리는 왠지 가재의 수도임을 자랑스러워했다. 캔자스주의 코커Cawker시가 2200킬로그램이 넘는 실타래를 자랑스러워하는 것과 마찬가지다. 별 의미가 없었을 마을에 피상적인 의미를 가져다준다.

게다가 브로브리지는 인구가 만 명이 채 안 되고, 그래서 다들 서로를 알고 있다. 더욱 구체적으로 말하자면, 모두가 나를 안다.

나는 어렸을 때 여름만 기다리며 살았다. 습지에서의 추억이 너무나 많다. 레이크마틴 호수에서 악어를 봤을 때, 카펫 같은 조류藻類 밑에 숨어 있는 구슬 같은 눈을 발견한 순간 비명을 질렀던 기억. 우리가 반대편을 향해 전속력으로 달릴 때 웃으면서 "다음에 봐, 악어야!"라고 외치던 오빠. 몇 에이커나 되는 뒷마당에서 수염틸란드시아로 가발을 만들고 놀다가 며칠 뒤 내 머리에서 털진드기가 나와서 빨갛고 간질간질한 물린 자국에 투명

매니큐어를 발랐던 것. 갓 찐 가재의 꼬리를 비틀어 떼고 머리를 쪽쪽 빨아 먹었던 것.

그러나 여름의 추억은 두려웠던 기억도 불러온다.

여자애들이 실종되기 시작했을 때 나는 열두 살이었다. 그 아이들은 나보다 그리 나이가 많지 않았다. 1999년 7월이었고, 평소와 다름없는 덥고 습한 루이지애나의 여름이 형체를 갖춰 가는 중이었다.

그러던 어느 날, 평소와는 달라졌다.

어느 이른 아침에 눈을 문질러 졸음을 쫓으며 리놀륨 바닥에 민트색 담요를 질질 끌면서 부엌으로 들어갔던 기억이 난다. 내가 아기 때부터 안고 자던 담요였다. 우둘투둘한 가장자리가 정말 마음에 들었다. 걱정스러운 표정으로 텔레비전 앞에 모여 있는 부모님을 보고 내가 신경성 틱 증상처럼 손가락으로 담요를 비틀던 기억이 난다. 두 사람은 속삭이고 있었다.

"왜 그래요?"

부모님이 고개를 돌려 나를 보고는 눈이 휘둥그레지더니 내가 화면을 보기도 전에 TV를 껐다.

두 사람의 '생각'에 내가 보기 전에 말이다.

"오, 아가." 아빠가 나에게 걸어와 평소보다 꽉 끌어안으며 말했다. "아무 일도 없어, 귀염둥이."

하지만 아무 일도 없지 않았다. 나는 그 당시에도 무슨 일인가 일어나고 있음을 알았다. 나를 안아 주는 아빠의 품, 창가로 고개를 돌린 어머니의 떨리는 입술…. 오늘 오후, 레이시가 그동안 늘 알고 있던 깨달음을 억지로 마주할 때에도 그렇게 입술이 떨렸었다. 레이시가 지금껏 계속 밀어내면서 사실이 아닌 척하려 애쓰던 그 깨달음. 화면 하단의 새빨간 헤드라인이 눈에 들어왔다. 그때까지 내가 알던 삶을 영영 바꾸게 될 그 단어들이 내 정신에 아로새겨졌다.

브로브리지에서 소녀 실종

열두 살에는 '소녀 실종'이라는 말이 조금 더 컸을 때만큼 불길한 함의를 갖지 않는다. 납치, 강간, 살인이라는 끔찍한 단어들이 자동으로 머릿속에 떠오르지 않는다. '어디로 실종됐다는 거야?'라고 생각했던 기억이 난다. 나는 그 애가 길을 잃었을지도 모른다고 생각했다. 우리 집 부지는 10에이커가 넘었다. 나는 습지에서 두꺼비를 잡거나 처음 가본 숲을 탐험하다가, 또 아무 표시도 없는 나무껍질에 이름을 새기거나 이끼 낀 막대기로 성을 쌓다가 수도 없이 길을 잃었다. 한번은 어떤 동물의 보금자리였던 작은 동굴에 몸이 낀 적도 있는데, 울퉁불퉁한 입구가 무서우면서도 매혹적이었다. 내가 배를 깔고 엎드리고, 오빠가 내 발목에 낡은 밧줄을 묶었다. 나는 열쇠고리형 손전등을 입에 꽉 물고 춥고 어두운 공간으로 꿈틀꿈틀 들어갔다. 깊이, 더 깊이 기어들어 가며 어둠에 통째로 삼켜졌고, 결국 거꾸로 빠져나오지 못하게 되었음을 깨닫자 순전한 공포에 휩싸였다. 그래서 수색대가 웃자란 나뭇잎을 헤치거나 늪에 걸어 들어가 실종된 소녀를 찾는 뉴스를 보면서 그때 내가 '실종'됐다면 어떻게 됐을까, 이 여자애를 찾으러 다니는 것처럼 사람들이 나를 찾으러 왔을까 생각하지 않을 수 없었다.

나타날 거야. 나는 생각했다. 아마 그때가 되면 걔는 괜한 소동을 일으킨 바보가 된 것 같겠지.

그러나 그 애는 나타나지 않았다. 그리고 3주 뒤, 다른 여자애가 실종되었다.

4주 뒤에는 또 다른 여자애가 실종됐다.

여름이 끝날 때쯤 되자 여섯 명의 소녀들이 실종되었다. 어느 날은 있었는데 다음 날에는 사라지고 없었다. 흔적도 없이 사라졌다.

어디서든 여섯 명은 많은 숫자다. 특히 브로브리지처럼 한 명이 학교를 그만두면 교실의 빈자리가 눈에 띄고, 한 가족이 이사를 가면 동네가 조용해지는 작은 마을에서 여섯 명의 실종은 감당할 수 없는 무게였다. 그 아이들의 실종은 무시할 수가 없었다. 이제 곧 다가올 태풍이 뼈를 떨리게 하는 것처럼, 그것은 하늘을 점령한 악이었다. 느낄 수도 있고 맛볼 수도 있었으며, 만나는 모든 사람의 눈에 그것이 담겨 있었다. 그토록 신뢰가 넘쳤던 마을이 불신에 사로잡혔다. 도무지 떨칠 수 없는 의심이 도사렸고, 사람들 사이에 차마 입 밖에 내지 못하는 단 하나의 의문이 맴돌았다.

다음은 누굴까?

통금이 생겼다. 가게와 식당은 전부 해가 질 때쯤 문을 닫았다. 나는 동네의 다른 여자애들과 마찬가지로 어두워진 후에는 밖에 나가지 못하게 되었다. 낮에도 길모퉁이마다 악이 숨어서 기다리고 있는 것만 같았다. 항상 그다음은 나일 거라는 생각이 지배했다. 그 생각은 늘 내 곁에 존재하며 숨통을 조였다.

"넌 괜찮을 거야, 클로이. 걱정할 거 하나도 없어."

어느 날 아침, 여름 캠프에 가기 전에 오빠가 배낭을 메면서 이렇게 말했던 기억이 난다. 나는 집에서 나가기가 무서워서 또 울고 있었다.

"걱정할 게 왜 없어, 쿠퍼. 이건 심각한 일이야."

"너무 어리잖아요. 클로이는 겨우 열두 살이에요. 그놈은 열세 살 넘는 십 대를 좋아해요, 아시죠?"

"쿠퍼, 그런 말 하지 마."

엄마가 바닥에 무릎을 꿇고 나와 눈을 맞추며 내 머리카락 한 가닥을 귀 뒤로 넘겨 주었다.

"심각한 일은 맞지만 그냥 조심하기만 해. 방심하지 말고."

"모르는 사람 차에 타지 말고." 쿠퍼가 한숨을 쉬며 말했다. "어두컴컴한 뒷골목에서 혼자 걸어 다니지 말고. 너무 당연하잖아. 클로이, 멍청한 짓만 안 하면 돼."

"그 여자애들은 멍청한 짓을 한 게 아니야." 어머니가 조용하지만 날카로운 목소리로 매섭게 말했다. "운이 나빴던 거야. 잘못된 시간에 잘못된 장소에 있었던 거지."

이제 나는 CVS 주차장으로 들어가서 드라이브스루 약국으로 향한다. 미닫이 유리 창문 뒤에 선 남자가 분주하게 각종 약병을 분류해서 종이봉투에 넣고 있다. 그는 창문을 열지만 고개도 들지 않는다.

"성함이요."

"대니얼 브릭스요."

그가 대니얼일 리가 없는 나를 흘끔 본다. 그런 다음 앞에 놓인 키보드를 몇 번 두드리더니 다시 입을 연다.

"생년월일은요?"

"1982년 5월 2일이요."

그가 몸을 돌려 'B'라고 적힌 바구니를 뒤적인다. 나는 그가 종이봉투를 집어 들고 다시 내 쪽으로 걸어오는 모습을 보면서 손이 초조하게 움직이지 못하도록 핸들을 꽉 잡는다. 그가 바코드를 스캐너에 대자 삐 소리가 난다.

"처방에 관해서 궁금한 점 있습니까?"

"아뇨." 내가 미소를 지으며 말한다. "전혀 없어요."

그가 종이봉투를 창밖으로 내밀어 차창 안으로 들이민다. 나는 그것을 낚아채 가방 깊숙이 넣은 다음, 차창을 올리고 인사도 없이 떠난다.

나는 몇 분 더 차를 달린다. 조수석에 놓인 내 가방은 안에 든

약의 존재만으로도 빛이 난다. 다른 사람의 처방약을 얼마나 쉽게 찾을 수 있는지, 예전에는 무척 당황스러웠다. 약사들은 대부분 파일에 입력된 이름과 생년월일만 알면 절대 신분증을 요구하지 않는다. 만약 보여 달라고 해도 간단히 설명하면 보통 문제없다.

아, 이런! 다른 가방에 들어 있나 봐요.

제가 그 사람 약혼자거든요. 파일에 입력된 주소라도 말씀드릴까요?

나는 우리 동네로 접어든다. 여기서부터 1킬로미터 정도 가야하는데, 이 길에 들어오면 항상 방향감각을 잃는다. 스쿠버다이버가 어둠에 완전히 휩싸이면 이런 느낌이 들지 않을까 싶다. 얼굴 바로 앞에 손을 들어도 잘 보이지 않는 어둠 말이다.

방향감각이 완전히 사라진다. 통제하고 있다는 감각도 사라진다.

해가 지고 나서 도로에 빛을 비추는 집도, 도로가에 늘어선나무의 구불구불한 가지를 드러내 줄 투광조명도 없는 이 도로를 달리면 차를 타고 잉크 웅덩이 속으로 곧장 달려드는 듯한착각이 든다. 거대한 무無 속으로 사라지는, 바닥이 없는 구멍속으로 영영 떨어지는 착각 말이다.

나는 숨을 참고 가속페달을 조금 더 세게 밟는다.

드디어 차를 꺾을 지점이 다가온다. 뒤에는 아무도 없고 암흑뿐이지만 나는 방향 지시등을 켜고서 막다른 골목으로 꺾는다.

집으로 이어지는 도로의 첫 번째 가로등을 지나친 다음에야 숨을 내쉰다.

집.

이 역시 많은 뜻이 담긴 말이다. 집은 단순한 건물이 아니다. 단순히 콘크리트와 못으로 고정시킨 벽돌과 널빤지의 집합만이 아니다. 더욱 감정적인 말이다. 집은 곧 무사함과 안전이다. 통금을 알리는 시계가 9시를 치면 돌아가는 곳.

하지만 집에서 무사하지 않다면? 안전하지 않다면?

당신이 포치 계단을 올라 달려드는 두 팔 벌린 품이 사실은 피해서 달아나야 하는 바로 그 품이라면? 그 여자애들을 붙잡고, 목을 조르고, 시체를 묻은 다음 손을 깨끗이 씻은 바로 그 팔이라면?

당신의 집에서 그 모든 일이 시작되었다면 어떨까? 당신의 마을을 송두리째 뒤흔든 지진의 진앙이라면? 가족들을, 삶을, 당신을, 당신이 알았던 모든 것을 찢어발긴 허리케인의 눈이라면?

그러면 어떻게 해야 할까?

4

나는 진입로에 차를 세우고 엔진을 켜둔 채 가방을 뒤져 종이
봉투를 꺼낸다. 봉투를 찢어서 주황색 약병을 들고 뚜껑을 돌려
열어서 약을 한 알 꺼내 손바닥에 올려놓은 다음, 봉투를 공처럼
뭉쳐서 치우고, 약병은 조수석 앞 사물함에 넣는다.

나는 손바닥 위의 자낙스를 보면서 이 작고 하얀 정제를 꼼꼼
히 살핀다. 그리고 사무실에서 받은 전화를 떠올린다. 에런 잰
슨. 20년. 그 기억이 가슴을 조이자 나는 한 번 더 생각할 겨를도
없이 약을 입에 넣고 물도 없이 삼킨다. 그런 다음 숨을 크게 내
쉬고 눈을 감는다. 벌써부터 조여들던 가슴이 느슨해지고 기도
가 활짝 열리는 느낌이 난다. 마음이 다시 차분해진다. 혀에 약
이 닿을 때마다 느껴지는 차분함이다. 순수하고 단순한 안도라
는 말 외에 이 느낌을 어떻게 설명해야 할지 잘 모르겠다. 옷장

문을 활짝 열었더니 옷만 걸려 있을 뿐 아무것도 숨어 있지 않았을 때 느끼는 바로 그 안도감이다. 느려지는 심장박동, 안전하다는 사실을 깨달음과 동시에 서서히 뇌로 몰려드는 아찔하고 상쾌한 느낌. 아무것도 그림자 속에서 달려들지 않을 것이라는 느낌.

나는 눈을 뜬다.

차에서 내려 문을 닫고 자동차 리모컨의 잠김 버튼을 두 번 누르는데 희미하게 양념 냄새가 난다. 어디서 나는 냄새인가 싶어서 하늘을 향해 고개를 들고 코를 킁킁거린다. 해물인 것 같다. 뭔가 비릿한 냄새다. 옆집에서 바비큐라도 하나 싶다가 초대받지 못했다는 생각에 잠시 기분이 상한다.

나는 현관문까지 꽤 먼 자갈길을 걷기 시작한다. 눈앞에 어둑한 집이 우뚝 서 있다. 정원 길을 반쯤 걸어간 다음 발을 멈추고 집을 바라본다. 몇 년 전 내가 이 집을 샀을 때는 그저 그런 주택일 뿐이었다. 축 늘어진 풍선처럼 생기가 채워지기를 기다리는 껍데기. 개학 날 아이처럼 열정적이고 신난, 집이 될 준비가 된 주택이었다. 내가 알았던 유일한 집은 절대 집이라 부를 수 없었다. 적어도 더 이상은 아니었다. 시간이 지나고 돌이켜 보니 그랬다. 열쇠를 들고 이 집 현관문을 처음 들어갔던 때가 생각난다. 발꿈치가 목조 마룻바닥에 부딪치는 소리가 넓고 텅 빈 집에 울렸고, 못 자국이 여기저기 흩어진 헐벗은 벽들은 사진을 걸어도 된다는 증거였다. 여기서 추억을 만들 수 있다는, 삶을 만들어 나갈 수 있다는 증거. 나는 작은 공구 상자를, 쿠퍼가 사준 작은 빨간색 크래프츠맨(공구 브랜드—옮긴이 주)을 열었다. 쿠퍼는 나를 데리고 홈디포(건축 자재와 공구, 원예용품 등을 판매하는 체인점—옮긴이 주)를 돌아다니며 이것저것 보여 주었고, 나는 오빠가 동네 과자 가게에서 새콤달콤한 젤리를 봉투 가득 채우듯이 렌치와 망치와 펜치를 카트에 넣는 동안 입을 벌리고 보기만 했다. 나는 벽에 걸 사진도 장식도 전혀 없었기 때문에 못을 딱 하나 박은 다음 금속 열쇠고리에 집 열쇠를 끼워서 걸었다. 열쇠 하나가 전부였지만 한 발 나아간 느낌이 들었다.

지금 나는 그때 이후 겉으로라도 그럴듯하게 보이려 했던 모든 노력을 보고 있다. 얼룩덜룩한 멍을 가리기 위한 짙은 화장이나, 흉터가 남은 손목에 묵주 팔찌를 차는 것과 표면적으로는 비슷하다. 개 목줄을 잡고 우리 마당 앞을 슬쩍 지나쳐 가는 이웃들에게 받아들여지는 것을 왜 그렇게 신경 쓰는지는 나도 정말 모르겠다. 포치 천장에 볼트로 고정된 벤치 그네가 있는데, 늘 버터처럼 노란 꽃가루가 한 겹 깔려 있기 때문에 평소에 누가 앉는 척할 수가 없다. 열의를 불태우며 식물들을 사서 심어 놓고서는 방치하다가 전부 죽여 버렸고, 천장에 매달아 둔 양치식물 두 개의 빼빼 마른 갈색 덩굴손은 8학년 생물 시간에 올빼미를 해부하다가 위에서 발견한 소동물의 뼈를 닮았다. 우둘투둘한 갈색 현관 매트에는 '어서 오세요!'라고 적혀 있다. 외벽 판자에 볼트로 고정시켜 둔 커다란 봉투 모양의 청동 우편함은 정말 말도 안 되게 비실용적이다. 입구가 너무 작아서 손이 들어가지도 않는다. 대학 동창들이 학위가 약속하는 미래가 썩 전도유망하지 않다는 사실을 깨닫고 부동산 중개업자가 되어서 보내는 엽서 몇 장 들어가는 게 전부다.

나는 저 바보 같은 봉투를 떼어 버리고 다른 사람들처럼 평범한 우편함을 써야겠다고 결심하며 다시 걸어간다. 바로 그 순간, 우리 집이 죽은 듯 보인다는 사실을 깨닫는다. 같은 블록에서 창가에 불이 밝혀져 있지 않고 닫힌 블라인드 너머로 텔레비전 불빛이 깜빡이지 않는 집은 우리 집밖에 없다. 안에 누군가 살고 있다는 증거가 없는 유일한 집.

나는 집에 가까이 다가간다. 자낙스 때문에 내 마음은 부자연스러울 정도로 평온하다. 하지만 뭔가 마음에 걸린다. 뭔가가 잘못됐다. 뭔가 평소와 다르다. 나는 작지만 잘 관리된 마당을 둘러본다. 깔끔하게 깎은 잔디, 페인트를 칠하지 않은 나무 울타리 앞의 관목들, 내가 차를 한 번도 넣은 적 없는 차고에 그림자를 드리우는 오크 나무의 뒤틀린 가지. 나는 이제 30센티미터 앞까지 다가온 집을 올려다본다. 커튼 너머에서 뭔가 얼핏 움직인 것 같지만 나는 고개를 저으며 억지로 걸어간다.

어리석게 굴지 마, 클로이. 정신 차려.

현관문에 열쇠를 꽂고 돌리는 순간 뭐가 잘못됐는지, 뭐가 다른지 불쑥 떠오른다.

포치 조명이 꺼져 있다.

내가 늘, 항상 (잠을 잘 때도 블라인드 틈으로 조명이 베개에 드리우는 불빛을 무시하면서) 켜두는 포치 조명이 꺼져 있다. 나는 포치 조명을 절대 끄지 않는다. 아마 스위치를 건드린 적도 없을 거다. 그래서 아무도 살지 않는 집 같았음을 이제야 깨닫는다. 나는 집이 이렇게 어두운 것을, 빛이 하나도 없는 상태를 본 적이 없다. 가로등이 켜져 있어도 이 바깥은 어둡다. 누가 내 뒤로 살그머니 다가와도 나는 절대…

"놀랐지!"

나는 놀라 비명을 지르면서 호신용 스프레이를 찾아 가방에 얼른 손을 넣는다. 집 안 조명이 깜빡거리다가 켜지고 나서 보니 우리 집 거실에 모인 서른 명, 어쩌면 마흔 명의 사람들이 다들 만면에 미소를 지으며 나를 바라본다. 안에서 심장이 요동을 친다. 말도 잘 나오지 않는다.

"아, 세상에….

나는 말을 더듬으며 주위를 둘러본다. 이유를, 설명을 찾고 있다. 하지만 찾을 수가 없다.

"세상에, 깜짝이야." 나는 가방 속에서 호신용 스프레이를 스스로도 놀랄 정도로 세게 움켜쥐고 있음을 깨닫는다. 안도감이 밀려오자 그제야 스프레이를 놓고 가방 안감에 손바닥의 땀을 닦는다. "이게… 이게 뭐야?"

"뭐 같아?" 왼쪽에서 불쑥 어떤 목소리가 들린다. 내가 고개를 돌리자 사람들이 길을 터 주고 한 남자가 나온다. "파티잖아."

까만 청바지와 딱 맞는 파란색 블레이저 차림의 대니얼이다. 그는 빛나는 얼굴로 나를 본다. 치아는 햇볕에 탄 피부와 대비되어 눈이 부실 정도로 하얗고, 엷은 갈색 머리카락은 옆으로 넘겼다. 심장박동이 다시 느려진다. 가슴에 얹혀 있던 손을 들어 얼굴에 대자 뺨이 뜨거워지는 것이 느껴진다. 대니얼이 나에게 와인 잔을 내밀고 나는 멋쩍은 미소를 짓는다. 나는 다른 손으로 잔을 받는다.

"우리를 위한 파티야." 그가 나를 꽉 끌어안으며 말한다. 그의 바디워시 냄새가, 그윽한 디오더런트 냄새가 난다. "약혼 파티."

"대니얼, 여기서… 여기서 뭐 하고 있어?"

"음, 나 여기 사는데."

사람들이 웃음을 터트리고, 대니얼이 미소를 지으며 내 어깨를 꽉 끌어안는다.

"출장 간다고 했잖아. 내일이나 돼야 돌아오는 줄 알았는데."

"아, 그거. 거짓말이었어." 대니얼이 이렇게 말하자 또다시 웃음이 터진다. "놀랐어?"

나는 각자의 자리에서 꼬물거리는 사람들을 훑어본다. 다들 기대에 찬 눈으로 나를 보고 있다. 나는 비명 소리가 얼마나 컸을까 생각한다.

"놀란 것처럼 들리지 않았어?"

내가 양손을 번쩍 들자 사람들이 웃음을 터뜨린다. 뒤쪽에서 누군가가 환호성을 외치자 나머지도 따라 하더니 휘파람을 불고 손뼉을 친다. 대니얼이 나를 꼭 끌어안고 입을 맞춘다.

"차라리 방을 잡아!" 누군가 소리치자 사람들이 다시 웃는다. 이제 다들 집 안 곳곳으로 흩어져서 술을 채우고, 다른 손님들과 어울리며 종이 접시에 음식을 담는다. 밖에서 맡은 냄새가 뭐였는지 이제 알겠다. 올드베이 시즈닝(허브와 향신료 등을 섞어서 만든 양념 브랜드─옮긴이 주) 냄새다. 집 뒤쪽 포치의 피크닉 테이블에 차려진, 김이 모락모락 나는 가재 요리를 보자마자 옆집에서 바비큐 파티가 벌어지고 있다고 상상하면서 초대받지 못했다고 생각했던 것이 부끄러워진다.

대니얼이 나를 보고 웃음을 참으면서 미소를 짓는다. 내가 그의 어깨를 때린다.

"미워." 나는 이렇게 말하지만 같이 미소를 짓는다. "당신 때문에 무서워 죽는 줄 알았잖아."

그러자 대니얼이 웃음을 터뜨린다. 12개월 전 나를 매료시켰던 그 환하고 시원시원한 웃음은 아직도 나를 황홀하게 만든다. 나는 대니얼을 끌어당겨 다시 키스한다. 이번에는 친구들의 지켜보는 시선이 없으므로 제대로 된 키스다. 나는 입안으로 들어오는 그의 따뜻한 혀를 느끼면서 그의 존재가 내 육체를 편안하게 진정시키는 것을 음미한다. 자낙스를 막 먹었을 때처럼 심장 박동과 호흡이 느려진다.

"당신이 선택의 여지를 안 줬잖아." 대니얼이 와인을 홀짝이며 말한다. "이렇게 할 수밖에 없었어."

"그래? 이렇게 한 이유가 뭔데?"

"당신은 아무 계획도 세우려 하질 않잖아. 처녀파티도, 브라이덜샤워도."

"난 대학생이 아니야. 서른두 살이라고. 그런 건 좀 유치하지 않아?"

그가 눈썹을 찡그리며 나를 본다.

"아니, 유치하지 않은데. 재미있을 것 같은데."

"당신도 알잖아. 난 그런 행사를 도와줄 사람이 없어." 내가 이렇게 말하고 잔에 담긴 와인을 빤히 보면서 빙빙 돌린다. "알겠지만 쿠퍼가 해 줄 리는 없고, 우리 엄마는⋯."

"알아, 클로. 장난친 거야. 당신은 파티를 누릴 자격이 있어. 그래서 내가 열어 준 거고. 그것뿐이야."

가슴속으로 따스함이 밀려든다. 나는 그의 손을 꼭 잡는다.

"고마워. 오늘 정말 대단하다. 난 정말 심장마비라도 오는 줄 알았⋯."

대니얼이 다시 웃으며 남은 와인을 마저 마신다.

"⋯지만 정말 의미가 커. 사랑해."

"나도 사랑해. 이제 가서 사람들이랑 좀 어울려. 와인도 마시고." 그가 이렇게 말하며 손가락으로 내가 손도 안 댄 와인 잔 아랫부분을 톡 친다. "긴장 좀 풀어."

나는 잔을 입술로 가져가서 와인을 마시면서 거실에 모인 손님들에게 억지로 다가간다. 내 잔을 잡고 와인을 채워 주려는 사람이 있는가 하면 치즈와 크래커가 담긴 접시를 내 쪽으로 밀어 주는 사람도 있다.

"진짜 배고프겠다. 항상 이렇게 늦게까지 일해?"

"당연하지. 클로이잖아!"

"샤도네이 괜찮아, 클로? 전에는 피노 마셨던 것 같긴 한데, 솔직히 뭐가 다른 거야?"

몇 분이, 어쩌면 몇 시간이 지난다. 내가 자리를 옮길 때마다 또 다른 손님이 "축하해"라고 말하며 새로운 잔을 내밀고, 순서 만 바꾼 똑같은 질문들이 한쪽 구석에 빈 병이 쌓이는 속도보다 빠르게 흘러나왔다.

"그래서, 이것도 '조만간 한잔'으로 쳐줄 거야?"

뒤를 돌아보니 섀넌이 활짝 미소를 지으며 서 있다. 그녀가 웃으며 나를 끌어당겨 안더니 늘 그러듯 내 뺨에 입을 맞춘다. 그녀의 입술이 내 피부에 달라붙는다. 나는 그녀가 오늘 오후에 내게 보낸 이메일을 다시 떠올린다.

추신. 조만간 한잔할까? 다가오는 대망의 날에 대해서 자세히 알아야겠어!

"요 거짓말쟁이." 내가 뺨에 남은 립스틱을 닦지 않으려 애쓰 며 말한다.

"유죄를 인정합니다." 섀넌이 미소를 지으며 말한다. "네가 전 혀 의심하지 않도록 확실히 해야 했어."

"음, 임무 완료네. 가족들은 어때?"

"잘 지내." 섀넌이 손가락에 낀 반지를 빙빙 돌리며 말한다. "빌은 잔을 채우러 부엌에 갔어. 그리고 라일리는….."

섀넌이 눈을 깜빡이며 파도처럼 위아래로 흔들리는 인파를 훑는다. 그러다가 찾는 사람을 발견했는지 곧 미소를 지으며 고개를 흔든다.

"라일리는 구석에서 핸드폰으로 뭔가를 하는 중이야. 충격적이네."

돌아보니 십 대 여자애가 의자에 주저앉아서 화난 듯 아이폰을 두드리고 있다. 빨간색 짧은 원피스에 흰 스니커즈 차림이고 머리카락은 쥐를 닮은 갈색이다. 정말 지루한 표정이라서 나는 웃지 않을 수가 없다.

"뭐, 열다섯 살이잖아." 대니얼이 말한다. 옆을 보니 어느새 대니얼이 서서 미소를 짓고 있다. 그가 내 옆으로 슬그머니 다가와서 허리에 팔을 두르고 이마에 입을 맞춘다. 대니얼이 이렇게 쉽게 모든 대화에 미끄러지듯 끼어들어서 줄곧 같이 서 있었던 것처럼 딱 맞는 말을 하는 것이 나는 항상 놀라웠다.

"정말 그렇다니까." 섀넌이 말한다. "지금 외출 금지 중이야. 그래서 여기까지 끌고 왔지. 늙은이들이랑 억지로 어울리게 만들어서 우리한테 화났어."

나는 미소를 짓는다. 내 시선은 아이에게, 그 애가 별생각 없이 손가락으로 머리카락을 배배 꼬는 모습에, 뭔지 모르지만 핸드폰에 뜬 문자 메시지를 분석하며 입술 끝을 씹는 모습에 고정되어 있다.

"뭐 때문에 외출 금지야?"

"몰래 빠져나가서." 섀넌이 눈동자를 굴리며 말한다. "한밤중에 자기 방 창문으로 몰래 나가다가 우리한테 들켰지 뭐야. 정말로 시트를 밧줄처럼 만들었더라니까. 괴상한 영화에 나오는 것처럼 말이야. 목이 안 부러진 게 다행이지."

내가 손으로 입을 막고 다시 웃음을 터뜨린다.

"정말이지, 난 빌이랑 데이트할 때 열 살짜리 딸이 있다는 얘기를 듣고도 별생각이 없었어." 섀넌이 라일리를 빤히 보면서 낮은 목소리로 말한다. "솔직히 다행이라고 생각했지. 더러운 기저귀를 갈거나 밤새도록 애가 울어서 잠을 설칠 필요도 없이 애가 짠하고 생기잖아. 정말 사랑스러웠는데. 하지만 진짜 놀라워. 십대가 되자마자 완전히 바뀐다니까. 괴물로 변해."

"오래 가진 않을 거야." 대니얼이 미소를 지으며 말한다. "언젠가는 이것도 아득한 추억이 되겠지."

"아, 정말 그러면 좋겠다." 섀넌이 와인을 한 모금 더 마시며 웃는다. "대니얼은 정말 천사라니까."

나를 향한 말이지만 섀넌은 대니얼을 가리키며 그의 가슴을 톡톡 친다.

"이걸 전부 준비하다니. 이 사람들을 전부 한자리에 모으느라 대니얼이 얼마나 오랫동안 애썼는지 넌 상상도 못 할 거야."

"그래, 알아. 난 대니얼을 가질 자격이 없어."

"그때 일주일 일찍 퇴사하지 않기를 정말 잘했어, 그치?"

섀넌이 나를 쿡쿡 찌르고 나는 우리의 첫 만남이 그 어느 때보다 선명하게 떠올라 미소를 짓는다. 아무 의미도 없었을 흔한 우연이었다. 버스에서 맨 어깨에 부딪쳐서 "실례합니다"라고 중얼거리고 각자 헤어지거나, 술집에서 펜이 안 나와서 옆자리 남자에게 빌리거나, 쇼핑 카트에 남아 있는 지갑을 보고 바깥에 선 차가 떠나기 전에 달려가서 전해 주는 것과 다를 바 없었다. 대부분 이런 만남은 미소와 고맙다는 인사에서 끝난다.

하지만 가끔은 어떤 일이 생기기도 한다. 심지어 일생을 바꾸는 일이 될 수도 있다.

대니얼과 나는 배턴루지 종합병원에서 만났는데, 그는 들어가는 길이었고 나는 나가는 길이었다. 나간다기보다 비틀거렸다는 말이 정확하겠다. 사무실에 있던 내 소지품 무게 때문에 마분지 상자의 바닥이 찢어지려는 중이었으니까. 상자 때문에 앞이 잘 안 보여서 나는 내 발만 내려다보며 정문으로 걸어가고 있었으므로 대니얼을 그냥 지나칠 수도 있었다. 그의 목소리가 들리지 않았다면 나는 그냥 지나쳤을 것이다.

"도와드릴까요?"

"아뇨, 아뇨." 내가 짐의 무게를 한 팔에서 다른 팔로 옮기면서 걸음을 멈추지도 않고 말했다. 자동문까지 기껏해야 1미터였고 시동을 건 차를 밖에 세워 놓았다. "괜찮아요."

"자, 도와드릴게요."

뒤에서 달려오는 발소리가 들리더니 내 양팔 사이로 그의 팔이 들어오면서 무게가 살짝 가벼워졌다.

"세상에, 도대체 뭐가 들었어요?" 그가 투덜거렸다.

"책이에요, 대부분." 그가 상자를 받아들자 나는 땀에 젖은 앞머리를 옆으로 넘겼다. 바로 그때 그의 얼굴을 처음 보았다. 금발과 금빛 속눈썹, 청소년기의 값비싼 교정과 아마도 한두 번의 미백 시술 덕분일 가지런한 치아. 그가 내 일생을 허공으로 들어올려 어깨에 올리자 연푸른빛 셔츠 밑에서 부풀어 오르는 이두근이 보였다.

"잘렸어요?"

그를 향해 고개가 획 돌아갔다. 그의 생각을 고쳐 주려고 입을 벌렸지만 그때 그가 나를 보았고, 그래서 표정이 보였다. 내 얼굴을 보고 눈빛이 부드러워지더니 다정한 눈빛으로 나를 머리끝에서 발끝까지 훑어보았다. 그는 옛 친구를 보듯이 나를 빤히 보았고, 눈을 깜빡이며 내 얼굴에서 익숙함의 흔적을 찾는 것 같았다. 그런 다음 입술이 말려 올라가더니 알겠다는 듯 씩 웃었다.

"농담이에요." 그가 상자로 다시 시선을 돌리며 말했다. "잘린 사람이라기엔 너무 행복한 표정이네요. 게다가 당신을 질질 끌어내서 인도에 집어 던지는 경비원도 없잖아요? 잘리면 그런 거 아닌가요?"

나는 미소를 짓다가 소리 내서 웃었다. 이제 우리는 주차장에 도착했고, 그가 내 자동차 지붕에 상자를 올려놓은 다음 팔짱을 끼고 나를 향해 돌아섰다.

"그만뒀어요." 내가 말했다. 그러자 되돌릴 수 없다는 실감이 나면서 잠시 울음이 터져 나올 뻔했다. 배턴루지 종합병원은 나의 첫 직장이었다. 나의 유일한 직장. 직장 동료 섀넌은 제일 친한 친구가 되었다. "오늘이 마지막 날이었어요."

"음, 축하드려요. 이제 어디로 가세요?" 그가 말했다.

"개업을 하려고요. 저는 심리 상담사예요."

그가 휘파람을 불고 차에 얹힌 내 상자에 고개를 들이밀었다. 뭔가가 눈에 띄었는지 무슨 생각을 하는 것처럼 고개를 갸웃하며 몸을 숙여 책 한 권을 집어 들었다.

"살인 좋아해요?" 그가 표지를 살피며 물었다.

가슴이 조여들고 시선이 얼른 상자를 향했다. 심리학 교과서들 옆에 실제 사건을 다룬 책들이 있다는 사실이 문득 생각났다. 《화이트 시티》《인 콜드 블러드》《피렌체의 괴물》. 하지만 대부분의 사람들과 달리 나는 그런 책을 재미로 읽지 않았다. 연구를 위해서 읽었다. 이해하기 위해서, 직업적으로 다른 사람의 생명을 빼앗는 온갖 종류의 사람들을 분석하려고 그런 책을 읽었다. 나는 그들이 가죽 리클라이너에 기대어 앉아서 내 귓가에 자기 비밀을 속삭이는 환자라도 되는 것처럼 그런 이야기를 탐독했다.

"그렇다고 할 수 있겠네요."

"뭐라고 하는 건 아니에요." 그가 책을 쥔 손목을 돌려 나에게 《화이트 시티》의 책 제목을 보여 주고 책을 펼쳐 엄지로 책장을 넘기며 덧붙였다. "나도 이 책 좋아하거든요."

나는 뭐라고 대답해야 할지 몰라서 예의 바르게 미소를 지었다.

"이제 정말 가야겠어요. 도와줘서 고마워요." 내가 자동차를 가리키고 손을 내밀며 말했다.

"천만에요, 닥터…?"

"데이비스. 클로이 데이비스예요."

"그럼, 클로이 데이비스 박사님, 옮길 상자가 더 있으면…." 그가 뒷주머니에서 지갑을 꺼내더니 명함을 한 장 빼서 펼쳐진 책장에 넣었다. 그런 다음 책을 다시 닫고 나에게 내밀었다. "여기로 연락하시면 됩니다."

그는 나를 보며 미소를 지으며 윙크를 하고 돌아서서 다시 건물로 향했다. 그가 들어가고 자동문이 닫히자 나는 손에 들린 책을 내려다보면서 반들반들한 표지를 손가락으로 쓸었다. 그의 명함이 끼워진 부분이 약간 벌어져 있어서 그 틈에 손톱을 넣어 다시 펼쳐 보았다. 아래를 내려다보고 그의 이름을 읽자 가슴에서 낯선 뒤틀림이 느껴졌다.

왠지 모르지만 내가 대니얼 브릭스를 보는 것이 이번이 마지막은 아닐 거라는 직감이 들었다.

5

나는 섀넌과 대니얼에게 잠깐 자리를 비우겠다고 말한 다음 미닫이문을 열고 밖으로 빠져나간다. 뒤쪽 포치로 향하는 내내 머릿속이 어지럽다. 다양한 술을 섞어서 마셨다. 손에 들린 잔에 담긴 것은 네 번째 주종이다. 귓가에서 끝없는 수다가 웅웅거리고 머릿속에서는 내가 깨끗하게 비운 와인 한 병이 웅웅거린다. 바깥은 아직 눅눅하지만 바람이 시원하다. 40여 명이 술을 마시며 내뿜는 체열이 벽에 반사되어서 집 안이 갑갑해지고 있었다.

나는 피크닉 테이블로 다가간다. 신문지에 쌓인 가재, 옥수수, 소시지, 감자 더미에서 아직도 김이 피어오르고 있다. 와인 잔을 내려놓고 가재를 집어서 머리를 비틀자 즙이 새어 나와 손목을 타고 흐른다.

그때, 뒤에서 뭔가 움직이는 소리가 들린다. 발소리, 그리고 목소리.

"걱정 마, 나야."

내가 돌아서서 눈이 어둠에 익숙해지자 앞에 선 형체가 보인다. 그의 손가락 사이에서 체리같이 빨간 담배 불빛이 빛난다.

"너 놀라는 거 싫어하잖아."

"쿱!"

내가 가재를 테이블에 떨어뜨리고 오빠에게 다가가서 목을 끌어안고서 그 익숙한 냄새를 들이마신다. 니코틴과 스피어민트 껌 냄새. 나는 오빠를 보고 너무 놀라서 깜짝 파티에 대한 신랄한 말은 흘려 넘긴다.

"안녕, 동생아."

나는 뒤로 물러나 오빠의 얼굴을 살핀다. 마지막으로 봤을 때보다 나이 들어 보이지만 쿠퍼는 원래 그렇다. 오빠는 몇 달에 몇 년씩 나이가 드는 것 같다. 하루에도 관자놀이의 머리카락이 더 하얘지고 이마의 주름이 더 깊어지는 것 같다. 그래도 쿱은 나이가 들수록 매력이 커지는 유형이다. 대학 시절 내 룸메이트는 쿠퍼의 뒷목 부근 짧은 머리카락이 희끗희끗해지기 시작하자 은빛 여우라고 불렀다. 왠지 그 표현이 기억에 남는다. 꽤 정확한 묘사였다. 쿠퍼는 성숙하고 호리호리하고 생각이 깊고 조용해 보인다. 35년 동안 대부분의 사람들이 평생에 걸쳐서 보는 것보다 세상을 더 많이 본 사람 같다. 내가 쿠퍼의 목을 놔준다.

"안에서 못 봤는데!" 내가 의도했던 것보다 더 크게 말한다.

"네 주위에 사람이 너무 많아서." 쿠퍼가 웃으며 대답하더니 담배를 마지막으로 한 모금 빨아들인 다음 땅에 떨어뜨리고 발로 밟아서 끈다. "한꺼번에 40명한테 둘러싸이면 어떤 느낌이야?"

내가 어깨를 으쓱한다. "결혼식 연습이 되겠지, 뭐."

쿠퍼의 미소가 흔들리지만 금방 평정을 되찾는다. 우리 둘 다 그것을 모르는 척한다.

"로럴은 어디 있어?" 내가 묻는다.

쿠퍼가 주머니에 양손을 넣고 아득한 눈빛으로 내 어깨 너머를 바라본다. 무슨 말이 나올지 벌써 알겠다.

"로럴은 이제 상관없어."

"아쉽다. 마음에 들었는데. 좋은 사람 같았어."

"응. 좋은 사람이었어. 나도 좋아했어." 쿠퍼가 고개를 끄덕이며 말한다.

우리는 한동안 말없이 집 안에서 웅얼거리는 목소리들에 귀를 기울인다. 우리가 겪은 것과 같은 일을 겪은 뒤에 다른 사람과 관계를 맺는 것이 얼마나 복잡한지 우리 둘 다 알고 있다. 대개 잘되기 힘들다는 것을 둘 다 안다.

"그래서, 좋아?" 쿠퍼가 고갯짓으로 집 쪽을 가리키며 묻는다. "결혼식이랑 뭐 그런 거."

내가 웃는다. "뭐 그런 거? 말을 참 특이하게 한다니까."

"무슨 말인지 알잖아."

"응, 무슨 말인지 알아. 그리고 응, 좋아. 오빠도 기회를 좀 줘."

쿠퍼가 나를 보며 눈을 가늘게 뜬다. 내가 약간 휘청거린다.

"무슨 말이야?" 쿠퍼가 묻는다.

"대니얼 말이야. 대니얼 싫어하는 거 알아."

"왜 그런 말을 해?"

이제 내가 눈을 가늘게 뜬다.

"정말, 또 이런다고?"

"난 대니얼 좋아해!" 쿠퍼가 양손을 들고 항복하며 말한다. "대니얼 직업이 뭐랬지?"

"제약 영업."

"농장 영업?"(영어에서 제약pharm과 농장farm은 발음이 같다─옮긴이 주) 쿠퍼가 코웃음을 친다. "정말? 그런 유형 같지는 않던데."

"약 말이야. 제약회사."

쿠퍼가 웃으며 주머니에서 담뱃갑을 꺼내서 한 개비를 입에 문다. 나에게도 담뱃갑을 내밀지만 나는 고개를 젓는다.

"그게 더 말이 되네. 농부들이랑 어울리기에는 신발이 좀 지나치게 반짝거리더라." 쿠퍼가 말한다.

"그러지 마, 쿱. 내가 말한 게 바로 이런 거야." 내가 팔짱을 끼며 말한다.

"그냥 너무 빠른 것 같아서." 쿠퍼가 라이터를 딸깍 열며 말한다. 그가 담배에 불을 붙인 다음 들이마신다. "두 사람 알게 된

지 두 달쯤 됐나?"

"1년이야. 우리 1년 동안 만났어."

"1년 동안 알았겠지."

"그래서?"

"그러니까, 1년 만에 사람을 알아봤자 얼마나 알겠어? 가족은 만나 봤어?"

"음, 아니." 나는 인정한다. "가족이랑 별로 안 친해. 그래도 그러지 마. 정말로 가족을 보고 대니얼을 판단할 거야? 다른 사람은 몰라도 오빠는 잘 알잖아. 가족이 얼마나 거지 같은지."

쿠퍼가 어깨를 으쓱하고 대답 대신 담배를 한 모금 빤다. 나는 쿠퍼의 위선 때문에 화가 난다. 오빠의 이런 무심한 태도를 보면 항상 짜증이 난다. 왕쇠똥구리처럼 깊이 파고들어 나를 산 채로 갉아먹는다. 더 나쁜 것은, 쿠퍼는 노력하는 척도 안 한다. 자기 말이 얼마나 날카로운지, 얼마나 심한 상처를 주는지 모른다는 듯이 말이다. 갑자기 쿠퍼에게도 상처를 주고 싶다는 충동이 든다.

"있잖아, 오빠가 로럴이랑 또 예전 여자친구들이랑도 전부 잘 안된 건 나도 유감이야. 그렇다고 해서 질투할 권리가 생기진 않아." 내가 말한다. "항상 얼간이처럼 굴지만 말고 사람들한테 마음을 좀 열어봐. 그렇게 해서 뭘 배울 수 있는지 알면 오빠도 깜짝 놀랄 거야."

쿠퍼는 말이 없다. 내가 지나쳤다는 건 나도 안다. 와인 때문이라고 속으로 생각한다. 와인 때문에 평소와 달리 주제넘게 나섰다. 평소와 다르게 오빠에게 못되게 굴었다. 쿠퍼가 담배를 세게 빨더니 연기를 내뿜는다. 나는 한숨을 쉰다.

"그런 뜻은 아니었어."

"아냐, 네 말이 맞아." 쿠퍼가 말하며 포치 가장자리로 걸어가더니 난간에 몸을 기대고 다리를 꼰다. "그건 나도 인정해. 하지만 저 녀석이 방금 너한테 깜짝 파티를 열어 줬다고, 클로이. 넌 캄캄한 걸 무서워하는데 말이야. 망할, 넌 뭐든 무서워하지."

내가 손가락으로 와인 잔을 톡톡 친다.

"저 자식이 너희 집 불을 전부 끄고서 40명한테 네가 들어오면 소리를 지르라고 했어. 네가 놀라 자빠지게 만들었다고. 가방에 손 넣는 거 다 봤어. 네가 뭘 찾고 있었는지 알아."

쿠퍼가 하필 그 이야기를 꺼내자 나는 당황해서 아무 말도 못 한다.

"네가 얼마나 무서워하는지 저 녀석이 정말로 알면 이런 짓을 했을 것 같아?"

"나쁜 의도는 아니었어. 오빠도 알잖아."

"물론 그랬겠지만 중요한 건 그게 아냐. 대니얼은 널 몰라, 클로이. 너도 대니얼을 모르고."

"아니, 알아." 내가 쏘아붙인다. "대니얼은 날 알아. 대니얼은 내가 항상 내 그림자까지 무서워하도록 놔두지 않으려는 것뿐이야. 그래서 난 고마워. 그게 건강한 거잖아."

쿠퍼가 한숨을 쉬고 남은 담배를 마저 피우더니 난간에 튕겨서 끈다.

"내가 하려는 말은 우린 저 사람들이랑 다르다는 거야. 너랑 나는 달라. 우리는 거지 같은 일을 겪었잖아."

쿠퍼가 집 쪽을 가리키자 내가 고개를 돌려 안에서 어울리는 사람들을 본다. 이제 가족이나 마찬가지인 친구들이 모두 모여서 아무런 근심 없이 웃으며 어울리고 있다. 갑자기 조금 전에 느꼈던 사랑은 사라지고 가슴속이 텅 빈 것 같다. 쿠퍼의 말이 옳기 때문이다. 우리는 다르다.

"저 녀석도 알아?" 쿠퍼가 온화하게 묻는다. 조용히 묻는다.

내가 다시 고개를 돌려 어둠 속의 쿠퍼를 노려본다. 나는 대답 대신 뺨 안쪽 살을 씹는다.

"클로이?"

"그래." 마침내 내가 말한다. "그래, 물론 알고 있어. 당연히 말했지."

"뭐라고 했는데?"

"전부 다. 이제 됐어? 대니얼은 전부 다 알아."

쿠퍼가 눈을 깜빡이며 다시 집으로, 우리를 빼놓고 계속되는 파티의 웅얼거리는 소음을 향해 시선을 돌린다. 나는 다시 말이 없어진다. 뺨 안쪽 살을 씹었더니 따갑다. 피 맛이 나는 것 같다.

"둘이 왜 그래? 무슨 일 있었어?" 내가 결국 힘이 다 빠져나간 목소리로 묻는다.

"아무 일도 없었어. 그냥… 모르겠다. 너도 그렇고 우리 가족도 그렇고…. 난 그냥 대니얼이 합당한 이유 때문에 네 곁에 있었으면 좋겠어. 내가 할 말은 그것뿐이야."

"합당한 이유라고?" 그러면 안 되지만 내가 큰소리로 쏘아붙인다. "그게 대체 무슨 뜻이야?"

"클로이, 진정해."

"아니." 내가 말한다. "아니, 진정 안 할 거야. 지금 오빠가 하는 말은 대니얼이 진심으로 나를 사랑할 수 없다는 거니까. 그가 나처럼 엉망진창인 사람한테 진심으로 빠질 리가 없다는 말이잖아. 나는 망가진 클로이니까."

"왜 이래. 극적으로 굴지 마."

"극적으로 구는 게 아니야." 내가 쏘아붙인다. "난 오빠한테 제발 한 번만이라도 이기적으로 굴지 말아 달라고 부탁하는 거야. 대니얼한테 기회를 줘 보라고 부탁하는 거야."

"클로이…."

"난 오빠가 결혼식에 참석하면 좋겠어." 내가 쿠퍼의 말을 자른다. "정말이야. 하지만 오빠가 오든 안 오든 결혼식은 진행될 거야. 오빠가 기어이 나한테 선택을 강요하면…."

뒤에서 문 열리는 소리가 들려서 돌아서니 대니얼이 보인다. 그는 나에게 미소를 짓지만 그의 눈이 쿠퍼와 나 사이를 바쁘게 오가고 그의 입술에서 입 밖에 내지 않은 질문이 머뭇거리는 것이 보인다. 나는 언제부터 대니얼이 저기에, 유리문 바로 뒤에서 있었을까 생각한다. 뭘 들었을까 궁금하다.

"괜찮아?" 그가 우리를 향해 걸어오며 묻는다. 대니얼이 내 허리에 팔을 두른다. 그가 나를 쿠퍼에게서 멀리, 자기 쪽으로 끌어당기는 것이 느껴진다.

"응." 내가 마음을 진정시키려 애쓰며 말한다. "응, 아무 문제도 없어."

"쿠퍼, 반가워요." 대니얼이 자유로운 손을 내밀며 말한다.

쿠퍼는 미소를 지으며 내 약혼자의 손을 꽉 잡고 세차게 흔드는 것으로 화답한다.

"그러고 보니 감사 인사를 드릴 기회도 없었네요. 이렇게 도와주셨는데."

내가 대니얼을 보며 이마를 찌푸린다.

"뭘 도와줘?" 내가 묻는다.

"이걸 도와줬지. 파티 말이야. 못 들었어?" 대니얼이 미소를 짓는다.

내가 오빠를 다시 본다. 쿠퍼에게 열렬히 쏟아 냈던 말들이 떠오르자 심장이 철렁 내려앉는다.

"아니, 말 안 하던데." 내가 여전히 쿠퍼를 보며 말한다.

"아, 그래. 쿠퍼 덕분에 살았어. 쿠퍼가 아니었으면 못 했을 거야." 대니얼이 말한다.

"별거 아니었는데." 쿠퍼가 자기 발을 내려다보며 말한다. "도울 수 있어서 기뻤어요."

"별거 아니었던 게 아니죠. 쿠퍼가 일찍 와서 가재 요리를 다 해줬어. 양념도 딱 맞게 하고, 저것 때문에 몇 시간이나 고생했다니까."

"왜 아무 말도 안 했어?" 내가 묻는다.

쿠퍼가 부끄러워하며 어깨를 으쓱한다. "대단한 것도 아닌데, 뭘."

"아무튼, 이제 들어가야 할 것 같아요. 클로이한테 소개하고 싶은 사람이 몇 명 있어서요." 대니얼이 나를 문 쪽으로 끌어당기며 말한다.

"5분만." 내가 발에 힘을 주며 말한다. 이대로 오빠를 두고 갈 수는 없다. 대니얼 앞에서 쿠퍼에게 사과를 하면 무슨 이야기를 하고 있었는지 알려질 수밖에 없다. "안에서 봐."

대니얼이 나를 보고 다시 쿠퍼를 본다. 잠시 항의를 하려는 듯 입이 살짝 벌어지지만 다시 미소를 짓고 내 어깨를 꽉 잡는다.

"좋아." 대니얼이 오빠에게 마지막으로 인사를 한 다음 나에게 말한다. "그럼 5분 뒤에."

나는 문이 스르륵 닫히고 대니얼이 시야에서 벗어날 때까지 기다렸다가 뒤로 돌아 오빠를 마주 본다.

"오빠, 미안해. 몰랐어." 내가 어깨를 축 늘어뜨리며 마침내 말한다.

"괜찮아." 오빠가 말한다. "진짜야."

"아니, 안 괜찮아. 말을 하지 그랬어. 내가 그렇게 못되게 굴면서 오빠한테 이기적이라고 하는데….”

“괜찮아.” 쿠퍼가 다시 말하며 난간에서 몸을 일으키더니 거리를 좁히며 나를 향해 걸어온다. 나를 끌어안는다. “난 널 위해서 뭐든지 할 거야, 클로이. 너도 알잖아. 넌 내 귀여운 동생이니까.”

나는 한숨을 쉬고 오빠를 마주 안으며 죄책감과 분노를 흘려보낸다. 이건 우리 두 사람의, 쿠퍼와 나의 춤이다. 우리는 서로의 생각에 반대하고, 소리를 지르고, 말다툼을 한다. 몇 달 내내 한마디도 하지 않다가 다시 말을 할 때는 뒷마당에서 맨발로 스프링클러 사이를 뛰어다니고 지하실에서 이삿짐 상자로 성을 짓는 아이로 돌아간 것처럼 주변 사람들이 사라지는 것도 모르고 몇 시간이고 끝없이 이야기를 나눈다. 가끔 나는 쿠퍼가 나 자신을(내가 누구인지, 부모님이 누구인지) 기억하게 만든다고 탓한다. 쿠퍼의 존재는 내가 세상에 내보이는 이미지가 진짜가 아니라 조심스럽게 만들어 낸 것이라는 사실을 일깨운다. 조금만 비틀거려도 산산이 부서져서 내가 진짜 어떤 사람인지 드러난다는 사실을 말이다. 복잡한 관계지만 우리는 가족이다. 우리에게 가족은 서로밖에 없다.

“사랑해. 애쓰는 거 알아.” 내가 쿠퍼를 더욱 꽉 끌어안으며 말한다.

“애쓰고 있어. 나는 널 보호하려는 것뿐이야.” 쿠퍼가 말한다.

“알아.”

"너에게는 정말 좋은 일만 생겼으면 좋겠어."

"알아."

"내가 네 삶의 유일한 남자인 것에 익숙했나 봐. 무슨 말인지 알지? 널 돌봐 주는 사람 말이야. 이제 다른 사람이 돌봐 주게 되는 거잖아. 놓아 버리기가 힘드네."

내가 미소를 지으며 눈물이 새어 나오기 전에 눈을 꼭 감는다. "아, 오빠도 심장이 있었구나?"

"무슨 소리야, 클로. 나 지금 진지해." 쿠퍼가 속삭인다.

"알아." 내가 다시 말한다. "진지한 거 나도 알아. 난 괜찮을 거야."

우리는 서로 끌어안은 채 말없이 가만히 서 있고, 나를 보러 온 사람들은 내가 얼마나 오래 모습을 감췄는지 모르는 것 같다. 나는 오빠를 끌어안은 채 아까 받은 전화를 다시 떠올린다. 에런 잰슨. 〈뉴욕타임스〉.

하지만 당신은 바뀌었죠. 사람들은 당신과 당신 오빠, 두 사람이 어떻게 지내는지 정말 알고 싶을 겁니다. 어떻게 극복하고 있는지 말이에요. 기자가 말했었다.

"있잖아, 뭐 하나 물어봐도 돼?" 내가 고개를 들며 묻는다.

"그럼."

"혹시 전화 받았어?"

쿠퍼가 무슨 소린지 모르겠다는 듯 나를 본다. "무슨 전화?"

나는 망설인다.

"클로이, 무슨 전화 말이야?" 내가 뒷걸음질 치는 것을 느끼고 쿠퍼가 말한다. 내 팔을 더 꽉 잡는다.

내가 입을 열지만 쿠퍼가 끼어든다.

"아, 그러고 보니 전화 왔었다. 엄마가 계신 곳에서 메시지를 남겼던데 완전히 까먹고 있었네. 너한테도 전화 왔었어?"

내가 숨을 내쉬며 얼른 고개를 끄덕인다. "응." 거짓말이다. "나도 통화는 못 했어."

"찾아가야 하는데. 내 차례잖아. 미안, 미루지 말았어야 하는데." 쿠퍼가 말한다.

"괜찮아. 진짜야. 오빠가 너무 바쁘면 내가 가도 돼."

"아니야." 쿠퍼가 고개를 저으며 말한다. "아냐, 넌 안 그래도 할 일이 많잖아. 내가 이번 주말에 갈게. 약속해. 정말로 그게 다야?"

다시 에런 잰슨이, 사무실 전화를 통해 나눈 대화가 떠오른다. 그걸 대화라고 할 수 있을지는 모르겠지만 말이다. 20년. 〈뉴욕 타임스〉가 우리의 과거를 캐고 다닌다고 오빠에게 말해야 할 것 같다. 에런 잰슨이라는 남자가 아빠에 대해서, 우리에 대해서 기사를 쓰고 있다고. 하지만 나는 곧 깨닫는다. 에런이 쿠퍼의 정보를 가지고 있다면 이미 전화했을 것이다. 자기 입으로 그렇게 말했다. 나랑 통화하려고 종일 애를 썼다고. 나에게 연락이 닿지 않았으면 오빠에게 연락해 보지 않았을까? 데이비스 집안의 또다른 아이에게? 그가 아직 쿠퍼에게 전화를 하지 않았다면 쿠퍼의 전화번호를, 주소를, 그 무엇도 캐내지 못했다는 뜻이다.

"응, 그게 다야." 내가 말한다.

나는 쿠퍼에게 이 짐을 지우지 않기로 결심한다. 우리 가족의 뒤를 캐려고 〈뉴욕타임스〉 기자가 전화했다는 소식을 전해 봤자 열 받아서 뒷주머니에 찔러 넣은 남은 담배를 모조리 연달아 피울 뿐이겠지. 최악의 경우에는 쿠퍼가 직접 전화를 해서 꺼지라고 말할지도 모른다. 그러면 잰슨이 쿠퍼의 번호를 알게 되고, 그러면 우리 둘 다 망한다.

"음, 신랑이 기다리겠다." 쿠퍼가 내 등을 톡톡 두드리며 말한다. 그런 다음 나를 빙 돌아 뒤뜰을 향해 포치 계단을 내려가기 시작한다. "들어가 봐."

"안 들어갈 거야?" 나는 이렇게 묻지만 대답을 이미 알고 있다.

"사람들이랑 어울리는 건 하룻밤에 이 정도로 충분해. 다음에 봐, 악어야."

나는 미소를 지으며 와인 잔을 다시 입으로 가져간다. 중년이 다 된 오빠의 입에서 흘러나오는 어린 시절에 자주 하던 말은 아무리 들어도 질리지 않는다. 오빠가 어린 척하는 목소리로 그 말을 하면 삶이 아주 단순하고 재미있고 자유로웠던 수십 년 전으로 돌아가는 것 같아서 짜증이 날 지경이다. 하지만 우리의 세상은 20년 전에 멈추었기 때문에 우리에게는 딱 맞다. 우리는 어린 시절 그대로 시간 속에 영영 좌초했다. 그 여자애들처럼.

나는 남은 와인을 마저 마시고 쿠퍼를 향해 손을 흔든다. 이제 어둠에 완전히 감싸였지만 오빠가 아직 거기 있음을 나는 안다. 기다리고 있다.

"곧 봐, 악어야." 내가 그림자를 물끄러미 바라보며 속삭인다.

쿠퍼가 바스락거리며 나뭇잎을 밟자 정적이 깨지고, 잠시 후 나는 오빠가 가 버렸음을 깨닫는다.

2019년
6월

A FLICKER
IN THE
DARK

눈이 번쩍 떠진다. 머리가 쿵쿵 울린다, 방 전체를 진동시키는 큰북 소리처럼 율동적이다. 나는 침대에서 몸을 굴려 시계를 흘 깃 본다. 10시 45분. 어쩌다 이렇게 늦게까지 잤지?

나는 침대에 일어나 앉아서 관자놀이를 문지르며 눈을 가늘 게 뜨고 환한 우리 방을 바라본다. 이 집에 이사를 왔을 때(우리 방이 아니라 내 방이고, 집이 아니라 주택이었을 때) 나는 전부 하얗 게 만들고 싶었다. 벽, 카펫, 침대보, 커튼까지. 흰색은 깨끗하고, 순수하고, 안전하다.

하지만 이제 보니 흰색은 환하다. 너무 지나치게 환하다. 나는 바닥부터 천장까지 이어지는 통창에 리넨 커튼을 달아봐야 아무 소용 없다는 것을 이제야 깨닫는다. 지금 내 베개에 내리쬐는 눈 부신 햇빛을 전혀 차단하지 못하기 때문이다. 내가 신음한다.

"대니얼?" 침대 옆 테이블 위로 몸을 숙이고 애드빌 병을 꺼내며 내가 소리친다. 대리석 코스터에 물이 한 잔 놓여 있다. 갓 떠온 물이다. 아직 녹지 않은 얼음이 잔잔한 날의 부표처럼 둥둥 떠 있다. 잔 옆면에서 차가운 물방울이 뚝뚝 떨어져 웅덩이를 만들고 있다.

"대니얼, 나 왜 죽을 거 같지?"

약혼자가 방으로 들어오며 킥킥 웃는 소리가 들린다. 그는 팬케이크와 칠면조 베이컨이 담긴 쟁반을 들고 있다. 나는 내가 뭘 잘했기에 침대까지 아침 식사를 가져다주는 남자를 만났을까 생각한다. 직접 꺾은 야생화가 꽂힌 작은 꽃병만 있으면 완전히 홀마크 영화의 한 장면이다. 극심한 숙취만 빼면 말이다.

카르마일지도 몰라. 내가 생각한다. 가족이 엉망진창이라서 완벽한 남편을 얻었나 봐.

"와인을 두 병 마시면 그렇게 되지. 특히 다른 종류를 섞어서 마시면 말이야." 그가 내 이마에 키스하며 말한다.

"사람들이 자꾸 주잖아. 뭘 마셨는지도 모르겠어." 내가 베이컨 조각을 집어서 먹으며 말한다.

자낙스를 먹은 기억이 문득 떠오른다. 술을 그렇게 퍼마시기 직전에 그 작고 흰 알약을 입에 털어 넣었다. 몸이 이렇게 안 좋은 것도 당연하다. 불투명한 유리잔 바닥을 통해서 어제저녁을 다시 보는 것처럼 흐릿한 것도 당연하다. 뺨이 빨갛게 달아오르지만 대니얼을 알아차리지 못한다. 그가 헝클어진 내 머리를 손가락으로 쓰다듬어 준다. 이런 나와 달리 대니얼의 머리 모양은 완벽하다. 나는 대니얼이 말끔하게 샤워를 하고 면도를 했으며 면도날처럼 가늘고 반듯하게 가르마를 타서 모래빛 금발을 빗어 넘기고 젤을 발랐다는 사실을 깨닫는다. 그에게서 애프터셰이브 로션과 오드콜로뉴 냄새가 난다.

"어디 가?"

"뉴올리언스. 기억 안 나? 지난주에 말했잖아. 컨퍼런스가 있다고." 대니얼이 얼굴을 찌푸린다.

"아, 맞다." 내가 고개를 저으며 말하지만 사실은 기억나지 않는다. "미안, 머리가 아직도 흐리멍덩해. 하지만… 오늘 토요일이잖아. 주말 내내 회의야? 이제 막 돌아왔는데."

나는 대니얼을 만나기 전까지 제약회사 영업에 대해서 잘 몰랐다. 사실 내가 그 일에 대해서 아는 건 돈뿐이었다. 특히 돈을 잘 버는 일이라는 것 말이다. 적어도 잘하면 돈을 많이 벌 수 있다고 들었다. 하지만 이제는 더 많이 안다. 예를 들면 출장을 많이 다녀야 한다는 것. 대니얼은 담당 구역이 루이지애나를 반쯤 가로질러 미시시피까지 뻗어 있기 때문에 주중에는 거의 항상 자동차 안에서 시간을 보낸다. 출근은 이르고 퇴근은 늦다. 항상 병원에서 병원으로 차를 운전해서 이동한다. 그리고 컨퍼런스도 많다. 영업 및 교육 개발, 의료기기 디지털 마케팅, 제약회사의 미래에 대한 세미나. 나는 대니얼이 집을 비우는 동안 나를 보고싶어 한다는 것을 알지만, 화려한 호텔에서 와인과 식사를 즐기고 의사들과 시시한 잡담을 나누는 것을 좋아한다는 것도 안다. 게다가 잘한다.

"오늘 밤에는 호텔에서 사람들이랑 어울리는 모임이 있어. 그리고 내일은 골프를 치고 월요일부터 회의야. 하나도 기억 안 나?" 대니얼이 천천히 말한다.

심장이 요동친다. 응, 하나도 기억 안 나는데. 내가 속으로 생각한다. 하지만 나는 그 대신 미소를 지으며 접시를 옆으로 치우고 그의 목에 팔을 두른다.

"미안, 생각났어. 나 아직 술이 덜 깼나 봐."

내가 예상했던 대로 대니얼이 웃음을 터뜨리더니 내가 미니 야구 게임에서 공을 칠 차례가 된 꼬마라도 되는 것처럼 내 머리카락을 마구 헝클인다.

"어젯밤은 즐거웠어." 내가 화제를 바꾼다. 나는 그의 무릎을 베고 눈을 감는다. "고마워."

"당연하지." 대니얼이 말한다. 이제 그의 손가락 끝이 내 머리카락에 모양을 그린다. 동그라미, 네모, 하트. 그는 잠시 말이 없다. 공기 중에 묵직하게 걸리는 그런 침묵이다. 그런 다음 마침내 대니얼이 입을 연다. "어제 오빠랑은 무슨 얘기했어? 그때 바깥에서 말이야."

"무슨 뜻이야?"

"무슨 뜻인지 알잖아. 둘이 얘기하고 있는데 내가 나갔잖아."

"아, 그야 뭐." 내가 말한다. 눈꺼풀이 다시 무거워진다. "그냥 쿠퍼가 쿠퍼답게 군 거지. 걱정할 거 없어."

"둘이 무슨 얘기를 했는지 모르지만… 분위기가 좀 긴장돼 보였어."

"쿠퍼는 당신이 합당한 이유로 나랑 결혼하는 건지 걱정된대." 내가 손가락을 들어 따옴표 표시를 하며 말한다. "하지만 내가 말했잖아, 우리 오빠가 원래 그래. 지나치게 날 보호하려고 하지."

"쿠퍼가 그렇게 말했어?"

대니얼의 등이 뻣뻣해지더니 그가 내 머리카락에서 손을 뗀다. 나는 말을 내뱉자마자 도로 삼키고 싶어진다. 이것도 다 혈관 속에서 아직도 웅웅거리는 와인 때문이다. 잔에 넘치도록 따라서 카펫에 얼룩을 만드는 와인처럼 생각이 넘쳐흐른다.

"내가 한 말 잊어버려." 내가 눈을 뜨며 말한다. 대니얼이 나를 내려다보고 있을 줄 알았지만 그는 어디에도 초점을 맞추지 않은 채 정면을 바라보고 있다. "오빠도 나처럼 당신을 사랑하는 법을 배울 거야. 난 알아. 오빠도 노력하고 있어."

"쿠퍼가 그렇게 생각하는 이유를 말했어?"

"대니얼, 진짜야." 내가 침대에 일어나 앉으며 말한다. "말할 가치도 없어. 쿠퍼가 나를 지나치게 보호하는 거야. 어렸을 때부터 오빠는 항상 그랬어. 우리가 어떤 일을 겪었는지 당신도 알잖아. 오빠는 항상 사람들을 보면서 최악을 상상해. 그런 면에서 우린 비슷하지."

"그래, 그렇겠지." 대니얼이 말한다. 그는 흐리멍덩한 눈으로 아직도 정면을 보고 있다.

"당신이 합당한 이유로 나랑 결혼한다는 거 난 알아." 내가 그의 뺨에 손바닥을 대며 말한다. 내 살갗이 닿자 멍한 상태에서 깨어났는지 그가 움찔한다. "예를 들어 필라테스로 단련된 탄탄한 엉덩이라든가 섹시한 신음 소리 같은 거 말이야."

대니얼이 내 쪽으로 고개를 돌리더니 참지 못하고 미소를 짓다가 웃음을 터뜨린다. 그가 내 손에 자기 손을 포개고 꽉 쥔 다음 일어선다.

"주말 내내 일하지는 마." 대니얼이 깔끔하게 다린 바지를 툭툭 쳐서 주름을 펴며 말한다. "밖에 좀 나가. 재미있는 것도 좀 하고."

나는 눈을 굴리면서 얼른 베이컨을 한 장 더 집어서 반으로 접은 다음 통째로 입에 넣는다.

"아니면 결혼식 계획을 마무리하든지." 그가 말을 잇는다. "이제 정말 얼마 안 남았잖아."

"다음 달이지." 내가 빙그레 웃으며 말한다. 우리가 7월, 그러니까 20년 전에 여자애들이 처음으로 사라지기 시작했던 달에 결혼식을 예약했다는 사실을 나는 잊지 않았다. 우리가 사이프러스 스테이블로 걸어 들어갔던 순간이 문득 떠오른다. 근사한 자갈 통로에 물을 뚝뚝 떨어뜨리는 오크 나무들, 농장 가옥의 거대한 기둥 네 개에 맞춰 완벽하게 일직선을 그리며 배치된 흰

의자들. 시야 끝까지 펼쳐진 아무도 건드리지 않은 드넓은 땅. 부지 끝에 복원해 놓은, 피로연장으로 쓸 수 있는 헛간을 봤던 순간이 아직도 기억난다. 거대한 나무 기둥들에 줄 조명과 푸른 잎, 우윳빛 목련이 장식되어 있었다. 하얗고 끝이 뾰족뾰족한 말 뚝 울타리 안에서 말들이 초원의 풀을 뜯고 있었고, 저 멀리 지 평선에서 두껍고 푸른 정맥처럼 구불구불 흐르는 강의 지류만 빼면 온통 초록빛이었다.

　"완벽해." 대니얼이 내 손을 꼭 쥐며 말했다. "클로이, 완벽하 지 않아?"

　나는 미소를 지으며 고개를 끄덕였다. 완벽했지만 그 광활함 때문에 집이 떠올랐다. 진흙투성이가 되어 한쪽 어깨에 삽을 걸 치고 나무 사이에서 나타난 아빠의 모습. 해자처럼 우리 땅을 둘 러싸고 있어서 사람들의 침입을 막는 동시에 우리를 가두었던 늪. 나는 농장 가옥을 흘끔거리며 웨딩드레스를 입은 내가 건물 전체를 둘러싼 거대한 포치를 가로질러서 대니얼을 향해 계단 을 내려가는 모습을 상상하려 애썼다. 뭔가 파닥거리는 것 같아 서 얼른 다시 보니 포치에 여자아이가 있었다. 흔들의자에 늘어 져 앉은 십 대 아이였는데, 다리를 쭉 뻗어 갈색 가죽 승마부츠 로 포치 기둥을 살짝 누른 채 느릿느릿 의자를 흔들고 있었다. 아이가 내 시선을 알아차리고서 원피스를 끌어 내리더니 다리 를 꼬아 몸가짐을 정리했다.

　"손녀예요." 우리 앞에 서 있던 여자가 말했다. 나는 아이에게서 시선을 떼고 그녀를 보았다. "이 땅은 몇 세대째 우리 집안의 소유랍니다. 저 아이는 가끔 학교가 끝나고 여기 오는 걸 좋아해요. 포치에서 숙제를 하죠."

"도서관보다 훨씬 좋겠네요." 대니얼이 미소를 지으며 말했다. 그가 팔을 흔들며 아이에게 인사했다. 아이는 부끄러운지 고개를 살짝 숙이더니 똑같이 손을 흔들었다. 대니얼이 다시 여자를 보았다. "여기로 할게요. 가능한 날짜가 언제죠?"

"잠시만요." 여자가 손에 들고 있던 아이패드를 내려다보았다. 그녀는 아이패드를 몇 번 돌린 다음에야 화면을 똑바로 띄울 수 있었다. "현재로서는 올해 예약이 거의 다 찼어요. 너무 늦게 오셨네요!"

"약혼한 지 얼마 안 됐거든요." 내가 얼마 전부터 끼게 된 다이아몬드 반지를 빙빙 돌리며 말했다. 새로 생긴 버릇이었다. 대니얼이 준 반지는 그의 집안에서 대대로 내려오는 물건으로, 고조할머니로부터 차례로 물려받은 빅토리아 시대의 보석이었다. 낡은 것이 눈에 보였지만 흉내 낼 수 없는 세월이 담긴 진정한 골동품이었다. 로즈컷 다이아몬드에 둘러싸인 오벌컷 보석에는 긴 세월에 걸친 가족의 사연이 새겨져 있었고, 버터처럼 노랗지만 광택을 약간 잃은 14캐럿 금반지였다. "우린 몇 년씩 기다리면서 정해진 결말을 계속 늦추고 싶지는 않아요."

"네, 나이가 많거든요. 시계가 째깍거리고 있죠." 대니얼이 말했다.

그가 내 배를 가볍게 두드리자 여자가 싱글싱글 웃으면서 책장을 넘기듯 손가락으로 화면을 쓸어 넘겼다. 나는 얼굴을 붉히지 않으려고 애썼다.

"말씀드린 것처럼 올해 주말은 전부 예약이 끝났어요. 2020년도 괜찮으시면 그때는 가능해요."

대니얼이 고개를 저었다.

"빈 주말이 하나도 없다고요? 믿기 힘든데요. 금요일은요?"

"금요일도 거의 예약이 끝났어요. 리허설 때문에요. 딱 하루 남아 있네요. 7월 26일이에요."

대니얼이 나를 흘끔 보더니 눈썹을 치켜올렸다.

"일단 잡아 놓을까?"

농담인 건 알지만 7월이라는 단어가 나오자 심장이 파닥거린다.

"루이지애나의 7월이라. 하객들이 더위를 견딜 수 있을까? 게다가 야외잖아." 내가 얼굴을 찌푸리며 말한다.

"야외용 에어컨을 준비해 드릴 수 있어요. 텐트, 선풍기, 뭐든 말만 하세요." 여자가 말했다.

"모르겠어요. 그리고 벌레도 많잖아요." 내가 말했다.

"우리는 매년 약을 쳐요. 벌레는 전혀 문제가 없을 거라고 장담할 수 있어요. 여름에도 항상 여기서 결혼식을 하는걸요!"

나는 대니얼이 묻는 것처럼 나를 바라보는 것을 알아차렸다. 그는 열심히 바라보면 내 머릿속에서 굴러가는 생각이 보이기라도 할 것처럼 내 옆얼굴을 뚫어지게 보고 있었다. 하지만 나는 고개를 돌리지 않았다. 그를 마주 보지 않았다. 7월이면 불안 때문에 아무것도 못하게 되고, 진행성 질병처럼 여름이 길어질수록 그 증상이 악화되는 전혀 합리적이지 않은 이유를 인정하지 않으려 했다. 목을 타고 올라오는 메스꺼움을, 또 멀리서 실려오는 시큼한 거름 냄새가 달콤한 목련 향기와 섞이는 느낌을, 어딘가에서 무언가의 사체 주변을 맴돌며 웅웅거리는 파리 때문에 갑자기 귀가 멀 듯 시끄럽게 들려오는 소리를 인정하기를 거부했다.

"좋아요." 내가 고개를 끄덕이며 말했다. 나는 포치를 다시 흘 긋 보지만 아이는 가고 없었고 빈 의자만 바람에 천천히 흔들렸 다. "그럼 7월로 할게요."

7

나는 후진으로 진입로를 빠져나가는 대니얼의 자동차를 지켜본다. 그가 전조등을 깜빡이고 전면 유리 너머로 손을 흔들며 인사한다. 나도 손을 흔든다. 실크 가운을 단단히 여미고 김이 모락모락 나는 머그잔을 든 채 같이 손을 흔든다.

그런 다음 문을 닫고 텅 빈 집을 바라본다. 어젯밤에 쓴 잔들이 각종 테이블에 그대로 있고 부엌의 재활용품 통에는 빈 와인병이 가득 차 있다. 밤새 생긴 것이 분명한 파리들이 끈적끈적한 병 주둥이 주변을 맴돈다. 나는 정리를 시작한다. 접시를 비운다음 텅 빈 돌출형 싱크대에 넣으면서 내 머리를 괴롭히는, 약과 와인이 합작으로 만들어 낸 두통을 무시하려고 애쓴다.

나는 차에 넣어 둔 처방약을 떠올린다. 내가 대니얼을 위해서 다시 처방한, 그는 알지도 못하고 필요하지도 않은 자낙스. 나는 두개골 안에서 느껴지는 고통을 확실히 마비시켜 줄 각종 진통제가 들어찬 상담실 서랍을 생각한다. 진통제가 거기 있다는 사실을 알기 때문에 무척 유혹적이다. 마음 한구석에서는 차를 타고 상담실로 가서 손가락을 뻗어 하나 고르고 싶은 생각도 든다. 그리고 환자용 리클라이너에 몸을 웅크리고 누워 잠드는 것이다.

하지만 그 대신 커피를 마신다.

약을 쉽게 손에 넣을 수 있기 때문에 이 직업을 선택한 것은 아니다. 게다가 미국에서 심리 상담사가 환자에게 약을 처방할 수 있는 주는 세 곳밖에 없다. 루이지애나가 그중 하나이기는 하다. 이곳 루이지애나와 일리노이, 뉴멕시코를 제외한 나머지 주에서 심리 상담사는 보통 일반 의사나 정신과 의사에게 의뢰해서 처방전을 써야 한다. 하지만 여기서는 그렇지 않다. 루이지애나에서는 우리가 직접 처방전을 쓸 수 있다. 여기서는 아무에게도 알릴 필요가 없다. 그것이 우연한 행운인지 위험한 불운인지는 모르겠다. 하지만 다시 한번 말하자면 나는 그것 때문에 이 일을 하는 것이 아니다. 내가 심리 상담사가 된 것은 이런 빈틈을 이용하려고, 시내의 마약상 대신 안전한 드라이브스루 창구를 택해서 비닐봉지 대신 로고가 찍힌 종이봉투와 영수증, 반값 치약과 1갤런짜리 저지방 우유 쿠폰을 받기 위해서가 아니다. 나는 사람들을 도우려고 상담가가 되었다. 이 역시 클리셰지만 사실이다. 나는 트라우마를 이해하기 때문에 상담가가 되었다. 나는 학교에서 아무리 공부를 해도 배울 수 없는 방식으로 트라우마를 이해한다. 나는 뇌가 우리 육체의 모든 면을 근본적으로 망칠 수 있다는 사실을, 감정이 여러 가지를 왜곡할 수 있다는 사실을 안다. 당신이 가지고 있는 줄도 몰랐던 감정 말이다. 그런 감정은 똑바로 보고 똑바로 생각하는 것을, 뭐든 똑바로 하는 것을 불가능하게 만들 수 있다. 머리끝부터 손가락 끝까지 아프게 할 수도 있다. 고동치며 절대 사라지지 않는 둔한 통증 말이다.

나는 십 대 때 의사를 많이 보았다. 심리 치료사, 정신과 의사, 심리 상담사를 끝없이 돌아가며 만났고, 그들은 모두 질문지에 적힌 똑같은 질문을 반복하며 끝없는 슬라이드쇼를 넘기듯이 내 정신이 차례차례 겪는 불안장애를 고치려고 애썼다. 당시 쿠퍼와 나는 교과서적인 사례였다. 나는 공황 발작, 건강 염려증, 불면증, 어둠 공포증이 있었고, 매년 새로운 질병이 덧붙었다. 반대로 쿠퍼는 자기 안으로 파고들었다. 나는 너무 많은 것을 느꼈지만 쿠퍼는 거의 아무것도 느끼지 못했다. 그의 요란한 존재는 속삭임 정도로 쭈그러들었다. 쿠퍼는 사실상 사라졌다.

우리 두 사람은 리본으로 묶여 루이지애나 모든 의사들의 문 앞에 살짝 놓인, 아동 트라우마의 정석이었다. 우리가 누구인지 다들 알았다. 우리에게 무슨 문제가 있는지 다들 알았다.

다들 알았지만 아무도 고치지 못했다. 그래서 나는 직접 고치기로 했다.

거실을 가로질러 소파에 털썩 쓰러지자 커피가 출렁 넘쳐 잔을 타고 흐른다. 나는 잔을 들어 넘친 커피를 핥는다. 아침 뉴스가 벌써 지루하게 흘러나오고 있다. 대니얼이 틀어 둔 채널이다. 나는 맥북으로 손을 뻗어서 리턴 키를 여러 번 눌러 모니터를 길고 혼미한 잠에서 깨운다. 그런 다음 메일함을 열어서 화면을 아래로 내리며 편지함의 개인적인 메시지들을 훑어본다. 거의 다 결혼식과 관련된 내용이다.

이제 겨우 두 달 남았네요, 클로이! 케이크를 확정하는 게 어떨까요? 캐러멜 드리즐이랑 레몬 커드 중에 뭘로 할지 결정했나요?

클로이, 안녕하세요. 플로리스트가 테이블에 놓을 꽃을 확정해야 된대요. 테이블 수를 20개로 잡고 청구서를 보내라고 할까요? 아니면 10개로 줄여 달라고 할까요?

몇 달 전이었다면 나는 뭐든지 대니얼과 상의했을 것이다. 작은 부분 하나하나까지 전부 우리 두 사람이 함께 내려야 할 결정이었다. 하지만 시간이 지나면서 내가 생각했던 작고 친밀한 결혼식(야외에서 예식을 올린 다음 절친한 친구들을 위해서 편안한 축하연을 벌이고, 길고 좁은 테이블의 상석에 앉은 대니얼과 내가 로제 와인을 홀짝이며 좋아하는 음식을 먹고 깔깔 웃음을 터뜨리는 결혼식)이 전혀 다른 것으로 변했다. 결혼식은 우리 둘 다 어떻게 길들여야 할지 모르는 이국적인 동물 같았다. 끝없이 결정을 내려야 했고 너무나 사소하게만 느껴지는 이메일이 끝도 없이 왔다. 대니얼은 거의 모든 사항에 대한 판결을 나에게 맡긴 채 보고만 있었다. 보통 신부는 뭐든지 마음대로 하고 싶어 한다고 생각하니까 대니얼은 아마 그것이 올바른 자세라고 생각했을 것이다. 하지만 결정이라는 짐을 혼자 떠안자 나는 책임감 때문에 그 어느 때보다도 스트레스를 받았다. 대니얼의 확고한 의견은 폰던트 케이크는 싫다는 것과 부모님에게 초대장을 보내지 않겠다는 것밖에 없었고, 나는 그 두 가지 요구를 기꺼이 따랐다.

대니얼에게는 절대 말하지 않겠지만 나는 빨리 끝나기만을 기다렸다. 전부 다 말이다. 나는 약혼 기간이 짧은 것에 대해서 소리 없이 '고마워'라고 말하고 나서 답장을 쓴다.

캐러멜이 좋겠어요, 고마워요!

중간인 15개로 해도 될까요?

화면을 아래로 더 내려서 이메일 몇 통을 넘긴 나는 웨딩 플래너의 메일을 클릭했다가 얼어붙는다.

안녕하세요, 클로이. 자꾸 물어봐서 정말 미안하지만 세부 사항을 결정해 주셔야 제가 좌석표를 마무리할 수 있어요. 식장에 누구 손을 잡고 들어갈지 결정했어요? 시간 날 때 알려 주세요.

마우스 커서가 삭제 버튼 근처를 맴돌지만 귀찮은 심리 상담가의 목소리, 그러니까 내 목소리가 울려 퍼진다.

전형적인 회피반응이야, 클로이. 그런다고 문제가 사라지지 않는 거 알잖아. 문제를 미룰 뿐이야.

나는 충고하는 내면의 목소리에 눈을 굴리며 손가락으로 키보드를 두드린다. 어차피 아버지가 딸의 손을 잡고 식장에 걸어 들어간다는 개념 자체가 너무 구식이다. 최고 입찰자에게 팔리는 재산이라도 되는 것처럼 누군가가 나를 넘겨준다니, 생각만해도 속이 뒤틀린다. 지참금 제도라도 부활시켜야 하는 건가.

열두 살 이후로 내게 아버지와 가장 비슷한 존재인 쿠퍼를 떠올린다. 나는 오빠의 손이 내 손을 꼭 잡고 그의 몸이 통로를 따라 나를 이끄는 장면을 상상한다.

하지만 그때 어젯밤 오빠의 말이 생각난다. 못마땅한 눈빛, 그 말투.

대니얼은 널 몰라, 클로이. 너도 대니얼을 모르고.

나는 컴퓨터를 닫아 소파 저편으로 밀어버리고 눈을 깜빡이며 멀찍이 켜져 있는 텔레비전을 다시 본다. 화면 맨 아래 빨간색 줄이 떠 있다. 긴급 속보. 바로 리모컨을 잡고 음량을 높인다.

당국은 루이지애나 배턴루지에서 실종된 15세 고등학생 오브

리 그라비노와 관련하여 아직도 실마리를 찾고 있습니다. 사흘 전, 오브리의 부모가 실종 신고를 했습니다. 마지막으로 목격된 것은 수요일 오후로, 오브리는 학교가 끝난 후 공동묘지 근처에서 혼자 집으로 걸어가고 있었습니다.

오브리의 사진이 화면에 등장하자 나는 사진을 보고 움찔한다. 어렸을 때는 열다섯 살이라는 나이가 정말 많은 것처럼 느껴졌다. 아주 성숙하고 다 자란 것 같았다. 나는 열다섯 살이 되면 뭘 할까 꿈꾸곤 했지만 그 뒤에 열다섯 살이 얼마나 가슴 아플 만큼 어린 나이인지 깨닫게 되었다. 그 애가 얼마나 어렸는지, 그 소녀들 모두 얼마나 어렸는지. 오브리는 아주 약간 익숙해 보이지만 아마 내 상담실에서 만나는, 리클라이너에 누워 있는 다른 고등학생들이랑 비슷해서 그럴 것이다. 신진대사가 활발한 청소년기에만 가능한 마른 몸, 검은 아이라인이 얼룩진 눈매, 파마나 염색처럼 여자들이 나이가 들면서 어려 보이려고 하는 파괴적인 노력이 전혀 닿지 않은 머리카락. 나는 오브리가 지금쯤 어떤 모습일지 떠올리지 않으려고 애쓴다. 창백하고, 뻣뻣하고, 차갑고. 죽음은 몸을 늙게 만든다. 피부는 회색빛으로 변하고 눈빛은 흐리멍덩해진다. 인간은 저렇게 어린 나이에 죽어서는 안 된다. 자연스럽지가 않다.

화면에서 오브리가 사라지고 새로운 이미지가 뜬다. 배턴루지의 조감도다. 시선이 곧장 우리 집과 사무실로, 미시시피 근처

시내로 향한다. 오브리가 마지막으로 목격된 사이프러스 공동묘지에 빨간 점이 뜬다.

수색대가 오늘 공동묘지를 샅샅이 뒤지는 중이고, 오브리의 부모는 딸이 살아서 발견되리라는 희망을 버리지 않고 있습니다.

조감도가 사라지고 영상이 시작된다. 잠이 극도로 부족해 보이는 중년의 남녀가 연단에 서 있고 오브리의 부모님이라는 자막이 뜬다. 남자는 한쪽 옆에 조용히 서 있고 여자가, 어머니가 카메라를 향해 호소한다.

"오브리, 네가 어디 있는지 모르지만 우리가 널 찾고 있어. 예쁜 딸, 우리가 널 찾고 있고 꼭 찾아낼 거야." 그녀가 말한다.

남자가 코를 훌쩍이고 셔츠 소매로 눈을 닦더니 흘러내린 콧물을 손등으로 문지른다. 여자가 남자의 팔을 가볍게 두드리고 말을 잇는다.

"누구든 오브리를 데리고 있거나 오브리의 행방에 대해 아시는 분은 제발 나서 주시길 부탁드립니다. 우리 딸만 돌아오면 돼요."

남자가 울기 시작한다. 몸을 들썩이며 흐느낀다. 여자는 카메라에서 절대 눈을 떼지 않고 몸을 앞으로 내민다. 경찰이 가르치는 전략이다. 나도 배웠다. 카메라를 봐라. 카메라를 향해 말해라. 그 남자를 향해 말해라.

"우리 딸을 돌려보내 주세요."

8

리나 로즈가 첫 번째 소녀였다. 원조. 모든 것을 시작한 소녀.

나는 리나를 똑똑히 기억하지만 대부분의 사람들이 죽은 여자애를 기억하는 방식과는 다르다. 별로 친하지도 않았으면서 그럴듯한 이야기를 지어내는 반 친구들이나 페이스북에 옛날 사진을 올리면서 몇 년 동안 실제로 대화도 나누지 않았다는 사실만 쏙 빠뜨린 채 자기들끼리 했던 농담이나 공통의 기억을 거론하는 옛 친구들과도 다르다.

브로브리지는 리나를 실종 포스터에 실린 사진으로만 기억한다. 시간 속에 박제된 한순간이 리나가 살았던 유일한 순간, 유일하게 중요한 순간인 것처럼 말이다. 가족이 아이의 일생을, 그 아이의 성격을 대표하는 사진을 어떻게 고르는지 나는 절대 이해하지 못할 것이다. 그것은 너무나 곤란한 일, 너무 중요하면서도 너무나 불가능한 일 같다. 그 사진을 고른다는 것은 아이의 유산을 고르는 일이다. 세상이 아이에 대해서 기억할 유일한 순간을 고르는 일이다. 다른 것들은 전부 사라지고 오직 그 순간만 기억될 것이다.

하지만 나는 리나를 기억한다. 표면적인 기억이 아니다. 나는 리나를 똑똑히 기억한다. 리나의 좋았던 때와 나빴던 때를 전부 기억한다. 리나의 장점과 결함을 기억한다. 나는 리나가 정말 어떤 사람이었는지 기억한다.

리나는 요란하고 버릇없었고 욕도 잘했다. 나는 아빠가 작업장에서 실수로 엄지 끝을 잘랐을 때만 빼면 그런 욕을 들어본 적이 없었다. 리나의 입에서 튀어나온 욕은 그녀의 생김새와 전혀 딴판이었고, 그래서 더욱 매혹적이었다. 리나는 키가 크고 날씬했고, 열다섯 살짜리답게 남자애 같은 체형에 비해 가슴이 유난히 컸다. 리나는 외향적인 성격에 명랑하게 재잘거렸고, 해바라기처럼 노란 머리는 뒤로 넘겨서 위에서부터 두 갈래로 땋았다. 리나가 걸어가면 사람들이 쳐다보았고, 본인도 그 사실을 알았다. 나는 주목을 받으면 항상 주눅이 들었지만 리나는 주목을 받으면 우쭐해졌고, 자신을 향하는 시선을 느끼면 얼굴을 더욱 밝게 빛내며 허리를 꼿꼿이 펴고 걸었다.

남자애들은 리나를 좋아했다. 나도 리나를 좋아했다. 나는 리나가 정말 부러웠다. 브로브리지 여자애들은 전부 리나를 부러워했다. 그 끔찍한 화요일 아침에 리나가 텔레비전 화면에 등장할 때까지는 말이다.

하지만 어떤 순간이 특히 기억난다. 리나와 함께했던 한순간. 내가 아무리 애를 써도 절대 잊지 못할 순간.

결국 아버지를 감옥에 보낸 건 바로 그 순간이었다.

나는 TV를 끄고 까만 화면에 비친 내 모습을 바라본다. 저런 기자회견은 다 똑같다. 많이 봤기 때문에 잘 안다.

주도하는 사람은 항상 어머니다. 어머니는 늘 감정을 억누른다. 어머니는 항상 평온하게, 침착하게 말하지만 아버지는 뒤에서 머리를 숙이고 있다. 딸을 데려간 사람이 자기 눈을 똑바로 볼 수 있을 만큼 오랫동안 고개를 들고 있지 못한다. 우리는 사회적인 통념 때문에 그 반대로 생각하지만(가장이 주도하고 여자는 소리 없이 흐느낀다) 그렇지 않다. 나는 그 이유를 안다.

아버지들은 과거를 생각하기 때문이다. 브로브리지가 나에게 가르쳐 주었다. 실종된 여자아이 여섯 명의 아버지들이 나에게 가르쳐 주었다. 그들은 스스로를 부끄럽게 여기고 자꾸 만약을 생각했다. 그들이, 남자가 지켜야 했다. 자신이 딸을 안전하게 지켜야 했는데 실패한 것이다. 그러나 어머니들은 현재를 생각하고 계획을 세운다. 과거는 더 이상 중요하지 않기 때문에 어머니들은 과거를 생각할 여유가 없다. 과거를 생각해 봐야 집중력만 흩어질 뿐이다. 시간 낭비다. 미래는 너무 무섭고 고통스럽기 때문에 어머니들은 미래를 생각할 여유도 없다. 생각이 미래를 향해 흘러가도록 내버려두면 절대 돌아올 수 없다. 그들은 부서지고 말 것이다.

그래서 어머니는 오늘만 생각한다. 내일 딸을 되찾기 위해서 오늘 뭘 할 수 있는지만을.

버트 로즈는 엉망진창이었다. 나는 남자가 그렇게 우는 모습을 본 적이 없었다. 괴로운 신음이 흘러나올 때마다 온몸이 들썩거렸다. 그는 상대적으로 노동계급의 거친 매력을 가진 남자였다. 셔츠 솔기를 도드라지게 만드는 근육질 팔, 날렵한 턱선, 호박琥珀빛 피부. 나는 첫 번째 텔레비전 인터뷰에서 그를 알아보지도 못했다. 자주색 웅덩이에 빠진 것처럼 푹 꺼진 두 눈. 자기 육신의 무게마저도 버거운 것처럼 몸이 구부정했다.

아버지는 9월 말에, 그의 공포 통치가 시작된 지 석 달이 거의 꼬박 지난 다음에 체포되었다. 아버지가 체포되던 날 밤, 내가 곧장 떠올린 사람은 버트 로즈였다. 리나, 로빈, 마거릿, 캐리, 여름 동안 사라진 다른 여자애를 떠올리기도 전에 그가 먼저 떠올랐다. 우리 집 거실을 비추던 빨갛고 파란 불빛들, 쿠퍼와 내가 바깥을 살피려고 창가로 달려가자 남자들이 현관문을 걷어차고 들어와 "꼼짝 마!"라고 소리쳤던 기억이 난다. 아버지는 리클라이너에, 가운데가 너무 닳아서 펠트처럼 부드러워진 낡은 가죽 레이지보이(미국 유명 리클라이너 상표—옮긴이 주)에 앉아서 그들을 보지도 않았다. 구석에서 주체할 수 없을 정도로 흐느끼는 어머니도 완전히 무시했다. 아빠가 간식으로 즐겨 먹던 해바라기 씨 껍질이 이빨과 입술, 손톱에 달라붙어 있었던 기억이 난다. 그들이 아빠를 끌고 가던 모습이, 가느다란 봉지에 든 해바라기 씨가 카펫에 폭포처럼 쏟아지고 아빠의 입에서 월넛 파이프가 떨어져서 재가 바닥에 검은 얼룩을 만들었던 장면이 기억난다.

아빠가 눈을 깜빡이지도 않고 나를 뚫어져라 바라보던 기억이 난다. 아빠는 내 눈을, 그다음에는 쿠퍼의 눈을 보았다.

"착하게 지내라." 아빠가 말했다.

그런 다음 그들이 아빠를 문밖으로, 축축한 저녁 공기 속으로 끌고 나가서 순찰차에 머리를 내리쳤고, 아빠의 두꺼운 안경이 그에 항의하듯 깨졌다. 번쩍이는 경광등 때문에 아빠의 살갗이 기분 나쁜 심홍색으로 물들었다. 그들은 아빠를 순찰차 안에 처박고 문을 닫았다.

나는 아빠가 뒷좌석에 조용히 앉아서 철망 칸막이를 바라보는 모습을 지켜봤다. 아빠는 몸을 전혀 움직이지 않았다. 알아볼 수 있는 움직임이라고는 콧대에서 서서히 흘러내리는 피 한 줄기밖에 없었지만 아빠는 닦으려 하지도 않았다. 나는 아빠를 보면서 버트 로즈를 생각했다. 자기 딸을 데려간 남자의 정체를 알면 나아질지 나빠질지 궁금했다. 더 쉬울까, 어려울까. 직면하기 정말 어려운 선택이지만 만약 선택을 해야 한다면 자기 아이가 전혀 모르는 사람에게 살해당하는 것이 나을까, 아니면 익숙한 얼굴, 자기 집에 환영하며 맞아들였던 사람에게 살해당하는 것이 나을까? 자기 이웃에게, 자기 친구에게.

그 후 몇 달 동안 나는 아버지를 텔레비전으로밖에 보지 못했다. 부서진 안경은 항상 땅을 향하고 있었고, 손은 등 뒤로 돌려 수갑이 채워졌으며, 손목의 피부는 쓸려서 분홍색이었다. 나는 화면에 코를 박고서 사람들이 법원으로 가는 길에 늘어서서 아빠가 지나갈 때 야유를 보내는 모습을 보았다. 끔찍하고 못된 말이 적힌 플래카드를 직접 만들어서 들고 있었다.

살인자. 변태.

괴물.

어떤 플래카드에는 여자애들의 얼굴이 있었다. 그해 여름 내내 꾸준히 흘러나오는 슬픈 뉴스에 나왔던 여자애들이었다. 나보다 그리 나이가 많지 않은 여자애들. 나는 그 애들을 전부 알아보았다. 그 애들의 이목구비를 외웠고, 그 아이들의 미소를 보았다. 한때는 장래가 촉망되고 살아 있던 눈을 들여다보았다.

리나, 로빈, 마거릿, 캐리, 수전, 질.

그 얼굴들은 내 통금 시간이 정해진 이유였다. 그 애들은 내가 어두워진 뒤에 혼자서 돌아다니면 안 되는 이유였다. 아버지가 그 규칙을 만들었고, 내가 어두워진 다음에야 집으로 돌아오거나 밤에 깜빡 잊고 창문을 닫지 않으면 살갗이 발개질 때까지 엉덩이를 때렸다. 아버지는 내 마음에 순수한 공포를 불어넣었다. 실종의 원인이었던, 눈에 보이지 않는 사람에 대한 두려움 때문에 나는 아무것도 할 수 없었다. 그 여자애들을 낡은 판지에 붙은 흑백사진으로 전락시킨 사람. 그 애들이 마지막 숨을 거둘

때 어디 있었는지, 죽음이 마침내 그 아이들을 거둬 갈 때 어떤 눈빛이었는지 아는 사람.

아버지가 체포될 때 나는 물론 알았다. 나는 경찰이 우리 집에 쳐들어온 순간부터, 아버지가 우리 눈을 들여다보며 착하게 지내라고 속삭이던 순간부터 알았다. 나는 사실 그전에도, 마침내 조각들이 맞춰지고 그림이 드러났을 때도 알고 있었다. 내가 돌아서서 뒤에 숨어 있던 형체를 억지로 마주 보았던 때. 하지만 그 순간. 나는 우리 집 거실에서 혼자 텔레비전 화면에 코를 박고 있고, 엄마는 자기 방에서 서서히 무너져 가고, 쿠퍼는 움츠러들어 사라지고 있던 때. 아빠의 발목에 채워진 사슬이 덜그럭거리는 소리를 듣고, 경찰차에서 감옥으로, 또 법원으로 갔다가 다시 감옥으로 이송되는 아빠의 텅 빈 표정을 지켜보던 바로 그 때. 그 모든 일의 무게가 나를 짓눌러 잔해 속에 산 채로 파묻은 것은 바로 그 순간이었다.

그 사람이 바로 아빠였다.

9

갑자기 우리 집이 너무 크면서도 너무 작아 보인다. 나를 안에 가두는, 이 재활용된 퀴퀴한 공기 속에 나를 가두는 네 벽에 둘러싸여 앉아 있으려니 폐소공포증이 올 것만 같다. 하지만 또 말도 안 될 정도로 외롭다. 한 사람의 말 없는 생각만으로 채우기에는 공간이 너무 크다. 갑자기 움직이고 싶은 충동이 든다.

나는 소파에서 일어나 침실로 가서 로브를 벗고 청바지와 회색 티셔츠로 갈아입는다. 머리는 높이 묶고 화장은 생략하고 입술에 립밤만 바른다. 5분 만에 밖으로 나가, 포장된 길에 플랫슈즈가 닿자마자 쿵쾅거리던 심장이 상당히 느려진다.

나는 자동차에 올라 시동을 걸고 기계적으로 우리 동네를 빠져나와 시내로 들어간다. 라디오로 손을 뻗다가 멈추고 핸들로 손을 옮긴다.

"괜찮아, 클로이. 뭐가 마음에 걸리니? 말로 해 봐." 내가 소리 내서 말한다. 고요한 차 안에서 목소리가 고통스러울 정도로 날카롭게 울린다.

나는 손가락으로 핸들을 두드리다가 방향 지시등을 켜고 좌회전하기로 마음먹는다. 나는 환자에게 하듯이 나 자신에게 말을 건다.

"여자애가 실종됐어. 동네 여자아이가 실종됐고, 그래서 마음이 불편해."

이것이 상담이었다면 그다음으로 나는 이렇게 물을 것이다. 왜? 왜 그것 때문에 심란해?

이유는 뻔하다. 나는 안다. 어린 여자애가 실종됐다. 열다섯 살. 우리 집, 내 사무실, 내가 뛰어갈 수 있는 거리에서 마지막으로 목격되었다.

"넌 그 애를 몰라." 내가 소리 내서 말한다. "넌 그 애를 몰라, 클로이. 갠 리나가 아니야. 그 애들 중 누구도 아니야. 이건 너랑 아무 상관 없어."

나는 숨을 내쉬고 곧 빨간불로 바뀔 것 같아 속력을 늦춘 다음 길 건너를 흘긋 본다. 어떤 어머니가 딸을 호위하며 손을 잡고 길을 건넌다. 내 왼쪽으로 십 대 아이들이 롤러블레이드를 타고 지나가고, 어떤 남자와 개 한 마리가 앞으로 곧장 달려간다. 신호등이 초록색으로 바뀐다.

"이건 너랑 아무 상관 없어." 내가 다시 말하며 교차로를 지나오른쪽으로 꺾는다.

나는 정처 없이 차를 몰고 달렸지만 정신을 차리고 보니 사무실 근처다. 몇 블록만 가면 책상 서랍 가득 약이 들어 있는 안전한 피난처가 있다. 캡슐 하나만 삼키면 심장박동이 느려지고 호흡이 안정될 것이다. 거대한 가죽 리클라이너, 잠글 수 있는 문, 암막 커튼도 있다.

하지만 고개를 저어 생각을 떨친다.

나는 아무 문제도 없다. 난 중독되었거나 그런 것도 아니다. 술집에 가서 혼수상태가 될 때까지 술을 마시지도 않고, 매일 밤 한 잔씩 마시는 메를로 와인을 안 마셨다고 해서 밤새 식은땀을 흘리지도 않는다. 나는 약이나 와인 한 잔 없이, 내 핏줄에 생동하는 끊임없는 두려움을 마비시킬 화학물질 없이 며칠도, 몇 주도, 몇 달도 견딜 수 있다. 기타 줄을 한 번 튕긴 후에도 진동이 남아서 떨리는 것과 마찬가지이다. 내 뼈가 덜그럭거리는 것은 그 때문이다. 하지만 나는 극복했다. 그 모든 장애, 내가 그토록 오랫동안 싸워 온 그 어마어마한 병명들에는 공통된 하나의 특징, 그 모두를 하나로 묶는 중요한 특질이 있다. 그것은 바로 통제다.

나는 스스로 통제하지 못하는 모든 상황을 두려워한다. 무방비하게 자는 사이에 무슨 일이 벌어질지도 모른다고 상상한다. 어둠 속에서 의식도 못 한 채 무슨 일을 당할 수도 있다고 상상한다. 나는 내가 알아차리기도 전에 목을 졸라 내 모든 세포의 생명을 빼앗아 갈지도 모르는 눈에 보이지 않는 온갖 살인자를 상상한다. 나는 그런 일을 겪어 놓고, 이렇게 살아남아 놓고서 손을 씻지 않아서, 목이 간질거리다가 죽을지도 모른다고 상상한다.

나는 리나를, 그 손이 그녀의 목을 꽉 잡고 조이던 순간 리나가 느꼈을 아무것도 통제할 수 없다는 느낌을 상상한다. 숨통이 꽉 막히고, 눈이 박동하기 시작하고, 시야가 환해지다가 문득 반대로 어두워지고, 점점 흐릿해지다가 결국 아무것도 보이지 않는다.

약이 든 서랍은 내 구명줄이다. 쓸 필요가 없는 처방전을 쓰는 것이 잘못이라는 건 나도 안다. 잘못 정도가 아니라 명백한 불법이다. 나는 면허를 잃을 수도 있고, 심지어는 감옥에 갈 수도 있다. 하지만 누구나 구명줄이, 가라앉는 느낌이 들기 시작할 때 저 멀리 보이는 뗏목이 필요하다. 내가 통제력을 잃고 있다는 느낌이 들 때 나는 약이 있다는 것을, 내 안에 고쳐야 할 부분이 있다면 그것이 뭐든 금방 고칠 수 있다는 사실을 안다. 그 생각만 해도 진정될 때가 많다. 한번은 폐소공포증 환자에게 비행기를 탈 때마다 가방에 자낙스를 한 알 넣어 두라고, 그 존재만으로도 정신적인 반응과 신체적인 반응을 끌어낼 수 있다고 말한 적이 있다. 어쩌면 그 약을 먹을 필요도 없을 거라고 말이다. 탈출구가 손 닿는 곳에 있음을 아는 것만으로도 가슴을 짓누르는 숨 막히는 무게를 충분히 덜 수 있다고 말해 주었다.

그리고 실제로 그랬다. 당연했다. 나는 그 사실을 경험으로 알고 있었으니까.

이제 멀리 내 사무실이 보인다. 이끼 낀 오크 나무들 뒤로 비죽 고개를 내민 낡은 벽돌 건물. 서쪽으로 몇 블록만 가면 공동묘지다. 나는 그쪽으로 방향을 돌려야겠다고 마음을 정하고 쩍 벌린 입처럼 나를 안으로 부르는 연철 대문 쪽으로 차를 몬다. 나는 길가에 차를 세우고 시동을 끈다.

사이프러스 공동묘지. 살아 있는 오브리 그라비노가 마지막으로 목격된 장소. 무슨 소리가 들려서 차창 밖을 내다본다. 저 멀리서 누가 떨어뜨린 고기 한 조각을 습격하는 개미들처럼 수색대가 그곳을 샅샅이 뒤지고 있다. 수색대는 웃자란 바랭이를 헤치고 무너져 내린 묘비를 피해서 스니커즈 신은 발로 무덤 사이로 구불구불 난 흙길을 돌아다닌다. 이 공동묘지는 20에이커에 걸쳐서 펼쳐져 있다. 말도 안 되게 넓은 땅이다. 저 사람들이 무엇을 찾는지 모르겠지만 그것을 찾아낼 전망은 아무리 낙관적으로 생각해도 흐릿하다.

나는 차에서 내려 공동묘지 대문을 통과해서 사람들에게 조금씩 다가간다. 헐벗은 사이프러스 나무(루이지애나 주목州木이고, 이 묘지의 이름도 거기서 따왔다)가 군데군데 서 있는데, 기둥이 두껍고 빨갛고 꼬아놓은 밧줄 모양이라서 힘줄과 비슷하다. 나뭇가지에 베일처럼 늘어진 수염틸란드시아가 방치된 구석에 생긴 거미줄처럼 달랑거린다. 나는 폴리스라인 밑으로 몸을 숙이고 들어가 사람들 틈에 섞이려고 최선을 다하면서 경찰이나 카메라를 목에 건 기자를 피해 오브리를 찾는 십여 명의 자원봉사자들 틈에서 목적도 없이 걷는다.

아니, 오브리를 찾지 않는다고 해야 하나. 수색대가 절대 발견하고 싶지 않은 것은 시체, 더 심한 경우에는 시체의 일부이기 때문이다.

브로브리지의 수색대들은 시체를 찾지 못했다. 일부도 못 찾았다. 나는 수색대를 따라다니겠다며 엄마를 졸랐다. 시내에서 많은 사람들이 회중전등과 무전기, 생수가 든 상자를 나눠 주는 것을 보았다. 누군가 지시 사항을 큰 소리로 외치고 둥글게 만 신문지를 휘젓자 수색대가 흩어지는 각다귀 떼처럼 뿔뿔이 흩어졌다. 물론 엄마는 허락하지 않았다. 나는 집에 남아서 저 멀리서 사람들이 높다란 풀이 무성한 초원의, 끝이 없어 보이는 심연을 헤매고 다니는 동안 깜빡거리는 랜턴 불빛만 지켜보았다. 그렇게 지켜보고 있으니 더없이 무력한 느낌이었다. 그저 기다리는 것. 사람들이 무엇을 발견할지 모르는 채. 수색대가 우리 집 뒷마당으로 왔을 때는 더 나빴다. 아버지가 구류된 뒤 경찰이 10에이커짜리 우리 땅을 샅샅이 뒤지는 동안 나는 창문에서 시선을 떼지 않았다. 하지만 아무것도 나오지 않았다.

아니, 그 여자애들은 아직 저 바깥 어딘가에 있고 그 애들의 뼈를 감추는 겹겹의 흙은 매년 더욱 두터워진다. 그 애들이 절대 발견되지 않으리라 생각하면 정말 갑갑하지만, 이제는 정말 그럴지도 모른다는 사실을 안다. 괴로운 건 그것이 부당하기 때문도 아니고, 피해자 가족에게 사건이 종결되지 않아서도 아니고, 심지어는 우리 집 뒤쪽 포치 밑에서 발견했던 죽은 들쥐처럼 그 여자애들이 썩고 있다는 생각과, 그 아이들의 살갗과 머리카락과 넝마가 된 옷과 함께 인간이라는 속성이 한 겹씩 사라지고 있다는 생각 때문도 아니었다. 한 사람의 인생이 당신이나 나의 뼈, 사실은 그 들쥐의 뼈와도 다르지 않은 뼈 한 무더기로 축소되었다. 하지만 내가 밤에 잠 못 이룬 것은, 언젠가 그 아이들을 찾을지도 모른다는 희망을 포기하지 못한 것은 그런 이유에서가 아니다.

언제 어디서든 내 발밑에 숨겨진 시체가 얼마나 많이 묻혀 있을지 모르고, 세상은 그 위에서 그 존재조차 모르는 채 굴러간다는 깨달음 때문이다.

물론 지금 이 순간에도 내 발밑에 시체가 묻혀 있다. 하지만 공동묘지는 다르다. 이 시체들은 여기에 버려진 것이 아니라 안치되었다. 이들은 잊히기 위해서가 아니라 기억되기 위해서 여기 있다.

"뭘 찾은 것 같아요!"

나는 왼쪽으로 고개를 돌려 흰 스니커즈, 카키색 카고 바지, 오버 사이즈 폴로셔츠 차림의 중년 여성을 흘깃 본다. 수색대에 관심 있는 시민의 비공식 제복이다. 그녀는 흙바닥에 무릎을 꿇고서 눈을 가늘게 뜨고 무언가를 내려다보고 있다. 다른 수색자

들을 향해 왼팔을 미친 듯이 흔들면서 오른손에는 월마트 장난
감 코너에서 살 수 있는 무전기를 꽉 붙잡고 있다.

주변을 둘러보자 내가 제일 가깝고 다른 사람은 몇 미터 떨어
져 있다. 사람들이 우리 쪽으로 달려오고 있지만 지금 여기 있는
사람은 나다. 내가 한 발 다가가자 그녀가 나를 올려다본다. 흥
분했지만 애원하는 듯한 눈빛이다. 자신이 들고 있는 물건이 중
요한 것이기를, 어떤 의미가 있기를 바라면서 동시에 그렇지 않
기를 바라는 눈빛. 그렇지 않기를 간절히 바라고 있다.

"보세요." 그녀가 손짓으로 나를 부르며 말한다. "여기 좀 봐
요."

내가 조금 더 가까이 다가가서 목을 빼고 바라본다. 흙 속에
자리 잡은 물건에 초점이 맞춰지는 순간 전기 충격 비슷한 것이
내 몸을 타고 흐른다. 나는 일종의 무릎반사처럼 아무 생각 없이
손을 뻗어 땅에 놓인 그것을 집어 올린다. 뒤에서 경찰이 헐떡이
며 달려온다.

"뭡니까?" 그가 내 주변을 맴돌며 묻는다. 목이 졸린 듯한 목
소리다. 그의 숨이 숲처럼 빽빽한 가래를 뚫고 나오려고 애쓰는
것 같다. 얼간이처럼 입으로 숨을 쉰다. 내 손에 놓인 물건을 보
더니 그의 눈이 튀어나올 듯 커진다. "세상에, 만지지 마세요!"

"죄송해요." 내가 그 물건을 경찰에게 넘기며 중얼거린다. "죄
송해요. 전, 전 아무 생각이 없었어요. 귀걸이에요."

여자가 나를 바라보고, 경찰관은 가슴을 들썩이며 무릎을 꿇

더니 한 팔을 옆으로 뻗어 사람들이 너무 가까이 다가오지 못하게 막는다. 그가 장갑 낀 손으로 내 손바닥에 놓인 귀걸이를 집어 들고 관찰한다. 작은 은 귀걸이로, 맨 위에 다이아몬드 세 개가 역삼각형을 이루고 있고 바로 밑에 달랑거리는 진주가 달려 있다. 예쁘다. 동네 가게의 진열장에 있었다면 내 눈길을 사로잡았을 물건이다. 열다섯 살짜리가 하고 다니기에는 너무 고급스럽다.

"좋아요." 경찰이 땀범벅이 된 이마에서 머리카락을 치우며 말한다. 그가 아주 살짝 숨을 내쉰다. "좋습니다, 괜찮군요. 증거품 봉투에 넣을게요. 하지만 잊지 마세요, 지금 여기는 공공장소입니다. 무덤이 수천 개는 있고, 매일 찾아오는 사람이 수백 명은 된다는 뜻입니다. 귀걸이의 주인이 누구인지는 알 수 없어요."

"아니에요. 그렇지 않아요. 이건 오브리 거예요." 여자가 고개를 저으며 말한다.

그녀가 카고 주머니에서 두 번 접은 종이를 한 장 꺼내서 펼친다. 오브리의 실종 포스터다. 아침에 본 TV 화면에 덕지덕지 붙어 있던 바로 그 사진이다. 오브리의 존재를 정의할 단 하나의 이미지. 오브리는 방긋 미소를 짓고 있다. 검은 아이라이너는 번졌고 분홍색 립글로스가 카메라 플래시에 반짝인다. 사진은 가슴께에서 잘려 있지만 목걸이를 알아볼 수 있다. 내가 지금까지 알아차리지 못했던 목걸이가 쇄골 사이 옴폭한 피부에 자리 잡고 있다. 작은 다이아몬드 세 개에 진주 하나. 귀 뒤로 넘긴 굵은 갈색 머리카락 사이로 비죽 나온 귓불에는 목걸이와 한 세트인 귀걸이 한 쌍이 달려 있다.

10

리나는 착한 아이가 아니었지만, 나한테는 착했다. 리나를 두 둔할 생각은 없다. 사실을 미화하지는 않을 거다. 리나는 말썽쟁 이, 다른 사람들을 불편하게 만들고 우물쭈물하는 모습을 보면 서 즐기는 못된 아이였다. 그렇지 않다면 열다섯 살짜리가 학교 에 푸시업 브래지어를 입고 와서 베개처럼 통통한 입술 끝을 잘 근잘근 씹으면서 손톱이 물어뜯긴 손가락으로 정수리부터 땋은 머리를 배배 꼴 이유가 어디 있을까? 리나는 여자애의 몸에 들 어간 어른 여자, 아니면 어른 여자의 몸에 들어간 여자애였다. 둘 다 말이 되는 것 같았다. 나이가 너무 많은 동시에 너무 어렸 다. 리나는 자기 나이보다 훨씬 성숙한 몸매와 정신을 가지고 있 었다. 리나는 두껍게 화장을 하고 매일 학교가 끝나자마자 자욱 한 담배 연기에 감싸였지만, 마음 깊숙한 곳에는 아직 여자아이

일 뿐임을 상기시켜 주는 부분이 숨겨져 있었다. 그저 길을 잃은 외로운 여자아이일 뿐이라고 말이다.

물론 열두 살 때 나는 리나의 그런 면을 보지 못했다. 리나는 오빠와 같은 나이였지만 내 눈에 리나는 항상 어른 같았다. 그에 반해 아무 데서나 트림을 하고, 게임보이나 가지고 놀고, 침대 밑 헐거운 바닥 널 속에 야한 잡지나 숨겨두는 쿠퍼는 전혀 어른 같지 않았다. 나는 돈을 찾으려고 오빠 방에 몰래 들어갔다가 우연히 야한 잡지를 발견한 날을 절대 잊지 못할 것이다. 그때 나는 아이섀도 팔레트가, 리나가 칠하고 왔던 멋진 연분홍색 아이섀도가 사고 싶었다. 어머니는 고등학교에 들어가기 전까지 화장품을 사주지 않겠다고 했지만 난 그것이 갖고 싶었다. 도둑질까지 할 정도로 갖고 싶었다. 그래서 쿠퍼의 방에 몰래 들어가서 삐걱거리는 바닥 널을 들추었다가 젖가슴이 그려진 만화를 보고 깜짝 놀라 급히 뒷걸음질 치다 오빠의 침대에 뒤통수를 부딪쳤다. 그리고는 아빠에게 곧장 일러바쳤다.

가재 축제는 그해 5월 초에, 여름의 시작 무렵 열렸다. 덥긴 했지만 지나치게 덥지는 않았다. 미국 다른 지역의 나약한 기준으로는 더운 날씨였지만 루이지애나의 더위는 아니었다. 루이지애나의 더위는 매일 아침 늪지의 축축한 숨결이 가뭄을 찾아다니는 비구름처럼 도시의 거리를 떠도는 8월에나 시작되었다.

소녀 여섯 명이 실종된 것도 8월의 일이었다.

가재의 세계 수도인 브로브리지에 대해서 농담을 하긴 했지만 가재 축제는 정말 자랑할 만한 것이었다. 1999년의 축제는 내가 마지막으로 갔던 축제인 동시에 내가 제일 좋아했던 축제이기도 했다. 행사장을 혼자 돌아다닐 때 루이지애나의 소리와 냄새가 내 살갗에 스며들었던 기억이 난다. 메인 스테이지의 스피커에서 흘러나오던 스왐프 팝(루이지애나주 남부 아카디애나와 텍사스주 남동부의 토착 음악 장르—옮긴이 주), 튀김과 찜, 수프, 소시지 등 갖가지 가재 요리의 냄새. 나는 가재 경주장 쪽으로 갔고, 우리 아빠의 자동차에 기대어 서 있는 아이들 틈에서 비죽 솟아오른 쿠퍼의 덥수룩한 갈색 머리를 보고 오른쪽으로 고개를 홱 돌렸다. 그 당시 쿠퍼는 항상 아이들에게 둘러싸여 있는 것 같았는데 우리는 그런 면에서 정반대였다. 아이들이 쿠퍼에게 몰려들어 눅눅한 날의 각다귀 떼처럼 따라다녔다. 하지만 쿠퍼는 전혀 신경 쓰지 않는 것 같았다. 결국 아이들은 쿠퍼의 일부가 되었다. 패거리. 가끔 쿠퍼가 짜증을 내며 손을 까딱거리기도 했고, 그러면 패거리는 순순히 흩어져 들러붙을 다른 누군가를 찾으러 떠났지만 오래가지는 않았고 항상 돌아왔다.

오빠가 내 시선을 느꼈는지 곧 다른 아이들 머리 위로 시선을 들어 내 눈을 바라보았다. 나는 손을 흔들며 온순하게 미소를 지었다. 난 혼자 다녀도 상관없었지만 그러면 사람들이 나를 봐서 싫었다. 특히 쿠퍼가 그랬다. 쿠퍼는 친구들을 헤치고 나왔고 앙상한 아이가 따라오려고 하자 손짓으로 쫓았다. 그런 다음 나에게 다가와서 내 어깨에 팔을 걸쳤다.

"7번이 이기면 네가 팝콘 한 봉지 사는 거다?"

나는 같이 있어 주는 게 고마워서(그리고 내가 대부분의 시간을 혼자 보낸다는 사실을 모른 척하는 게 고마워서) 미소를 지었다.

"좋아."

경기장 쪽을 보니 이제 막 경주가 시작하려는 참이었다. "일송 파르티(프랑스어로 출발한다는 뜻—옮긴이 주)"라고 외치는 사회자의 목소리와 환호하는 사람들, 약 3미터짜리 나무판에 스프레이페인트로 그린 둥근 과녁 위를 걸어가던 작고 빨간 가재들이 기억난다. 몇 초 만에 내가 지고 쿠퍼가 이겼고, 그래서 우리는 오빠의 상품을 사기 위해 매점으로 갔다.

매점 앞에 줄을 서면서 나는 더없이 행복했다. 초여름은 기대로 가득했고, 내 발밑에 자유의 레드카펫이 깔려 있는데 어찌나 멀리까지 펼쳐져 있는지 절대 끝나지 않을 듯한 느낌이었다. 쿠퍼가 팝콘 봉지를 받아서 한 알을 입에 넣더니 소금을 빨아먹었고, 나는 돈을 냈다. 그런 다음 돌아서자 리나가 서 있었다.

"안녕, 쿱." 리나가 쿠퍼를 향해 미소를 짓더니 시선을 나에게 고정시켰다. 리나는 스프라이트 병을 들고서 손가락 사이에 뚜껑을 끼워 열었다 닫았다 하고 있었다. "안녕, 클로이."

"안녕, 리나."

오빠는 인기인이자 브로브리지 고등학교 레슬링부 소속 선수였고, 사람들은 오빠의 이름을 알았다. 오빠가 친구를 사귀는 것은 내가 혼자 지내는 것만큼이나 자연스러웠기 때문에 나는 늘 당황스러웠다. 오빠는 같이 다니는 친구들을 차별하지 않았다. 하루는 레슬링 하는 친구들과 어울리는가 하면 다음 날은 마리화나를 피우는 아이들과 잡담을 했다. 대체로 오빠가 관심을 주면 중요한 사람이 된 듯한 느낌, 뭔가 드물고 귀한 가치를 가진 사람이 된 느낌을 받는 것 같았다.

리나도 인기가 많았지만 그릇된 이유 때문이었다.

"너희도 한 모금 할래?"

나는 조심스럽게 리나를, 두 사이즈는 작은 듯 딱 달라붙어 단추 사이로 가슴골을 강조하는 헨리 티셔츠(목선이 둥글고 칼라가 없으며 앞트임에 단추가 달린 티셔츠—옮긴이 주) 밑으로 드러난 평평한 배를 흘깃 보았다. 리나의 배꼽에서 뭔가 반짝이자 나는 빤히 보지 않으려고 얼른 고개를 들었다. 리나는 나를 향해 미소를 지으며 병을 입술로 가져갔다. 액체 한 방울이 턱을 타고 흘러내리자 리나가 가운뎃손가락으로 닦았다.

"마음에 들어?" 리나가 셔츠를 올리고 손가락으로 다이아몬드를 굴렸다. 그 아래로 무슨 곤충 같은 장식이 달랑거렸다.

"반딧불이야. 내가 제일 좋아하는 곤충이야. 어둠 속에서 빛나거든." 내 마음을 읽은 것처럼 리나가 말했다.

리나가 손을 동그랗게 모아 배에 대고서 나에게 들여다보라고 손짓했다. 나는 그렇게 했다. 리나의 손날에 이마를 딱 붙였다. 안에서 벌레가 밝은 형광 녹색으로 반짝였다.

"난 반딧불이 잡는 게 좋아." 리나가 자기 배를 내려다보며 말했다. "그런 다음 병에 넣는 거지."

"나도 좋아해." 내가 리나의 손 사이를 계속 들여다보며 말했다. 밤이면 우리 숲에 나타나는 반딧불이가 생각났다. 나는 어둠 속을 달리며 별들 사이에서 헤엄치는 것처럼 반딧불이들 사이에서 손을 마구 휘저었다.

"그런 다음 반딧불이를 꺼내서 손가락으로 으깨는 거야. 반딧불이의 불빛으로 보도에 이름을 쓸 수 있다는 거 알아?"

나는 움찔했다. 팍 터지는 소리를 들으며 맨손으로 벌레를 터뜨린다니 상상도 할 수 없었다. 하지만 내 손가락으로 그 액체를 문질러 눈앞에서 빛나는 것을 보면 왠지 멋질 것 같았다.

"누가 보고 있네." 리나가 양손을 내리며 말했다. 내가 고개를 들고 리나의 시선을 따라가자 아빠가 정면에 있었다. 아빠는 인파 너머에서 우리를 빤히 보고 있었다. 리나를, 브래지어 근처까지 셔츠를 올린 리나를 보고 있었다. 리나는 아빠를 보며 미소를 짓고 빈손을 흔들었다. 아빠는 고개를 푹 숙이고 계속 걸어갔다.

"그래서 말이야." 리나가 쿠퍼에게 스프라이트 병을 내밀고 흔들며 말했다. "한 모금 마실래?"

쿠퍼가 아빠가 서 있던 자리를 흘깃 보았지만 아빠의 감시하는 시선 대신 빈자리만 보이자 병으로 시선을 다시 돌리더니 리나의 손에서 낚아채 얼른 한 모금 마셨다.

"나도 마실래. 목말라." 내가 오빠의 손에 들린 병을 잡으며 말했다.

"안 돼, 클로이…."

하지만 오빠의 경고는 너무 늦었다. 병은 이미 내 입술에 닿았고 액체가 입으로 흘러 들어가 목을 타고 내려갔다. 나는 한 모금 정도가 아니라 크게 꿀꺽 마셨다. 배터리액 같은 맛이 나는 액체가 식도를 다 태우는 것만 같았다. 내가 병을 입에서 떼고 숨을 헐떡이자 토사물 맛이 목을 타고 올라왔다. 뺨이 잔뜩 부풀고 구역질이 나왔지만 나는 토하지 않고 액체를 억지로 삼킨 다음 드디어 숨을 쉬었다.

"윽." 나는 켁켁거리면서 손등으로 입을 닦았다. 목이 타는 것 같았다. 혀가 타는 것 같았다. 나는 잠시 독을 먹었을지도 모른다는 생각에 겁에 질렸다. "이게 도대체 뭐야?"

리나는 킥킥 웃으면서 내 손에서 병을 받아 마저 마셨다. 마치 물처럼 마시는 리나를 보고 나는 깜짝 놀랐다.

"보드카야, 바보야. 보드카 안 마셔 봤어?"

쿠퍼가 주변을 둘러보더니 양손을 주머니 깊이 찔러 넣었다. 나는 말을 할 수 없었기 때문에 오빠가 대신 말해 주었다.

"그래, 클로이는 보드카 안 마셔 봤어. 이제 겨우 열두 살이야."

리나는 별 감흥 없이 어깨를 으쓱했다. "시작은 있어야지."

나는 쿠퍼가 내민 팝콘을 한 움큼 집어 입에 욱여넣고 그 끔찍한 맛을 지우려고 열심히 씹었다. 불꽃이 목에서 배로 이동해서 속 깊은 곳에서 활활 타는 것이 느껴졌다. 머리가 아주 살짝 핑 돌기 시작했다. 이상하지만 뭐 재미있었다. 나는 미소를 지었다.

"봐, 좋아하잖아." 리나가 나를 보며 말했다. 같이 미소를 지어 주면서. "아주 인상적이었어. 열두 살짜리가 아니라도 말이야."

리나는 셔츠를 다시 내려 맨살을, 그녀의 반딧불이를 덮었다. 리나가 땋은 머리를 어깨 너머로 넘기고 빙글 돌았다. 온몸이 움직이는 발레리나 같은 몸짓이었다. 리나가 우리를 두고 걸어가기 시작했지만 나는 리나에게서 눈을 뗄 수 없었다. 엉덩이가 땋은 머리와 같이 흔들렸고, 다리는 삐삐 말랐지만 필요한 곳에는 빠짐없이 근육이 있었다.

"가끔 네 차에 나도 좀 태워 줘." 리나가 병을 번쩍 들며 소리쳤다.

나는 그날 종일 취해 있었다. 처음에 쿠퍼는 화가 난 것 같았다. 나에게 화가 난 것 같았다. 나의 멍청함에, 나의 순진함에. 뭉개지는 발음과 가끔 킥킥거리는 웃음과 가로등에 부딪치는 나에게. 쿠퍼는 나 때문에 친구들을 내버려두고 왔는데 이제 취한 나를 보살피느라 꼼짝도 못 하게 되었다. 하지만 그게 술인지 내가 어떻게 알았을까? 나는 스프라이트 병에 술이 담겨 나오는지 몰랐다.

"기분 풀어." 내가 비틀거리며 말했다.

오빠를 올려다보자 충격받은 표정으로 나를 내려다보고 있었다. 처음에는 화가 난 줄 알고 후회하기 시작했다. 하지만 쿠퍼의 어깨에서 힘이 빠지더니 딱딱한 표정이 풀리고 미소가 떠올랐고, 곧 웃음을 터뜨렸다. 오빠가 손으로 내 머리카락을 헝클이며 고개를 젓자 자랑스러움 비슷한 무언가로 가슴이 벅차올랐다. 그런 다음 오빠가 가재 핫도그를 사주고 내가 두 입 만에 먹어 치우는 것을 놀라며 바라보았다.

"재밌었다." 둘이서 손을 잡고 차를 향해 걸어갈 때 내가 말했다. 나는 이제 취한 기분이 아니었다. 졸렸다. 이제 점점 어두워지고 있었다. 부모님은 벌써 몇 시간 전에 우리에게 저녁을 사먹으라며 20달러를 주고, 내 이마에 입을 맞추고, 여덟 시까지 집에 들어오라고 말한 다음 가셨다. 쿠퍼는 이제 막 운전면허를 딴 참이었는데, 부모님이 우리를 향해 걸어오는 것을 보고 나에게 무거운 혀와 우물거리는 발음을 조심하라고, 말을 하지 말라고 했었다. 그래서 나는 시키는 대로 했다. 그 대신 나는 지켜보았다. 엄마가 "올해도 성공적이었어. 세상에 발이 너무 아프다. 리처드, 애들은 알아서 놀게 두고 가자"라며 끊임없이 재잘거리는 것을 지켜보았다. 엄마의 뺨이 빨갛게 달아오르고 바람이 불자 원피스 자락이 펄럭였다. 가슴이 다시 부푸는 느낌이었지만, 이번에는 자랑스러워서가 아니었다. 만족감, 사랑 때문이었다. 엄마에 대한, 오빠에 대한 사랑.

바로 그때 나는 아빠를 보았고, 그러자 부풀었던 가슴이 즉시 가라앉았다. 아빠는… 멀리 있는 것 같았다. 생각에 잠겨서. 우리 주변에서 일어나는 일이 아니라 다른 무언가에 정신이 팔려서. 자기 생각에 정신이 팔려서. 나는 아빠가 보드카 냄새를 맡은 게 아닐까 걱정되어서 내 숨결에서 무슨 냄새가 나는지 맡아보려고 했다. 리나가 우리에게 그 병을 건네는 것을 아빠가 본 게 아닐까 싶었다. 아무튼 아빠는 우리를 보고 있었으니까. 리나를 보고 있었으니까.

"그랬겠지. 하지만 습관이 되면 안 된다, 알았지?" 쿠퍼가 나를 내려다보고 미소를 지으며 말했다.

"뭐가 말이야?"

"뭔지 알잖아."

내가 눈썹을 찌푸렸다.

"하지만 오빠는 마시잖아."

"그래, 난 너보다 나이가 많으니까. 달라."

"리나가 어딘가에서는 시작은 있어야 한다고 그랬어."

쿠퍼가 고개를 저었다.

"걔 말 듣지 마. 리나처럼 되고 싶은 건 아니잖아."

하지만 맞았다. 나는 리나처럼 되고 싶었다. 리나의 자신만만함을, 광채를, 그 영혼을 갖고 싶었다. 리나는 스프라이트 병 같았다. 겉모습과 내면이 전혀 달랐다. 독약처럼 위험했다. 하지만 또 중독적이고 사람을 자유롭게 만들기도 했다. 나는 이미 맛을 보았고, 더욱 원하게 되었다. 그날 밤 집으로 돌아올 때 진입로에서 반딧불이를 봤던 기억이 난다. 늘 그랬듯이 하늘의 별자리처럼 반짝였다. 하지만 그날 밤에는 다르게 느껴졌다. 반딧불이가 다르게 느껴졌다. 손으로 반딧불이를 한 마리 잡아서 손가락 사이로 파닥거림을 느끼며 물병에 조심스럽게 넣고 비닐로 덮었던 기억이 난다. 나는 작은 숨구멍을 뚫어 준 다음 내 방 침대에 누워 이불을 덮고서 병에 갇힌 채 몇 시간이고 어둠 속에서 반짝이는 반딧불이를 보았다. 그리고 천천히 숨을 쉬며 리나를 생각했다.

나는 그날 리나의 모든 것을 외웠다. 공기가 습해지면 머리카락 끝이 곱슬곱슬해져서 꼭 금빛 후광 같았다. 우리 아빠 쪽을 보며 손을 흔들 때처럼 흔들리는 병과 흔들리는 엉덩이와 흔들리는 손가락으로 사람들을 놀리던 모습, 머리 모양과 옷차림, 특히 배꼽에서 달랑거리던 작은 반딧불이. 배꼽 주변에 손을 동그랗게 모으고 나를 끌어당겼을 때 어둠 속에서 반짝이던 그 빛.

그래서 4개월 뒤 아빠의 벽장 깊숙이 숨겨진 그것을 다시 보았을 때 너무나도 생생하게 기억할 수 있었다.

11

오브리의 귀걸이가 발견된 것은 좋지 않은 징조였다. 귀걸이가 묘지 흙바닥에 밀어 넣어진 광경을 보자 피가 차갑게 식었고, 그 함의가 방화 모포처럼 수색대 전체를 덮어 조금 전만 해도 공동묘지 전체에서 박동하던 불꽃을 꺼버렸다. 귀걸이가 발견된 후 모두의 어깨가 약간 더 처지고 고개가 조금 더 수그러들었다.

그리고 나는 리나를 생각하게 되었다.

나는 사이프러스 공동묘지에서 나오자마자 사무실로 갔다. 더 이상 견딜 수가 없었다. 비명을 지르는 매미와 죽은 풀을 짓밟는 소리, 수색대가 가끔 콧바람을 불거나 침을 뱉는 소리, 저 멀리 모기가 앵앵거리다가 누군가 철썩 때리는 소리들을 견딜 수가 없었다. 카키색 카고 바지를 입은 여자는 경찰이 그녀가 발견한 물건을 증거품 봉투에 안전하게 봉해서 가지고 간 뒤부터 우리가 한 팀이라고 생각하는 것 같았다. 개구리처럼 쪼그리고 앉아 있던 그녀가 일어나서 허리에 손을 얹더니 다음 단서를 찾으러 어디로 가야 하는지 내가 말해 줘야 할 것처럼 기대에 차서 나를 보았다. 그 순간 나는 침입자가 된 것 같았다. 더 이상 거기 있으면 안 될 것 같았다. 영화에서 어떤 역할을 맡아서 내가 아닌 다른 뭔가인 척하는 것 같았다. 그래서 나는 한마디도 없이 돌아서서 걸어갔다. 차에 올라타고 떠날 때까지 내 등에 달라붙는 시선들이 느껴졌고, 그 이후에도 여전히 누가 지켜보는 듯한 느낌이 들었다.

나는 사무실 건물 밖에 차를 세우고 미친 듯이 계단을 올라가서 열쇠를 넣고 돌리며 문을 민다. 텅 빈 대기실 불을 딸칵 켜고 사무실로 들어간다. 한 발 한 발 책상에 다가갈수록 손의 떨림이 가라앉는다. 이제 나는 의자에 앉아서 숨을 크게 내쉬고 몸을 옆으로 숙여 맨 아래 서랍을 연다. 산더미 같은 약병이 나를 보면서 하나같이 자기를 골라 달라고 애원한다. 나는 약병들을 보면서 뺨 안쪽 살을 잘근잘근 씹는다. 약병을 하나 집어 들고 또 하나 집어 들어 나란히 두고 비교한 다음, 아티반 1밀리그램을 먹기로 한다. 나는 손바닥에 놓인 작은 오각형 알약을 찬찬히 살핀다. 가루가 날릴 듯한 흰색 약에 양각으로 'A'라고 새겨져 있다. 나는 용량이 적다며 합리화한다. 내 몸을 침착함으로 살짝 감쌀 정도의 양이다. 나는 알약을 입에 넣고 물도 없이 삼킨 다음 발로 서랍을 밀어서 닫는다.

사무실 의자에 앉아서 생각에 잠겨 몸을 뒤척이다가 전화기를 보니 빨간 불빛이 깜빡거린다. 음성 메시지가 하나 있다. 나는 스피커폰을 켜고 방 안에 울려 퍼지는 익숙한 목소리를 듣는다.

데이비스 박사님, 〈뉴욕타임스〉의 에런 잰슨입니다. 전에 통화했었는데요, 음, 한 시간만 시간 내서 이야기를 들려주시면 정말 감사하겠습니다. 기사는 어차피 낼 거니까 박사님 입장을 말할 기회를 드리고 싶어요. 이 번호로 전화 주시면 제가 바로 받을 겁니다.

그런 다음 침묵이 흐르지만, 숨소리가 들린다. 생각하는 중이다.

당신 아버지에게도 연락할 생각입니다. 알려 드려야 할 것 같아서요.

딸깍.

나는 의자 깊숙이 눌러 앉는다. 지난 20년 동안 나는 모든 의미에서 아빠를 열심히 피해 다녔다. 아빠와 대화를 나누지도 않고, 아빠를 생각하지도 않고, 아빠에 대해서 이야기하지도 않았다. 처음에, 아빠가 체포된 직후에는 그렇게 하기가 힘들었다. 사람들이 우리를 괴롭히고 밤에 집으로 찾아와서 팻말을 흔들며 고래고래 욕을 했다. 죄 없는 소녀들의 살해에 마치 우리도 가담한 것처럼. 우리가 뭔가 알면서도 모른 척한 것처럼. 사람들은 우리 집에 달걀을 던지고, 아직 마당에 세워져 있던 아버지의 트럭 타이어를 칼로 긋고, 흘러내리는 빨간 스프레이페인트로 집 옆면에 변태라고 적었다. 어느 날 밤에는 누가 엄마 방에 돌멩이를 던져서 창문이 깨져 자고 있던 엄마의 몸에 산산이 부서진 유리가 떨어졌다. 뉴스는 딕 데이비스가 브로브리지 연쇄살인범으로 밝혀졌다는 소식으로 도배되었다.

그리고 연쇄살인범이라는 그 말로써 완전히 확정된 것 같았다. 왠지 모르겠지만 나는 신문에 보도될 때까지, 아빠에게 그런 꼬리표가 붙을 때까지 아빠를 연쇄살인범이라고 생각하지 않았다. 우리 아빠에게, 다정한 목소리를 가진 다정한 남자에게 그건 너무 가혹하게만 느껴졌다. 아빠는 나에게 자전거 타는 법을 가르쳐 주었다. 손으로 핸들을 잡고 같이 달렸다. 아빠가 처음 핸들에서 손을 놓았을 때 나는 울타리와 충돌해서 나무 가로대에 정면으로 부딪치는 바람에 뺨이 얼얼하게 아팠다. 뒤에서 아빠가 달려와 나를 안아 올렸던 것이, 눈 밑의 상처를 꽉 누르던 젖은 수건의 온기가 기억난다. 셔츠 소매로 눈물을 닦아 주고 헝클어진 머리카락에 입을 맞춰 주었다. 그런 다음 내 헬멧을 더 단단히 조이고 다시 타 보라고 했다. 밤이면 아빠는 내 이불을 꼭 꼭 덮어 주고 이야기를 직접 만들어서 들려주었고, 단지 내가 웃는 모습을 보려고 화장실에서 코밑수염을 만화의 등장인물처럼 깎고 나와서 내가 왜 소파 쿠션에 파고들며 눈물이 흘러내릴 정도로 깔깔 웃는지 모르는 척했다. 그런 남자가 연쇄살인범일 리 없었다. 연쇄살인범은 그러지 않는다…. 아닌가?

하지만 아빠는 연쇄살인범이었고, 연쇄살인범도 그런 행동을 했다. 아빠가 그 여자애들을 죽였다. 아빠가 리나를 죽였다. 나는 축제 날 아빠가 리나를 보는 시선을, 죽어 가는 동물을 보는 늑대처럼 열다섯 살짜리의 몸매를 훑는 그 시선을 봤다. 나는 항상 그 순간을 모든 일의 시작이라고 생각할 것이다. 나는 가끔 나 자신을 탓한다. 어쨌든 리나는 나랑 얘기하고 있었으니까. 리나는 나 때문에 셔츠를 들어 올렸고, 나에게 배꼽 링을 자랑했다. 내가 거기 가지 않았다면 아빠가 리나를 그렇게 보았을까? 리나를 그런 식으로 생각했을까? 그해 여름에 리나가 우리 집에 몇 번 왔다. 지나는 길에 들러서 작아서 못 입는 옷이나 듣던 CD를 가져다주었다. 그때마다 아빠는 내 방에 들어왔다가 나무 바닥에 배를 깔고 엎드린 리나를, 허공을 자유롭게 차는 다리와 찢어진 청반바지 밖으로 튀어나온 엉덩이를 보고 걸음을 멈췄다. 한참을 빤히 보고는 헛기침을 하고 나갔다.

아빠의 재판은 TV로 중계되었다. 나도 봤기 때문에 안다. 처음에 엄마는 우리에게 TV를 보여 주지 않으려 했고, 우연히 거실에 들어갔다가 엄마가 화면에 코가 닿을 만큼 TV 앞에 쭈그리고 앉아 있는 것을 발견했을 때 우리를 내쫓았다. 엄마는 애들이 보는 게 아니라고, 나가서 바람이라도 쐬고 오라고 말했다. 엄마는 청소년 관람 불가 등급의 영화라도 보고 있었던 것처럼, TV에 나오는 것이 살인으로 재판을 받는 아빠가 아닌 것처럼 굴었다.

하지만 어느 날, 그것조차도 바뀌었다.

초인종이 울렸던 기억이 난다. 항상 고요한 우리 집에 초인종 소리가 울려 퍼져 괘종시계가 진동하고, 그 작은 웅웅거림에 내 팔의 솜털이 쭈뼛 섰다. 우리 모두 하던 일을 멈추고 문을 빤히 보았다. 이제는 아무도 우리를 찾아오지 않았다. 우리를 찾아오는 사람들은 저런 예의 바른 형식 같은 것을 버린 지 오래였다. 그들은 소리를 지르고 물건을 던졌고, 더 심할 때는 쥐죽은 듯 고요하게 다가왔다. 한동안은 우리 땅에 낯선 발자국들이 어지럽게 나 있었다. 낯선 사람이 밤에 살금살금 찾아와서 기분 나쁜 뭔가에 매료된 듯 창문 안을 몰래 들여다보며 남긴 발자국이었다. 우리가 박물관 유리 상자 안에 보존된 진기한 물건, 귀신이 붙은 이상한 물건이라도 된 것 같았다. 내가 결국 그 남자를 잡았던 날이 생각난다. 나는 흙길을 따라 걸어가서 그의 뒤통수를 보았다. 집에 아무도 없는 줄 알고 안을 엿보고 있었다. 내가 솟구치는 아드레날린과 분노에 차서 소매를 걷어붙이고 앞뒤 재지도 않고 그에게 달려들었던 기억이 난다.

"도대체 누구야?" 내가 주먹 쥔 손을 옆구리에 딱 붙이고 소리쳤다. 우리의 삶이 전시되는 것이 너무 지긋지긋했다. 사람들이 우리를 인간도 아닌 것처럼, 진짜가 아닌 것처럼 대하는 것이 지긋지긋했다. 그가 빙글 돌아서서 양손을 들고 커다란 눈으로 나를 빤히 보았다. 여기 아직도 사람이 살고 있다는 생각은 해 보지도 않은 것처럼. 알고 보니 나보다 나이가 많을까 말까 한 아이에 불과했다.

"아무도 아니야." 그가 말을 더듬었다. "난… 아무도 아니야."

우리는 침입자와 좀도둑과 협박 전화에 너무 익숙해져 있었기 때문에 그날 아침 예의 바른 초인종 소리가 들리자 저 두꺼운 시더 목재 문 뒤에서 안으로 초대받기를 끈질기게 기다리는 사람이 누구인지 아는 것이 더 두려울 지경이었다.

"엄마." 문을 보던 내가 엄마에게 시선을 돌리며 말했다. 엄마는 부엌 식탁에 앉아서 숱이 점점 적어지는 머리카락을 움켜쥐고 있었다. "나가실 거예요?"

엄마는 내 목소리가 낯설다는 듯이, 내 말을 알아듣지 못하겠다는 듯이 혼란스러운 표정으로 나를 보았다. 엄마는 하루하루 변하는 것 같았다. 축 처진 살갗에 주름이 더 깊이 파고들었고, 충혈되고 지친 눈 밑에 검은 그림자가 스며들었다. 마침내 엄마가 말없이 일어나서 작고 둥근 창을 내다보았다. 경첩이 삐걱이는 소리, 깜짝 놀란 엄마의 낮은 목소리.

"아, 시오. 안녕하세요. 들어와요."

시어도어 게이츠는 아버지의 변호사였다. 나는 그가 느릿하고 육중한 걸음으로 들어오는 모습을 지켜보았다. 반질반질한 서류 가방, 약지에 끼워진 두꺼운 금반지가 기억난다. 그는 나를 보며 안됐다는 듯이 미소를 지었지만 나는 얼굴을 찌푸렸다. 아빠가 저지른 짓을 변호하면서 어떻게 밤에 잠을 이루는지 이해할 수가 없었다.

"커피 좀 드릴까요?"

"그럼요, 모나. 네, 그거 좋겠네요."

엄마가 부엌에서 비틀비틀 움직이며 타일 카운터에 도자기 머그잔을 내려놓았다. 나는 엄마가 사흘 전에 내려놓았던 커피를 따르고 크림을 넣지 않아 섞을 것도 없는데 스푼을 넣고 멍하니 빙빙 돌리는 모습을 보았다. 그런 다음 엄마가 게이츠 씨에게 잔을 건넸다. 그는 살짝 한 모금 마시고 목을 가다듬더니 잔을 식탁에 내려놓고 새끼손가락으로 멀찍이 밀었다.

"있잖아요, 모나. 몇 가지 소식이 있어요. 먼저 저를 통해서 듣는 게 좋을 것 같아서요."

엄마는 말없이 부엌 싱크대 위 곰팡이 때문에 초록색으로 물든 작은 창문을 내다보았다.

"남편분의 형량 협상을 받아 냈습니다. 아주 괜찮은 조건이에요. 남편분도 받아들일 겁니다."

그러자 엄마는 뒷목에서부터 팽팽하게 잡아당긴 고무밴드를 탁 놓은 것처럼 고개를 번쩍 들었다.

"루이지애나주에는 사형 제도가 있어요. 그 위험을 감수할 수는 없습니다." 그가 말했다.

"얘들아, 위층으로 올라가."

엄마가 거실 바닥의 깔개에 앉아 있던 쿠퍼와 나를 보았다. 나는 아빠의 파이프가 떨어졌던 부분의 탄 구멍을 손가락으로 뜯고 있었다. 우리는 순순히 자리에서 일어나 말없이 부엌을 지나 계단을 올라갔다. 하지만 방문 앞에 다다르자 큰 소리로 문을 열었다 닫고 살금살금 난간으로 돌아가서 맨 꼭대기 계단에 앉았다. 그런 다음 귀를 기울였다.

"설마 사형을 받을 거라고 생각하시는 건 아니죠? 증거도 거의 없잖아요. 살해 도구도, 시체도 없어요." 엄마가 속삭이며 말했다.

"증거가 있습니다. 아시잖아요. 보셨잖아요." 그가 말했다.

엄마가 한숨을 내쉬며 의자를 꺼내 앉자 의자가 끼익 소리를 냈다.

"하지만 그게… 사형을 받기에 충분하다고 생각하시는 건 아니죠? 제 말은, 지금 우리가 얘기하는 건 사형선고예요. 그건 철회할 수가 없어요. 합리적 의심을 넘어서 확신할 수는 없는…."

"지금 우리가 얘기하는 건 소녀 여섯 명의 살인 사건이에요. 여섯 명이요. 당신 집에서 실체적인 증거가 발견됐고, 아이들이 사라지기 전에 딕이 적어도 그중 절반과 접촉했음을 확인하는 증언이 있어요. 게다가 새로운 이야기가 떠돌고 있어요. 당신도 분명 들었을 겁니다. 리나가 처음이 아니라는 얘기 말이에요."

123

"그런 건 전부 추측이에요. 딕이 또 다른 아이에 대해서도 책임이 있다는 증거는 없어요." 엄마가 말했다.

"또 다른 아이한테도 이름이 있습니다." 변호사가 내뱉었다. "이름을 말해야죠. 타라 킹."

"타라 킹." 혀끝에서 어떤 느낌이 날까 궁금해서 속삭여 보았다. 나는 타라 킹이라는 이름은 처음 들었다. 쿠퍼의 손이 쑥 튀어나와 내 팔을 때렸다.

"클로이." 오빠의 잇새로 씩씩거리며 내 이름을 불렀다. "닥쳐."

부엌은 조용했다. 오빠와 나는 숨을 참고 엄마가 계단 밑에 나타나기를 기다렸다. 하지만 엄마는 이야기를 계속했다. 못 들은 것이 분명했다.

"타라 킹은 가출했잖아요." 마침내 엄마가 말했다. "부모님한테 떠난다고 말했잖아요. 이 모든 일이 시작되기 거의 1년 전에 쪽지를 남겼어요. 패턴이 안 맞아요."

"그건 상관없어요, 모나. 타라 킹은 여전히 실종 상태예요. 아무도 그 애 소식을 못 들었고, 배심원들은 동요하고 있어요. 배심원들은 이번 사건을 감정적으로 판단하고 있어요."

엄마는 말없이 대답을 거부했다. 부엌이 보이지 않았지만 나는 상상이 갔다. 팔짱을 꼭 끼고 앉아 있는 엄마. 시선은 어딘가 먼 곳을 향하고 있고, 점점 더 아득해진다. 엄마는 멀어지고 있었다. 빠른 속도로 멀어지고 있었다.

"힘들어요. 아시잖아요. 이렇게 세상을 들끓게 한 사건은 그래요." 시오가 말했다. "벌써 텔레비전이 딕의 얼굴로 도배되었어요. 우리가 어떤 주장을 하든 사람들은 이미 결론을 내렸어요."

"포기하고 싶다는 거군요."

"아뇨, 저는 딕이 살기를 바라는 겁니다. 유죄를 인정하면 사형은 논외예요. 우리의 선택지는 그것뿐입니다."

집은 조용했다. 너무 조용했기 때문에 나는 보이지 않는 곳에 앉아 있는 우리의 낮고 느린 숨소리가 두 사람에게 들리는 게 아닐까 걱정되기 시작했다.

"제가 애써 볼 다른 단서가 없다면 말입니다." 그가 덧붙였다. "저한테 말하지 않은 게 있다면 뭐든지 좋아요."

나는 다시 숨을 참고 귀청이 터질 것 같은 침묵 속에서 열심히 귀를 기울였다. 심장이 내 이마에서, 눈에서 두근거렸다.

"아뇨." 마침내 엄마가 말했다. 목소리에 패배의 기운이 서려 있었다. "아뇨, 없어요. 당신이 모르는 건 없어요."

"좋아요. 그럴 것 같았습니다. 모나…." 시오가 한숨을 쉬며 말했다.

나는 엄마가 눈물이 글썽글썽한 눈으로 그를 올려다보는 모습을 상상했다. 투지를 모두 잃은 채.

"거래의 일환으로 딕이 경찰을 시체가 있는 곳으로 안내해야 합니다."

침묵이 다시 돌아왔지만 이번에는 모두가 할 말을 잃었다. 그날 시어도어 게이츠가 우리 집에서 걸어 나가는 순간 모든 것이 바뀌었기 때문이다. 아빠는 더 이상 유죄 추정이 아니었다. 유죄 확정이었다. 아버지는 배심원단뿐만 아니라 우리에게도 죄를 인정했다. 그리고 엄마는 노력하기를 서서히 포기했다. 더 이상 신경 쓰지 않았다. 하루 이틀 지나면서 엄마의 눈은 유리로 변한 것처럼 탁해졌다. 엄마는 집 밖으로 나가지 않다가, 자기 방에서 나오지 않다가, 결국에는 침대에서 나오지 않았고, 남겨진 쿠퍼와 나는 텔레비전 화면에 코를 박고 있었다. 아빠는 유죄를 인정하는 대신 감형을 받았고, 마침내 형을 선고받을 때 우리도 그 장면을 지켜보았다.

"왜 그랬습니까, 데이비스 씨? 왜 그 애들을 죽였습니까?"

아빠가 판사의 시선을 피해 자기 무릎을 내려다보았다. 재판정은 조용했고, 무거운 공기 속에서 다들 숨을 참았다. 아빠는 그 질문에 대해서 곰곰이 생각하는 것 같았다. 정말로 진지하게 생각을 하면서 마음속으로 질문을 곱씹는 것 같았다. 모든 것을 멈추고 왜라는 단어에 대해서 처음으로 생각해 보는 사람처럼.

"제 마음속에 어둠이 있습니다. 밤이 되면 튀어나오는 어둠이요." 마침내 아빠가 말했다.

나는 쿠퍼를 올려다보며 오빠의 표정에서 설명을 찾으려 했지만 쿠퍼는 홀린 듯이 TV만 멍하니 보고 있었다. 나는 고개를 돌렸다.

"어떤 어둠입니까?" 판사가 물었다.

아빠가 고개를 저었고 한쪽 눈에 눈물이 차오르더니 뺨을 타고 흘러내렸다. 재판정이 어찌나 조용했는지 나는 눈물이 탁자에 톡 떨어지는 소리가 들렸다고 맹세할 수도 있었다.

"모르겠습니다." 아빠가 조용히 말했다. "저도 모르겠어요. 너무 강력해서 저항할 수가 없습니다. 저는 노력했습니다. 오랫동안요. 오래, 아주 오랫동안 말입니다. 하지만 이제 더 이상 저항할 수가 없어요."

"그 어둠이라는 것 때문에 어쩔 수 없이 그 여자애들을 죽였다는 말입니까?"

"네." 아빠가 고개를 끄덕였다. 이제 눈물이 얼굴을 타고 줄줄 흘렀고 코에서는 콧물이 흘렀다. "네, 그렇습니다. 그림자 같은 거예요. 방 한구석에서 거대한 그림자가 항상 맴돌고 있습니다. 모든 방에서요. 저는 그림자 속으로 들어가지 않으려고 애썼습니다. 빛 속에 남아 있으려고 노력했어요. 하지만 이제 더 이상 그럴 수가 없었습니다. 그림자가 나를 끌어당겨 통째로 삼켰어요. 가끔 저는 그림자가 악마 그 자체가 아닐까 생각합니다."

그 순간 나는 아빠가 우는 모습을 한 번도 본 적 없음을 깨달았다. 내가 아빠의 지붕 아래 살았던 12년 동안 아빠는 내 앞에서 눈물을 흘린 적이 단 한 번도 없었다. 부모님이 우는 모습을 보는 것은 고통스러운 경험, 심지어는 불편한 경험이다. 나는 이모가 세상을 떠난 다음 부모님 방에 불쑥 들어갔다가 침대에서 울고 있는 엄마를 발견한 적이 있었다. 엄마가 고개를 들자 베개에 엄마의 얼굴 모양이 찍혀 있었다. 눈물, 콧물, 침이 엄마의 이 목구비가 있던 곳을 표시했다. 유령의 집에서 나오는 스마일리를 천에다가 찍어놓은 것 같았다. 그것은 불쾌한 장면이었고 마치 딴 세상의 경험 같았다. 엄마의 얼룩진 얼굴과 빨간 코, 내 시선을 의식해서 뺨에 달라붙은 젖은 머리카락을 넘기면서 아무 문제도 없는 척 나를 향해 짓는 미소. 나는 깜짝 놀라 문간에 서 있다가 천천히 뒷걸음질 쳐서 나온 다음 아무 말 없이 문을 닫았던 기억이 난다. 하지만 전국 방송에서 우는 아빠를, 입술 위 주름에 고였다가 탁자에 놓인 공책에 툭 떨어져 얼룩을 만드는 눈물을 보자 역겨움밖에 느껴지지 않았다.

내가 생각했을 때 아빠의 감정은 진짜 같았지만, 설명은 억지스럽고 미리 짠 것 같았다. 대본을 읽는 것 같았고, 죄를 자백하는 연쇄살인범의 역할을 연기하는 것 같았다. 나는 아빠가 동정을 바라고 있음을 깨달았다. 아빠는 자기 자신만 빼고 사방에다가 책임을 전가하고 있었다. 아빠는 자기가 저지른 짓이 유감이 아니라 잡힌 것이 유감이었다. 아빠가 자기 행동을 허구의 존재, 구석에 숨어서 아빠가 그 아이들의 목을 조르도록 강요하는 악마의 탓으로 돌린다고 생각하자 설명할 수 없는 분노가 온몸을 관통했다. 내가 두 주먹을 꼭 쥐자 손바닥이 손톱에 찔려서 피가 났다.

"망할 겁쟁이." 내가 내뱉었다. 쿠퍼가 내 말에, 나의 분노에 깜짝 놀라 나를 보았다.

내가 아버지를 본 것은 그때가 마지막이었다. 텔레비전 화면에 비친 아빠의 얼굴, 자신이 그 여자애들의 목을 조르고 10에이커짜리 우리 땅 뒤쪽 숲에 시체를 묻게 만든 보이지 않는 괴물에 대해서 설명하는 모습. 아빠는 경찰을 시체가 있는 곳으로 안내하겠다는 약속을 지켰다. 순찰차 문이 쾅 닫히는 소리가 들리고 아빠가 형사들을 숲으로 안내할 때 나는 일부러 창밖을 쳐다도 안 봤던 기억이 난다. 경찰은 여자애들의 체모, 옷의 섬유를 발견했지만 시체는 찾지 못했다. 짐승이 물고 간 것이 분명했다. 악어나 코요테, 끼니가 간절한 늪에 숨어 사는 또 다른 짐승. 하지만 나는 아빠의 말이 사실이라는 것을 알았다. 어느 날 밤 그곳에서 아빠를 봤기 때문이다. 시커먼 형체가 흙을 뒤집어쓴 채 숲에서 나타났다. 어깨에 삽을 걸치고서 내가 뒤에서 지켜보고 있는 줄도 모른 채 우리 집으로 구부정하게 돌아왔다. 아빠가 시체를 묻은 다음 집으로 돌아와서 나에게 잘 자라고 인사하며 입을 맞췄다고 생각하니 나는 내 껍데기에서 기어나가 다른 곳에서 살고 싶었다. 아주 먼 곳에서.

내가 한숨을 쉰다. 아티반 때문에 팔다리가 따끔거린다. 나는 텔레비전을 끈 날, 아빠가 죽은 셈 치기로 했다. 물론 아빠는 죽지 않았다. 협상 덕분에 사형은 면했지만 루이지애나 주립 교도소에서 가석방 없는 종신형을 순차적으로 여섯 번 복역하게 되었다. 하지만 나에게 아빠는 죽었다. 나는 그 편이 좋다. 하지만 갑자기 내 거짓말을 믿기가 점점 더 힘들어지고 있다. 잊기가 점점 더 힘들다. 어쩌면 결혼식 때문에, 식장에서 아빠가 내 손을 잡고 걸어가지 않는다는 생각 때문일지도 모른다. 어쩌면 다가오는 20주년 기념일 때문일지도, 내가 절대 관여하고 싶지 않았던 이 끔찍한 이정표를 인정하라고 강요하는 에런 잰슨 때문일지도 모른다.

어쩌면 오브리 그라비노 때문일지도 모른다. 너무 빨리 떠나버린 열다섯 살 소녀.

다시 책상을 보니 노트북이 시야에 들어온다. 내가 노트북을 열자 화면이 반짝이며 살아난다. 나는 검색창을 새로 띄우고 키보드 위에서 손가락을 머뭇거린다. 그러다가 타자를 치기 시작한다.

우선 나는 구글에서 '〈뉴욕타임스〉 에런 잰슨'을 검색한다. 화면 가득 기사가 뜬다. 나는 첫 번째 기사를, 그다음 기사를 대충 본다. 그리고 또 다음 기사. 이 남자가 살인과 타인의 불행에 대해 글을 써서 먹고 산다는 사실이 분명해진다. 센트럴파크 덤불에서 발견된 머리 없는 시신, 눈물의 고속도로(캐나다 브리티시콜롬비아의 프린스조지에서 프린스루퍼트를 잇는 725킬로미터 길이의 16번 고속도로를 가리키는 말로, 1970년대부터 실종과 살인 사건이 빈번하게 일어났기 때문에 이런 별칭이 붙었다―옮긴이 주)를 따라 줄줄이 실종된 여자들. 그의 정보를 클릭하자 작고 동그란 흑백 얼굴 사진이 나온다. 얼굴과 목소리가 어울리지 않는 유형이다. 꼭 두 사이즈 큰 목소리를 뒤늦게 이어 붙인 것 같다. 목소리는 낮고 남성적이지만 생김새는 그것과 거리가 멀다. 나이는 30대 중반 정도에 마른 체형이고, 시력 교정용은 아닌 듯한 뿔테 안경을 쓰고 있다. 청광 차단용 안경인가 보다. 안경을 쓰고 싶은 사람들을 위해서 만든 안경 말이다.

원 스트라이크.

딱 맞는 격자무늬 셔츠 차림인데 소매를 팔꿈치까지 걷어 올렸고, 앙상한 가슴에 얇은 니트 타이가 축 늘어져 있다.

투 스트라이크.

나는 세 번째 스트라이크를 찾아서 기사를 훑어본다. 에런 잰슨이라는 사람 역시 우리 가족을 착취하려고 호시탐탐 노리는 비열한 기자임을 증명할 또 다른 이유를 찾아서. 나는 이와 비슷한 인터뷰 요청을 받은 적이 있다. 그것도 아주 많이 받았다. "당신 입장에서 이야기를 듣고 싶습니다"와 같은 말도 많이 들었다. 그리고 나는 그 말을 믿었다. 그 사람들을 받아들였다. 나는 그들에게 내 입장을 이야기했지만, 결국 며칠 뒤 우리 가족을 아버지가 저지른 범죄의 공범으로 그려 놓은 기사를 읽으며 경악할 뿐이었다. 그들은 수사 결과 불륜이 드러나자 엄마가 아빠를 두고 바람을 피워서 아빠를 감정적으로 약하게 만들고 여자에 대한 분노를 부추겼다며 엄마를 탓했다. 또 엄마가 그 여자애들을 우리 집에 들여놓았다고, 불륜 상대들에게 정신이 팔려서 아빠가 여자애들을 흘끔거리고 밤에 몰래 빠져나가고 옷에 흙을 묻힌 채 집에 들어와도 알아차리지 못했다고 비난했다. 몇몇 기사는 심지어 엄마가 그 사실을 알고 있었고, 아빠의 마음속 어둠을 알면서도 모르는 척했다고 암시했다. 어쩌면 남편의 소아성애, 남편의 분노 때문에 바람을 피웠을지도 모른다고 했다. 엄마가 정신이 나간 것은 죄책감 때문이라고, 이 모든 사건에서 자신이 한 역할에 대한 죄책감 때문에 자기 안에 틀어박혀서 아이들이 엄마를 가장 필요로 할 때 버렸다고 했다.

그리고 아이들. 아이들 이야기는 시작도 하지 말자. 뭐든지 잘하고 인기 많은 쿠퍼를 아빠가 샘냈다고들 했다. 소년답게 잘생긴 얼굴, 레슬링으로 단련된 이두근, 매력적이고 삐딱한 미소를 여자애들과 똑같은 눈으로 보았다고. 쿠퍼는 여느 십 대 소년처럼 집에 포르노를 숨겨 두었는데, 나 때문에 아빠가 바로 알게 되었다. 어쩌면 어둠이 구석에서 기어 나온 것은 그 때문이었을지도 모른다. 어쩌면 포르노 잡지를 팔랑팔랑 넘기다가 아빠가 몇 년 동안이나 억눌러온 내면의 무언가가 풀려났을지도 몰랐다. 잠재적인 폭력성이.

그리고 나, 클로이가 있었다. 화장을 하고 다리털을 밀고 축제날 리나가 그랬던 것처럼 셔츠를 올려 배꼽을 드러내기 시작한 사춘기 딸. 내가 그런 꼴로 집 안을 돌아다니기 시작했다. 우리 아빠 주위를.

전형적인 피해자 탓하기였다. 아빠는 자신도 설명할 수 없는 비열한 면을 가진 또 다른 중년 백인 남자였다. 아빠는 구체적인 설명을 하지 않았고 그럴듯한 이유도 내놓지 않았다. 그저 어둠이라고만 말했다. 물론 납득할 수가 없었다. 사람들은 평범한 백인 남자가 이유도 없이 사람을 죽인다는 사실을 믿지 않으려 했다. 그래서 우리가 그 이유가 되었다. 아내의 무관심, 아들의 비웃음, 점점 난잡해지는 딸. 그의 연약한 에고는 이 모든 것을 견디지 못했고, 그래서 부러졌다.

나는 그 질문들, 내가 몇 년 전에 받았던 질문들을 아직도 기억한다. 내 답변은 왜곡된 채로 신문에 인쇄되고 인터넷에 저장되었고, 언제든지 컴퓨터 스크린에 불러올 수 있게 되었다.

"아버지가 왜 이런 범행을 저질렀다고 생각하세요?"

나는 펜으로 아직 상처 하나 없이 반짝이던 명패를 톡톡 두드렸던 기억이 난다. 내가 아직 배턴루지 종합병원 1년 차였을 때 그 인터뷰를 했다. 일요일 자 신문에 실리는 훈훈한 기사가 될 예정이었다. 리처드 데이비스의 딸이 심리 상담사가 되어 어린 시절에 겪은 트라우마를 바탕으로 다른 불안정한 아이들을 돕다.

"모르겠어요." 마침내 내가 말했다. "때로는 이런 일들에 명확한 답이 없어요. 아빠는 지배력이, 통제한다는 느낌이 필요했을 거예요. 어렸을 때의 저는 몰랐지만요."

"어머니는 아셨을까요?"

나는 말을 멈추고 빤히 보았다.

"아버지가 드러내는 위험 신호를 빠짐없이 알아차리는 것이 제 어머니의 책임은 아니었어요. 너무 늦을 때까지 명백한 위험

신호가 없는 경우가 많아요. 테드 번디를, 데니스 레이더를 보세요. 여자친구와 아내, 가족 모두 그들이 밤에 무슨 짓을 하고 다니는지 전혀 몰랐죠. 어머니는 아버지에 대해서, 아버지의 행동에 대해서 책임이 없어요. 어머니에게는 어머니의 삶이 있었으니까요."

"확실히 그랬던 것 같군요. 판결 당시 어머니가 여러 남자와 혼외 관계를 가졌다는 사실이 드러났죠."

"네, 물론 엄마가 완벽한 사람은 아니었어요. 하지만 아무도…."

"특히 리나의 아버지인 버트 로즈와도 관계가 있었죠."

나는 입을 닫았다. 버트 로즈의 모습이 아직도 마음속에 생생하게 떠올랐다.

"어머니가 아버지를 감정적으로 방치했나요? 어머니는 아버지를 떠날 생각이었습니까?"

"아니에요." 내가 고개를 저으며 말했다. "아뇨, 어머니는 아버지를 방치하지 않았어요. 두 사람은 행복했어요. 적어도 전 그렇게 생각했어요. 두 사람은 행복해 보였고…."

"어머니가 당신도 방치했나요? 판결 이후에 자살을 시도하셨죠. 아직 열여덟 살이 안 된 어린 자녀 두 명이 자신을 의지하고 있는데도 말이에요."

그 순간 나는 기사가 이미 작성되어 있음을 깨달았다. 내가 무슨 말을 해도 기사는 바뀌지 않을 것이다. 오히려 그들은 자신들의 맹목적인 생각을 뒷받침하려고 내 말, 심리 상담사로서의 내 말, 아버지의 딸로서의 내 말을 이용하고 있었다. 자기들이 하려는 말을 증명하기 위해서.

웹사이트를 끄고 새 창을 열지만, 내가 뭔가를 입력하기도 전에 화면에서 긴급 속보가 반짝거린다.

오브리 그라비노의 시체 발견

나는 뉴스를 클릭하지도 않는다. 그 대신 책상에서 일어나 노트북을 닫고 아티반의 몽롱한 힘으로 사무실을 나가서 차에 오른다. 나는 무중력 상태로 도로를 달려 시내를 지나고 우리 동네를 지나고 현관문을 지나 어느새 소파에 앉아서 쿠션에 머리를 깊이 묻고 머리 위의 천장을 바라보고 있다.

그리고 주말 내내 소파를 벗어나지 않는다.

이제 월요일 아침이고, 토요일 아침에 와인으로 젖은 부엌 카운터를 닦을 때 썼던 세제의 화학적인 레몬 냄새가 아직도 난다. 주변은 깨끗한 것 같지만 나는 그렇지 않다. 나는 사이프러스 공동묘지에서 돌아온 이후로 샤워를 하지 않았고, 오브리의 귀걸이를 줍다가 묻은 흙이 손톱에 아직도 남아 있다. 모근은 기름기 때문에 축축하다. 손가락으로 머리를 빗으면 원래 그렇듯이 이마로 흘러내리는 것이 아니라 그 자리에 그대로 남아 있다. 출근 전에 샤워를 해야 하지만 동기를 찾을 수가 없다.

네가 지금 겪고 있는 건 외상 후 스트레스 장애 증상과 비슷해, 클로이. 당면한 위험이 없는데도 끊임없는 불안을 느끼는 거지.

물론 충고는 받아들이는 것보다 하는 것이 더 쉽다. 환자들에게 할 법하지만, 내가 들을 때는 고집스럽게 무시하는 말을 되뇌자 위선자, 사기꾼이 된 기분이다. 옆에서 핸드폰이 진동하며 대리석 아일랜드 식탁으로 떨림을 전달한다. 내가 화면을 흘깃 본다. 대니얼이 보낸 새 메시지가 하나 있다. 나는 화면을 옆으로 쓸고 눈앞에 뜬 메시지를 훑어본다.

안녕, 자기. 이제 개회식에 가는 길이야. 아마 하루 종일 연락이 안 될 거야. 좋은 하루 보내. 보고 싶어.

내가 손가락으로 화면을 건드린다. 대니얼의 메시지를 보니 어깨가 아주 조금 가벼워진다. 대니얼이 나에게 끼치는 영향을 뭐라고 설명해야 할지 모르겠다. 지금 내가 뭘 하고 있는지 대니얼이 아는 것만 같다. 내가 물속 깊이 빠져들고 있다는 것을, 너무 피곤해서 매달릴 나뭇가지를 찾을 힘도 없다는 것을 말이다. 대니얼은 나무 사이로 튀어나와 내 셔츠를 잡고 땅으로 끌어 올리는 손이다. 다시 안전하게, 시간에 딱 맞춰서.

나는 그에게 답장을 보내고 카운터에 핸드폰을 올려놓은 다음 커피메이커를 켜고 욕실로 가서 샤워기를 튼다. 세차게 뿜어져 나오는 물이 맨몸을 바늘처럼 찌른다. 나는 살갗을 세차게 때리는 뜨거운 물을 맞으며 잠시 서 있다. 오브리에 대해서, 공동묘지에서 발견된 오브리의 시체에 대해서 생각하지 않으려고 애쓴다. 긁히고 더러워지고 먹을 것을 찾아 득시글거리는 구더기로 뒤덮인 오브리의 살갗을 생각하지 않으려고 애쓴다. 누가 오브리를 찾았을지 생각하지 않으려고 애쓴다. 콧소리가 심하고 숨을 헐떡이며 오브리의 귀걸이를 문이 잠긴 순찰차로 안전하게 가져가던 그 경찰이었을지도 모른다. 아니면 도랑이나 특히 빽빽한 바랭이 덤불로 폴짝 뛰던 카키색 카고 바지, 깊숙한 곳에서 목이 메는 것처럼 소리가 밖으로 나오는 대신 목에 걸리던 그 여자?

나는 그 대신 대니얼을 생각한다. 그가 지금 뭘 하고 있을까 생각한다. 아마 웰컴 커피가 담긴 스티로폼 컵을 들고 이름표를 목에 걸고 뉴올리언스의 서늘한 강당으로 들어가 빈자리를 찾아서 사람들을 살피고 있겠지. 대니얼은 사람을 만날 때 아무 어려움도 없을 것이다. 누구에게나 말을 걸 수 있다. 어쨌거나 병원 로비에서 만난, 감정적으로 곤두서 있는 낯선 사람을 몇 달 만에 약혼자로 만든 사람이니까.

하지만 첫 데이트를 신청한 사람은 나였다. 그것만큼은 나를 인정해 주고 싶다. 어쨌든 그날 그의 명함이 끼워진 것은 내 책이었으니까. 나에게는 그의 전화번호가 있었지만 그에게는 내 번호가 없었다. 나는 지붕에 놓인 상자에 그 책을 다시 넣은 다음 뒷좌석에 싣고 차를 몰고 가면서 룸미러를 통해 배턴루지 종합병원 안으로 사라지는 그를 봤던 기억이 난다. 착하고 잘생겼다고 생각했다. 명함에 '제약 영업'이라고 적혀 있었기 때문에 그가 거기에 있었던 이유가 설명됐다. 나는 그래서 그가 나에게 관심 있는 것처럼 굴었나 싶은 생각이 들었다. 내가 또 다른 고객이 될 수 있기 때문에 말이다. 또 다른 돈줄.

나는 명함의 존재를 절대 잊지 않았다. 명함이 거기 있다는 것을, 한구석에서 조용히 나를 부르고 있다는 사실을 늘 알고 있었다. 나는 최대한 명함을 건드리지 않았다. 3주 뒤 그 상자 하나만 남을 때까지 건드리지도 않고 남겨 두었다. 먼지가 쌓이고 갈라진 책등을 잡고 꺼내서 책장에 정리하다가 딱 한 권만 남았던 때가 기억난다. 빈 상자를 내려다보자 새 소녀(《선악의 정원》 표지에 실린 청동 소녀상. 양손에 그릇을 들고 있는데, 흔히 선과 악을 재는 동작이라고 생각하지만 사실은 새에게 줄 모이나 물을 담는 용도로 만들어졌기 때문에 '새 소녀'라고 부른다―옮긴이 주)가 차가운 청동색 눈으로 나를 마주 보았다. 나는 몸을 숙이고 책을 집어 들어 옆면을 보았다.

나는 손가락으로 책장 모서리를 쓸다가 그의 명함이 아직 끼워져 있는 틈을 만지작거렸다. 그런 다음 엄지를 끼워 넣어 책장을 펼치고 그의 이름을 다시 바라보았다.

대니얼 브릭스.

나는 명함을 꺼내서 손가락 사이에 끼우고 톡톡 치면서 생각에 잠겼다. 그의 번호가 도전하듯 말없이 나를 빤히 보았다. 나는 오빠가 누군가와 지나치게 가까워지기 꺼리는 마음을 이해했다. 한편으로 아버지는 누군가를 제대로 알지 못하면서도 사랑하는 것이 전적으로 가능하다는 사실을 나에게 가르쳐 주었고, 나는 그 생각 때문에 밤잠을 이루지 못했다. 나는 어떤 남자에게 흥미가 생길 때마다 이런 생각을 하지 않을 수 없었다. 이 사람은 뭘 숨기고 있을까? 나에게 말하지 않은 것은 무엇일까? 어느 캄캄한 벽장 속에 비밀을 숨겨 두었을까? 아버지의 벽장 깊숙이 숨겨져 있던 그 상자처럼. 나는 그것을 찾아내는 것이, 그 남자의 진짜 본질을 알게 되는 것이 두려웠다.

하지만 또 한편으로 리나는 누군가를 사랑하다가 아무런 이유도 없이 그 사람을 잃을 수도 있음을 가르쳐 주었다. 정말 좋은 사람을 찾았는데 어느 날 아침에 일어나 보니 억지로든 자기 의지로든 흔적도 없이 사라졌음을 깨닫는 것. 내가 누군가를, 좋은 사람을 정말로 찾아냈다가 그 사람까지 빼앗긴다면 어떻게 할까?

혼자 살아가는 것이 더 쉽지 않을까?

그래서 나는 몇 년 동안 그렇게 했다. 나는 혼자였고 멍하니 고등학교를 다녔다. 쿠퍼가 졸업하고 혼자가 되자 나는 체육관에서 습격을 당했다. 난폭한 남자애들은 내 팔에 잭나이프를 들이대고 지그재그를 그리면서 자기들이 여성을 대상으로 한 폭력을 경멸한다는 것을 보여 주려 애썼다. 그 애들은 아이러니를 깨닫지 못한 채 "이건 너희 아빠 때문이다"라고 내뱉곤 했다. 혼자 집으로 걸어가는 길에 양초에서 떨어지는 촛농처럼 손가락에서 피가 뚝뚝 떨어져 보물 지도처럼 마을에 구불구불한 점선을 그렸던 기억이 난다. 가위표는 보물이 묻힌 곳이다. 대학에 가면 브로브리지에서 벗어날 수 있다고 스스로에게 말했던 기억이 난다. 그 모든 것으로부터 벗어날 수 있다고.

그래서 나는 그렇게 했다.

나는 루이지애나 주립 대학에 다니면서 남자들과 데이트를 했지만 대체로는 피상적인 만남이었다. 사람이 붐비는 술집 뒤쪽에서 술에 취한 채 남자애들과 진하게 어울리고, 남학생 사교 클럽 침실에 몰래 들어가고, 밖에서 열리는 파티의 소음이 들리도록 문을 살짝 열어 두었다. 벽을 통해 울리는 끔찍한 음악, 복도에서 울리는 여자애들의 웃음소리, 손바닥을 쫙 펴고 방문을 두드리는 소리. 우리가 헝클어진 머리로 지퍼도 올리지 못한 채 침실에서 나왔을 때 그 여자애들의 수군거림과 빤히 쳐다보는 눈빛. 그전에 내가 노렸던 남자애가 나를 헐뜯던 말들. 나는 누군가 지나치게 집착하거나 어두컴컴한 침실 구석에서 나를 죽일 위험을 최소화하려고 꼼꼼한 체크리스트를 만들어서 거기에 맞는 남자들만 만났다. 키가 너무 커도 안 되고 지나치게 근육질이어도 안 됐다. 그가 내 위에 올라탈 경우 내가 쉽게 밀어낼 수 있어야 했다. 친구는 있지만(분노에 찬 외톨이를 감수할 수는 없었다) 파티의 중심인물은 아니어야 했다(나는 당연하다는 듯 자기가 얼마나 대단한지 떠벌이는 남자도 감수할 수 없었다. 여자의 몸을 자기 장난감으로만 생각하는 남자 말이다). 항상 딱 적당히 취한 남자여야 했다. 발기하지 않을 정도로 취하지는 않았지만 걸음이 불안정하고 눈이 흐릿할 정도로는 취해야 했다. 그리고 나 역시 적당히 취했다. 몸이 간질간질하고 대담하고 무감각하면서, 상대방이 내 목에 키스를 해도 떼어내지 않을 정도로 경계심은 낮아졌지만 조심성을, 내 몸에 대한 통제력을, 위험에 대한 감각을 잃지는 않을 정도였다. 아침이 되면 상대방은 내 얼굴을 기억하지 못할 때도 있었고, 내 이름은 확실히 기억하지 못했다.

나는 그런 방식이 좋았다. 어린 시절에는 주어지지 않았던 익명성. 가슴에서 느껴지는 다른 사람의 심장박동, 얽힌 손가락의 떨림과 같은 친밀감을 다칠 위험 없이 느낄 수 있다는 사치. 어느 정도 진지한 관계가 딱 한 번 있었지만 끝이 좋지 않았다. 나는 데이트할 준비가 되어 있지 않았다. 다른 사람을 완전히 믿을 준비가 되어 있지 않았다. 하지만 평범하다는 느낌을 느끼고 싶어서, 고독을 떠내려 보내고 싶어서 남자를 만났다. 다른 사람의 몸이 곁에 있으면 덜 외로운 것처럼 나를 속일 수 있을 것 같았다.

하지만 실제로는 그 반대였다.

대학을 졸업한 후에는 병원이 나에게 친구와 동료, 공동체를 제공해 주었기 때문에 밤이 되어 집으로 돌아가서 혼자 똑같은 일과를 반복하기 전까지 그들에게 둘러싸여 지낼 수 있었다. 한동안은 그 방법이 통했지만 개인 사업을 시작하자 나는 어느새 완전히 혼자가 되었다. 매일 밤, 매일 낮. 대니얼의 명함을 다시 손에 들었던 그날, 나는 쿱이나 섀넌이 가끔 보내는 문자 메시지와 엄마가 지내는 곳에서 면회를 오라고 알려 주는 전화를 빼면 몇 주째 다른 사람과 이야기를 나누지 않은 상태였다. 환자가 조금씩 생기면 바뀌리란 것은 알았지만 그건 다른 문제였다. 게다가 환자는 나에게 도움을 받으려고 나와 이야기를 하는 것이지 그 반대는 아니었다.

손에 쥔 대니얼의 명함이 뜨거웠다. 내가 책상으로 걸어가서 의자에 기대어 앉았던 기억이 난다. 나는 전화기를 들고 다이얼을 돌렸고, 벨이 너무 오래 울려서 끊을 뻔했다. 그런데 갑자기 목소리가 들렸다.

"대니얼입니다."

나는 아무 말도 하지 않았다, 숨이 목구멍에 걸렸다. 그가 몇 초 기다렸다가 다시 말했다.

"여보세요?"

"대니얼, 클로이 데이비스예요." 내가 마침내 말했다.

반대편에서 침묵이 흐르자 뱃속이 요동쳤다.

"몇 주 전에 만났었는데요. 병원에서요." 주눅이 든 내가 그에게 상기시켰다.

"클로이 데이비스 박사님." 그가 대답했다. 그의 입가에 미소가 번지는 소리가 들리는 듯했다. "전화를 안 하려나 보다 생각하던 참이에요."

"짐 정리 좀 하느라요. 난… 당신 명함을 잃어버렸다가 마지막 상자 맨 아래에서 찾았어요." 내가 이렇게 말했고, 심장박동이 느려졌다.

"그래서, 이사는 끝났어요?"

"거의요." 내가 어지러운 사무실을 둘러보며 말했다.

"음, 그럼 축하해야겠네요. 한잔할까요?"

나는 모르는 사람이 술을 마시자고 했을 때 승낙한 적이 없었다. 내가 했던 진짜 데이트는 서로를 아는 친구가 주선한 것이었고, 좋은 의도로 베푸는 호의였지만 대체로 내가 데이트를 하는 이유는 모임에 혼자 나오는 사람이 나밖에 없을 때 생기는 어색함 때문이었다. 나는 머뭇거리면서 바쁘다고 핑계를 댈 뻔했다. 하지만 마치 내 입술이 그것을 통제하는 뇌와 반대로 움직이는 것처럼 내가 그러자고 하는 소리가 들렸다. 그날 내가 대화에, 인간과의 상호작용에 그토록 굶주리지 않았다면 그때 그 통화로 끝이었을 것이다.

하지만 그렇게 되지 않았다.

한 시간 뒤, 나는 리버룸의 바에 앉아서 와인 잔을 손에 들고 빙빙 돌리고 있었다. 대니얼은 내 옆의 바 의자에 앉아 있었고 그의 시선이 내 실루엣을 찬찬히 훑어보았다.

"왜요? 이 사이에 뭐가 끼기라도 했어요?" 내가 그의 시선을 의식해서 머리카락을 귀 뒤로 넘기며 물었다.

"아니에요. 아뇨, 그냥… 내가 여기 앉아 있는 게 안 믿겨요. 당신이랑 같이 말이에요." 그가 고개를 저으며 웃었다.

나는 대니얼을 보면서 무슨 뜻인지 파악하려 애썼다. 나에게 관심을 보이는 걸까, 아니면 좀 더 사악한 의도일까? 데이트를 하러 오기 전에 구글에서 대니얼 브릭스를 검색해 보았다. 당연하다. 이제 그도 나를 검색해 보았는지 파악해야 할 순간이었다. 대니얼의 이름을 검색하니 그의 다양한 사진이 올라 있는 페이스북밖에 나오지 않았다. 각종 루프탑 바에서 위스키를 손에 들고 있는 사진. 한 손에는 골프채, 한 손에는 물방울이 송글송글 맺힌 맥주를 든 사진. 제일 친한 친구의 아들이라는 설명이 적힌 아기를 안고 소파에 앉아 다리를 꼬고 있는 사진. 나는 그의 링크드인 프로필을 찾아서 제약 회사 영업직이라는 직업을 확인했다. 또 2015년 신문 기사에도 그가 언급되어 있었다. 루이지애나 마라톤 기록, 4시간 19분. 전부 더없이 평범하고 깔끔하고 심지어는 지루할 정도였다. 정확히 내가 원하던 것이었다.

하지만 그가 구글에서 나를 검색해 봤다면 그 이상을 발견했을 것이다. 훨씬 더 많은 것을.

"음, 클로이 데이비스 박사님, 당신 얘기 좀 해 주시죠." 대니얼이 말했다.

"음, 계속 그렇게 부를 필요는 없어요. 클로이 데이비스 박사

145

님이라니, 너무 딱딱하잖아요."

대니얼이 미소를 짓고 위스키를 한 모금 마셨다.

"그럼 뭐라고 부를까요?"

"클로이. 그냥 클로이라고 불러요." 내가 그를 보며 말했다.

"좋아요, 그냥 클로이." 대니얼의 말에 내가 웃으면서 손등으로 그의 팔을 때렸다. 대니얼도 미소를 지었다. "진짜로 당신 얘기 좀 해봐요. 난 지금 여기 앉아서 모르는 사람이랑 술을 마시고 있어요. 최소한 당신이 위험하지 않다는 확신이라도 줘야죠."

피부에 소름이 돋고 팔의 솜털이 일어서는 것이 느껴졌다.

"난 루이지애나 출신이에요." 내가 조심스럽게 떠보며 말했다. 그는 전혀 움찔하지 않았다. "배턴루지는 아니고, 여기서 한 시간쯤 떨어진 작은 마을 출신이죠."

"난 배턴루지에서 나고 자랐어요." 그가 자기 가슴 쪽으로 술잔을 기울이며 말했다. "어쩌다가 여기로 왔어요?"

"학교 때문에요. 루이지애나 주립 대학에서 박사 학위를 땄거든요."

"인상적이네요."

"고마워요."

"내가 알아 둬야 할 소유욕 강한 오빠는 없어요?"

가슴이 다시 요동쳤다. 이 모든 말이 순수한 관심의 표현일 수도 있었지만 나를 구슬려서 이미 스스로 알아낸 사실을 확인하려는 것일 수도 있었다. 지금까지 겪었던 나쁜 첫 데이트가,

소소한 잡담을 나누던 상대가 이미 알아야 할 것을 다 알고 있음을 깨달았던 순간이 모조리 되살아났다. 어떤 사람들은 정보에 굶주린 눈으로 대놓고 "당신 딕 데이비스의 딸이죠, 그렇죠?"라고 물었고, 어떤 사람들은 내가 다른 이야기를 하는 동안 손가락으로 탁자를 톡톡 치면서 초조하게 기다렸다. 내가 연쇄살인범과 DNA를 공유한다고 인정하고 싶어서 안달할 이유라도 있는 것처럼 말이다.

"어떻게 알았어요? 그렇게 티가 나요?" 내가 가벼운 말투를 유지하려고 애쓰며 물었다.

대니얼이 어깨를 으쓱했다. "아뇨." 그가 바 쪽으로 몸을 돌리며 말했다. "그냥, 예전에 여동생이 있었는데 내가 그랬거든요. 누가 걔를 보는지 전부 다 알았어요. 당신이 내 여동생이었으면 나는 아마 지금쯤 저 바 구석에 숨어 있었을걸요."

나중에 다른 데이트 때 알게 되었지만, 그는 구글에서 나를 검색해 보지 않았다. 그가 던지는 질문들에 대한 나의 과대망상은 정말 말 그대로 과대망상에 불과했다. 대니얼은 브로브리지와 딕 데이비스와 실종된 소녀들에 대해서 들어 보지도 못했다. 그 일이 일어났을 때 대니얼은 겨우 열일곱 살이었고, 뉴스는 거의 안 봤다. 나는 엄마가 나에게 그 일을 숨기려고 했던 것처럼 대니얼의 어머니도 그에게 숨기려고 했을까 생각한다. 어느 날 밤, 둘이서 우리 집 거실 소파에 널브러져 있을 때 나는 그 이야기를 했다. 왜 그 순간을 선택했는지 모르겠다. 아마 언젠가는 털어놓아야 한다는 사실을 깨달았나 보다. 나의 진실, 나의 이야기가 우리가 함께하는 삶, 우리의 미래, 또는 그런 미래의 부재를 좌우할 결정적인 순간이라고 말이다.

그래서 나는 그냥 이야기를 시작했고, 시간이 지나면서 오싹한 얘기가 나올 때마다 깊어지는 그의 이마 주름을 보았다. 나는 대니얼에게 전부 털어놓았다. 리나와 축제와 아빠가 우리 집 거실에서 체포되는 모습을 봤던 것, 한밤중에 아빠가 끌려 나가기 전에 했던 말들. 내 방 창문을 통해서 본 아버지와 삽, 어린 시절에 살던 집이 텅 빈 채 그대로 있다는 사실도 이야기했다. 브로브리지에 버려진 집, 진짜 귀신 들린 집이 되어버린 그 집에 얽힌 어린 시절의 추억, 유령 이야기, 혹시라도 그 집에 붙은 귀신을 불러낼까 봐 무서워서 숨을 꾹 참고 달려 지나가는 아이들. 수감 중인 아버지에 대해서도 이야기했다. 아버지의 형량 협상과 순차적인 종신형. 거의 20년 동안 아버지와 만나지도, 이야기를 나누지도 않았다는 사실. 그 순간 나는 완전히 몰입해서 냄새 지독한 생선 내장을 빼내듯이 그 기억을 모조리 털어놓았다. 그 기억을 끄집어내는 것이 나에게 얼마나 필요했는지, 그 기억이 나를 얼마나 망가뜨리고 있었는지 나는 미처 깨닫지 못했다.

내 이야기가 끝났을 때 대니얼은 아무 말도 하지 않았다. 나는 어쩔 줄 몰라서 닳아서 해진 소파의 실을 뽑고 있었다.

"그냥, 당신이 알아야 할 것 같아서. 우리가, 음, 데이트를 하든 어쩌든 할 거면 말이야. 당신이 감당 못 할 것 같으면, 괜찮

아. 당신이 너무 놀랐다 해도 진짜 난 이해할…." 내가 고개를 숙인 채 말했다.

그때 대니얼이 두 손으로 내 양 뺨을 잡더니 부드러운 손길로 고개를 들어 자기 눈을 마주 보게 했다.

"클로이." 그가 다정하게 말했다. "감당 못 할 거 없어. 사랑해."

그런 다음 대니얼은 내 고통을 이해한다고 말했다. 가족이나 친구들이 "네가 뭘 겪고 있는지 알아"라고 말하는 부자연스러운 순간이 아니라 정말로 이해했다. 그는 열일곱 살 때 여동생을 잃었다. 브로브리지에서 여자애들이 사라졌던 그해에 대니얼의 여동생도 실종되었다. 아주 끔찍한 한순간, 머릿속에 아버지의 얼굴이 불쑥 떠올랐다. 우리 마을이 아니라 다른 곳에서도 살인을 저질렀을까? 배턴루지까지 가서 사람을 죽였을까? 나는 다른 아이들과 달랐던 타라 킹을 잠깐 떠올렸다. 어긋난 패턴. 들어맞지 않았던 단 하나. 수십 년이 지난 지금도 아직 미스터리이다. 대니얼은 고개를 저었지만 여동생의 이름 말고는 아무 설명도 하지 않았다. 소피. 소피는 열세 살이었다.

"무슨 일이 있었는데?" 마침내 내가 흐릿한 속삭임에 불과한 목소리로 물었다. 나는 의혹이 해소되기를, 우리 아버지가 관련되었을 리 없다는 확실한 증거가 나오기를 간절히 빌었다. 하지만 그런 증거는 없었다.

"우리도 몰라. 그 부분이 최악이지. 소피는 친구 집에 갔다가 날이 저문 뒤에 집으로 걸어오는 중이었어. 몇 블록 거리밖에 안 됐어. 항상 그렇게 걸어 다녔지. 나쁜 일이 벌어진 적은 한 번도 없었어. 그날 밤까지는."

나는 고개를 끄덕이며 소피가 낡고 인적 없는 도로를 따라 혼자 걸어가는 모습을 상상했다. 소피가 어떻게 생겼는지 전혀 몰랐기 때문에 얼굴은 텅 비어 있었다. 몸뿐이었다. 소녀의 몸. 리나의 몸.

이제 살갗이 델 듯이 뜨겁다. 매트에 발을 내디디며 보니 피부가 부자연스러울 정도로 발갛게 물들었다. 나는 수건을 두르고 드레스룸으로 들어가서 단추 달린 블라우스들을 착착 넘기다가 아무거나 하나 꺼내서 옷걸이를 문손잡이에 건다. 그런 다음 수건을 떨어뜨리고 옷을 입으면서 대니얼의 말을 떠올린다. 사랑해. 내가 그 말에 얼마나 굶주렸었는지, 그 순간까지 내 삶에서 그 말이 얼마나 부족했는지 나 자신도 전혀 몰랐다. 만난 지 한 달밖에 안 돼서 대니얼이 그 말을 했을 때 나는 마지막으로 그 말을 들은 것이, 누가 나에게, 오직 나만을 향해 그 말을 한 것이 언제인지 머릿속을 샅샅이 뒤졌다.

기억나지 않았다.

나는 부엌으로 가서 휴대용 텀블러에 커피를 따르고 아직 축축한 머리카락 사이로 손가락을 집어넣어 말리려고 애쓴다. 대니얼과 나의 이상한 우연 때문에 우리 사이가 멀어졌을 거라고 생각할지도 모르겠지만 (내 아버지는 납치하는 자였고 그의 여동생

150

은 납치당한 이였다) 그 반대였다. 그 우연 때문에 우리는 더 가까워졌고 말이 필요 없는 유대감을 느꼈다. 그래서 대니얼은 나에게 소유욕을 드러내다시피 했지만 좋은 쪽이었다. 나를 보살피려 했다. 쿠퍼의 소유욕과 비슷하게 느껴졌는데, 둘 다 여자로서 겪는 태생적인 위험을 이해하기 때문이다. 둘 다 죽음을, 죽음이 당신을 얼마나 빨리 앗아갈 수 있는지 이해하기 때문이다. 얼마나 부당하게 다음 희생자에 대한 소유권을 주장할 수 있는지.

그리고 두 사람 모두 나를 이해한다. 두 사람은 내가 왜 이런 사람이 되었는지 이해한다.

나는 한 손에 커피, 한 손에 지갑을 들고 문으로 걸어가서 축축한 아침 공기 속으로 걸어 나간다. 대니얼의 문자 메시지 하나가 나에게 얼마나 큰 힘을 발휘하는지 정말 놀랍다. 그를 떠올리는 것만으로 기분이, 삶의 전망이 완전히 바뀌다니. 샤워기에서 쏟아지는 물이 손톱 밑의 때뿐만 아니라 기억까지 가져간 것처럼 힘이 난다. 내 주위를 맴돌던, 끔찍한 일이 곧 닥치리라는 느낌이 TV에서 오브리 그라비노의 사진을 본 이후 처음으로 거의 다 증발해 버렸다.

평소로 돌아온 기분이 들기 시작한다. 안전한 기분이 들기 시작한다.

나는 차에 올라 시동을 켠다. 사무실로 출근하는 길은 거의 자동이다. 나는 뉴스 채널로 돌려서 오브리의 시체가 수습되었다는 끔찍한 소식을 자세히 듣고 싶은 유혹이 너무 클 것 같아

151

서 라디오를 켜지 않는다. 알 필요 없다. 알고 싶지 않다. 아마 헤드라인 뉴스일 거고, 피할 수 없을 것이다. 하지만 지금은 알고 싶지 않다. 사무실 앞에 차를 세우고 문을 열어 보니 사무실에 불이 켜져 있다. 접수 담당자가 이미 출근했다는 뜻이다. 로비로 걸어 들어간 나는 언제나 그녀의 책상에 올려져 있는 스타벅스 벤티 컵이 보이고 노래하는 듯한 목소리로 건네는 인사가 들리기를 기대하며 로비 중앙을 향해 고개를 돌린다.

하지만 내 눈앞에 펼쳐진 광경은 그게 아니다.

"멀리사." 내가 걸음을 뚝 멈추고 말한다. 멀리사는 로비 한가운데 서 있는데, 뺨이 빨갛고 얼룩덜룩하다. 울고 있었던 것이다. "무슨 일 있어요?"

멀리사는 고개를 끄덕인 다음 양손에 얼굴을 묻는다. 훌쩍이는 소리가 들리더니 멀리사가 곧 엉엉 울기 시작한다. 눈물이 손가락 사이를 통해 바닥으로 뚝뚝 떨어진다.

"너무 끔찍해요. 뉴스 봤어요?" 멀리사가 계속 고개를 저으며 말한다.

나는 숨을 내쉬고 긴장을 살짝 푼다. 오브리의 시체 이야기다. 순간적으로 짜증이 난다. 지금은 그 이야기를 하고 싶지 않다. 나는 앞으로 나아가고 싶다. 잊고 싶다. 그래서 닫힌 사무실 문을 향해서 계속 걸어간다.

"봤어요." 내가 열쇠를 넣으며 말한다. "맞아요, 끔찍하죠. 하지만 적어도 부모님 입장에서는 사건이 종결된 거잖아요."

멀리사가 얼굴을 들고 나를 빤히 본다. 당황한 표정이다.

"시체 말이에요. 적어도 시신은 찾았잖아요. 늘 그런 건 아니거든요." 내가 정확히 말한다.

멀리사는 내 아버지를, 내 사연을 안다. 멀리사는 브로브리지의 소녀들에 대해서, 그 아이들의 부모는 시신을 돌려받지 못했다는 사실을 안다. 살인 사건에 등급을 매길 수 있다면 사망 추정이 제일 끝일 것이다. 답이 없는 것, 종결이 나지 않는 것보다 나쁜 건 없다. 모든 증거가 끔찍한 현실을 똑바로 가리키고 있고 마음속으로는 그것이 진실임을 알지만 확실하지 않다면, 시체가 없으면 입증할 수가 없다. 한 조각의 의심이, 실낱같은 희망이 항상 존재한다. 하지만 잘못된 희망은 절망보다 나쁘다.

멀리사가 다시 훌쩍거린다. "무슨… 무슨 소리예요?"

"오브리 그라비노 말이에요. 토요일에 사이프러스 공동묘지에서 시신이 발견됐잖아요." 내가 의도한 것보다 더 날카롭게 말한다.

"오브리 이야기가 아니에요." 멀리사가 느릿느릿 말한다.

내가 멀리사를 향해 돌아서고, 이제 내 얼굴이 찌푸려진다. 열쇠는 사무실 문에 꽂혀 있지만 아직 돌리지 않았다. 내가 양팔을 축 늘어뜨린다. 멀리사가 커피 테이블로 걸어가서 까만 리모컨을 집어 들더니 벽걸이 텔레비전을 겨냥한다. 나는 보통 근무 시간 동안 TV를 꺼두지만 멀리사가 켜자 검은 화면이 살아나고 또다시 새빨간 헤드라인이 뜬다.

속보: 배턴루지에서 또 다른 소녀 실종

화면 하단에서 흘러가는 정보 위에 또 다른 십 대 여자아이의 얼굴이 있다. 나는 소녀의 얼굴을 유심히 본다. 모래빛 금발이 파란 눈과 흰 속눈썹을 살짝 가리고 있고, 도자기 같은 창백한 피부에 옅은 주근깨가 가득하다. 만지면 안 될 것만 같은 소녀의 더할 나위 없이 투명한 피부를 홀린 듯이 바라보고 있는데 갑자기 폐에서 공기가 다 빠져나오고 두 팔이 축 늘어진다.

이제야 알아보겠다. 난 이 아이를 안다.

"레이시를 얘기한 거예요." 멀리사가 이렇게 말한다. 사흘 전 바로 여기 로비에 앉아 있던 소녀의 눈을 빤히 바라보는 멀리사의 뺨에서 눈물이 한 방울 흘러내린다.

"레이시 데클러가 실종됐어요."

13

로빈 맥길은 우리 아빠의 두 번째 소녀, 아빠의 속편이었다. 그 애는 조용하고 얌전하고 창백하고 빼빼 말랐고, 머리카락이 불타는 노을색이라서 꼭 성냥개비가 걸어 다니는 것 같았다. 아무리 생각해도 로빈은 리나와 전혀 달랐지만 상관없었다. 그래도 목숨을 건지지 못했다. 리나가 실종되고 3주 뒤, 로빈도 실종되었다.

로빈이 실종되자 리나가 실종되었을 때보다 두려움이 두 배는 커졌다. 여자애 한 명이 실종되면 여러 가지를 탓할 수 있다. 습지에서 놀다가 빠졌거나, 수면 아래 숨어 있던 짐승에게 물려서 끌려갔을지도 모른다. 비극적인 사고지만 살인은 아니다. 어쩌면 치정 사건일지도 모른다. 너무 많은 남자애들을 열 받게 했을지도 모른다. 아니면 임신해서 가출했을지도 모른다. 그것은 습지의 안개처럼 탁하고 짙게 온 마을에 떠돌던 가설이었다. 로빈의 얼굴이 TV 화면에 등장하기 전까지는 말이다. 로빈이 임신해서 가출했을 리 없다는 사실은 누구나 알았다. 로빈은 똑똑했고, 책벌레였다. 로빈은 늘 혼자 다녔고 종아리 중간보다 위로 올라가는 원피스는 절대 입지 않았다. 사실 로빈이 사라지기 전까지 나는 떠돌아다니는 가설을 믿었다. 특히 리나의 경우에는 가출했을 가능성이 그렇게까지 낮아 보이지 않았다. 게다가 예전에도 그런 경우가 있었다. 타라가 그랬다. 브로브리지 같은 마을에서 살인은 너무 거창하게 느껴졌다.

하지만 한 달 사이에 여자아이 두 명이 실종된다면 우연이 아니다. 사고도 아니다. 사소한 문제가 아니다. 그것은 교활하게 계산된 사건이고, 우리가 지금껏 경험한 그 무엇보다 훨씬 두려운 일이다. 우리가 가능하다고 생각하는 그 어떤 일보다도 더욱.

레이시 데클러의 실종은 우연이 아니다. 나는 직감적으로 안다. 20년 전에 뉴스에서 로빈의 얼굴을 봤을 때 알았던 것처럼. 바로 지금 내 사무실에서 텔레비전 화면에 시선을 고정시킨 채 나를 빤히 바라보는 레이시의 주근깨투성이 얼굴을 마주 보고 있으려니 여름캠프가 끝나고 해 질 무렵 통학버스에서 내려 그 익숙한 흙길을 달려가던 열두 살 때로 돌아간 것 같다. 포치에서 나를 향해 몸을 숙이는 아빠가 보인다. 나는 아빠에게 달려가지만, 사실은 도망쳐야 한다. 공포가 내 목을 조르는 손처럼 나를 사로잡는다.

저 바깥에 누군가가 있다. 또다시.

"괜찮아요?" 멀리사의 목소리에 나는 멍한 상태에서 깨어난다. 멀리사가 나를 보고 있다. 걱정스러운 표정이다. "얼굴이 창백한 것 같아요."

"난 괜찮아요." 내가 고개를 끄덕이며 말한다. "그냥… 기억이 떠올라서요. 알죠?"

멀리사가 고개를 끄덕인다. 멀리사는 압박하면 안 된다는 사실을 알고 있다.

"오늘 상담 취소해 줄래요?" 내가 묻는다. "그러고 나서 퇴근해도 돼요. 좀 쉬어요."

멀리사가 안심한 표정으로 고개를 다시 끄덕이고 자기 책상으로 돌아가서 헤드셋을 집어 든다. 나는 다시 텔레비전을 보면서 허공을 향해 리모컨을 들고 음량을 높인다. 앵커의 목소리가 작은 소리였다가 점점 커지며 방을 채운다.

방금 소식을 접하신 시청자 여러분을 위해 다시 말씀드리자면, 루이지애나 배턴루지에서 또 다른 소녀가 실종되었다는 소식입니다. 일주일 만에 두 번째입니다. 다시 한번 말씀드리지만 6월 1일 토요일에 열다섯 살 오브리 그라비노의 시신이 사이프러스 공동묘지에서 발견되었고, 이틀 후 또 다른 소녀의 실종 신고가 접수되었습니다. 이번에는 배턴루지 출신의 열다섯 살 소녀 레이시 데클러입니다. 앤절라 베이커 기자가 지금 배턴루지 매그

닛 고등학교에 나가 있습니다. 앤절라?

뉴스 데스크를 비추던 카메라가 꺼지고 초록색 화면에서 레이시의 사진이 사라진다. 이제 우리 사무실에서 고작 몇 블록 떨어진 고등학교가 화면에 비친다. 카메라 앞에 선 기자가 고개를 끄덕이고 손으로 이어폰을 밀착시키며 말을 시작한다.

저는 지금 레이시 데클러가 1학년을 마무리하던 배턴루지 매그닛 고등학교에 나와 있습니다. 레이시의 어머니 지닌 데클러는 금요일 오후 육상 연습이 끝나고 바로 이 학교에서 레이시를 태워서 몇 블록 떨어진 상담소에 데려다주었다고 경찰에게 말했습니다.

목이 꽉 막혀 숨이 쉬어지지 않는다. 멀리사도 이 말을 들었을까 싶어서 흘끔 보지만 그녀는 듣고 있지 않다. 멀리사는 전화 통화를 하면서 노트북을 두드려 오늘 잡혀 있던 상담을 조정하는 중이다. 이런 식으로 상담을 전부 다 취소하니 미안한 마음이 들지만 지금 환자를 만나는 것은 상상도 할 수 없다. 정신이 딴 데 팔려 있을 텐데 내가 할애한 시간에 대한 대가라며 돈을 청구한다면 불공평할 것이다. 환자에게 집중하지 못할 것이다. 내 마음은 딴 데 가 있을 테니까. 내 마음은 오브리, 레이시, 리나에게 가 있다.

내가 TV로 시선을 돌린다.

레이시는 상담이 끝난 다음 친구 집에 가서 주말을 보내기로 했지만 나타나지 않았습니다.

이제 카메라가 레이시의 어머니를 비춘다. 그녀는 카메라 렌즈를 보고 울면서 레이시가 전화를 꺼놓은 줄 알았다고, 가끔 그런다고 설명한다. "레이시는 항상 인스타그램만 붙들고 사는 애들이랑 달라요. 가끔 모든 연결을 끊어야 하거든요. 예민해서요." 그녀는 오브리의 시신이 발견되었다는 뉴스를 보자 정식으로 실종 신고를 해야겠다는 생각이 들었다고 설명하는 중이다. 여자라면 으레 그렇듯이 그녀는 방어해야 할 필요성을, 자신이 좋은 엄마, 주의 깊은 엄마임을 세상에 증명해야 할 필요성을 느낀다. 자기 잘못이 아니라고 말이다. "우리 애한테 무슨 일이 생겼다는 생각은 전혀 못 했어요. 그랬으면 당연히 더 일찍 신고를 했겠지…." 나는 흐느끼는 그녀의 말을 듣다가 문득 깨닫는다. 레이시는 금요일 오후에 상담을, 나와의 상담을 마치고 나서 다음 행선지에 나타나지 않았다. 내 사무실 문을 나선 다음 사라졌다. 그것은 이 사무실, 바로 내 사무실이 살아 있는 레이시가 목격된 마지막 장소라는 뜻이다. 그리고 나는 레이시를 마지막으로 목격한 사람이다.

"데이비스 박사님?"

내가 돌아선다. 멜리사의 목소리가 아니다. 그녀는 자기 책상 뒤에 서서 나를 빤히 보면서 목에 건 헤드셋을 꼭 쥐고 있다. 그보다 더 낮은 목소리, 남자의 목소리다. 문간으로 시선을 돌리자 경찰관 두 명이 사무실 바로 앞에 서 있다. 나는 침을 꿀꺽 삼킨다.

"네?"

두 사람이 동시에 들어오더니 키가 더 작은 왼쪽 사람이 배지를 들어 보여 준다.

"저는 마이클 토머스 형사이고 이쪽은 제 동료 콜린 도일 경관입니다." 그가 고개를 젖혀 오른쪽에 선 큰 남자를 가리키며 말한다. "레이시 데클러의 실종에 대해서 잠시 이야기를 나누고 싶은데요."

14

경찰서는 불편할 정도로 따뜻했다. 보안관 사무실 사방에 놓여 있던 작은 선풍기들, 모든 방향에서 불어오는 퀴퀴하고 재활용된 공기, 그의 책상에 붙어서 미지근한 바람에 팔락거리던 포스트잇 메모들이 기억난다. 사방에서 불어오는 바람 때문에 이마의 잔머리가 춤을 추며 내 뺨을 간질였다. 나는 보안관의 목에서 뚝뚝 떨어져 목깃을 적시고 검은 얼룩을 남기는 땀방울을 지켜보았다. 가을의 첫날이 왔다가 갔지만 열기는 가혹했다.

"클로이, 오늘 아침에 엄마한테 보여 준 걸 아저씨한테 보여 드려." 엄마가 축축한 손으로 내 손가락을 꼭 쥐며 말했다.

나는 엄마의 눈을 피해 내 무릎에 놓인 상자를 내려다보았다. 보안관에게 보여 주고 싶지 않았다. 내가 아는 걸 보안관도 아는 게 싫었다. 내가 본 것들을, 이 상자에 든 물건들을 보안관이 보는 게 싫었다. 그러면 모든 것이 끝날 테니까. 전부 변할 테니까.

"클로이."

나는 책상 너머에서 나를 향해 몸을 숙인 보안관을 올려다보았다. 그의 목소리는 낮고 엄격했지만 그래도 왠지 다정했다. 아마 발음을 길게 늘여 모든 말을 뚝뚝 떨어지는 당밀처럼 진하고 느릿하게 만드는 심한 남부 말투 때문이었을 것이다. 보안관은 내 무릎에 놓인 상자를 흘끔거렸다. 아빠가 지난 크리스마스에 새 보석함을 사주기 전까지 엄마가 다이아몬드 귀걸이와 할머니의 오래된 브로치들을 보관하던 낡은 목제 보석함이었다. 뚜껑을 열면 발레리나가 은은한 음악에 맞춰 빙글빙글 돌며 춤을 췄다.

"괜찮아, 넌 옳은 일을 하고 있는 거야. 처음부터 시작해 보자. 이 상자를 어디서 찾았니?"

보안관이 말했다.

"오늘 아침에 너무 심심했어요." 내가 상자를 배에 딱 붙여 끌어안고 손톱으로 깨진 나무 조각을 떼어 내며 말했다. "아직 너무 더워서 밖에 나가고 싶지는 않아서 화장도 하고 머리 모양도 바꿔 보면서 놀아야겠다고 생각했어요."

뺨이 빨갛게 달아올랐지만 엄마와 보안관은 못 본 척했다. 나는 늘 말괄량이였고, 머리를 꾸미는 것보다 쿠퍼와 난장판을 만들며 노는 것을 더 좋아했지만 리나를 만난 이후 나 자신에 대해서 그때까지 몰랐던 점을 깨닫기 시작했다. 머리를 뒤로 넘겨서 핀으로 고정시키면 쇄골이 더 두드러진다든가 바닐라 글로스를 바르면 입술이 더 촉촉해 보이는 것 말이다. 그러자 화장이 아직 좀 남아 있다는 사실이 갑자기 의식되어서 상자를 놓고 팔에 입술을 문질러 닦았다.

"그래, 계속해 봐."

"엄마 아빠 방으로 가서 옷장을 뒤지기 시작했어요. 뒤질 생각은 아니었지만…." 내가 엄마를 보며 말을 이었다. "솔직히 진짜 아니었어요. 머리카락을 묶을 스카프나 뭐 그런 걸 찾아볼 생각이었는데 그때 할머니의 멋진 브로치가 전부 들어 있는 엄마의 보석함이 보였어요."

"괜찮아, 클로이." 엄마가 이렇게 속삭였다. 엄마의 뺨을 타고 눈물이 한 방울 흘러내렸다. "엄마 화 안 났어."

"그래서 꺼내 왔어요. 그리고 열었어요." 내가 상자를 내려다보며 말했다.

"뭐가 들어 있었지?" 보안관이 물었다.

입술이 떨리기 시작했다. 나는 상자를 더 꽉 끌어안았다.

"고자질하고 싶지 않아요. 아무도 곤란하게 만들고 싶지 않아요." 내가 속삭였다.

"우린 상자에 뭐가 들어 있는지만 보면 돼. 아직 곤란해질 사람은 아무도 없어. 상자에 뭐가 들어 있는지 보자. 그런 다음 거기서부터 시작하면 돼."

나는 고개를 저었고, 이것이 얼마나 심각한 일인지 드디어 깨닫기 시작했다. 엄마에게 이 상자를 보여 주는 게 아니었다. 아무 말도 하면 안 되는 거였다. 뚜껑을 닫아서 먼지 낀 구석에 다시 밀어 넣은 다음 전부 잊어야 했다. 하지만 나는 그렇게 하지 않았다.

"클로이." 보안관이 자세를 똑바로 고쳐 앉으며 말했다. "이건 심각한 일이야. 어머니가 중요한 진술을 하셨어. 우린 상자에 뭐가 들어 있는지 봐야 해."

"생각이 바뀌었어요. 그냥 잘못 보거나 뭐 그랬나 봐요. 정말 별거 아니에요." 내가 겁에 질려 말했다.

"넌 리나 로즈랑 친했지, 응?"

나는 혀를 깨물고 천천히 고개를 끄덕였다. 작은 마을은 소문이 빠르다.

"네, 리나는 나한테 늘 잘해줬어요."

"음, 클로이. 누가 그 애를 죽였어."

"보안관님." 엄마가 몸을 숙이며 말했다. 보안관이 팔을 내밀고 나를 빤히 보았다.

"누가 그 애를 죽인 다음에 너무 끔찍한 곳에 버려서 우린 아직 찾지도 못했어. 그 애의 시신을 찾아서 부모님에게 돌려주지 못했어. 어떻게 생각하니?"

"정말 끔찍해요." 내가 속삭였다, 눈물이 뺨을 타고 흘러내렸다.

"나도 그렇게 생각해." 보안관이 말했다. "하지만 그게 전부가 아니야. 그 사람은 리나를 죽이고 거기서 멈추지 않았어. 바로 그 사람이 여자애 다섯 명을 더 죽였어. 어쩌면 올해가 끝나기 전에 다섯 명 더 죽일지도 몰라. 그러니까 이 사람이 누군지 네가 아는 게 있으면 우리도 알아야 해. 그 사람이 다시 범죄를 저지르기 전에 우리가 알아야 해."

"아빠를 곤란하게 만들 수 있는 건 보여 주고 싶지 않아요." 내가 말했다. 눈물이 뺨을 타고 줄줄 흘러내렸다. "아빠를 잡아 가는 건 싫어요."

보안관이 다시 의자에 기대어 앉았다. 가엾다는 듯한 눈빛이었다. 잠시 말이 없던 그가 몸을 숙이고 다시 입을 열었다.

"사람 목숨을 살릴 수 있어도?"

나는 지금 내 앞에 앉아 있는 두 남자를 올려다본다. 토머스 형사와 도일 경관. 두 사람은 내 사무실에, 보통 환자들이 앉는 라운지체어에 앉아서 나를 빤히 보고 있다. 기다리고 있다. 내가 뭔가 말하기를 기다리고 있다. 20년 전에 보안관이 기다렸던 것처럼.

"죄송해요." 내가 의자에 앉은 채 자세를 똑바로 고치며 말한다. "잠시 생각에 잠겨서요. 질문을 다시 말씀해 주시겠어요?"

두 남자가 흘끔 마주 보더니 토머스 형사가 책상 위에 사진을 내려놓고 내 쪽으로 민다.

"레이시 데클러." 그가 사진을 톡톡 치면서 말한다. "그 이름을 듣거나 이 사진을 보고 뭐 생각나는 거 있습니까?"

"네, 레이시는 새로운 환자예요. 금요일 오후에 레이시를 만났어요. 뉴스를 봤어요. 그 일 때문에 오셨군요."

"그렇습니다." 도일 경관이 말한다.

이 사람이 말하는 것은 처음 듣는다. 고개가 그를 향해 휙 돌아간다. 목소리를 알겠다. 목이 졸리는 듯한 저 거친 목소리를 들어본 적이 있다. 바로 지난 주말에 공동묘지에서 들었다. 우리가 오브리의 귀걸이를 발견했을 때 달려온 바로 그 경관이다. 내 손에서 귀걸이를 낚아챈 그 경관이다.

"레이시가 금요일 오후 몇 시쯤 여기서 나갔죠?"

"어, 레이시가 마지막 환자였어요." 내가 도일 경관에게서 시선을 거두고 다시 형사를 보며 말한다. "그러니까 아마 여섯 시 반쯤이었을 거예요."

"나가는 모습을 보셨습니까?"

"네. 음, 아뇨. 제 사무실에서 나가는 건 봤지만 건물에서 나가는 건 못 봤어요."

경관 역시 나를 알아보는지 이상하다는 듯 바라본다.

"그러니까 선생님이 아는 한 레이시는 이 건물에서 나가지 않았다는 건가요?"

"건물에서 나갔다고 생각하는 게 맞겠죠." 내가 짜증을 삼키며 말한다. "로비에서 나가면 밖으로 나가는 것 말고는 갈 데가 없어요. 수위실은 늘 밖에서 잠겨 있고 정문 옆에 작은 화장실이 하나 있죠. 그게 전부예요."

두 남자가 만족스럽다는 듯 고개를 끄덕인다.

"상담 시간에 무슨 이야기를 했죠?" 형사가 묻는다.

"그건 말씀드릴 수 없어요." 내가 의자에 앉은 채 자세를 바꾸며 말한다. "심리 상담사와 환자의 관계는 철저한 기밀이에요. 저는 환자가 이 상담실에서 한 이야기 중 그 어떤 것도 다른 사람에게 말하지 않아요."

"사람 목숨을 살릴 수 있어도요?"

가슴을 세게 한 대 맞은 것 같다. 폐에서 바람이 빠져나간다. 실종된 소녀들, 취조하는 경찰. 너무하다, 너무 비슷하다. 나는 열심히 눈을 깜빡이며 주변 시야를 통해 밀려들어 오는 환한 빛을 떨쳐내려 애쓴다. 잠시 기절할 것만 같다.

"죄, 죄송해요. 뭐라고 하셨죠?" 내가 말을 더듬는다.

"레이시가 금요일 상담 때 자기 목숨을 구할 수도 있는 말을 했다면 저희에게 말씀해 주셨을까요?"

"네." 내가 떨리는 목소리로 말한다. 나는 책상 서랍을, 손이 닿을락 말락 하는 약들의 성소를 내려다본다. 하나 필요하다. 당장 하나 필요하다. "네, 물론 그랬을 거예요. 레이시가 위험에 처했다 싶은 내용이 조금이라도 있었으면 말씀드렸을 거예요."

"그렇다면 레이시가 심리 상담소를 찾아온 이유는 뭐죠? 뭔가 문제가 있었습니까?"

"저는 심리 상담사예요. 그날은 첫 상담이었어요. 아주 기본적이었죠. 서로를 알아가는 거예요. 레이시는… 가족 문제 때문에

167

도움이 필요해요." 내가 말한다. 손가락이 떨린다.

"가족 문제라." 도일 경관이 되풀이한다. 그는 아직도 나를 의심스럽게 보고 있다. 적어도 내 생각에는 그렇다.

"네. 죄송하지만 더 이상은 도움을 드릴 수가 없네요."

나는 이제 그만 가 보라는 뜻으로 자리에서 일어선다. 나는 오브리의 시신이 발견된 범죄 현장에 있었고 바로 내 앞에 있는 이 경관이 증거를 들고 있는 나에게 다가왔었다. 지금은 레이시가 사라지기 전에 마지막으로 목격한 사람이다. 이 두 가지 우연에 내 성姓까지 더해지면 나는 틀림없이 이번 수사의 중심이 될 것이다. 내가 절대 원하지 않는 위치 말이다. 나는 사무실을 둘러보며 내 신원을, 나의 과거를 폭로할 단서가 없는지 살핀다. 나는 사무실에 개인적인 기념품을 두지 않는다. 가족사진도, 브로브리지를 연상시킬 만한 것도 없다. 이들은 내 이름을 알지만, 이름밖에 없다. 하지만 더 많은 것을 알려고 들면 이름만으로 충분할 것이다.

두 사람이 다시 마주 보더니 동시에 일어난다. 의자가 끼익 소리를 내자 팔의 솜털이 곤두선다.

"그럼, 데이비스 박사님. 시간 내주셔서 감사합니다." 토머스 형사가 고개를 끄덕이며 말한다. "저희 수사와 관련된 것이 생각나시면, 저희가 알아야 할 것이 있으면 그게 뭐든지…."

"말씀드릴게요." 내가 예의 바르게 미소를 지으며 말한다. 두 사람이 걸어가서 문을 활짝 열더니 지금은 텅 빈 로비를 흘깃 본다. 도일 경관이 돌아서서 머뭇거린다.

"죄송합니다, 데이비스 박사님. 한 가지만 더 여쭤볼게요. 정말 낯이 익은데, 어디서 봤는지 딱 떠오르지 않네요. 우리 만난 적 없습니까?" 그가 말한다.

"아니요, 없는 것 같아요." 내가 팔짱을 끼며 말한다.

"확실합니까?"

"꽤 확실해요. 실례지만 오늘 상담이 꽉 차서요. 아홉 시 환자가 곧 올 거예요."

15

내가 로비로 나가자 고요한 정적 때문에 숨소리가 더욱 크게 들린다. 토머스 형사와 도일 경관은 갔다. 멀리사의 가방도 없고 멀리사의 컴퓨터 화면은 새까맣다. TV가 아직도 번득이고 있다. 레이시의 얼굴이 보이지 않는 그녀의 존재로 방을 가득 채운다.

나는 도일 경관에게 거짓말을 했다. 우리는 만난 적이 있다. 사이프러스 공동묘지에서 그가 내 손바닥에 놓인 죽은 소녀의 귀걸이를 집어 들었다. 나는 오늘 상담에 대해서도 거짓말을 했다. 내가 그렇게 해달라고 분명하게 요청했기에 멀리사가 상담을 취소했고, 지금은 월요일 아침 9시 15분이지만 나는 텅 빈 상담실에 앉아서 암울한 생각이 나를 통째로 먹어 삼킨 다음 뼈를 토해내도록 놔두는 것밖에 할 일이 없다.

하지만 나도 안다. 그럴 수는 없다. 또다시 그래서는 안 된다.

나는 핸드폰을 들고 누구에게 전화를 걸 수 있을까 생각한다. 지나치게 걱정할 게 분명한 쿠퍼는 논외다. 내가 대답하고 싶지 않은 질문을 할 것이고, 내가 열심히 피하는 결론을 성급하게 내릴 것이다. 쿠퍼는 걱정스러운 눈으로 나를 볼 테고, 흔들리는 눈빛으로 내 서랍을 봤다가 다시 눈길을 돌리고서 내가 저 어둠 속에 무슨 약을 숨겼을까 말없이 궁금하게 여길 것이다. 그 약들이 내 머릿속에서 소용돌이치며 어떤 뒤틀린 생각을 만들어 낼까 생각하겠지. 아니, 나에게 필요한 것은 차분하고 합리적인 사람이다. 나를 안심시키는 사람. 그다음으로 대니얼이 떠올랐지만 그는 컨퍼런스에 참석 중이다. 이런 일로 귀찮게 할 수는 없다. 너무 바빠서 내 이야기를 들어줄 시간이 없다는 건 아니다. 문제는 그 반대다. 대니얼이 나 때문에 모든 일을 내던지고 달려오려고 하는 것이 문제고, 그렇게 하도록 내버려둘 수는 없다. 이 일에 대니얼을 끌어들일 수는 없다. 게다가 이 일이 도대체 뭘까? 내 기억, 해결하지 못한 나의 악령이 표면으로 떠오른 것에 지나지 않는다. 문제를 해결하기 위해서 대니얼이 할 수 있는 일은 아무것도 없다. 그가 나에게 새롭게 해 줄 말도 없다. 나에게 지금 필요한 것은 그런 게 아니다. 그냥 내 말을 들어줄 사람이 필요하다.

고개가 번쩍 들린다. 문득 나는 어디로 가야 할지 깨닫는다.

나는 가방과 열쇠를 집어 들고 사무실 문을 잠근 다음 차에 다시 올라 남쪽으로 향한다. 몇 분 만에 '리버사이드 요양원'이라고 적힌 표지판을 지나자 저 멀리 옹기종기 모인 익숙한 꽃가루색 건물들이 보인다. 나는 꽃가루색이 햇빛, 행복, 기분 좋음 등을 의도한 것이라고 늘 생각했다. 한때는 정말로 믿었다. 페인트 색이 안에 갇힌 사람들의 기분을 억지로 즐겁게 만들 수 있을 거라고 나 자신을 설득했다. 하지만 한때 밝은 노란색이었던 페인트는 이제 빛이 바래고 있고, 무자비한 날씨와 세월 때문에 판자는 변색되었으며, 블라인드 살이 빠지는 바람에 창문은 이가 빠진 채 씨익 웃는 입 같았다. 잡초마저도 도망치려 애쓰는 것처럼 깨진 보도 틈으로 고개를 비죽 내민다. 건물로 다가가자 내 쪽을 비추는 햇살도, 온기와 에너지와 활기의 색도 더 이상 보이지 않는다. 그 대신 얼룩진 침대 시트나 누렇게 변색된 채 잊힌 치아 같은 방치만이 보인다.

심리 상담사로서, 내가 환자라면 뭐라고 할지 이미 알고 있다.

지금 투사하고 있는 거야, 클로이. 네가 저기 누군가를 방치하고 있다는 기분이 들어서 이 건물들에서 방치를 느끼는 건 아닐까?

그래, 맞다. 하지만 그렇다고 해서 더 쉬워지는 것은 아니다. 나는 입구 근처 자리에 차를 세우고 문을 약간 세게 쾅 닫은 다음 자동 출입구를 지나 로비로 들어간다.

"어머, 클로이! 안녕하세요."

나는 프런트 데스크를 향해 고개를 돌리고 나를 보며 손을 흔드는 여자에게 미소를 짓는다. 그녀는 체격이 크고 가슴이 풍만

하다. 머리카락은 뒤로 넘겨 질끈 묶었으며 무늬가 프린트된 수술복은 낡아서 부드럽다. 나도 손을 흔들어 인사한 다음 카운터에 손을 올린다.

"안녕하세요, 마사. 오늘은 좀 어때요?"

"아, 나쁘지 않아요. 나쁘지 않아요. 어머니 뵈러 왔어요?"

"네, 맞아요." 내가 미소를 짓는다.

"오랜만이네요." 마사가 방명록을 꺼내서 내 쪽으로 밀며 말한다. 탓하는 듯한 말투지만 나는 애써 무시하며 방명록을 내려다본다. 새로 넘긴 페이지라서 맨 위칸에 내 이름을 쓰면서 오른쪽 위 구석에 적힌 날짜를 본다. 6월 3일 월요일. 나는 힘겹게 침을 삼키며 찌릿한 가슴을 무시하려 애쓴다.

"그러게요. 바빴어요, 하지만 핑계일 뿐이겠죠. 더 빨리 왔어야 하는데." 내가 마침내 말한다.

"곧 결혼식이잖아요, 맞죠?"

"다음 달이에요. 믿어지세요?"

"잘됐어요, 클로이. 정말 잘됐어. 난 알아요, 어머니도 기뻐하실 거예요."

나는 그녀의 거짓말이 고마워서 다시 미소를 짓는다. 엄마가 나를 위해 기뻐한다고 생각하고 싶지만, 사실은 알 수가 없다.

"들어가요." 마사가 방명록을 다시 무릎에 올리며 말한다. "가는 길은 알죠? 간호사가 같이 있을 거예요."

"고마워요, 마사."

내가 돌아서서 로비 안쪽을 본다. 복도가 셋 있는데 전부 다른 방향으로 나 있다. 왼쪽 복도를 따라가면 식당과 부엌이 나오는데, 여기서 지내는 사람들은 매일 같은 시간에 그곳에서 큰 통에 대량으로 만든 음식을 먹는다. 커다란 웍에 가득 담긴 질척한 스크램블드에그, 미트소스 스파게티, 짜디짠 드레싱에 푹 빠진 시들시들한 양상추를 곁들인 양귀비 씨 닭고기 캐서롤 같은 것들이다. 가운데 복도는 거실로 이어지는데, 널찍한 공간에 텔레비전과 보드게임이 갖춰져 있고 내가 두 번 넘게 잠깐 앉았다가 잠들어 버렸던 놀랄 만큼 편안한 라운지체어가 놓여 있다. 나는 양쪽에 방이 늘어선 3번 복도인 오른쪽으로 들어가서 끝없이 뻗은 석고 무늬 리놀륨을 따라 걸어가 424호에 다다른다.

"똑똑, 엄마?" 내가 군데군데 갈라진 문을 두드리며 말한다.

"들어오세요, 들어와요! 이제 막 치웠어요."

내가 고개를 들이밀고 한 달 만에 엄마를 본다. 늘 그렇듯 엄마는 똑같으면서도 달라 보인다. 지난 20년 동안 봐 왔던 모습과 똑같지만 내 마음이 기억하는 젊고, 아름답고, 생기 가득한 엄마와는 다르다. 햇볕에 그을린 무릎에 스치는 화려한 여름 원피스, 양쪽 옆에 핀을 꽂은 길고 구불구불한 머리카락, 여름의 열기 때문에 상기된 뺨. 휠체어에 무표정하게 앉아 있는 엄마의 가운 자락 사이로 창백하고 허약한 다리가 보인다. 지금은 어깨 길이로 자른 머리카락을 간호사가 빗기고 있고, 엄마는 주차장이 내려다보이는 창밖을 보고 있다.

"엄마." 내가 이렇게 말하며 다가간다. 그런 다음 침대에 걸터앉아 미소를 짓는다. "안녕."

"안녕하세요." 간호사가 말한다. 새로 왔는지 모르는 얼굴이다. 간호사가 눈치를 채고 말을 잇는다. "저는 셰릴이라고 해요. 지난 몇 주 동안 어머니랑 친해졌어요. 그렇죠, 모나?"

그녀가 어머니의 어깨를 두드리며 미소를 짓더니 머리를 몇 번 더 빗기고 침대 옆 작은 테이블에 빗을 내려놓은 다음 휠체어를 돌려 나와 마주 보게 한다. 이렇게 오랜 시간이 지났는데도, 엄마의 얼굴은 아직도 충격적이다. 신체가 훼손된 것도 아니고 알아볼 수 없을 정도로 불구가 된 것도 아니다. 하지만 다르다. 엄마를 엄마로 만들던 사소한 것들이 변했다. 완벽하게 손질했던 눈썹이 웃자라서 지금은 조금 더 남자 같다. 피부는 밀랍 같고 화장기도 전혀 없고 싸구려 샴푸로 감긴 머리카락은 끝이 뻣뻣하고 거칠다.

그리고 엄마의 목에는 길고 굵은 흉터가 아직 남아 있다.

"잠시 나가 있을게요. 필요한 게 있으면 부르세요." 셰릴이 문 쪽으로 걸어가며 말한다.

"고마워요."

이제 엄마와 단둘이 남았다. 엄마의 눈이 나를 뚫어지게 바라보고, 내가 엄마를 방치했다는 느낌이 다시 몰려든다. 엄마는 자살 시도 후 브로브리지의 보호소에 들어갔다. 열두 살, 열다섯 살이었던 우리는 시 외곽의 친척 집으로 보내졌다. 우리는 아직 너무 어려서 엄마를 돌볼 수 없었지만 원래는 상황이 바뀌면 엄마를 데려올 계획이었다. 할 수 있는 때가 되면 우리가 엄마를 돌보려 했다. 그러다가 쿠퍼가 열여덟 살이 되자 엄마를 모실 수 없다는 것이 분명해졌다. 오빠는 한곳에 오래 머물지 못했다. 가만히 앉아 있질 못했다. 엄마에게는 정해진 일상이 필요했다. 깔끔하고 단순한 일상. 그래서 내가 대학에 들어갈 때 엄마를 배턴루지로 옮기고 내가 졸업한 후 엄마를 모시기로 했다. 하지만 그때가 되자 우리에게는 또 다른 핑계가 생겼다. 의존적이고 장애가 있는 엄마를 돌보면서 어떻게 박사 학위를 딸 수 있을까? 어떻게 누군가를 만나고, 누군가와 데이트를 하고, 결혼을 할까? 난 엄마의 도움 없이도 그럴 기회를 멋지게 사보타주하고 있었지만 말이다. 그래서 우리는 엄마를 이곳에 모신 채 아직도 스스로에게 임시일 뿐이라고 말하고 있다. 졸업한 다음에, 충분히 저축한 다음에, 내가 상담소를 개업한 다음에 엄마를 다시 데려오자고. 하지만 시간은 늘어나기만 했고, 매주 엄마를 찾아가는 것으로 우리의 죄책감을 입막음했다. 그런 다음에는 둘이서 번갈아 가기 시작했다. 오빠와 내가 격주로 찾아가서 중간중간 핸드폰을 확인하다가 서둘러 면회를 마쳤다. 여러 가지 일정 사이에 억지로 끼워 넣었기 때문이다. 이제 우리는 간호사한테서 면회하러 오라는 연락을 받아야만 왔다. 간호사들은 모두 착하지만 우리가 없을 때 분명 우리 이야기를 할 거다. 엄마를 버리고 엄마의 운명을 모르는 사람 손에 맡긴다고 우리를 판단할 것이다.

하지만 그 사람들이 모르는 것이 있다. 엄마도 우리를 버렸다는 사실이다.

"한동안 못 와서 미안해요. 결혼식이 7월이라서 막바지 준비가 많거든요." 내가 이렇게 말하며 엄마의 얼굴에서 움직임을, 살아 있다는 증거를 찾는다.

우리 사이의 침묵이 느릿하게 길어지지만 이제 혼자 말하기가 익숙하다. 엄마가 대답하지 않으리란 건 안다.

"곧 대니얼을 데려올게요. 마음에 들 거예요. 정말 좋은 남자예요."

엄마가 눈을 몇 번 깜빡이더니 손가락으로 팔걸이를 톡톡 두드린다. 내가 얼른 엄마의 손을 본다. 나는 손을 빤히 보면서 다시 묻는다.

"만나고 싶어요?"

엄마가 다시 손가락으로 가볍게 톡톡 두드리고, 나는 미소를 짓는다.

아빠가 판결을 받은 직후 부모님의 침실 벽장 바닥에 쓰러져 있는 엄마를 내가 발견했다. 내가 상자를 발견했던 바로 그 벽장이었다. 아빠의 운명을 결정지은 그 상자. 나는 열두 살이지만 그 시적인 상징을 놓치지 않았다. 엄마는 아빠의 허리띠로 목을 매려 했지만 나무 들보가 부러지는 바람에 바닥에 쿵 떨어졌다. 내가 발견했을 때 엄마의 얼굴은 보라색이었고 눈이 툭 튀어나온 채 다리가 움찔거렸다. 소리 지르며 쿠퍼를 불렀던 기억이 난다. 무슨 말을 좀 해 보라고, 뭐라도 해 보라고 소리를 질렀다. 쿠퍼가 깜짝 놀라서 복도에 꼼짝도 않고 서 있었던 기억도 난다. 내가 다시 소리를 질렀고, 쿠퍼가 눈을 깜빡이고 고개를 흔들더니 벽장으로 달려들어 CPR을 하려고 했다. 어느 순간 나는 911에 전화를 해야겠다는 생각이 들어서 그렇게 했다. 우리는 엄마를 어느 정도 살릴 수 있었지만 완전히 살리지는 못했다.

엄마는 한 달 동안 혼수상태였다. 쿠퍼와 나는 의학적 결정을 내릴 수 있는 나이가 아니었기 때문에 감옥에 있던 아빠가 결정을 내려야 했다. 아빠는 플러그를 빼기를 원하지 않았다. 엄마의 상태는 명확했다. 두 번 다시 걷지도, 말하지도, 혼자서 무언가를 하지도 못할 것이었다. 아빠는 면회하러 올 수 없었지만 그런데도 아빠는 엄마를 포기하지 않으려 했다. 여기서도 나는 시적 상징을 놓치지 않았다. 아빠는 감옥 밖에서는 타인의 목숨을 빼앗으며 살았지만 투옥되고 나서는 목숨을 살리기로 결심한 것 같았다. 우리는 엄마가 병원 침대에 미동도 없이 누워 있는 모습을 몇 주 동안 보았다. 기계의 도움을 받아 가슴이 올라갔다 내려갔다 하더니 어느 날 아침에 엄마가 자력으로 움직였다. 눈을 파닥거리다가 떴다.

엄마는 두 번 다시 움직이지 못했다. 말도 못했다. 뇌에 산소가 심각하게 결핍된 상태인 무산소증이었고 결국 의사들의 설명에 따르면 최소한의 의식만 남은 상태가 되었다. 의사들은 '광범위하고 돌이킬 수 없다'고 표현했다. 엄마는 온전히 남지 않았지만 떠나지도 않았다. 엄마가 어디까지 이해할 수 있는지는 아직 애매하다. 가끔 쿠퍼나 내가 어떻게 사는지, 엄마가 우리를 위해 계속 살아갈 만큼 우리가 중요하지 않다고 결정한 이후, 오빠와 내가 무엇을 보고 무엇을 했는지 주절거릴 때 엄마가 내 말을 듣고 있다는 듯이 깜빡이는 눈빛이 보인다. 내가 하는 말을 이해하는 것이다. 미안해하는 것이다.

또 가끔은 잉크처럼 새까만 엄마의 눈동자를 들여다봐도 내 모습밖에 비치지 않는다.

오늘은 좋은 날이다. 엄마가 내 말을 듣고 있다. 이해하고 있다. 말로 의사를 전달하지는 못하지만 손가락은 움직일 수 있다. 나는 세월을 거치며 손가락으로 톡톡 두드리는 것이 뭔가를 의미한다는 사실을 배웠다. 내 생각에는 고개를 끄덕이는 것, 이야기를 잘 따라오고 있다는 조심스러운 표시 같다.

아니면 나의 희망에 지나지 않을지도 모른다. 어쩌면 아무 의미가 없을지도 모른다.

나는 엄마를, 아빠가 초래한 고통의 살아 숨 쉬는 화신을 본다. 나 자신에게 솔직해지자면 그것이 내가 지금까지 엄마를 여기 내버려두는 진짜 이유다. 맞다, 엄마처럼 중증 장애를 가진 사람을 돌보는 것은 아주 큰 책임이다. 하지만 내가 정말 원하면 할 수 있다. 보조인을 고용할 돈도 있고, 어쩌면 상주 간호사를 구할 수도 있다. 진실을 말하자면 나는 그러고 싶지 않았다. 매일 엄마의 눈을 들여다보면서 우리가 엄마를 발견한 순간을 다시, 또다시 계속 겪는 것을 상상도 할 수 없다. 내 집에, 내가 최대한 정상에 가깝게 유지하려고 그토록 애써온 유일한 곳에 기억이 밀려들도록 허락하는 것은 상상도 할 수 없다. 내가 엄마를 버린 것은 그것이 더 쉽기 때문이다. 어린 시절에 살던 우리 집을 버리고, 우리 물건을 뒤지면서 그곳에서 일어났던 끔찍한 일을 다시 겪는 대신 그냥 거기서 썩게 내버려둔 것처럼. 그 존재를 인정하지 않으면 현실이 아니게 되는 것처럼 말이다.

"결혼식 올리기 전에 데리고 올게요." 이번에는 진심이다. 나는 대니얼이 엄마를 만나면, 또 엄마가 대니얼을 만나면 좋겠다. 엄마의 다리에 손을 얹었다가 너무 연약해서 움찔할 뻔 한다. 20년 동안 움직이지 않아서 근육이 퇴화하고 뼈와 가죽만 남았다. 하지만 나는 억지로 엄마의 다리를 잡고 살짝 꽉 쥔다. "하지만 사실은 엄마, 내가 하고 싶은 얘기는 그게 아니에요. 그것 때문에 온 게 아니야."

내가 내 무릎을 내려다본다. 일단 입에서 말이 나가면 되돌릴 수 없다는 것을, 다시 삼킬 수 없다는 것을 아주 잘 안다. 그 말은 엄마의 마음속에 갇힐 것이다. 그 이야기가 한번 들어가면 엄마는 꺼낼 수 없을 것이다. 엄마는 그것에 대해 이야기할 수도, 입 밖에 낼 수도, 나처럼 가슴에서 꺼내 버릴 수도 없을 것이다. 바로 지금 여기서 내가 그러고 있는 것처럼 말이다. 갑자기 믿을 수 없을 만큼 이기적인 느낌이 든다. 하지만 나도 어쩔 수 없다. 그래서 그냥 말해 버린다.

"여자애들이 또 실종됐어요. 죽었어요. 여기 배턴루지에서요."

엄마의 눈이 커지는 것 같지만 역시 내 바람일 뿐인지도 모른다.

"토요일에 사이프러스 공동묘지에서 열다섯 살짜리 소녀의 시체가 발견됐어요. 저도 거기 있었어요. 수색대랑요. 귀걸이를 발견했어요. 그런데 오늘 아침, 또 다른 아이가 실종됐다는 신고가 들어왔어요. 이번엔 나도 아는 아이예요. 제 환자거든요."

방 안에 정적이 자리 잡고, 나는 열두 살 이후 처음으로 엄마의 목소리가 간절히 듣고 싶다. 겨울에 두르는 담요처럼 내 어깨를 감싸고 나를 안전하게 보호해 줄 엄마의 말이 간절히 필요하다. 나를 따뜻하게 해 줄 말.

심각한 일은 맞지만 그냥 조심하기만 해. 방심하지 말고.

"익숙한 느낌이 들어요. 이 모든 게 꼭… 모르겠어요. 똑같아요. 데자뷔 같아요. 경찰이 뭘 물어보러 사무실로 찾아왔었는데, 그랬더니 옛날 기억이 떠올랐어요…." 내가 창밖을 내다보며 말한다.

나는 말을 멈추고 엄마를 보면서 우리가 보안관 사무실에서 나누었던 대화를 엄마도 아직 기억할까 생각한다. 축축한 공기, 바람에 팔락거리는 포스트잇, 내 무릎에 놓인 나무 상자.

"그때 나눴던 대화가 전부 표면으로 떠올랐어요. 똑같은 일을 다시 겪는 것처럼요. 하지만 마지막으로 언제 또 이런 기분이 들었는지 생각해 보면…."

엄마가 이 일은 확실히 모른다는 사실이 떠올라서 나는 다시 말을 멈춘다. 마지막으로 그때의 기억이 다시 밀려왔던 대학교 때의 일을, 기억이 너무 생생해서 과거와 현재를, 그때와 지금을 구분할 수 없었던 때를 엄마는 모른다.

"기념일이 다가와서 편집증이 심해졌을지도 모른다는 건 알아요. 뭐, 평소에도 그렇지만 약간 더 심해졌다는 뜻이에요."

나는 웃으면서 엄마의 다리에 얹었던 손을 들어 입을 막는다. 손으로 뺨을 쓸자 축축함이, 얼굴을 타고 흘러내리는 눈물 한 방울이 느껴진다. 내가 울고 있는지도 몰랐다.

"어쨌든 소리 내서 말하고 싶었나 봐요. 누군가에게 말을 해서 그게 얼마나 바보같이 들리는지 확인했어야 하나 봐요." 내가 뺨에 흘러내린 눈물을 닦고 바지에 손을 문지른다. "세상에, 다른 사람한테 말하기 전에 엄마한테 먼저 와서 다행이에요. 내가 뭘 이렇게 걱정하는지 모르겠어요. 아빠는 감옥에 있잖아요. 아빠가 연루될 수 있는 것도 아닌데."

엄마가 나를 빤히 본다. 눈에 묻고 싶은 질문이 가득하다. 나는 엄마의 손을, 알아들을 수 없는 손가락의 흠칫거림을 내려다본다.

"저 돌아왔어요!"

뒤에서 들려오는 목소리에 내가 흠칫 놀라서 돌아보자 셰릴이 문간에 서 있다. 나는 가슴에 손을 올리고 숨을 내쉰다.

"놀라게 할 생각은 아니었는데. 두 분 모두 즐거운 시간 보냈어요?" 그녀가 웃는다.

"네." 내가 고개를 끄덕이며 말한다. 그런 다음 엄마를 다시 본다. "네, 그동안 어떻게 지냈는지 얘기했어요."

"이번 주에는 정말 온갖 사람들이 찾아오네요, 모나. 그렇죠?"

나는 쿠퍼가 면회하겠다는 약속을 지켰다니 마음이 놓여 미소를 짓는다.

"오빠가 언제 왔었어요?"

"아니, 오빠는 안 왔어요. 다른 남자였어요. 가족끼리 친했다고 그러던데." 셰릴이 말한다. 그녀가 엄마 뒤로 걸어가서 휠체어 등받이에 손을 올리고 발로 브레이크를 푼다.

내가 눈썹을 찌푸리며 그녀를 본다.

"다른 남자 누구요?"

"세련돼 보였는데, 이 근처 사람은 아닌 것 같았어요. 도시에서 왔다고 하던데."

뭔가가 가슴을 꽉 조인다.

"갈색머리였어요? 뿔테 안경을 쓰고?" 내가 묻는다.

셰릴이 손가락을 딱 올리더니 나를 가리킨다. "맞아요!"

나는 자리에서 일어나 침대에 놓인 가방을 집어 든다.

"가야겠어요." 내가 이렇게 말하고 잰걸음으로 엄마에게 다가가 목을 끌어안는다. "미안해요, 엄마. 그… 전부 다요."

나는 열린 문밖으로 달려 나가서 긴 복도를 뛰어간다. 발을 디딜 때마다 가슴속에 분노가 쌓인다. 어떻게 감히? 어떻게 감히? 나는 프런트 데스크에 도착하자 숨을 헐떡이며 카운터를 쾅 친다. 이 수수께끼의 방문자가 누구인지 짐작은 가지만 확실히 알아야 한다.

"마사, 방명록 좀 봐야겠어요."

"이미 서명했잖아요, 클로이. 기억 안 나요? 아까 들어올 때."

"아니, 이전 방문객을 봐야겠어요. 지난 주말이요."

"보여 줘도 되는지 잘 모르겠는데…."

"이 건물의 누군가가 허가받지 않은 남자가 우리 엄마를 만나게 했어요. 가족끼리 친하다고 했다는데, 사실이 아니에요. 위험한 사람이에요. 그 사람이 여기 왔었는지 확인해야겠어요."

"위험하다고요? 클로이, 우리가 면회를 허락하는 사람은…."

"제발요. 제발, 그냥 보여 주세요."

마사가 잠시 나를 빤히 보더니 몸을 숙여 책상에 놓인 공책을 집는다. 그녀가 그것을 카운터에 놓고 나를 향해 밀자 나는 고맙다고 속삭인 다음 서명이 가득한 페이지를 앞으로 넘긴다. 내가 거실 소파에서 빈둥거렸던 어제 날짜가 나오자 나는 명단을 훑어 내려가고, 절대 보이지 않기를 바랐던 이름이 나오자 심장이 멈춘다.

그 어지러운 방명록에 내가 찾던 증거가 있다.

에런 잰슨이 여기에 다녀갔다.

16

전화가 두 번 울리더니 익숙한 목소리가 나를 반긴다.

"에런 잰슨입니다."

"이 개새끼." 내가 인사도 없이 말한다. 나는 쿵쾅거리며 주차장을 가로질러 자동차로 가는 중이다. 방명록을 돌려주자마자 사무실 음성 메시지를 연결하여 금요일 밤 에런이 마지막으로 남긴 메시지를 다시 들었다.

이 번호로 전화 주시면 제가 바로 받을 겁니다.

"클로이 데이비스 씨." 그가 대답한다. 목소리에서 웃음기가 느껴진다. "오늘쯤 전화가 올지도 모른다고 생각했어요."

"우리 엄마 찾아갔어요? 당신은 그럴 권리가 없어요."

"당신 가족에게 연락하겠다고 음성 메시지를 남겼잖아요. 정당하게 경고를 했는데요."

"아뇨." 내가 고개를 저으며 말한다. "아니요, 우리 아빠에게 연락한다고 했잖아요. 아빠한테 뭘 어쩌든 상관없지만 엄마는 접근금지예요."

"만납시다. 아시겠지만 아직 여기 있어요. 전부 설명할게요."

"꺼져요. 만날 생각 없어요. 당신이 한 짓은 비윤리적이에요." 내가 내뱉는다.

"정말로 나한테 윤리를 거론하고 싶어요?"

나는 차에서 불과 몇 센티미터 떨어진 곳에서 발을 멈춘다.

"그게 무슨 뜻이죠?"

"오늘 만나죠. 금방 끝날 겁니다."

"바빠요. 상담이 있어요." 나는 거짓말을 하면서 문을 열고 차에 탄다.

"그럼 상담실로 갈게요. 시간이 날 때까지 로비에서 기다리죠."

"아니…." 내가 눈을 감고 숨을 크게 내쉰다. 그런 다음 운전대에 이마를 댄다. 나는 이렇게 옥신각신해 봤자 무의미하다는 사실을 깨닫는다. 이 사람은 포기하지 않을 것이다. 그는 나를 만나러 뉴욕에서 배턴루지까지 날아왔다. 이 사람이 내 삶을 캐고 다니지 못하게 만들려면 직접 만나서 대화를 하는 수밖에 없다.

"아니, 오지 마세요. 만날게요. 됐죠? 지금 당장 만나죠."

"아직 시간이 이르네요. 커피나 한잔할까요? 제가 사죠."

"강가에 가게가 있어요. 브루하우스. 20분 뒤에 거기서 봐요."

내가 미간을 꼬집으며 말한다.

나는 전화를 끊고 차를 후진시켜 뺀 다음 미시시피를 향해 달린다. 카페까지 10분이면 가지만 그 사람보다 먼저 도착하고 싶다. 그가 카페 문을 들어서는 순간 나는 내가 선택한 자리에 앉아 있고 싶다. 나는 그와의 대화에 힘없는 승객으로 동승하는 것이 아니라 운전석에 앉고 싶다. 방금 그랬던 것처럼 수비만 하다가 허를 찔리고 싶지 않다.

나는 가까운 곳에 차를 세우고 작은 카페로 들어간다. 회녹색 잎을 뚝뚝 떨어뜨리는 진짜 오크 나무들에 살짝 가려진, 리버로드의 숨겨진 보석이다. 가게 안은 어둑하다. 카페라테를 시키고 나서 크림과 설탕이 놓인 스탠드 옆 게시판에 붙은 전단지에 눈길이 간다. 연락처를 떼어갈 수 있도록 종잇조각을 쪼개 놓은 바이올린 레슨 광고와 다가오는 콘서트 포스터 사이에 레이시 데클러의 얼굴이 있고 맨 위에 마커로 '실종'이라고 적혀 있다. 다른 전단 위에 스테이플러로 붙여 놓아서 모서리 쪽에 아래 전단이 비죽 튀어나와 있다. 손을 뻗어 손가락으로 사진을 들자 오브리의 포스터가 나타난다. 오브리는 벌써 대체되었다. 망가진 자동판매기처럼 테이프가 붙어 있다.

나는 정문이 보이는 자리를 골라 구석 자리에 앉는다. 손가락이 머그잔 가장자리를 초조하게 톡톡 두드린다. 나는 억지로 손가락을 고정시키지만 모든 모공에서 초조한 에너지가 뿜어져 나온다. 이제 나는 기다린다.

15분 뒤, 카페라테가 차갑게 식었다. 나는 자리에서 일어나 다시 데워 달라고 할까 생각하지만 내가 움직이기도 전에 에런이 걸어 들어온다. 인터넷으로 사진을 봤기 때문에 바로 알아보지만 (그는 또 다른 체크무늬 셔츠를 입고 멍청해 보이는 똑같은 청광 차단 안경을 쓰고 있다) 사진만큼 마르지는 않았다. 내가 생각했던 것보다 몸이 더 탄탄하고 한쪽 어깨에 묵직하게 걸려 있는 가죽 컴퓨터 가방 때문에 천이 팽팽하게 당겨져서 예상치도 못했던 이두근이 보인다. 나는 얼마나 오래전에 찍은 사진이었을까 생각한다. 아마 대학을 졸업한 직후, 아직 소년에 가까울 때일 것이다. 나는 그가 카페를 가로질러 천천히 걸어와서 패스트리 냉장 진열대를 살펴본 다음 눈을 가늘게 뜨고 커피 바 뒤에 볼트로 고정된 메뉴를 읽는 모습을 지켜본다. 그는 카푸치노를 주문하고 현금으로 돈을 낸다. 느긋하게 손가락을 핥고 지폐를 센 다음 잔돈은 팁 단지에 넣는다. 직원이 에스프레소를 내리는 동안 그는 벽에 걸린 미술 작품을 바라보고, 나는 스팀기가 비명을 지르자 소름이 끼친다.

무슨 이유에선지 그의 침착함이 거슬린다. 나는 그가 안으로 달려들어 오기를, 내가 그를 이기고 싶은 것처럼 그 역시 나를 이기고 싶어 안달하기를 기대했다. 나는 그가 숨을 헐떡이고 땀을 흘리며 나를 쫓아오기 바랐다. 기다리고 있는 나를 보고 당황하기를 말이다. 하지만 그는 오히려 늦게 나타났다. 그는 세상 모든 시간을 다 가진 것처럼 굴고 있다. 자신이 모든 것을 결정하는 것처럼 굴고 있다. 그리고 그때 나는 깨닫는다.

그는 내가 여기 있음을 안다. 내가 자신을 지켜보고 있음을 안다.

저 차분한 행동, 무심한 태도. 나 보라고 일부러 그러는 거다. 그는 나를 당황시키려고, 짜증나게 하려고 애쓰는 중이다. 그렇게 생각하자 나는 지나치게 화가 난다.

"에런, 저 여기 있어요." 내가 손을 지나칠 정도로 활발하게 흔들며 소리친다. 그가 고개를 번쩍 들고 내 쪽을 바라본다.

"클로이, 안녕하세요." 에런이 미소를 지으며 말한다. 그가 내 자리로 걸어와서 의자에 가방을 내려놓는다. "만나 줘서 고마워요."

"데이비스 박사님이라고 불러 주세요. 당신이 다른 선택지를 주지 않았으니 나왔죠."

그가 씩 웃는다.

"저는 카푸치노를 기다리고 있어요. 다른 것 좀 사드릴까요?"

"아니요, 전 됐어요. 고마워요." 내가 손에 든 머그잔을 가리키며 말한다.

"오래 기다렸어요? 커피가 다 식은 것 같네요."

나는 그를 흘끔거리며 어떻게 알았을까 생각한다. 내가 당황한 표정을 지었는지 그가 아주 살짝 웃으면서 내 잔 안쪽에 맺힌 물방울을 가리킨다.

"김이 안 나잖아요."

189

"몇 분밖에 시간 못 내요." 내가 말한다.

"흐음. 제가 가서 데워 오면….." 그가 내 커피를 흘끔거리며 말한다.

"아니요. 그냥 시작하죠."

그가 미소를 짓고 고개를 끄덕인다. 그런 다음 돌아서서 커피를 가지러 간다.

음, 확실하네. 나는 이렇게 생각하며 라테를 입으로 가져갔다가 실온의 액체에 움찔하지만 억지로 마신다. 나쁜 놈이야. 에런이 맞은편 의자에 앉아 가방에서 공책을 꺼내고 나는 머그잔을 내려놓는다. 나는 그의 셔츠에 깔끔하게 끼워진 기자증을 슬쩍 훔쳐본다. 맨 위에 〈뉴욕타임스〉 로고가 크게 박혀 있다.

"메모하시기 전에 분명히 해두고 싶은 게 있어요." 내가 말한다. "이건 인터뷰가 아니에요. 제가 당신에게 우리 가족을 그만 괴롭히라고 요청하는 아주 진솔한 대화죠."

"당신에게 전화를 두 번 건 것이 괴롭힘에 해당되는지 몰랐네요."

"우리 어머니 요양원에 찾아갔잖아요."

"아, 그거 말이군요. 기껏해야 2, 3분이었는데요." 그가 소매를 팔꿈치까지 올리며 말한다.

"아주 좋은 정보를 얻으셨겠네요. 우리 엄마는 말을 참 잘하죠, 안 그래요?" 내가 그를 노려보며 말한다.

맞은편에서 그가 잠시 말없이 나를 바라본다.

"솔직히 저는 어머님이… 장애가 그 정도로 심한지 몰랐습니다. 미안해요."

나는 작은 승리에 만족하며 고개를 끄덕인다.

"하지만 어머님과 대화를 나누려고 간 건 아니었어요. 정말로요. 정보를 약간 얻을 수 있을지도 모른다고 생각하긴 했지만, 당신의 관심을 끌려고 간 겁니다. 그렇게 하면 억지로라도 나를 만나 줄 거라고 생각했거든요."

"왜 그렇게 저를 만나려고 하시죠? 이미 말했잖아요. 아빠랑 연락 안 한다고요. 우린 아무 관계도 없어요. 당신한테 가치가 있는 정보를 줄 수가 없어요. 솔직히 말하면 당신은 시간 낭비를 하는 거예요…."

"기사의 방향이 바뀌었습니다. 이제 그쪽이 아니에요."

"좋아요." 나는 이 대화가 어디를 향하는지도 모른 채 말한다. "새로운 방향은 뭐죠, 그럼?"

"오브리 그라비노. 그리고 레이시 데클러죠."

가슴속에서 심장박동이 빨라진다. 내 시선이 카페 안을 배회하지만 카페는 사실상 텅 비어 있다. 내가 목소리를 낮춰 속삭인다.

"제가 그 아이들에 대해서 할 말이 있다고 생각하는 이유가 뭐죠?"

"왜냐면 두 소녀의 죽음이 우연은 아닌 것 같아서요. 당신 아버지랑 관련이 있다고 생각합니다. 당신이 도와주면 알아낼 수 있을 거예요."

나는 고개를 저으며 손이 떨릴까 봐 머그잔을 꼭 쥔다.

"이봐요, 당신은 여기까지 왔어요. 좋은 기삿감이라고 생각하는 건 알지만, 이런 사건이 항상 일어난다는 사실은 당신도 분명히 알 거예요. 당신이 주로 다루는 분야나 뭐 그런 걸 보면요."

에런이 놀랐다는 듯 미소를 짓는다.

"저에 대해서 찾아봤군요." 그가 말한다.

"음, 당신은 저에 대해서 모르는 게 없잖아요."

"공평하네요. 하지만 생각해 봐요. 유사성이 있어요. 당신도 부인할 수 없는 유사성이죠."

나는 오늘 아침에 엄마와 나누었던 대화를 다시 떠올린다. 내가 조금 전에 인정한 소름 끼치는 데자뷔, 불안할 정도로 익숙한 느낌. 하지만 이런 느낌이 든 것이, 내가 머릿속으로 아빠의 범죄를 재현해 본 것이 처음은 아니다. 전에도 이런 적이 한 번 있었고, 그때는 내가 틀렸었다. 아주, 크게 틀렸다.

"맞아요, 유사성이 있죠." 내가 말한다. "십 대 여자애가 거리를 배회하는 소름 끼치는 놈한테 살해당했어요. 불행한 일이지만 말씀드렸듯이 그런 일은 항상 일어나요."

"20주년이 다가오고 있어요. 유괴는 항상 일어나지만 연쇄살인이 늘 일어나는 건 아니죠. 바로 지금, 바로 여기에서 이런 일이 일어나는 데에는 이유가 있어요. 그렇다는 거 당신도 알잖아요."

"누가 연쇄살인이라고 했죠? 너무 성급하게 결론을 내리시는 군요. 시체 한 구예요. 한 구. 제가 아는 한 레이시는 가출한 거 예요."

에런이 나를 본다. 그의 눈에 실망의 빛이 어린다. 이제 그가 목소리를 낮춘다.

"레이시가 도망치지 않았다는 걸 당신도 나도 알잖아요."

나는 한숨을 쉬고 에런의 어깨 너머 창밖을 흘깃 본다. 바람 이 점점 거세지고 수염틸란드시아가 흔들린다. 나는 하늘이 지 빠귀 알 같은 파란색에서 불어난 폭풍 같은 회색으로 재빨리 변 하는 것을 알아차린다. 실내에 있는데도 곧 쏟아질 비의 묵직함 이 느껴진다. 레이시가 실종 포스터에서 나를 빤히 보고 있다. 레이시의 시선이 여기까지, 바로 이 자리까지 나를 따라왔다. 나 는 차마 레이시의 눈을 마주 볼 수 없다.

"그럼 정확히 무슨 일이 벌어지고 있다고 생각하시는데요?" 내가 바깥 저 멀리에 서 있는 나무들을 여전히 바라보며 묻는다. "아빠는 감옥에 있어요. 그래요, 아빠는 괴물이에요. 그걸 부인 하는 건 아니에요. 하지만 귀신은 아니잖아요. 이제 아무도 해치 지 못해요."

"그건 알아요. 당신 아버지가 아니라는 건 알아요, 당연하죠. 하지만 제 생각에는 어떤 사람이 당신 아버지가 되려고 하는 것 같아요."

내가 다시 에런을 보며 입술 안쪽을 씹는다.

"우리가 지금 상대하는 건 모방범 같습니다. 이번 주가 끝나기 전에 누군가 죽을 거라고 내기를 걸어도 좋아요."

17

모든 연쇄살인범은 자기만의 표식이 있다. 그림 한 귀퉁이에 끼적인 이름이나 영화에 숨겨둔 이스터에그처럼 예술가는 자기 작품이 인정받기를, 불멸로 남기를 원한다. 시대를 넘어서 기억되기를 말이다.

피부에 새긴 수수께끼 같은 별명, 여기저기서 발견되는 신체의 일부와 같이 소름 끼치는 방식은 아니다. 깔끔한 범죄 현장이나 시체를 바닥에 놓는 방법처럼 단순할 때도 있다. 아무 의심도 없는 사람들의 목격담을 조각조각 이어 붙인 스토킹 패턴이나 의식적인 절차를 계속 반복하다가 결국 드러나는 하나의 패턴. 평범한 사람이 침대를 정리하거나 설거지를 할 때 그 외에 다른 방법은 없다는 듯이 매일 아침 질서정연한 리듬으로 정해진 일과를 반복하는 것과 썩 다르지 않은 패턴. 나는 인간이 습관의 동물이며 목숨을 빼앗는 행위가 한 사람에 대해서 많은 것을 드러낸다는 사실을 알게 되었다. 모든 살인은 지문처럼 독특하다. 하지만 아빠는 자신의 표식을 드러낼 수 있는 시체를 남기지 않았다. 사인을 보존할 범죄 현장도, 채취하거나 분석할 지문도 없었다. 그래서 온 마을이 궁금해했다. 도대체 캔버스도 없이 어떻게 서명을 남길까?

그 답은 남길 수 없다는 것이다.

브로브리지 경찰은 1999년 여름 내내 그의 정체를 밝힐 단 하나의 단서를 찾아 루이지애나를 샅샅이 뒤졌다. 그들은 단 한 명의 그럴듯한 피의자를 가리키는 아주 작은 증거에, 존재하지 않는 듯한 범죄 현장에 숨겨진 표식에 귀를 기울였다. 하지만 아무것도 찾지 못했다. 여섯 명의 소녀가 죽었지만 카운티 수영장에 숨어 있는 남자, 먹잇감을 쫓아 밤거리에서 살금살금 움직이던 자동차 한 대 지목하는 목격자가 단 한 명도 없었다. 결국 답을 찾은 사람은 나였다. 엄마의 화장품으로 한껏 꾸미면서 놀다가 머리카락을 묶을 스카프를 찾아 벽장 안을 뒤지던 열두 살짜리 소녀. 바로 그때 나는 작은 나무 상자를 들고 다른 누구도 볼 수 없었던 것을 보았다.

아빠는 증거를 남기는 대신 집으로 가져왔다.

"사람 목숨을 살릴 수 있어도?"

나는 보안관의 목을 타고 흐르는 땀을 보았다. 그는 내가 한 번도 본 적 없는 강렬한 눈빛으로 나를 빤히 보았다. 그는 나를, 내가 꼭 잡고 있는 상자를 빤히 보고 있었다.

"네가 그 상자를 주면 사람을 살릴 수 있어. 생각해 보렴. 누가 리나의 목숨을 살릴 수도 있었는데 문제를 일으키는 게 두려워서 그러지 않기로 선택했다면 어떨 것 같니?"

나는 무릎을 내려다보며 고개를 살짝 끄덕였다. 그런 다음 마음이 바뀔까 봐 얼른 팔을 내밀었다.

보안관이 장갑 낀 손으로 내 손을 감쌌다. 고무는 미끄럽지만 따뜻했다. 그런 다음 내가 꽉 잡고 있던 상자를 살짝 당겼다. 그가 상자 뚜껑을 내려다보더니 벌어지는 부분을 잡고 천천히 열었다. 음악 소리가 방을 채웠다. 나는 보안관의 표정을 보지 않으려고 시선을 피해 천천히 완벽한 원을 그리며 도는 발레리나를 보았다.

"액세서리예요." 내가 춤추는 소녀에게서 시선을 떼지 않은 채 말했다. 빛바랜 분홍색 투투를 입고 양팔을 높이 든 채 빙글빙글 도는 소녀를 보고 있으니 최면에 걸릴 것 같았다. 발레리나를 보니 리나가, 축제에서 빙글빙글 돌던 그 모습이 떠올랐다.

"그렇구나. 누구 건지 아니?"

내가 고개를 끄덕였다. 나는 보안관이 대답을 기다리는 것을 알았지만 차마 말할 수 없었다. 적어도 자발적으로 말할 수는 없었다.

"누구 액세서리니, 클로이?"

엄마가 흐느끼는 소리가 들려서 내가 옆을 흘끔거렸다. 엄마는 손으로 입을 막고 머리를 세차게 젓고 있었다. 엄마는 상자에 뭐가 들어 있는지 이미 보았다. 내가 집에서 보여 주었다. 나는 엄마가 내 마음속에서 형체를 갖춰가는 설명과는 다른 설명을 해 주기를 바랐다. 말이 되는 유일한 설명을. 하지만 엄마는 그렇게 하지 못했다.

"클로이?"

내가 다시 보안관을 보았다.

"배꼽 링은 리나 거예요. 바로 거기, 가운데 있는 거요." 내가 말했다.

보안관이 보석함에 손을 넣어 작은 은 반딧불이를 꺼냈다. 몇 주나 캄캄한 곳에 틀어박혀 있어서 죽은 것 같았다. 빛을 내게 해 줄 햇볕을 못 받아서.

"어떻게 알지?"

"리나가 가재 축제 때 하고 있는 걸 봤어요. 나한테 보여 줬어요."

그가 고개를 끄덕이고 그것을 상자에 다시 넣었다.

"다른 것들은?"

"저 진주 목걸이를 알아요." 엄마가 젖은 목소리로 말했다. 보안관이 엄마를 흘깃 보더니 상자에 다시 손을 넣어 진주 목걸이를 꺼냈다. 커다란 분홍색 진주였고 뒤에서 리본으로 묶도록 되어 있었다.

"로빈 맥길 거예요. 제가… 로빈이 하고 있는 걸 봤어요. 일요일에 교회에서요. 제가 정말 멋지다고, 아주 독특하다고 말했었어요. 리처드도 저랑 같이 있었어요. 남편도 봤어요."

보안관이 한숨을 내쉬고 다시 고개를 끄덕이더니 목걸이를 넣었다. 그런 다음 한 시간 동안 다른 액세서리들도 확인되었다. 마거릿 워커의 다이아몬드 귀걸이, 캐리 홀리스의 순은 팔찌, 질 스티븐슨의 사파이어 반지, 수전 하디의 백금 링 귀걸이. 말끔하게 닦아 놓아서 어디에서도 DNA는 나오지 않았지만 부모들이 우리의 의심을 확인해 주었다. 8학년 졸업 선물, 견진성사 선물, 생일 선물이었다. 때 이른 죽음으로 영원히 기억될 물건이 아니라 딸들이 성장하면서 겪는 크나큰 변화를 축하하기 위한 기념품이었다.

"도움이 되는구나, 클로이. 고맙다."

나는 고개를 끄덕였다. 보석함의 음악 소리에 마음이 누그러지면서 약간 멍한 상태가 되었다. 보안관이 뚜껑을 탁 닫는 바람에 내가 깜짝 놀라 고개를 들었다. 최면 상태에서 깨어났다. 그는 닫힌 상자에 손을 얹고 또다시 나를 빤히 보고 있었다.

"아빠가 리나 로즈나 다른 실종된 애들이랑 얘기하는 걸 본 적 있니?"

"네." 내가 말했다, 머릿속에 축제가 떠올랐다. 리나의 길고 매끈한 다리를 빤히 보던 아빠. 들켰음을 알고 고개를 푹 숙이던 아빠.

"가재 축제 때 아빠가 리나를 바라보는 걸 봤어요. 리나가 저에게 배꼽 링을 보여 줄 때요."

"아빠가 뭘 하고 계셨니?"

"그냥… 보고 있었어요. 리나가 셔츠를 올렸거든요. 아빠가 보고 있는 걸 알고 리나가 손을 흔들었어요."

엄마가 옆에서 비웃음을 흘리더니 고개를 저었다.

"고맙다, 클로이. 너한테 쉽지 않은 일이란 거 알아. 하지만 넌 옳은 일을 한 거야." 보안관이 말했다.

내가 고개를 끄덕였다.

"가기 전에 아빠에 대해서 우리한테 하고 싶은 말이 있니? 우리가 알아야 할 중요한 거?"

나는 한숨을 내쉬고 양팔로 나를 감싸 안았다. 경찰서는 더웠지만 나는 갑자기 몸서리가 쳐졌다.

"삽을 들고 있는 걸 본 적 있어요." 내가 엄마의 시선을 피하며 말했다. 엄마도 처음 듣는 이야기였다.

"집 뒤쪽 습지에서 나와서 마당을 가로지르고 있었어요. 어두웠지만… 분명 아빠였어요."

다들 아무 말도 없었다. 새로운 폭로가 묵직한 아침 안개처럼 내려앉았다.

"아빠를 봤을 때 너는 어디 있었지?"

"제 방에요. 그날 잠이 안 왔는데, 창문 바로 밑에 벤치가 있거든요. 거기서 책 읽는 걸 좋아해요…. 더 빨리 말 안 해서 죄송해요. 전… 전 몰랐어요….”

“당연히 몰랐겠지. 모르는 게 당연하지. 이만하면 충분히 잘해 줬어.” 보안관이 말했다.

천둥이 쳐서 집이 울린다. 주류 보관장에 거꾸로 걸어둔 와인 잔들이 치아를 맞부딪치는 것처럼 덜걱덜걱 소리를 낸다. 또 다른 여름 폭풍이 다가오고 있다. 공기 중에서 전하가 느껴지고 금방이라도 쏟아질 비의 맛이 난다.

“클로, 내 말 들었어?”

나는 카베르네 와인이 반쯤 찬 와인 잔에서 시선을 든다. 보안관 사무실의 기억이 서서히 녹기 시작한다. 그 대신 소매를 팔 꿈치까지 말아 올리고 한 손에 고기 자르는 칼을 든 채 부엌 카운터 앞에 서 있는 대니얼이 보인다. 그는 오늘 오후 일찍 컨퍼런스에서 돌아왔다. 내가 사무실에서 집으로 돌아오니 대니얼이 내 깅엄 체크무늬 앞치마를 두르고 루이 암스트롱의 음악에 맞춰 춤을 추고 있고 저녁 식사 재료들이 아일랜드 식탁에 흩어져 있었다. 그 광경에 미소가 절로 나왔다.

“미안, 못 들었어. 뭐라고 했어?”

“그 정도면 당신은 충분히 했다고 말했어.”

내가 와인 잔을 좀 더 꽉 쥐자 가느다란 스템이 압력 때문에 부러질 것만 같다. 우리가 무슨 이야기를 하던 중이었는지 기억해 내려고 머릿속을 샅샅이 뒤진다. 나는 지난 며칠간 이런저런 생각에 푹 빠졌고 과거의 기억에 사로잡혔다. 특히 대니얼이 없어 집이 텅 비자 나는 과거를 다시 사는 느낌이었다. 대니얼의 입에서 무슨 말이 흘러나와도 정말 대니얼이 말을 한 건지 내가 상상한 것인지 분간이 되지 않는다. 내 마음속 저 깊은 곳에서 끄집어내 그의 입에 집어넣고 그대로 나에게 반복하게 만든 것은 아닌지 말이다. 내가 말을 하려고 입을 열지만 대니얼이 말을 자른다.

"경찰이 그런 식으로 당신 사무실에 불쑥 나타날 권리는 없어." 대니얼이 밑에 놓인 도마에 시선을 고정한 채 말을 잇는다. 그는 물 흐르는 듯한 동작으로 칼을 재빨리 놀려 당근을 다져서 도마 한쪽에 모아 두고 토마토를 썬다.

"그때 환자가 없었기에 망정이지, 당신 이름에 먹칠을 할 수도 있었잖아. 안 그래?"

"아, 그러게." 내가 말한다. 이제 기억이 난다. 우리는 레이시 데클러에 대해서, 일터까지 찾아와 질문을 하던 토머스 형사와 도일 경관에 대해서 이야기하고 있었다. 레이시 데클러가 마지막으로 목격된 장소가 알려질지도 모르니 대니얼에게 말해야 할 것 같았다.

"음, 살아 있는 레이시 데클러를 마지막으로 본 사람이 나인가 봐."

"아직 살아 있을지도 몰라. 아직 시체를 못 찾았잖아. 이제 일주일 지났어."

"맞아."

"그리고 다른 여자애… 그 애는 한 사흘 만에 시체가 발견됐었잖아?"

"응, 사흘. 사건을 계속 주시하고 있었나 봐?" 내가 잔 속의 와인을 빙글빙글 돌리며 말한다.

"응, 그렇지 뭐. 뉴스에 나왔잖아. 피하기 힘들지."

"뉴올리언스에서도?"

대니얼은 칼질을 계속한다. 토마토즙이 도마를 따라 흘러서 카운터에 고인다. 다시 천둥이 치자 집이 울린다. 대니얼은 대답하지 않는다.

"같은 사람일까? 둘이 그러니까… 관련이 있을까?" 내가 가벼운 말투를 유지하려 애쓰며 묻는다.

대니얼이 어깨를 으쓱한다.

"모르겠어. 아직은 판단하기 이른 것 같아. 그 사람들이 뭘 물었어?" 그가 손가락으로 칼날에 묻은 토마토즙을 닦고 손가락을 입에 넣는다.

"별거 없었어. 상담 시간에 무슨 이야기를 했는지 묻더라. 당연히 말 안 했지. 그래서 짜증 난 것 같았어."

"잘했어."

"건물에서 나가는 걸 봤냐고 물었어."

대니얼이 눈썹을 찌푸린 채 나를 흘깃 본다.

"봤어?"

"아니. 상담실에서 나가는 건 봤지만 건물에서 나가는 건 못 봤어. 내 말은, 아마 나갔겠지. 달리 갈 데가 없어. 안에서 누가 붙잡았으면 모르지만…."

내가 말을 멈추고 루비처럼 빨갛게 물든 와인 잔 가장자리를 내려다본다.

"그럴 가능성은 별로 없을 것 같아."

대니얼이 고개를 끄덕이고 도마를 다시 내려다보더니 달군 팬에 다진 채소를 넣는다. 마늘 향이 방을 채운다.

"그것 말고는 별 의미 없는 질문들이었어. 어디서부터 시작해야 할지도 모르는 것 같더라."

밖에서 비가 쉴 새 없이 쏟아지고, 수백만 개의 손가락이 안으로 들어오고 싶어서 지붕을 두드리는 소리가 집 안에 가득 찬다. 대니얼이 창밖을 흘깃 보고 걸어가서 창문을 살짝 열자 여름 폭풍의 흙냄새가 부엌으로 밀려들어 와 집에서 만든 요리 냄새와 섞인다. 나는 잠시 대니얼을, 그가 너무나 자연스럽게 부엌을 돌아다니며 채소 굽는 프라이팬에 후추를 갈아 넣고 분홍색 연어에 모로코 향신료를 문지르는 모습을 지켜본다. 그가 떡 벌어진 어깨에 접시 닦는 마른행주를 걸치자 너무 완벽해서 따뜻함에 가슴이 벅차오른다. 대니얼은 얼마나 완벽한지. 그가 왜 나를, 망가진 클로이를 선택했는지 절대 이해하지 못할 것이다. 대니얼은 나를 처음 만난 순간부터, 내 이름을 알게 된 순간부터 나를 사랑한 것처럼 군다. 하지만 그는 나에 대해서 모르는 부분이 너무 많다. 이해하지 못하는 부분이 너무 많다. 나는 사무실에 숨겨둔 작은 약국이자 나의 생명줄을, 내가 대니얼 앞으로 쓰는 가짜 처방전을 생각한다. 내 어린 시절을, 나의 과거를 생각한다. 내가 무엇을 봤는지. 어떤 행동을 했는지.

대니얼은 널 몰라, 클로이.

나는 고개를 저어 쿠퍼의 말을 떨쳐 내려 하지만 그 말이 옳다는 것을 안다. 가족을 제외하면 세상 누구보다 나를 잘 아는 사람은 대니얼이지만 대단한 의미는 없다. 아직 표면적인 수준이다. 나는 아직도 꾸민 모습만 보여 주고 있다. 대니얼에게 망가진 클로이를 보여 주고 고약한 냄새를 풍기며 박동하는 나의 응어리를 드러내면 냄새만 한번 슬쩍 맡아도 바로 뒷걸음치리라는 사실을 알기 때문이다. 그것을 보고 좋아할 리는 없다.

"그 얘기는 이제 그만하자. 이번 주에 어떻게 지냈어? 결혼식 준비 좀 했어?" 그가 카운터 위로 몸을 숙이고 줄어든 내 잔을 채워 주며 말한다.

나는 대니얼이 뉴올리언스로 떠났던 토요일 아침을 떠올린다. 원래는 결혼식 준비를 할 생각이었다. 노트북을 열고 이메일 답장을 쓰고 있었는데 그때 오브리 그라비노에 대한 뉴스가 거실을 채웠고 기억이 물속으로 가라앉는 자동차처럼 나를 내 마음속에 가두었다. 집을 나서서 멍하니 차를 타고 가다가 사이프러스 공동묘지에서 수색대를 만났던 것, 오브리의 귀걸이를 발견하고 그 아이의 시체가 발견되기 직전에 자리를 떴던 기억이 난다. 나는 에런 잰슨이 엄마를 찾아갔던 것을, 그리고 내가 일주일 내내 열심히 부인하려 애쓰던 가설을 그가 내놓았던 것을 떠올린다. 오늘은 금요일이다. 에런은 월요일까지는 또 다른 시체가 나올 거라고 예측했다. 아직은 시체가 발견되지 않았고, 나는 하루하루 지날 때마다 어깨가 조금씩 가벼워진다. 에런이 틀렸을지도 모른다는 순간적인 안도감이 든다.

대니얼에게 무슨 말을 할까 잠시 생각하지만 아직 그에게 나를 알릴 준비가 안 되었다는 결론을 내린다. 적어도 나의 이런 부분은 아직 안 된다. 초조함을 가라앉히려고 내 마음대로 약을 먹는 나. 지난 20년 동안 스스로에게 물었던 질문에 답을 찾으려고 공동묘지를 같이 수색하는 나. 대니얼은 내가 숨지 못하게 하니까, 두려워하도록 놔두지 않으니까. 그는 나에게 깜짝 파티를 열어 주고 결혼식을 7월에 잡으면서 나의 온갖 비이성적인 두려움을 무시한다. 이번 주에 그가 집을 비운 동안 내가 멍해질 정도로 약을 먹고, 기자가 상상한 시나리오를 계속 생각하고, 항의하거나 대꾸할 수도 없는 엄마를 이 모든 일에 끌어들인 것을 그가 알면 나를 부끄럽게 생각할 것이다.

"괜찮았어. 캐러멜 케이크로 정했어." 내가 와인을 한 모금 마시며 마침내 말한다.

"진전이 있네!" 대니얼이 이렇게 외치고 카운터 너머로 몸을 깊이 숙여 나에게 키스한다. 나도 키스를 돌려준 다음 몸을 약간 뒤로 빼서 그의 얼굴을 바라본다. 그가 내 얼굴을 뜯어본다. 그의 시선이 내 피부를 하나도 빼놓지 않고 살핀다.

"왜 그래?" 대니얼이 내 머리카락 깊숙이 손을 묻는다. 그가 내 뒤통수를 감싸자 나는 그의 손바닥에 머리를 기댄다. "클로이, 무슨 일 있어?"

"아무것도 아니야." 내가 미소를 지으며 말한다. 천둥이 조용히 방을 울리고, 나는 피부가 따끔거린다. 밖에서 번쩍이는 번개 때문인지 내 목을 어루만지며 귀 바로 아래 예민한 피부에 느릿하게 원을 그리는 대니얼의 손가락 때문인지 모르겠다. 나는 눈을 감는다.

"그냥 당신이 돌아와서 기뻐서 그래."

18

잠에서 깨보니 아직도 비가 내리고 있다. 잠으로 다시 끌고 들어가는 느릿하고 게으른 비다. 나는 어둠 속에 누워서 옆에 누운 대니얼의 온기를, 나를 꽉 누르는 그의 맨살을 느낀다. 그의 호흡은 느리고 규칙적이다. 나는 바깥의 빗소리에, 낮게 으르렁거리는 천둥소리에 귀를 기울인다. 나는 눈을 감고 레이시를, 어딘가 진흙 속에 반쯤 묻힌 레이시의 시체를, 남겨져 있을지도 모르는 증거를 씻어 내는 비를 상상한다.

토요일 아침이다. 오브리의 시체가 발견된 지 일주일이 지났다. 레이시의 실종 소식을 듣고 에런 잰슨과 만난 지 닷새가 지났다.

"왜 모방범의 소행이라고 생각하죠? 지금 우린 이 사건들에 대해서 아는 게 거의 없어요." 내가 차가운 커피 앞에서 몸을 웅크린 채 물었었다.

"위치, 시기. 리나 로즈의 실종 20주년을 몇 주 앞두고 당신 아버지의 피해자 프로필에 딱 맞는 열다섯 살짜리 소녀 두 명이 실종되어서 죽었어요. 그뿐만 아니라 실종된 곳이 배턴루지예요. 딕 데이비스의 가족이 현재 살고 있는 도시죠."

"그래요, 하지만 다른 점도 있어요. 우리 아빠의 희생자들은 시체가 발견되지 않았어요."

"그렇죠. 하지만 이 모방범은 시체가 발견되기를 바라는 것 같아요. 자기 작품이 인정받기를 바라는 거예요. 그는 오브리를 공동묘지에, 마지막으로 목격된 장소에 버렸습니다. 발견되는 건 시간문제였어요."

"네, 하지만 제 말이 그거예요. 이 사람은 우리 아빠를 따라 하는 것 같지 않아요. 오브리를 무작위로 선택해서 그 자리에서 죽인 다음 서두르느라 시체를 그대로 남겨 둔 것 같아요. 계산된 범죄가 아니었어요."

"아니면 그가 오브리를 버린 곳이 중요할 수도 있어요. 특별한 의미가 있는 거죠. 어쩌면 범인이 발견되기 바라는 단서가 시체에 남아 있을지도 몰라요."

"사이프러스 공동묘지는 우리 아빠한테 특별한 의미가 없어요. 시기도 그냥 우연일 뿐이고⋯." 내가 짜증을 느끼며 말했다.

"그렇다면 다음 희생자인 레이시가 당신 상담실에서 나온 직후 납치된 것도 우연인가요?"

내가 머뭇거렸다.

"당신이 본 적 있는 사람이 범인이라고 해도 난 놀라지 않을 겁니다. 클로이. 모방범은 어떤 이유가 있어서 모방을 해요. 자기가 따라 하는 사람을 존경할 수도 있고 욕을 퍼부을 수도 있지만, 어느 쪽이든 그 스타일을 흉내 내죠. 피해자도요. 모방범은 자신이 따라 하는 살인자가 되려고 해요. 어쩌면 자기만의 게임에서 그를 이기려고 할지도 모르고요."

나는 눈썹을 치켜올리고 커피를 한 모금 더 마셨다.

"모방범이 살인을 하는 건 다른 살인자에게 집착하기 때문입니다." 에런이 탁자에 팔을 올리고 몸을 숙이며 말을 이었다.

"그 사람에 대해서 다 알아요. 범인이 당신을 잘 알 수도 있어요. 당신을 지켜보고 있을지도 몰라요. 레이시가 당신 상담실에서 나오는 것을 봤을 가능성도 있어요. 당신 직감을 믿어 보라는 거예요. 주변에서 일어나는 일에 관심을 기울이고 당신의 본능에 귀를 기울여 봐요."

나는 사이프러스 공동묘지를, 자동차로 걸어가서 차를 타고 사무실로 향할 때 등 뒤에서 느껴지던 시선을 떠올렸다. 시간이 지날수록 점점 더 불편해져서 의자에 앉은 채 자세를 바꾸었었다. 나는 아빠에 대해서 이야기하면 항상 죄책감에 시달렸지만 무엇을 향한 죄책감인지는 알 수 없었다. 아빠를 배신한 것에, 아빠를 가리키는 단 하나의 손가락이 되어 남은 평생 교도소에 가둔 것에 죄책감을 느꼈을까? 아니면 아빠와 피를, DNA를, 성을 공유해서 죄책감을 느꼈을까? 아빠 이야기가 나오면 사과해야 한다는 느낌이 압도적으로 들 때가 너무 많았다. 나는 에런에게, 리나의 부모님에게, 브로브리지 마을 전체에게 사과하고 싶었다. 내 존재에 대해서도 사과하고 싶었다. 리처드 데이비스가 태어나지 않았다면 이 세상에 고통이 훨씬 줄어들었을 것이다.

하지만 그는 태어났고, 그렇기 때문에 나도 존재했다.

옆에서 움직임이 느껴져서 대니얼을 보니 잠이 깬 채 누워서 내 쪽을 빤히 보고 있다. 그는 나를 지켜보고 있다. 머릿속으로 에런과의 대화를 다시 재생하면서 천장을 보며 눈을 깜빡이는 나를 지켜보고 있다.

"안녕." 대니얼이 잠에 취해 굵은 목소리로 한숨을 쉬듯 말하며 나를 안고 가까이 끌어당긴다. 그의 살갗이 따뜻하다. 안전하다는 느낌이 든다.

"무슨 생각하고 있어?"

"아무 생각도 안 해." 내가 그의 품으로 더 깊이 파고들며 말한다. 나는 그의 엉덩이를 쓸며 미소를 짓고, 그의 팬티 속 불룩해진 부분이 내 다리를 문지른다. 내가 몸을 돌려 그를 마주 보면서 그의 허리에 다리를 단단히 감자 곧 우리는 잠에 취해 말도 없이 사랑을 나누기 시작한다. 이른 아침 땀 때문에 약간 축축한 우리의 몸이 밀착되고, 그가 혀를 밀어 넣고 내 입술을 깨물며 거칠게 키스한다. 내 몸을 더듬기 시작한 그의 손이 다리를 타고 올라오더니 배를 지나고 가슴을 지나 목으로 향한다.

211

나는 키스를 계속하며 목에서 느껴지는 그의 손을 무시하려 애쓴다. 그가 어디든 좋으니 다른 곳으로 손을 옮기기 기다린다. 하지만 대니얼은 그렇게 하지 않는다. 그는 손을 그곳에 둔 채 점점 더 세게, 더 빨리 움직인다. 그가 목을 꽉 조이기 시작하자 나는 비명을 지르고서 몸을 뒤로 빼서 최대한 멀어진다.

"왜?" 대니얼이 일어나 앉으며 묻는다. 깜짝 놀란 표정으로 나를 빤히 보고 있다.

"아팠어?"

"아니. 아니, 그런 거 아니야. 그냥…." 내가 말한다. 가슴 속에서 심장이 쿵쾅거린다.

나는 그를, 그의 얼굴에 떠오른 혼란스러운 표정을 바라본다. 나를 아프게 했을까 봐 걱정하는 눈빛을 본다. 그의 손길에, 성냥처럼 내 살갗에 덴 자국을 남기는 그의 손가락에 닿지 않으려고 몸을 움츠리려는 나를 보고 느꼈을 상처를 생각한다. 하지만 나는 대니얼이 어젯밤 부엌에서 내게 했던 입맞춤을 떠올린다. 손가락으로 내 턱 밑의 박동을 느끼던 대니얼, 부드럽지만 단단하게 내 목을 잡던 그.

나는 베개에 머리를 다시 누이고 한숨을 쉰다.

"미안해. 지금 좀 긴장이 돼서 그래. 왠지 모르겠지만 신경이 곤두섰나 봐." 내가 눈을 꼭 감으며 말한다. 내 머릿속에서 빠져나가야 한다.

"괜찮아." 그가 내 허리를 감싸 안으며 말한다. 내가 분위기를 깨뜨렸다는 건 안다. 그의 흥분은 가라앉았고 나 역시 마찬가지다. 대니얼은 그래도 나를 안은 팔을 풀지 않는다.

"요즘 여러 가지 일이 많았잖아."

내가 오브리와 레이시에 대해서 생각하고 있음을 대니얼은 알고 있다. 하지만 우리 둘 다 그 이야기는 꺼내지 않는다. 우리는 잠시 말없이 누워서 빗소리에 귀를 기울인다. 그가 다시 잠들었을지도 모른다고 생각하는 찰나에 대니얼이 속삭인다.

"클로이?" 그가 부른다.

"으응?"

"나한테 뭐 하고 싶은 말 없어?"

나는 아무 말도 하지 않는다. 길어진 나의 침묵이 그에게 그가 알아야 할 모든 것을 말해 준다.

"나한테 말해도 돼. 무슨 이야기든 괜찮아. 약혼자잖아. 그래서 내가 여기 있는 거야."

"알아." 내가 말한다. 그리고 나는 그를 믿는다. 어쨌거나 나는 대니얼에게 아빠에 대해서, 나의 과거에 대해서 전부 털어놓았다. 하지만 초연한 태도로 기억을 과거에 일어난 단순한 사실로 이야기하는 것과 그 앞에서 그 기억을 다시 경험하는 것은 전혀 다르다. 어둑한 구석을 볼 때마다 아빠의 얼굴이 보이고, 다른 사람들의 목소리에서 메아리치는 엄마의 말을 듣는 것은 말이다. 게다가 이와 똑같은 일이 예전에 정말 일어났었기 때문에 더 나쁘다. 이 데자뷔의 느낌 말이다. 나는 오래전 나 자신을 설명하려고, 내가 그렇게 생각한 이유를 설명하려고 애썼을 때 쿠퍼의 얼굴에 떠오른 표정을 절대 잊지 못할 것이다. 걱정과 진짜 두려움이 뒤섞인 표정.

"난 괜찮아. 정말로 괜찮아. 그냥 한꺼번에 너무 많은 일이 일어나서 그래. 여자애들이 실종되고, 아빠의 사건 20주년이 다가오고⋯."

침대 옆 테이블에 놓인 내 전화기가 격렬하게 진동하면서 밝아진 화면이 아직 어두운 우리의 침실을 약간 밝힌다. 나는 팔꿈치로 몸을 지탱하며 모르는 번호를 흘깃 본다.

"누구야?"

"모르겠어. 일 때문은 아닐 거야. 토요일 이른 아침이잖아."

"받아 봐. 모르는 일이니까." 대니얼이 몸을 굴리며 말한다.

나는 전화기를 집어 들고 몇 번 진동하는 동안 들고 있다가 화면을 쓸어 넘기고 귀에 가져다 댄다. 내가 목을 먼저 가다듬은 다음 대답한다.

"데이비스 박사입니다."

"안녕하세요, 데이비스 박사님. 마이클 토머스 형사입니다. 레이시 데클러 실종 사건 때문에 월요일에 상담실에서 뵀었지요."

"네." 내가 대니얼 쪽을 흘끔거리며 말한다. 그는 자기 핸드폰으로 이메일을 아래로 내리며 확인하고 있다.

"기억나요. 무슨 일이시죠?"

"오늘 아침 일찍 박사님 사무실 뒷골목에서 레이시의 시체가 발견되었습니다. 전화로 이런 말씀 드려서 죄송합니다."

나는 숨을 헉 들이마시고 본능적으로 손을 입으로 가져간다. 대니얼이 나를 보더니 전화기를 내린다. 나는 말없이 고개를 흔들고, 눈에 눈물이 차오르기 시작한다.

"오늘 오전 중에 영안실로 와주셔야겠는데요. 시체를 확인하셔야 합니다."

"저는, 음…." 나는 형사의 말을 제대로 들었는지 확실하지 않아서 머뭇거린다.

"형사님, 죄송하지만 저는 레이시를 딱 한 번 만났을 뿐이에요. 레이시의 어머니가 신원을 확인하는 게 좋지 않을까요? 저는 레이시를 거의 알지도 못하고…."

"신원은 확인했습니다. 하지만 박사님 상담실 바로 뒤에서 발견되었고, 레이시의 어머니가 레이시를 마지막으로 본 것도 상담실에 데려다줄 때였으니 지금으로서는 당신이 살아 있는 레이시를 마지막으로 본 목격자인 셈이에요. 레이시를 보시고 상담실에서 봤을 때와 달라진 점이 없는지 말씀해 주시면 좋겠습니다. 뭔가 이상한 점이 없는지 말입니다."

나는 한숨을 쉬고 입을 가렸던 손을 이마로 옮긴다. 방이 점점 더 더워지고 바깥에서 내리는 비는 더 시끄러워지는 것 같다.

"제가 얼마나 도움이 될 수 있을지 정말 모르겠어요. 우린 겨우 한 시간 동안 같이 있었는데요. 레이시가 무슨 옷을 입고 있었는지도 기억이 잘 안 나요."

"뭐든 도움이 됩니다. 레이시를 보면 기억이 날지도 모르지요. 최대한 빨리 와 주실수록 좋습니다."

나는 고개를 끄덕이며 그러겠다고 말하고 전화를 끊은 다음 침대에 다시 쓰러진다.

"레이시가 죽었어. 우리 사무실 뒤에서 발견했대. 내 상담실 바로 앞에서 살해당한 거야. 어쩌면 내가 사무실에 있을 때였을지도 몰라." 내가 대니얼에게 말한다기보다 스스로에게 인정하듯이 말한다.

"당신 생각이 어떻게 흘러가는지 벌써 알겠다." 그가 침대 머리판에 몸을 기대며 말한다. 그의 손이 시트 안에서 내 손을 찾아내고, 우리의 손가락이 얽힌다.

"당신이 할 수 있었던 일은 하나도 없어, 클로이. 하나도. 당신은 알 수가 없었어."

나는 아빠를, 어깨에 걸친 그 삽을 떠올린다. 우리 뒷마당에서 천천히 움직이던 잉크처럼 까만 형체. 세상의 모든 시간을 다 가진 듯이. 나는 위층에서 작은 독서등을 켜놓고 벤치에 몸을 웅크리고서 창문을 빼꼼히 내다본다. 그 일이 일어나는 내내 그 자리에 있었지만 내가 뭘 보고 있는지 전혀 알지 못했던 그때.

더 빨리 말 안 해서 죄송해요. 난… 난 몰랐어요….

레이시가 나에게 그 애의 목숨을 구할 수 있는 무언가를 말했나? 내가 그날 의심스러운 사람을, 상담실 주변에서 어슬렁거리는 사람을 보고서도 알아차리지 못한 걸까? 전에 그랬던 것처럼?

에런의 말이 머릿속에 울린다.

범인이 당신을 잘 알 수도 있어요. 당신을 지켜보고 있을지도 몰라요.

"가야겠어." 내가 이렇게 말하며 대니얼의 손을 놓고 침대 밑으로 다리를 내린다. 이불 밖으로 빠져나오자 위험에 노출된 느낌이 든다. 이제 내가 알몸이라는 사실에 조금 전에 그랬던 것처럼 강력하고 친밀한 느낌이 들지 않는다. 이제는 연약하고 부끄러운 느낌이다. 욕실을 향해 방을 가로지르는 동안 대니얼의 시선이 느껴진다. 나는 어둠 속에서 재빨리 움직여 등 뒤로 문을 닫는다.

19

"교살입니다."

나는 레이시의 시체 근처를 서성인다. 레이시는 얼굴이 창백하다. 얼음처럼 파랗다. 검시관이 클립보드를 들고 내 왼쪽에 서 있다. 오른쪽에서는 토머스 형사가 너무 가까이에서 서성인다. 나는 무슨 말을 해야 할지 몰라서 아무 말도 하지 않고, 눈을 깜빡이며, 거의 알지 못했던 소녀를 본다. 일주일 전에 내 상담실로 걸어 들어와 자기 문제에 대해서 이야기했던 소녀. 내가 해결해 주리라 믿었던 문제들.

"바로 거기 멍을 보면 알아요." 검시관이 펜으로 레이시의 목을 가리키며 말을 잇는다. "손가락 자국이 보이죠. 오브리에게서 발견된 것과 크기와 간격이 똑같습니다. 손목과 발목이 묶였던 자국도 똑같고요."

내가 검시관을 흘깃 보고 침을 삼킨다.

"그럼 둘이 관련 있다고 생각하시나요? 같은 사람이에요?"

"그 이야기는 다음에 하죠." 토머스 형사가 끼어든다. "지금은 레이시에게 집중합시다. 말씀드린 것처럼 레이시는 당신 사무실 뒤쪽 골목에서 발견됐습니다. 가 보신 적 있습니까?"

"아니요." 내가 눈앞에 놓인 시체를 내려다보며 말한다. 금발이 비에 젖어서 실핏줄처럼 얼굴에 달라붙어 있다. 창백한 피부가 더 창백해져서 흉터가, 팔과 가슴과 다리에 체크무늬처럼 난 가늘고 빨갛고 길게 벤 자국이 더 잘 보인다. "아니요. 저는 뒷골목에 거의 안 가요. 쓰레기 트럭이 대형 쓰레기통을 비울 때나 들어가는 곳이에요. 다들 앞쪽에 주차를 해요."

토머스 형사가 고개를 끄덕이며 크게 한숨을 쉰다. 우리는 말 없이 잠시 서 있고, 그는 내가 모든 상황을 이해하고 내 앞에 펼쳐진 소름 끼치는 광경을 받아들일 시간을 준다. 나는 평생 죽음에 둘러싸여 살았지만 실제로 시체를 보는 건 처음이라는 사실을 이제야 깨닫는다. 시체의 눈을 보는 것은 처음이다. 지금 바로 레이시의 얼굴을, 그날 오후 상담실에서 어떤 얼굴이었는지, 지금 이 모습이 되기 전에 어떤 모습이었는지 떠올려야 하지만 머릿속이 텅 빈 서판 같다. 살갗이 분홍색이고 손가락을 움찔거리던 레이시, 가죽 리클라이너에 앉아서 아빠에 대해 이야기하며 눈물이 차오르던 레이시의 모습이 떠오르지 않는다. 내게 보이는 것은 지금 이 레이시뿐이다. 죽은 레이시. 검시대에 누워서 모르는 사람들에게 쿡쿡 찔리는 레이시.

"뭐 달라 보이는 것 없습니까? 옷은 똑같은가요?" 마침내 그가 나를 쿡쿡 찌르며 묻는다.

"정말 모르겠어요." 내가 레이시의 몸을 훑어보며 대답한다. 레이시는 검정색 티셔츠에 낡은 청반바지를 입고 옆에 낙서가 그려진 더러운 컨버스 스니커즈를 신고 있다. 나는 학교에서 레이시가 너무 지루한 나머지 볼펜으로 신발에 그림을 그리면서 시간을 때우는 모습을 상상한다. 하지만 상상이 안 간다.

"말씀드린 것처럼 저는 레이시가 뭘 입고 있는지 눈여겨보지 않았어요."

"좋습니다. 괜찮아요. 계속 노력해 보세요. 천천히 하셔도 됩니다." 그가 말한다.

나는 고개를 끄덕이고 리나 역시 목숨을 빼앗긴 일주일 후에 이런 모습이었을까 생각한다. 들판이나 어딘가 얕은 무덤에 누워 있을 때, 피부가 벗겨지고 옷이 분해되기 전에 이런 모습이었을까 궁금하다. 레이시처럼 창백했는지, 뜨겁고 축축한 공기 때문에 부풀었는지.

"레이시가 이것에 대해서 이야기를 했습니까?"

토머스 형사가 고갯짓으로 레이시의 팔을, 살갗에 난 작은 흉터를 가리킨다. 내가 고개를 끄덕인다.

"조금요."

"저건요?"

그가 손목에 난 더 큰 흉터를, 내가 며칠 전에 봤던 두꺼운 자주색 번개 같은 흉터를 본다.

"아니요. 우린 그 이야기까지 가지 않았어요." 내가 고개를 저으며 말한다.

"안타깝군요. 이런 고통을 느끼기에는 너무 어렸는데 말입니다." 그가 조용히 말한다.

"네, 그랬죠." 내가 고개를 끄덕인다.

방이 잠시 고요해진다. 우리 세 사람 모두 잠시 침묵을 지키며 이 소녀의 죽음이라는 폭력뿐만 아니라 그녀가 살아 있을 때 겪은 폭력에 대해서도 묵념한다.

"그전에는 뒷골목을 확인 안 하셨어요? 그러니까, 처음 레이시 실종 신고가 들어왔을 때요."

내가 묻는다.

토머스 형사가 나를 보고, 나는 그의 얼굴에 번득이는 분노를 알아본다. 이 소녀의 시체가 마지막으로 목격된 장소에서 고작 몇 미터 떨어진 곳에서 발견되는 데 일주일이나 걸렸다는 사실은 별로 좋아 보이지 않는다. 그도 그 사실을 알고 있다.

"네." 그가 마침내 요란하게 한숨을 쉬며 말한다. "확인했습니다. 누가 놓쳤든지 나중에 시체를 가져다 놓았든지 둘 중 하나겠지요. 다른 곳에서 죽여서 옮긴 겁니다."

"작은 구역이에요. 폭도 좁고요. 쓰레기통이 공간을 대부분 차지하고 있죠. 확인하셨다면 못 보셨을 것 같지 않군요. 숨길 곳도 별로 없고….”

“거의 안 간다면서 어떻게 그걸 다 알죠?”

“로비에서 보여요. 창문이 그쪽으로 나 있어요.” 내가 말한다.

그가 잠시 나를 본다. 평가를 하려는 것이다. 내 거짓말을 잡아낸 건지 아닌지 생각 중이다.

“전망이 그렇게 좋진 않죠.” 내가 미소를 지으려 애쓰며 덧붙인다.

그가 고개를 끄덕인다. 내 대답에 만족했든지 나중에 다시 생각해 보려고 접어 두었든지 둘 중 하나다.

“그 사람들이 찾았습니다. 쓰레기 비우는 청소부들이요. 쓰레기통 뒤에 끼어 있었어요. 쓰레기통을 비우려고 들었다가 시체가 떨어지는 걸 봤죠.” 마침내 그가 말한다.

“그렇다면 옮겨진 게 확실하네요.” 검시관이 레이시의 팔 뒤쪽을 톡톡 치며 끼어든다. “바로 여기 시반이 있어요. 여기에 울혈이 있다는 건 죽을 때 앉은 자세가 아니라 똑바로 누운 자세였다는 뜻입니다. 어딘가에 끼워진 자세도 아니고요.”

나는 속이 메슥거려서 레이시의 몸을 다시 살펴보고 상처를 평가하는 내 시선을 멈추려고 애쓰지만 멈출 수가 없다. 레이시는 온몸에 멍이 들었고 창백한 피부는 군데군데 얼룩이 생겼다. 중력 때문에 피가 고여서 생긴 얼룩이라는 것을 이제는 나도 안다. 검시관이 묶인 자국을 언급했기 때문에 내 시선이 레이시의 어깨부터 손가락 끝까지 팔을 훑는다.

"그것 외에 또 뭘 알고 계시죠?" 내가 묻는다.

"약을 먹였어요. 모발에서 상당량의 디아제팜이 검출되었습니다." 검시관이 말한다.

"디아제팜. 발륨 말이군요, 맞죠?" 토머스 형사가 묻는다. 내가 고개를 끄덕인다. "레이시가 불안 증세 때문에 약을 복용했습니까? 아니면 우울증 때문에요."

"아니요, 처방을 내리긴 했지만 아직 아무것도 복용하지 않았어요." 내가 고개를 젓는다.

"모발의 성장 정도를 보면 일주일 전에 약을 섭취했습니다." 검시관이 덧붙인다. "그러니까 살해되던 당시죠."

새로운 사실이 밝혀지자 토머스 형사가 검시관을 흘깃 보고, 나는 갑자기 이 방에 불안이 요동치는 것을 느낀다.

"전체 부검 보고서는 언제쯤 나옵니까?"

검시관이 형사를 보고 나를 본다.

"빨리 시작할수록 빨리 드릴 수 있지요."

두 남자가 나를 보는 시선이 느껴진다. 내가 별 도움이 안 된다는 무언의 표시이다. 하지만 내 시선은 아직도 레이시의 팔에 달라붙어 있다. 피부에 흩어져 있는 작은 상처들, 손목의 묶인 자국과 정맥에 뻗은 울퉁불퉁한 자주색 흉터.

"음, 무례하게 굴 생각은 없지만 데이비스 박사님, 잡담이나 하자고 오시라 한 것은 아닙니다. 기억나는 것이 없으면 그만 가보셔도 됩니다." 토머스 형사가 말한다.

나는 고개를 젓는다. 내 시선이 레이시의 손목에 파고든다.

"아뇨, 뭔가 기억났어요. 그날 레이시에 대해서요. 달랐던 점이요." 내가 저 비뚤비뚤한 자국을 만들기 위해 면도칼이 지나갔을 경로를 눈으로 쫓으며 말한다.

"좋습니다. 들어봅시다." 토머스 형사가 체중을 실은 발을 바꾸며 말한다. 그가 나를 신중하게 바라본다.

"흉터요. 그날 레이시의 흉터를 봤어요. 흉터를 가리려고 팔찌를 하고 있었죠. 작은 은 십자가가 달린 나무구슬 팔찌였어요."

형사가 레이시의 팔을, 텅 빈 손목을 내려다본다. 나는 레이시의 정맥 부근에서 달랑거리던 묵주가 기억난다. 어쩌면 다음번에 또 피부를 팔로 긋고 싶은 충동이 들 때 막아줄 기념품이었을지도 모른다. 그날 오후 상담실에 앉아서 가죽 리클라이너를 만지작거릴 때 레이시의 손목에 분명히 있었다. 그리고 자리에서 일어나 나갈 때도, 상담실 출입문 밖에서 납치당할 때도 있었다. 누군가 약을 먹일 때도, 죽임을 당할 때도.

하지만 지금은 없다.

"누가 가져간 거예요."

20

시체 안치소 앞에 세워둔 차에 도착하니 숨이 가쁘다. 크고 불규칙하게 공기를 들이마시면서 내가 방금 본 것의 함의를 이해하려고 애쓴다.

레이시의 팔찌가 사라졌다.

나는 팔찌가 떨어졌을 가능성도 있다고 생각하려 애쓴다. 사이프러스 공동묘지에서 오브리의 귀걸이가 흙에 파묻힌 채 발견된 것처럼 레이시의 팔찌도 경찰이 시체를 쓰레기통 뒤에서 끌어낼 때 옆면에 걸려서 떨어졌을지도 모른다고, 어딘가 쓰레기에 파묻혀 영영 못 찾게 되었을지도 모른다고 말이다. 하지만 에런은 분명 동의하지 않을 것이다.

당신 직감을 믿어 보라는 거예요. 당신의 본능에 귀를 기울여 봐요.

나는 숨을 내쉬며 떨리는 손가락을 진정시키려 애쓴다. 나의 본능이 뭐라고 하고 있지?

검시관이 레이시의 목에 든 멍과 팔이 묶인 자국에 대해서 했던 말에 따르면 한 가지 사실을 부인할 수 없다. 바로 같은 사람이 오브리 그라비노와 레이시 데클러를 죽였다는 사실이다. 살해 방법이 동일하고 목에 남은 손가락 자국이 동일하다. 나는 지금까지 부인하려 애쓰면서, 어쨌든 예전에도 시도한 적이 있으니 레이시가 가출했을 가능성도 있다고, 어쩌면 자살했을지도 모른다고 스스로를 납득시키려 했지만, 마음 한구석에서는 이미 알고 있었다. 유괴는 종종 일어난다. 특히 어리고 매력적인 여자애들의 유괴라면. 하지만 일주일 사이에 두 명이나 유괴된다고? 겨우 몇 킬로미터 떨어진 곳에서?

우연이 너무 지나치다.

하지만 오브리와 레이시가 같은 사람의 손에 죽었다고 해서 반드시 그 사람이 모방범이라는 뜻은 아니다. 그게 두 건의 살인이 아빠와, 나와 관련이 있다는 뜻은 아니다.

그는 오브리를 공동묘지에, 마지막으로 목격된 장소에 버렸습니다.

나는 우리 사무실 뒷골목 쓰레기통 뒤에 버려진 레이시를 생각한다. 마지막으로 목격된 곳이다. 잘 보이지 않도록 숨겨서. 그뿐만 아니라 이제 나는 레이시가 그곳으로 옮겨졌음을 안다. 오브리가 무작위로 붙잡혀서 그 자리에서 죽임을 당했다고 생각했지만 레이시는 그렇지 않았다. 레이시는 우리 사무실에서 나오다가 납치당했고, 범인은 레이시에게 약을 먹이고 다른 곳에서 죽인 다음 다시 데려왔다.

머릿속에서 어떤 생각이, 상상만 해도 너무 끔찍한 생각이 점차 형태를 갖추자 심장이 잠시 멈추는 것 같다. 나는 그 생각을 밀어내려고, 과대망상이나 데자뷔, 또는 걸러지지 않은 날것의 공포일 뿐이라고 일축하려 애쓴다. 내 머리가 아무 의미도 없는 것에서 의미를 찾으려 애쓰며 만들어 낸 또 다른 비합리적인 대응기제일 뿐이라고.

애를 쓰지만 안 된다.

살인자는 시체가 발견되기를 바랐지만… 경찰이 아닌 다른 사람이 발견하기 바랐다면? 내가 발견하기를 바랐다면?

오브리의 시체는 내가 수색대에서 벗어난 직후에 나타났다. 내가 거기 있었다. 내가 거기 가리란 사실을 그 사람이 어떻게든 알았던 것일까?

더욱 무시무시한 것은, 그도 거기에 있었을까?

이제 나는 레이시를, 우리 상담실 출입구에서 고작 몇 미터 떨어진 곳에 버려진 레이시의 시체를 떠올린다. 나는 토머스 형사에게 뒷골목에 가지 않는다고 진실을 말했지만 그곳은 우리 사무실 창문에서 아주 잘 보인다. 이번 주에 내가 그렇게 심란하지 않았다면 로비에서 쓰레기통 뒤에 웅크린 레이시를 볼 수 있었을지도 모른다.

그 사람도 그 사실을 알았을까?

어쩌면 범인이 발견되기 바라는 단서가 시체에 남아 있을지도 몰라요.

머리가 너무 빠르게 돌아가서 따라갈 수가 없다. 시체에 남아 있는 단서, 시체에 남아 있는 단서. 어쩌면 사라진 팔찌가 단서일지도 모른다. 살인자가 일부러 그것을 가져갔을지도 모른다. 어쩌면 살인자는 내가 시체를 발견하면, 그리고 팔찌가 사라졌음을 눈치채면 퍼즐을 끼워 맞추리라 생각했을지도 모른다. 내가 이해할 거라고 말이다.

차내 온도가 30도까지 올라서 뜨겁고 숨이 막히지만 그래도 소름이 돋는다. 나는 시동을 걸고 머리카락에 에어컨 바람을 쐰다. 조수석 사물함을 슬쩍 보니 지난주에 찾은 자낙스가 기억난다. 나는 입속에 약을 밀어 넣는 상상을, 입안에 쓴맛이 퍼지고 혈액에 약이 녹아들어 근육이 풀리고 머리가 흐리멍덩해지는 상상을 한다. 사물함을 열자 병이 굴러 나온다. 나는 약병을 집어 들고 손안에서 이리저리 뒤집어 본다. 뚜껑을 열고 손바닥에 알약을 하나 꺼낸다.

옆에서 핸드폰이 진동해서 고개를 돌려 화면을 보니 대니얼의 이름과 사진이 나를 바라본다. 나는 손바닥의 알약을 본 다음 다시 핸드폰을 본다. 나는 숨을 내쉬고 핸드폰으로 손을 뻗어 옆으로 밀어서 받는다.

"안녕." 내가 자낙스를 든 채 손가락 사이의 알약을 빤히 보며 말한다.

"안녕. 그래서, 끝났어?" 대니얼이 머뭇거리며 말한다.

"응, 끝났어."

"어땠어?"

"끔찍했어. 레이시는 꼭⋯."

생각이 검시대에 누운 레이시의 시체로, 동상에 걸린 듯한 피부색으로, 밀랍으로 만든 것 같은 눈으로 다시 향한다. 나는 레이시의 피부에 난 틱택(작은 알약 모양의 민트 캔디―옮긴이 주) 같은 작은 상처들을 생각한다. 그리고 손목에 난 거대한 상처를 생각한다.

"끔찍했어." 내가 말을 맺는다. 달리 설명할 말이 떠오르지 않는다.

"당신이 그런 일을 겪어야 하다니 너무 안타깝다." 그가 말한다.

"응, 그러게 말이야."

"도움이 될 만한 건 찾았어?"

나는 사라진 팔찌를 떠올리고 입을 열려다가 그 사실이 아무 의미도 없음을 문득 깨닫는다. 사라진 팔찌의 중요성을 설명하려면 내가 사이프러스 공동묘지에 가서 오브리의 시체가 발견되기 적전에 귀걸이를 발견했다고 설명해야 한다. 에런 잰슨을 만난 것과 모방범 가설도 설명해야 한다. 지난주 내내 내 마음이 헤매던 온갖 캄캄한 곳들에 다시 가야 한다. 대니얼의 앞에서 그렇게 해야 한다. 대니얼과 함께.

나는 눈을 감고 별이 보일 때까지 손가락으로 눈꺼풀을 문지른다.

"아니, 아무것도 없었어. 형사한테도 말했지만 레이시랑 겨우 한 시간 같이 있었는걸."

대니얼이 한숨을 쉰다. 그가 침대에 앉아서 맨살을 드러낸 등을 머리판에 기댄 채 손으로 머리를 빗는 모습이 그려진다. 그가 핸드폰을 어깨에 올리고 손가락으로 눈을 문지르는 모습이 보인다.

"집으로 와. 집으로 돌아와서 침대에 다시 들어와. 오늘은 편하게 쉬자, 알았지?" 마침내 대니얼이 말한다.

"알았어, 좋은 생각이야." 내가 고개를 끄덕인다.

나는 좌석을 조정하고 알약을 다시 넣고 약병을 사물함에 도로 넣는다. 주행 기어를 넣으려고 하는데 에런의 목소리가 다시 메아리친다. 나는 망설이면서 다시 안으로 들어가서 토머스 형사에게 전부 얘기해야 할까 생각한다. 에런의 가설을 말해야 할까. 이걸 비밀로 하면 얼마나 많은 여자아이들이 더 실종될까?

하지만 그럴 수는 없다. 아직은 안 된다. 나는 이런 일에 불쑥 끌려들어 갈 준비가 되어 있지 않다. 에런의 가설을 설명하려면 내가 누구인지, 우리 가족이 누구인지 설명해야 한다. 나는 그 문을 다시 열고 싶지 않다. 한번 열면 다시는 닫히지 않을 테니 말이다.

"잠깐 볼일 하나만 얼른 보고 갈게. 한 시간은 넘지 않을 거야."

"클로이…."

"괜찮아. 난 괜찮을 거야. 점심 먹기 전에 들어갈게."

나는 대니얼의 설득에 마음이 바뀌기 전에 얼른 전화를 끊고 다른 번호를 누른다. 반대편에서 익숙한 목소리가 응답할 때까지 나는 손가락으로 운전대를 초조하게 톡톡 두드린다.

"에런입니다."

"안녕하세요, 에런. 클로이예요."

"데이비스 박사님. 지난번에 전화했을 때보다 훨씬 반가운 인사네요, 확실히." 그가 가벼운 목소리로 말한다.

나는 창밖을 보며 오늘 아침 핸드폰에 토머스 형사의 번호가 떴을 때 이후 처음으로 살짝 미소를 짓는다.

"있잖아요, 아직 안 돌아갔어요? 얘기를 나누고 싶어요."

21

보안관은 이야기가 끝난 후 우리에게 두 가지 선택지를 주었다. 아빠의 체포 영장을 받아 올 때까지 경찰서에서 기다리든지, 집으로 가서 아무에게도 말하지 말고 기다리든지.

"영장이 나오는 데 얼마나 걸릴까요?" 엄마가 물었다.

"확실히 말할 수는 없습니다. 몇 시간이 될 수도 있고, 며칠이 될 수도 있어요. 하지만 이 정도 증거가 있으면 날이 새기 전에 체포할 수 있을 겁니다."

엄마는 답을 기다리듯이 나를 보았다. 결정을 내리는 사람이 나인 것처럼. 열두 살이었던 나 말이다. 현명하고 안전한 행동은 경찰서에 남는 것이었다. 엄마도 알았고, 나도 알았고, 보안관도 알았다.

"집으로 갈게요. 아들이 집에 있어요. 쿠퍼를 남편과 단둘이 남겨 둘 순 없어요." 엄마는 이렇게 말했다.

보안관이 의자에 앉은 채 자세를 고쳤다.

"우리가 가서 아드님을 여기로 데리고 와도 됩니다."

"아니에요, 수상해 보일 거예요. 영장이 나오기 전에 리처드가 의심이라도 하면…." 엄마가 고개를 저었다.

"사복 경찰관을 시켜서 마을을 순찰하겠습니다. 달아나게 두지 않을 거예요."

"우리를 해치지는 않을 거예요. 안 그럴 거예요. 자기 가족을 해치지는 않을 거예요."

"부인의 생각은 존중합니다만 우리가 얘기하고 있는 상대는 연쇄살인범입니다. 여섯 명을 죽였을지도 모르는 사람이에요."

"위험하다 싶으면 바로 나올게요. 경찰서에 전화해서 경관을 부를게요."

엄마는 그렇게 결정했다. 우리는 집으로 가기로 했다.

보안관의 표정을 보니 그 이유를 궁금해한다는 것을 알 수 있었다. 엄마가 왜 그렇게 단호하게 아빠에게 돌아가려고 하는 걸까? 우리는 방금 막 아빠가 연쇄살인범임을 입증하는 증거를 제출했는데 엄마는 그래도 집으로 돌아가고 싶어 한다. 하지만 나는 이상하지 않았다. 나는 엄마가 집으로 돌아갈 것을 알았다. 엄마는 항상 돌아갔기 때문이다. 엄마는 남자들을 우리 집으로, 자기 방으로 끌어들인 후에도 매일 밤 아빠에게 돌아왔고, 저녁식사를 만들어서 의자에 앉아 있는 아빠에게 가져다준 다음 소리 없이 자기 방으로 들어가서 문을 닫았다. 나는 엄마를, 엄마의 얼굴에 떠오른 완고한 표정을 흘깃 보았다. 나는 어쩌면 엄마가 완전히 믿지 않는지도 모른다고 생각했다. 어쩌면 아빠를 마지막으로 한 번 더 보고 싶은지도 모른다고. 어쩌면 자기만의 방법으로 작별 인사를 하고 싶었을지도 모른다.

아니면, 그보다 단순한 이유였을지도 모른다. 떠날 방법을 몰랐을 뿐인지도 모른다.

보안관이 못마땅함을 드러내며 한숨을 쉬더니 책상 앞에서 일어나 보안관실 문을 열어 주었고, 엄마와 나는 둘 다 침묵 속에서 멍하니 경찰서를 나섰다. 우리는 15분 동안 한마디도 없이 차를 타고 달렸다. 나는 집을 향해 털털거리며 달리는 엄마의 중고 코롤라 앞좌석에 안전벨트를 하고 앉아 있었다. 쿠션에 구멍이 하나 있어서 손가락을 집어넣어 더 크게 찢었다. 경찰은 아빠의 전리품이 든 상자를 놓고 가라고 했다. 나는 그 상자가, 그 음악과 거기에 맞춰 빙글빙글 도는 발레리나가 좋았다. 우리가 상자를 돌려받을 수는 있을까 싶었다.

"넌 옳은 일을 한 거야, 클로이. 하지만 이제부터는 평범하게 행동해야 돼. 최대한 평범하게. 어렵다는 건 알지만 오래 걸리진 않을 거야." 마침내 엄마가 말했다. 달래는 목소리였지만 왠지 그 말이 공허하게 들렸다.

"알았어요."

"집에 도착하면 너는 네 방에 들어가서 문을 닫는 게 좋겠다.

아빠한테는 몸이 안 좋다고 말할게."

"알았어요."

"우리를 해치지는 않을 거야." 엄마가 다시 말했고, 나는 대답하지 않았다. 엄마가 스스로에게 말하고 있다는 느낌이 들었다.

우리는 집으로 이어지는 긴 진입로로, 숲에서 내려온 그림자들이 나무 사이에서 움직이고 내가 먼지를 일으키며 달려가곤 했던 그 자갈길로 들어섰다. 나는 이제 달리지 않아도 된다는 사실을 깨달았다. 겁먹을 필요가 없었다. 하지만 죽은 벌레가 잔뜩 달라붙은 유리창 너머에서 우리 집이 가까워질수록 나는 문을 열고 뛰어내려서 숲으로 기어들어가 숨고 싶다는 압도적인 충동을 느꼈다. 여기보다 숲속이 더 안전할 것 같았다. 호흡이 빨라지기 시작했다.

"내가 할 수 있을지 모르겠어요. 오빠한테는 말하면 안 돼요?" 나는 얕은 숨을 빠르게 들이마시기 시작했고, 과호흡이 시작되자마자 주변이 얼룩덜룩하고 환해졌다. 바로 이 차 안에서 죽는 게 아닐까 하는 생각이 잠시 들었다.

"안 돼." 엄마가 말했다. 엄마가 나를, 내 가슴이 위험할 정도로 빠르게 오르락내리락하는 것을 보았다. 그러자 운전대에서 한 손을 떼고 내 얼굴을 돌려서 자신을 보게 한 다음 손가락으로 내 뺨을 문질렀다.

"클로이, 숨 쉬어. 엄마를 위해서 숨 좀 쉬어 볼래? 코로 숨을 들이마셔."

나는 입을 다물고 콧구멍으로 깊이 숨을 들이마셔 가슴 가득 공기를 채웠다.

"이제 입으로 숨을 뱉어."

내가 입술을 오므리고 숨을 천천히 뱉자 심장박동이 아주 살짝 느려지는 느낌이 들었다.

"다시 해 봐."

그래서 다시 했다. 코로 숨을 들이마시고, 입으로 숨을 내쉬고. 제대로 숨을 쉴 때마다 시야가 돌아오기 시작했고, 마침내 차가 포치 앞에 서고 엄마가 시동을 껐을 때 나는 정상적으로 숨을 쉬면서 눈앞에 나타난 우리 집을 바라보고 있었다.

"클로이, 아무한테도 말하면 안 돼. 경찰이 올 때까지는 안 돼. 알겠니?" 엄마가 다시 말했다.

나는 고개를 끄덕였고, 눈물 한 방울이 뺨을 타고 흘러내렸다. 나는 엄마를 향해 고개를 돌렸다가 엄마도 집을 보고 있음을 깨달았다. 우리 집이 귀신 들린 집이라도 되는 것처럼 빤히 보고 있었다. 바로 그때 나는 엄마의 굳은 표정을, 눈 속 깊이 자리 잡은 공포와 그것을 가리는 억지 자신감을 보고 엄마의 진짜 의도를 깨달았다. 나는 우리가 왜 여기에 있는지, 왜 돌아왔는지 이해했다. 돌아와야 할 것 같다고 생각해서, 엄마가 나약해서 돌아온 것이 아니었다. 우리가 돌아온 것은 아빠에게 맞설 수 있음을 스스로에게 증명하고 싶었기 때문이었다. 엄마는 늘 그랬던 것처럼 문제를 피해 달아나는 대신 스스로 강한 사람, 두려움을 모르는 사람이 될 수 있음을 증명하고 싶었다. 문제를 피해서 숨고, 아빠를 피해서 숨고, 문제 따위 존재하지 않는 척하는 대신에 말이다.

하지만 이제 엄마는 두려워하고 있었다. 나만큼이나 두려웠다.

"들어가자." 엄마가 차 문을 열며 말했다. 나도 차에서 내려 문을 쾅 닫은 다음 차 앞쪽으로 걸어가서 우리 집 전체를 둘러싼 포치를, 바람 속에서 삐걱거리는 흔들의자들을, 아빠가 몇 년 전 나무 둥치에 묶어 둔 해먹에 그림자를 드리우는, 내가 제일 좋아하는 목련 나무를 바라보았다. 우리는 안으로 들어갔다. 문을 밀자 신음 같은 소리가 났다. 엄마가 나를 계단 쪽으로 밀어서 나는 방으로 들어가려고 했지만 목소리가 들려서 걸음을 멈췄다.

"둘이 어디 갔다 와?"

내가 그 자리에서 굳은 채 고개를 돌리자 아빠가 거실 소파에 앉아서 우리 쪽을 보고 있었다. 아빠는 맥주병을 들고 손가락으로 축축한 라벨을 뜯어서 테이블에 작은 종잇조각 더미를 쌓아 놓았다. 해바라기 씨앗이 흩어져 있다. 아빠는 깨끗하게 샤워를 하고 머리를 뒤로 넘겨 빗었고, 막 면도한 얼굴이었다. 아빠는 깔끔한 차림이었다, 카키색 바지에 단추 달린 셔츠를 안으로 넣어서 입고 있었다. 하지만 또 피곤해 보이기도 했다. 심지어는 녹초가 된 것 같았다. 피부가 축 처지고 며칠 못 잔 사람처럼 눈이 푹 꺼져 있었다.

"점심 먹고 왔어. 여자들끼리." 엄마가 말했다.

"재미있었겠네."

"그런데 클로이가 몸이 좀 안 좋대. 어디 아프려나 봐." 엄마가 나를 보며 말했다.

"큰일이구나, 클로이. 이리 와 봐."

내가 엄마를 흘깃 보자 엄마가 고개를 살짝 끄덕였다. 나는 계단을 다시 내려와 거실로 갔다. 아빠에게 다가가면서 심장이 쿵쾅거렸다. 아빠가 나를 보았다. 아빠 앞에 서서 보니 아빠의 눈에 호기심이 어려 있었다. 문득 상자가 없어진 걸 아빠가 알까 하는 생각이 들었다. 아빠가 상자에 대해서 물어보는 게 아닐까 생각이 들었다. 아빠가 손을 뻗더니 내 이마를 짚어 보았다.

"뜨겁네. 땀을 흘리고 있구나. 몸을 덜덜 떨고 있잖아." 아빠가 말했다.

"네, 그냥 좀 누워 있으면 될 것 같아요." 내가 마룻바닥만 보면서 말했다.

"자, 좀 나아?" 아빠가 맥주병을 내 목에 가져다 대서 내가 움찔했다. 차가운 유리가 내 피부를 무감각하게 만들고, 맥주병에서 흐른 물방울이 내 가슴에 뚝뚝 떨어져 셔츠를 적셨다. 병에 세게 부딪치는 내 고동이, 차가운 박동이 느껴진다.

내가 고개를 끄덕이고 억지로 미소를 지었다.

"네 말이 맞는 것 같아. 좀 누워야겠다. 낮잠이라도 자렴." 아빠가 말했다.

"쿱은 어디 있어요?" 오빠가 없다는 사실을 문득 깨닫고 내가 물었다.

"자기 방에 있어."

내가 고개를 끄덕였다. 쿠퍼의 방은 계단 왼쪽이고 내 방은 오른쪽이었다. 나는 부모님 몰래 쿠퍼의 방으로 가서 오빠의 침대에 웅크리고 누워서 이불을 끌어올려 눈을 가리면 안 될까 생각했다. 혼자 있고 싶지 않았다.

"어서 가서 누워. 조금 있다 올라가서 체온 재 줄게." 아빠가 말했다.

나는 뒤로 빙글 돌아서 맥주병을 목에 댄 채 계단을 향해 걸어가기 시작했다. 엄마가 따라왔다. 엄마가 곁에 있으니 안심이 되었다. 우리는 복도로 나왔다.

"모나, 잠깐만." 아빠가 불렀다.

엄마가 뒤로 돌아 아빠를 보는 것이 느껴졌다. 엄마가 아무 말도 하지 않았기 때문에 아빠가 다시 말했다.

"나한테 할 말 없어요?"

에런의 시선이 강을 물끄러미 바라보는 내 머릿속으로 파고든다. 내가 고개를 돌려 그를 본다. 그의 말을 제대로 들은 건지, 아니면 또다시 기억이 무의식에서 흘러넘쳐 판단력을 흐리고 머리를 혼란스럽게 만든 건지 잘 모르겠다.

"네?" 그가 다시 묻는다. "없어요?"

"있어요. 그래서 여기로 부른 거예요. 오늘 아침에 토머스 형사의 전화를 받았을 때….”

“아니, 그 이야기 시작하기 전에요. 다른 거요. 나한테 거짓말 했죠.”

나는 강을 다시 바라보며 커피를 입술로 가져간다. 우리는 강 가의 벤치에 앉아 있고, 안개가 껴서 저 멀리 다리가 더 크고 황량해 보인다.

“뭐 말이에요?”

“이거요.”

그가 핸드폰을 내밀어서 나는 잔을 들지 않은 손으로 받는다. 사람들 틈에서 헤매는 내 사진이 보인다. 어디서 찍혔는지 바로 알겠다. 회색 티셔츠와 틀어 올린 머리, 수염틸란드시아가 늘어 진 구불구불한 나무들, 저 멀리 흐릿하게 보이는 노란색 출입금 지 테이프. 일주일 전 사이프러스 공동묘지에서 찍힌 사진이다.

“이걸 어디서 찾았어요?”

“온라인 기사에서요. 만나서 이야기를 나눠 볼 사람이 없나 지역신문을 들춰 보다가 수색대 사진을 발견했어요. 당신이 공 동묘지에 있는 걸 보고 내가 얼마나 놀랐겠어요?”

나는 한숨을 쉬고, 목에 카메라를 걸고 돌아다니던 기자들을 좀 더 조심하지 않은 나 자신을 말없이 나무란다. 대니얼이 이 기사를 보지 않기만을 바란다. 도일 경관은 더욱 그렇고.

“거기 안 갔다고 말한 적은 없는데요.”

“그래요, 하지만 사이프러스 공동묘지가 당신 가족에게 특별한 의미가 없다고 했잖아요. 오브리의 시체가 그곳에 버려진 것을 의심스럽게 여길 이유가 없다고요."

"맞아요. 그럴 이유는 없어요. 저는 우연히 수색대를 마주친 거예요, 됐어요? 머리를 식히려고 차를 타고 지나가던 중이었어요. 멀리 수색대가 보이길래 가봐야겠다고 생각했죠."

그가 나를 빤히 보면서 눈을 가늘게 뜬다.

"제 일에서는 믿음이 전부입니다. 솔직함이 전부예요. 나에게 거짓말을 한다면 난 당신과 같이 일할 수가 없어요."

"거짓말 아니에요. 맹세해요." 내가 양손을 들며 말한다.

"왜 가봐야겠다고 생각했죠?"

"잘 모르겠어요." 내가 커피를 한 모금 더 마시며 말한다. "아마 호기심 때문이겠죠. 오브리에 대해서 생각하고 있었거든요. 리나에 대해서도 그렇고."

에런은 말이 없다. 그의 눈이 나를 향한다.

"리나는 어떤 소녀였죠? 리나랑 친했어요?" 마침내 그가 묻는다, 목소리에 호기심이 어려 있다. 에런도 어쩔 수 없다. 나도 안다. 누구나 그렇다.

"그 비슷해요. 어렸을 때는 우리가 친구라고 생각했죠. 하지만 이제야 뭐였는지 알겠어요."

"뭐였는데요?"

"리나는 자기보다 어리고 세상 물정 모르는 애를 찾아다니던 쿨한 애였죠. 나한테 잘해줬어요. 이것저것 물려주기도 하고, 화장하는 법도 가르쳐 주고."

"친구네요. 제 생각에는 최고의 친구 같은데요." 에런이 말한다.

"네, 당신 말이 맞는 것 같아요. 다만 리나의 어떤 점이… 모르겠어요. 자석처럼 끌리는 거죠. 알아요?"

내가 에런을 흘깃 보자 그가 안다는 듯 고개를 끄덕인다. 에런에게도 리나 같은 사람이 있었을까 생각한다. 나는 누구나 살면서 언젠가 리나 같은 존재를 만난다고 생각한다. 유성처럼 불타오르며 다가와서 그만큼 빠르게 사라지는 사람.

"리나는 나를 약간 이용했고 나도 그 사실을 알았지만 상관없었어요." 내가 손가락으로 커피 잔을 톡톡 치며 말을 잇는다. "리나네 집은 분위기가 썩 좋지 않았기 때문에 우리 집이 일종의 도피처였죠. 게다가 리나는 아마 우리 오빠를 좋아했을 거예요."

에런이 눈썹을 치켜올린다.

"다들 우리 오빠를 좋아했거든요." 내가 이렇게 말하고 예전을 떠올리며 살짝 미소를 짓는다. "오빠는 리나를 그런 식으로 좋아하지는 않았지만, 그래서 리나가 그렇게 자주 왔던 것 같아요. 기억나요. 한번은…."

나는 너무 많은 말을 하기 전에 얼른 말을 멈춘다.

"미안해요. 별로 관심도 없을 텐데."

"아니요, 관심 있어요. 말해 봐요." 그가 말한다.

내가 한숨을 쉬고 손가락을 머리카락 속에 묻는다.

"그해 여름에 그런 적이 있어요. 그 모든 일이 일어나기 전에요. 리나가 우리 집에 왔다가, 리나는 항상 핑계를 만들어서 우리 집에 왔었죠. 나를 꼬드겨서 쿠퍼 방에 들어가 보자고 했어요. 나는 사실 그런 건 잘 안 했어요. 규칙을 깨뜨리는 거 말이에요. 하지만 리나는 독특한 면이 있었어요. 경계를 넓히고 싶게 만들었죠. 두려움 없이 삶을 살고 싶게 말이에요."

그날 오후가 너무나 생생하게 기억난다. 뺨에 따갑게 내리쬐던 오후의 햇살, 목을 간질이고 내 등에 파고들던 풀잎. 리나와 나는 뒷마당에 누워서 구름을 보면서 무슨 모양인지 상상하고 있었다.

"뭐가 있으면 더 재미있어지게?" 리나가 쉰 듯한 목소리로 물었다. "마리화나."

내가 고개를 돌려 리나를 보았다. 리나는 시선을 집중한 채 입술 끝을 깨물며 여전히 구름을 보고 있었다. 한 손에는 라이터를 들고 손톱이 물어뜯긴 손가락으로 멍하니 켰다 껐다 했고, 다른 손은 라이터 위에 들고서 손바닥에 작고 검은 원이 생길 때까지 점점 불꽃 가까이로 가져갔다.

"네 오빠한테 분명히 조금 있을 거야."

나는 개미 한 마리가 리나의 뺨을 천천히 기어올라 눈썹으로 다가가는 것을 지켜보았다. 리나도 개미가 기어가는 것을 안다는 느낌이 들었다. 점점 다가가는 개미를 느낄 수 있을 것 같았다. 리나는 개미를, 자신을 시험하고 있는 것 같았다. 얼마나 오래 견딜 수 있는지. 리나가 어쩔 수 없이 손을 들어 털어내기 전까지 얼마나 가까이 올 수 있는지 말이다.

"쿱 말이야?" 내가 다시 고개를 돌리며 물었다. "절대 아니야. 오빠는 약 안 해."

리나가 코웃음을 치면서 팔꿈치에 체중을 실어 몸을 일으켰다.

"클로이, 넌 정말 순진해서 좋아. 어린이의 장점이지."

"나 어린이 아니거든. 게다가 쿠퍼 방은 잠겨 있어." 나 역시 일어나 앉으며 말했다.

"신용카드 있어?"

"아니, 도서관 카드는 있어." 내가 또다시 당황하며 말했다. 리나는 신용카드가 있을까? 쿠퍼는 분명히 없었다. 나는 신용카드를 가진 열다섯 살짜리는 본 적 없었지만 또 생각해 보면 리나는 달랐다.

"물론 있겠지." 리나가 풀밭에서 일어서며 말했다. 그녀가 한 손을 내밀었다. 손바닥에 풀잎 자국이 물결처럼 나 있고 흙이 묻어 있었다. 나는 땀으로 축축한 그 손을 잡고 일어나 허벅지 뒤쪽에 붙은 풀을 떼어 내는 리나를 지켜보았다.

"가자. 정말이지 넌 하나부터 열까지 다 가르쳐 줘야 한다니까."

우리는 집 안으로 들어가서 내 방에 들러 도서관 카드가 든 작은 가방을 가지고 복도를 지나 쿠퍼의 방으로 갔다.

"봐, 잠겨 있잖아." 내가 손잡이를 흔들며 말했다.

"쿠퍼는 항상 문을 잠그니?"

"내가 침대 밑에서 그 역겨운 잡지를 찾아낸 다음부터는 항상."

"쿠퍼가? 못됐네. 카드 줘 봐!" 리나가 눈썹을 치켜올리며 말했다. 리나는 역겹다기보다 놀란 것 같았다.

나는 카드를 건넨 다음 리나가 문틈으로 카드를 밀어 넣는 것을 지켜보았다.

"먼저 경첩을 확인해. 경첩이 안 보이면 이렇게 열 수 있다는 뜻이야. 걸쇠의 경사면이 너를 향하고 있어야 해." 리나가 카드를 억지로 끼워 넣으며 말했다.

"알았어." 내가 목에서 치밀어 오르는 당황을 애써 억누르며 말했다.

"그다음에는 카드를 기울여. 모서리가 들어가면 똑바로 세우는 거야. 이렇게."

나는 리나가 카드를 틈새로 깊이 더 깊이 밀어 넣고 문을 미는 모습을 홀린 듯 바라보았다. 카드가 구부러지기 시작해서 나는 부러지지 않기만을 빌었다.

"이런 건 어떻게 알아?" 결국 내가 물었다.

"아, 이거? 외출 금지를 많이 당하면 몰래 빠져나가는 법을 터득하게 되어 있지." 리나가 카드를 흔들며 말했다.

"부모님이 방에 가두셔?"

리나가 내 말을 무시하고 카드를 세게 몇 번 움직이자 드디어 문이 열렸다.

"짜잔!"

리나가 빙글 돌았고, 얼굴에 만족스러운 표정이 떠올랐지만 곧 표정이 서서히 바뀌었다. 입이 벌어지고 눈이 커졌다. 그러더니 미소를 지었다.

"아… 안녕, 쿱." 리나가 볼록한 골반에 손을 얹으며 말했다.

에런이 웃음을 터뜨리더니 카페라테를 닦아 내고 테이크아웃 잔을 발치에 놓는다.

"그래서, 걸렸어요? 들어가기도 전에?" 그가 묻는다.

"아, 네. 뒤쪽 계단참에 서서 전부 지켜보고 있었어요. 우리가 정말 들어갈 수 있나 보려고 기다렸나 봐요." 내가 말한다.

"그럼 마리화나는 못 구했겠네요."

"네. 그건 몇 년 뒤에나 있었을 일이죠. 하지만 리나가 정말 마리화나를 찾으려고 한 건 아니라고 생각해요. 걸리고 싶었던 것 같아요. 오빠의 관심을 끌고 싶어서." 내가 미소를 지으며 말한다.

"통했어요?"

"아니요, 쿠퍼한테는 그런 거 안 통해요. 오히려 역효과가 생기죠. 오빠는 그날 밤 나를 앉혀 놓고 약을 하면 안 된다, 좋은 롤모델이 중요하다, 뭐 그런 이야기를 늘어놓았어요."

이제 태양이 고개를 내밀고 있다. 그러자 즉시 기온이 몇 도 올라가고 교반기 속 우유처럼 습도가 높아진다. 뺨이 뜨거워지는 느낌이 난다. 얼굴에 햇볕을 쬐서 그런 건지, 모르는 사람과 개인적인 기억을 나누어서 그런 건지는 모르겠다. 내가 왜 이런 이야기를 했는지 정말 모르겠다.

"그래서, 왜 만나자고 했죠? 왜 마음이 바뀌었어요?" 내가 화제를 바꾸고 싶어 하는 것을 느끼고 에런이 묻는다.

"오늘 아침에 레이시의 시체를 봤어요. 그리고 저번에 만났을 때 내 본능을 믿으라고 했잖아요."

"잠깐만요, 기다려 봐요." 그가 끼어든다. "레이시의 시체를 봤다고요? 어떻게요?"

"우리 상담실 뒷골목에서 발견됐어요. 쓰레기통 뒤에 숨겨져 있었어요."

"세상에."

"경찰에서 레이시를 확인해 달라고, 마지막으로 봤을 때랑 달라진 점이 있으면 알려 달라고 했어요. 사라진 게 없는지 봐 달라고요."

에런은 내가 말을 잇기를 조용히 기다린다. 내가 숨을 내쉬고 그를 본다.

"팔찌가 없었어요. 그리고 공동묘지에 갔을 때 귀걸이를 발견했어요. 오브리의 귀걸이였죠. 처음에는 시체를 끌고 가거나 하다가 떨어졌을 거라고 생각했지만 곧 그게 세트의 일부라는 걸 깨달았어요. 오브리는 한 세트인 목걸이도 하고 있었을 거예요. 난 오브리의 시체를 못 봤지만 만약 목걸이 없이 발견되었다면…"

"살인범이 희생자의 액세서리를 가져간다고 생각하는군요."
에런이 끼어든다. "일종의 전리품으로."

"아빠도 그랬어요. 아빠가 잡힌 건 내가 벽장 깊이 숨겨진 희
생자들의 액세서리 상자를 발견했기 때문이었어요." 이렇게 오랜
세월이 지났지만 사실을 인정하려니 아직도 속이 메슥거린다.

에런이 눈을 크게 뜨더니 자기 무릎을 내려다보며 내가 방금
그에게 준 정보를 정리한다. 나는 잠깐 기다렸다가 다시 말을 잇
는다.

"지나친 생각인 건 알지만 적어도 살펴볼 가치는 있을 것 같
아요."

"아니, 당신 말이 맞아요. 무시할 수 없는 우연이군요. 그 사실
을 아는 사람이 누가 있죠?" 에런이 고개를 끄덕인다.

"글쎄요, 물론 우리 가족은 알죠. 경찰도 알고. 희생자의 부모
님들도."

"그게 전부예요?"

"아빠는 형량 협상을 받아들였어요. 그래서 모든 증거가 대중
에게 공개되지는 않았어요. 그러니까 네, 맞을 거예요. 어떻게든
소문이 퍼진 게 아니라면요."

"그 사실을 아는 사람들 중에 이런 짓을 저지를 만한 이유가
있는 사람은 없을까요? 사건에 너무 집착하게 된 경찰관이라든
지?"

"아니요." 내가 고개를 젓는다. "아뇨, 경찰은 전부…."

내가 뭔가를 깨닫고 말을 멈춘다. 우리 가족. 경찰.

피해자의 부모님들.

"어떤 남자가 있었어요. 피해자의 부모님 중 하나였죠. 리나의 아빠, 버트 로즈." 내가 천천히 말을 시작한다.

에런이 나를 보고 계속하라는 뜻으로 고개를 끄덕인다.

"그 사람은… 잘 대처하지 못했어요."

"딸이 살해당했잖아요. 대부분은 잘 대처하지 못할 것 같군요."

"아뇨, 그건 평범한 슬픔이 아니었어요. 뭔가 달랐어요. 분노였죠. 그리고 살인 사건이 일어나기 전부터도 그 사람은 뭔가… 어긋나 있었어요."

나는 오빠의 방문을 따던 리나를 다시 떠올린다. 자기도 모르게 인정했던 리나, 그 말실수. 내가 더 자세히 묻자 못 들은 척했던 대화.

부모님이 방에 가두셔?

에런이 고개를 끄덕이고 입을 동그랗게 모아 공기를 일정하게 내보낸다.

"저번에 모방범에 대해서 뭐라고 했었죠? 존경할 수도 있고 욕을 퍼부을 수도 있다고 했죠?" 내가 묻는다.

"네, 일반적으로 모방범은 두 부류예요. 살인범을 존경해서, 말하자면 경의를 표하려고 흉내 내는 부류가 있고, 또 어떤 면에서 살인범에게 동의하지 않아서, 예를 들어 정치적 신념이 다르거나 지나치게 흥분해서 자기가 더 잘 해내고 싶어 할 수도 있어요. 앞선 살인범에게 쏠리는 관심을 자신에게 돌리기 위해 범죄를 따라 하는 부류도 있죠. 하지만 어느 쪽이든 이건 게임이에요." 에런이 말한다.

"버트 로즈는 우리 아빠에게 욕을 퍼부었어요. 그럴 만한 이유가 있었지만, 아무튼요. 당연해 보이지 않았어요. 집착 같기도 했고요."

"그렇군요." 마침내 에런이 말한다. "좋아요. 얘기해 줘서 고마워요. 경찰한테도 알릴 거예요?"

"아니요." 내가, 어쩌면 너무 빨리, 대답한다. "적어도 아직은 안 할 거예요."

"왜요, 뭐가 더 있어요?"

이 여자애들을 죽이는 사람이 확실히 나에게 말을 걸고 있다는 내 가설의 다른 부분은 언급하지 않기로 하고 고개를 젓는다. 범인은 나를 약 올리고 있다. 시험하고 있다. 내가 퍼즐을 맞추기 바란다. 나는 에런이 지금 내 정신 상태를 의심하기를 바라지 않는다. 내가 여기서 한 발 더 나아가면 방금 내가 말한 모든 이야기를 무시할지도 모른다. 우선 나 혼자서 더 알아보고 싶다.

"아니요, 그냥 아직 준비가 안 돼서요. 너무 일러요."

나는 자리에서 일어나 바람에 빠져나와 이마로 흘러내린 머리카락을 넘긴다. 내가 한숨을 내쉬고 작별 인사를 하려고 에런을 바라보자 그가 전에 없던 표정으로 나를 보고 있다. 그의 눈에 걱정이 비친다.

"클로이, 잠깐만요."

"네?"

에런은 말을 할지 말지 결정하려는 것처럼 망설인다. 드디어
그가 결심을 하고 나를 향해 고개를 숙이더니 낮고 차분한 목소
리로 말한다.

"몸조심하겠다고 약속해 줘요. 알겠죠?"

22

브로브리지 고등학교의 연말 연극 관객석에 앉아 있는 리나의 부모님을, 버트와 애너벨 로즈 부부를 본 기억이 있다. 그해, 살인 사건이 일어났던 그해에 학교에서 〈그리스〉를 상연했는데 리나가 샌디 역할을 맡았다. 허리에 주름이 들어가고 딱 달라붙는 바지가 번득이는 강당 조명을 어떤 각도로 받을 때마다 은은하게 반짝였다. 머리는 평소처럼 정수리부터 땋아 내리는 대신, 파마를 하고 한쪽 귀 뒤에 가짜 담배를 끼웠다. 나는 그게 과연 가짜일까 무척 의심이 갔다. 리나는 아마 막이 내려간 후 주차장에서 그 담배를 피웠을 것이다. 쿠퍼도 출연했기 때문에 우리도 연극을 보러 갔다. 쿠퍼는 운동을 잘했지만 연기는 그저 그랬다. 팸플릿을 보니 '학생 3'인지 뭐 그런 단역이라고 적혀 있었다.

하지만 리나는 그렇지 않았다. 리나는 스타였다.

나는 부모님과 함께 세 좌석이 연달아 빈자리를 찾아서 이미 자리를 잡은 다른 학부모들의 무릎에 부딪칠 때마다 사과를 하며 돌아다녔다.

"모나, 이쪽이야." 아빠가 손을 흔들며 불렀다.

아빠가 강당 한가운데 놓인 의자 세 개를, 로드 부부의 옆자리를 가리켰다. 나는 엄마가 아주 잠깐이지만 눈이 튀어나올 정도로 놀라더니 내 등을 지나치게 세게 밀면서 얼굴에 미소를 띠는 것을 보았다.

"어이, 버트, 애너벨. 여기 자리 있어요?" 아빠가 미소를 지으며 물었다.

버트 로즈는 아빠를 보고 미소를 지으며 빈 좌석을 가리켰지만 엄마는 완전히 무시했다. 그때 나는 무례하다고 생각했다. 그는 엄마를 만난 적이 있었다. 나는 바로 몇 주 전에 우리 집에서 그를 보았다. 버트 로즈의 직업은 보안 시스템을 설치하는 것이었다. 나는 그가 우리 집 뒷마당 흙바닥에 무릎을 꿇고 있을 때 보았던 볕에 탄 가죽 같은 팔이 떠올랐다. 엄마가 그의 어깨를 톡톡 치더니 집 안으로 불러들였다. 나는 그가 엄마를 올려다보며 팔로 이마의 땀을 닦는 것을 창문을 통해 지켜보았고, 엄마는 부자연스러울 정도로 크게 웃으며 그를 안으로 데리고 들어왔다. 두 사람은 부엌으로 들어갔고, 곧 숨죽인 대화가 들렸다. 나는 계단 난간에 서서 카운터 위로 몸을 숙이는 엄마를 보았다. 가슴을 내밀어 모은 채 달콤한 아이스티 잔을 들고 있었다.

우리가 자리에 앉자마자 조명이 어두워졌고, 리나가 폴짝폴짝 무대로 나와서 엉덩이를 흔들자 흰색 후프 스커트가 팔랑거렸다. 아빠가 의자에 앉은 채 자세를 고치고 다리를 꼬았다. 버트 로즈는 목청을 가다듬었다.

나는 그때 버트 로즈를 봤던 기억이, 그의 자세가 너무 뻣뻣했던 기억이 난다. 그리고 무대에서 시선을 떼지 않는 엄마의 눈도 봤다. 두 사람 사이에 낀 아빠는 아무것도 몰랐다. 나는 버트 로즈가 무례하게 구는 것이 아님을 깨달았다. 그는 뭔가를 숨기고 있었다. 엄마도 마찬가지였다.

아빠가 체포된 다음에 충격적이게도 두 사람이 바람을 피웠다는 사실이 알려졌다. 아마 아이들은 누구나 부모님이 완벽하게 행복하다고, 감정도 생각도 문제도 욕구도 없고, 말하자면 인간에 약간 못 미치는 존재라고 생각할 것이다. 열두 살이었던 나는 인생의, 결혼 생활의, 관계의 복잡함을 이해하지 못했다. 아빠가 밖에서 종일 일하는 동안 엄마는 혼자 집에 있었다. 쿠퍼와 나는 학교나 레슬링 연습, 캠프 때문에 거의 항상 집을 비웠고, 나는 엄마가 종일 뭘 할까 생각해 본 적이 없었다. 각자 TV 트레이에 차려진 저녁 식사를 하고, 아빠가 레이지보이에서 꾸벅꾸벅 조는 동안 엄마는 부엌을 치운 다음 책을 들고 방으로 들어가는 우리의 나른한 저녁 일상이 나에게 그냥 일상이었다. 얼마나 외로울지, 얼마나 지긋지긋할지 생각해 본 적이 없었다. 나는 두 사람이 키스를 하거나 손잡는 모습을 한 번도 못 봤는데, 그래서 부모님 사이에 애정표현이 없는 것도 평범하게만 느껴졌다. 다른 모습을 본 적이 없었기 때문이었다. 나는 다른 모습을 알지 못했다. 그래서 그해 여름에 엄마가 정원사와 전기수리공과 나중에 딸이 실종되는 보안 시스템 설치 기사를 집으로 불러들이기 시작했을 때 그것을 남부 특유의 친근한 호의라고만 생각했다. 집에서 만든 달콤한 아이스티 한 잔으로 더위를 식혀 준다고 말이다.

어떤 사람들은 아빠가 앙갚음으로 리나를 죽였다고, 버트와 엄마의 관계를 알고서 역겨운 방법으로 보복했다고 생각했다. 어쩌면 첫 번째 희생자였던 리나가 아빠의 어둠에 불을 붙였을지도 모른다. 어쩌면 그 뒤부터 어둠이 구석에서 기어 나와서 점점 더 크고 지저분하고 통제하기 힘들어졌을지도 몰랐다. 버트 로즈는 확실히 그렇게 믿었다.

나는 텔레비전으로 방송된 첫 번째 기자회견에서, 리나의 상태가 실종에서 사망 추정으로 바뀌기 전에 리나의 엄마 옆에 서 있던 버트 로즈를 생각했다. 그는 엉망진창이었다. 딸이 실종되고 48시간도 지나지 않았는데 벌써 단어를 엮어서 논리적인 문장을 만들지도 못했다. 하지만 우리 아빠가 리나의 살인범으로 밝혀지자 그는 완전히 이성을 잃었다.

어느 날 아침 버트 로즈가 찾아와서 우리 앞마당에서 광견병 걸린 짐승처럼 날뛰자 쿠퍼가 나를 집 안으로 끌고 들어갔던 기억이 난다. 멀찍이 서서 물건을 던지거나 우리가 쫓아내면 허둥지둥 도망치는 사람들과 달랐다. 이번에는 달랐다. 버트 로즈는 성인 남자였다. 그는 화가 나서 미쳐 날뛰고 있었다. 그때 엄마는 이미 우리를 떠났기 때문에 (적어도 정신적으로는 그랬다) 쿠퍼와 나는 어찌할 바를 몰라서 내 방에 모여 창밖을 내다보고 있었다. 우리는 그가 흙바닥을 발로 차고 우리 집을 향해 큰소리로 욕하는 것을 보았다. 그가 우리를 향해 소리를 지르고 자기 옷을, 머리카락을 쥐어뜯는 것을 보았다. 결국 쿠퍼가 밖으로 나갔다. 나는 제발 나가지 말라고 애원하며 소매를 잡아당겼고, 눈물이 뺨을 타고 흘렀다. 그러다가 결국 쿠퍼가 현관 앞 계단을 내려가 마당에 모습을 드러내는 것을 무력하게 보고만 있었다. 나는 쿠퍼가 같이 소리를 치고 손가락으로 버트의 탄탄한 가슴을 미는 모습을 보았다. 결국 버트는 복수를 다짐하며 떠났다.

"아직 안 끝났어!" 그의 외침이 들렸다. 걸걸한 목소리가 한때 우리 집이었던 광막하고 텅 빈 공간에 울려 퍼졌다.

나중에 우리는 그날 밤 그의 굳은살 가득한 손이 엄마의 창문에 돌을 던졌고 그의 칼이 아빠의 트럭 타이어를 그었다는 사실을 알게 되었다. 버트 로즈는 자기 잘못이라고 생각했다. 어쨌든 자신이 유부녀와 잤고, 바로 그해 여름에 그 여자의 남편이 자기 딸을 죽였다. 인과응보였고, 죄책감이 너무 커서 견디기 힘들었다. 그는 마음속 깊이 분노했다. 아빠가 리나를 죽였다고 자백한 다음 버트 로즈가 아빠에게 손을 댈 수 있었다면 분명 죽였을 것이다. 하지만 빨리 죽이지는 않았을 거다. 자비롭게 죽이지는 않았을 것이다. 그러면서 즐겼을 거다.

물론 버트 로즈는 아빠를 죽일 수 없었다. 그는 우리 아빠에게 손댈 수 없었다. 아빠는 경찰서에 구류 중이었고, 창살 뒤에 안전하게 갇혀 있었다.

하지만 그의 가족은 그렇지 않았고, 그래서 그는 우리에게 눈을 돌렸다.

나는 이제 현관문을 열고 집 안으로 고개를 들이밀어 대니얼을 찾는다. 약속대로 점심 전에 돌아왔고, 부엌에서 커피 내리는 냄새가 난다. 거실에 놓인 내 노트북을 보니 그것을 잡아서 열고 싶다. 미친 듯이 검색하고 싶다.

버트 로즈에 대해서 더 알고 싶다.

그는 리나의 배꼽 링에 대해서 알고 있었다. 그는 아빠가 축제에서, 학교 연극에서, 그리고 내 방 바닥에 엎드려 긴 다리로 허공을 차던 자기 딸을 보는 눈빛을 알았다. 로빈, 마거릿, 캐리, 수전, 질도 희생되었다. 하지만 그 애들은 무작위였다. 그 아이들을 선택한 것은 필요해서, 편리해서, 또는 둘 다였기 때문이었다. 어둠이 기어 나오고 아빠가 더 이상 저항하지 못할 때 그 애들은 잘못된 때에 잘못된 장소에 있었다. 아빠는 눈에 띄는 첫 번째 어리고 순수하고 무방비한 여자애를 잡아서 목을 세게 졸랐고, 그러면 어둠은 빛을 피해 허둥지둥 달아나는 딱정벌레처럼 다시 구석에 숨었다. 그러나 리나는 그 애가 늘 그랬듯 그 이상이었다. 리나에게는 개인적이었다. 리나는 아빠의 처음이었다. 리나는 리나이기 때문에, 아빠한테 그런 느낌이 들게 했기 때문에 죽임을 당했다. 손을 흔들어 아빠를 놀리고 인파 틈으로 사라졌기 때문에. 버트가 아빠의 아내와 자놓고 돌아서서는 사람들 앞에서 친구인 척 아빠에게 미소를 지으며 놀렸기 때문에.

나는 복도를 지나 거실로 가서 소파에 앉은 다음 무릎에 컴퓨터를 놓고 전원을 켠다. 버트 로즈는 폭력적이고, 분노로 가득하고, 용서를 모른다. 버트 로즈는 앙심을 품었다. 20년이 지난 지금도 그 일로 조바심을 내고 있을까? 그는 아빠의 범죄를 잊지 않았다. 어쩌면 우리도 잊지 않기를 바라는지도 모른다. 나는 뭔가 찾아냈다는 느낌을 떨칠 수가 없어서 자판을 두드려 그의 이름을 검색한다. 기사들이 줄줄이 뜨지만 거의 다 브로브리지 살인 사건과 관련된 것들이다. 나는 페이지를 스크롤해서 내리며 헤드라인을 대충 읽는다. 전부 옛날 기사고, 다 읽어 봤던 것들이다. 나는 검색어를 '버트 로즈 배턴루지'로 바꾸고 다시 찾아본다.

이번에는 새로운 결과가 뜬다. 배턴루지의 보안 회사 '알람 시큐리티 시스템'의 웹사이트다. 링크를 클릭하자 웹사이트가 뜨고 홈페이지가 나온다.

알람 시큐리티 시스템은 배턴루지 지역의 고객 맞춤형 보안 회사입니다. 숙련된 전문 설치 기사가 여러분의 집을 방문하여 직

집 설치한 다음 일주일에 7일, 하루 24시간 내내 모니터하며 여러분의 가족을 지켜 드립니다.

팀 소개라고 적힌 탭을 클릭하자 화면에 버트 로즈의 얼굴이 뜬다. 그의 사진을 유심히 본다. 한때 날렵했던 턱선은 불필요한 살과 축 처진 피부 때문에 둔해졌고 턱살이 피자 반죽처럼 늘어나서 매달려 있다. 더 나이 들고 뚱뚱해 보이고 머리도 더 벗겨진 것 같다. 솔직히 말해서 엉망이다. 하지만 그 사람이다. 틀림없이 그 사람이다.

그때 깨달음이 불쑥 떠오른다.

그가 여기에 살고 있다. 버트 로즈가 여기에, 배턴루지에 살고 있다.

나는 그가 아무 표정 없는 얼굴로 카메라를 바라보는 모습에 빠져든다. 그는 행복하지도, 슬프지도, 화가 나지도, 짜증이 나지도 않았다. 그는 그냥 인간의 빈껍데기로 존재한다. 입술이 축 처져서 성난 표정이고 눈은 까맣고 아무런 감정도 없다. 그의 눈은 보통 사진에서 그렇듯이 카메라 플래시 불빛을 반사하는 것이 아니라 중앙으로 깊숙이 빨아들이는 것 같다. 나는 모니터로 몸을 숙인다. 화면에 뜬 사진에, 내 과거의 얼굴에 푹 빠져서 다가오는 발소리도 알아차리지 못한다.

"클로이?"

너무 깜짝 놀라서 손이 가슴으로 휙 올라간다. 고개를 들어

보니 대니얼이 근처에서 서성거리고 있어서 나는 본능적으로 컴퓨터를 덮는다. 대니얼이 컴퓨터를 흘끔거린다.

"뭐 보고 있어?"

"미안." 내가 얼른 컴퓨터에서 대니얼에게로 시선을 돌리며 말한다. 그는 옷을 다 입고 손에 커다란 머그잔을 들고서 나를 보고 있다. 대니얼이 머그잔을 내밀자 겨우 30분 전에 에런과 벤티 사이즈 커피를 마신 나는 카페인 때문에 (적어도 내 생각에는 카페인 때문이다) 이미 초조하지만 마지못해 잔을 받는다. 내가 아무 대답도 하지 않자 대니얼이 다시 묻는다.

"어디 갔었어?"

"그냥 볼일 좀 보러. 시내에 나간 김에 해치워야겠다 싶어서…." 내가 노트북을 옆으로 치우며 말한다.

"클로이." 대니얼이 끼어든다. "진짜로 뭘 하다 온 거야?"

"아무것도 안 했어. 대니얼, 나 괜찮아. 진짜야. 그냥 드라이브 좀 했어. 됐지?" 내가 쏘아붙인다.

"그래, 알았어." 대니얼이 양손을 들며 말한다.

대니얼이 돌아서자 죄책감이 밀려온다. 나는 그동안 내가 맺었던 관계들을, 내가 다른 사람을 받아들이지 못해서 시작하기도 전에 끝났던 관계들을 생각한다. 그들을 믿지 못해서. 과대망상과 두려움이 내 안에서 인정받고 싶다며 소리를 지르는 다른 모든 감정을 입 다물게 했기 때문에.

"잠깐, 미안해." 내가 대니얼에게 팔을 뻗으며 말한다. 내가 손을 흔들자 그가 돌아서서 다시 다가와 내 옆자리 소파에 앉는다. 나는 대니얼의 등에 팔을 걸치고 그의 어깨에 머리를 기댄다.

"내가 이상하게 굴고 있다는 거 알아."

"내가 어떻게 도울 수 있을까?"

"오늘은 뭔가를 하자." 내가 자세를 고치며 말한다. 다시 노트북을 보고 싶어서, 버트 로즈에게 뛰어들고 싶어서 손가락이 간질거리지만 지금은 대니얼과 함께해야 한다. 이런 식으로 그를 계속 밀어낼 수는 없다.

"당신은 오늘 침대에 누워서 빈둥거리자고 했지만 지금 나한테 필요한 건 그게 아닌 것 같아. 나가서 뭔가를 해야 돼. 외출하자."

대니얼이 한숨을 쉬며 손으로 내 머리카락을 쓸어 넘긴다. 그는 애정과 슬픔이 섞인 표정으로 나를 바라보고, 나는 그가 이제부터 할 말이 내 마음에 들지 않으리란 사실을 벌써 알고 있다.

"클로이, 미안해. 오늘 라파예트에 가야 돼. 내가 계속 미팅하려고 했던 그 병원 알지? 전화가 왔었어, 당신이 볼일 보러 간 사이에. 오늘 오후에 한 시간을 주겠대. 어쩌면 의사 몇 명이랑 저녁 식사를 할 수 있을지도 몰라. 가야 돼."

"아, 그래." 내가 고개를 끄덕인다. 집에 돌아온 이후 처음으로 그의 모습이 제대로 눈에 들어온다. 대니얼은 옷을 그냥 입기만 한 게 아니라 잘 차려입었다. 일을 하러 가는 옷차림이다. "그래, 그거… 잘됐네, 진짜. 가야 되면 가야지 뭐."

"하지만 당신은 외출 좀 해야 돼." 그가 내 가슴을 콕콕 찌르며 말한다. "나가서 뭐라도 좀 해. 신선한 공기도 마시고. 같이 못 가서 미안해. 내일 아침에 바로 돌아올게."

"괜찮아. 어차피 결혼식 준비 때문에 할 일이 많아. 이메일 답장도 써야 하고. 집에서 할 일 좀 하다가 나중에 섀넌이랑 술이나 한잔할게."

"멋지네." 대니얼이 이렇게 말하고 나를 끌어당겨 이마에 입을 맞춘다. 그는 잠시 꼼짝도 하지 않는다. 내 뒤에 있는 꽉 닫힌 노트북에 그의 시선이 파고드는 것이 느껴진다. 그가 한 팔로 나를 꼭 끌어안고 나머지 한 팔을 저 뒤로 뻗어서 노트북을 잡고 끌어당긴다. 나도 잡으려고 애를 쓰지만 그가 먼저 내 손목을 낚아채서 꽉 잡고 노트북을 무릎에 올리더니 말없이 연다.

"대니얼." 내가 이렇게 말하지만 그는 나를 무시한 채 손목을 잡은 손에 힘을 준다. "대니얼, 왜 이래⋯."

나는 침을 꿀꺽 삼키고, 화면이 켜지면서 대니얼의 얼굴을 환하게 비춘다. 나는 그가 아직 띄워져 있을 버트 로즈의 사진을 살펴보는 동안 기다린다. 그는 한동안 말이 없지만 버트 로즈의 이름을 분명 알아봤을 것이다. 그는 내가 뭘 하려는지 안다. 어쨌든 대니얼은 리나에 대해서 알고 있다. 내가 설명하려고 입을 열지만 대니얼이 내 말을 자른다.

"이것 때문에 그렇게 안절부절못한 거야?"

"있잖아, 설명할 수 있어. 오브리의 시체가 발견되고 나서부터 걱정이 돼서…." 내가 손목을 빼내려고 애쓰며 말한다.

"보안 시스템을 설치하고 싶어? 그런 짓을 한 놈이 다음으로 당신을 노릴까 봐 걱정되는 거야?"

나는 대니얼이 그렇게 생각하도록 놔둬야 할까, 아니면 사실을 설명해야 할까 말없이 고민한다. 내가 다시 입을 열지만 대니얼이 말을 잇는다.

"클로이, 왜 나한테 말 안 했어? 세상에, 정말 무서웠겠다." 대니얼이 손목을 놓아주자 손으로 피가 통하면서 손가락에 차갑게 간질거린다. 그가 손목을 얼마나 꽉 잡고 있었는지 미처 몰랐다. 대니얼이 나를 다시 끌어당겨 안고 그의 손가락이 내 목을 지나 척추를 어루만진다.

"이 사건 때문에 어떤 기억이 떠올랐을지… 그러니까 내 말은, 당신이 그런 생각을, 아버지 생각을 한다는 건 알았지만 이 정도인지는 몰랐어."

"미안해. 그냥… 좀 우스웠어. 내가 겁을 내는 게 말이야." 내가 그의 어깨에 입술을 댄 채 말한다.

정확히 말해서 진실은 아니다. 하지만 거짓말도 아니다.

"괜찮을 거야, 클로이. 아무 걱정 안 해도 돼."

엄마와 쿠퍼와 함께 있었던 20년 전 그날 아침이 떠오른다. 우리는 배낭을 메고 복도에 웅크리고 있었다. 나는 울고 있었고 엄마는 나를 달래 주었다.

걱정할 게 왜 없어, 쿠퍼. 이건 심각한 일이야.

"누군지 모르지만 범인은 십 대를 좋아해, 기억하지?"

나는 침을 삼키고 고개를 끄덕인 다음 대니얼이 말하기도 전에 내가 이미 알고 있는 그 말을 떠올린다. 다시 우리 집 복도에 서 있고 엄마가 눈물을 닦아 주는 것 같다.

"모르는 사람 차에 타지 말고. 어두컴컴한 뒷골목에서 혼자 걸어 다니지 말고."

대니얼이 몸을 뒤로 빼고 나를 보며 미소를 짓자 나도 억지로 미소를 짓는다.

"하지만 보안 시스템을 설치해서 기분이 나아진다면 그렇게 해야 된다고 생각해." 대니얼이 덧붙인다. "이 사람을 집으로 부르자. 적어도 당신 마음은 편해질 거 아냐."

"그래, 알아볼게. 하지만 좀 비싸잖아." 내가 고개를 끄덕인다.

대니얼이 고개를 젓는다.

"당신이 마음 편한 게 더 중요하지. 거기에 가격을 매길 순 없어."

내가 이번에는 진심으로 미소를 짓고 마지막으로 대니얼을 끌어안는다. 나에게 화를 낸다고 해서, 궁금해한다고 해서 대니얼을 탓할 순 없다. 나는 지난 며칠 동안 뭔가 숨기는 것처럼 굴었고, 대니얼도 그 사실을 잘 안다. 물론 내가 사실은 보안 시스템을 알아보는 게 아니라는 것을, 화면에 뜬 남자가 설치하는 장비가 아니라 그 남자를 조사하고 있다는 사실을 대니얼은 전혀 모르지만, 아무튼. 그의 목소리에 담긴 감정이 진짜라는 건 알 수 있다. 대니얼은 진심이다.

"고마워. 당신은 정말 대단해." 내가 말한다.

"당신처럼 말이지." 그가 이렇게 말하고 내 이마에 입을 맞춘 다음 일어선다. "이제 가야겠다. 일 좀 해 놔. 도착하면 문자 보 낼게."

23

대니얼의 차가 진입로를 빠져나가자마자 나는 노트북을 다시 켜고 핸드폰을 들어 에런에게 메시지를 보낸다.

버트 로즈가 여기 살고 있어요. 배턴루지에 말이에요.

이 정보를 가지고 뭘 어떻게 해야 할지 모르겠다. 이건 확실한 단서다. 우연일 리가 없다. 하지만 아직 경찰에 알리기에는 불충분하다. 내가 아는 한 경찰은 사라진 액세서리들을 아직 연결 짓지 못했는데, 내가 먼저 그 이야기를 꺼내고 싶지는 않다. 잠시 후 에런의 답장이 와서 핸드폰이 진동한다.

알아보는 중이에요. 10분만 기다려요.

나는 전화기를 내려놓고 노트북을, 화면에서 아직도 번득이는 버트의 사진을, 그가 겪은 트라우마의 증거인 얼굴을 흘깃 본다. 사람들이 몸을 다치면 멍과 흉터로 드러나지만 감정과 정신을 다치면 그보다 더 깊이 들어간다. 눈빛에서 불면의 밤들이 보이고 뺨을 물들인 눈물이, 이마 주름에 새겨진 분노가 보인다. 입술을 갈라지게 하는 피에 대한 굶주림. 나는 눈으로 이 망가진 사람의 얼굴을 샅샅이 살피며 잠시 망설인다. 동정심이 피어오르기 시작한다. 궁금증이 생기기 시작한다. 그토록 비극적인 사건으로 딸을 잃은 남자가 어떻게 180도 변해서 정확히 똑같은 방법으로 사람을 죽일 수 있을까? 어떻게 다른 죄 없는 가족에게 정확히 똑같은 고통을 가할 수 있을까? 그러다가 나는 환자들을, 내가 매일같이 보는 또 다른 고통 받는 사람들을 기억해 낸다. 나 자신을 기억해 낸다. 학교에서 배운 통계를, 피를 차갑게 식게 만들었던 그 통계를 기억해 낸다. 어렸을 때 학대당한 사람의 40퍼센트는 학대하는 사람이 된다. 모두 그렇게 되는 것은 아니지만, 실제로 일어나는 일이다. 폭력은 순환한다. 중요한 것은 힘, 통제권이다. 아니, 통제권의 부재다. 통제권을 되찾아 자신의 힘이라고 주장하는 것이다.

나는 누구보다도 잘 알아야 한다.

핸드폰이 진동하더니 화면에 에런의 이름이 뜬다. 나는 첫 번째 진동이 끝나자마자 전화를 받는다.

"뭐 좀 찾았어요?" 내가 시선을 노트북에 고정시킨 채 묻는다.

"폭행치상, 공공장소에서 주취, 음주운전. 지난 15년 동안 감옥을 들락날락했고, 한참 전에 가정폭력으로 부인한테 이혼 소송을 당한 것 같아요. 접근금지 명령도 받았고요."

"무슨 짓을 했는데요?"

에런은 잠시 말이 없다. 메모를 읽느라 그런 건지 질문에 대답하고 싶지 않은 건지 알 수가 없다.

"에런?"

"목을 졸랐어요."

그 말의 의미를 이해하자마자 실내 온도가 6도는 내려간 것 같다.

목을 졸랐어요.

"우연일지도 몰라요." 에런이 말한다.

"아닐지도 모르고요."

"화가 난 주정뱅이와 연쇄살인범은 전혀 달라요."

"점점 발전하고 있을지도 모르죠. 15년 동안 폭력 범죄를 저질렀다는 건 그 이상도 할 수 있다는 아주 좋은 증거예요. 그는 딸이 살해당한 것과 같은 방법으로 아내를 공격했어요. 오브리와 레이시가 살해당한 것과 같은 방법이고…."

"알겠어요. 그를 지켜보도록 하죠. 하지만 진심으로 걱정되면 경찰에 얘기하는 게 좋겠어요. 경찰에게 사정을 얘기해요. 모방범에 대해서요."

"아니, 아직은 안 돼요. 정보가 더 필요해요." 내가 고개를 젓는다.

"왜죠? 클로이, 지난번에도 그렇게 말했었죠. 이게 더 많은 정보예요. 경찰을 왜 그렇게 무서워해요?" 에런이 묻는다. 짜증이 난 목소리다.

나는 그의 질문에 깜짝 놀란다. 내가 토머스 형사와 도일 경관에게 했던 거짓말을, 수사에 필요한 증거를 숨겼던 것을 떠올린다. 나는 스스로 경찰을 무서워한다고 생각한 적이 한 번도 없었지만 마지막으로 이와 비슷한 일에 엮였던 대학 때를, 그 결말이 얼마나 안 좋았는지 떠올린다. 내가 얼마나 틀렸었는지를.

"경찰을 무서워하는 게 아니에요." 내가 말한다. 에런은 말이 없고 나는 말을 계속해야 할 것만 같다. 더 설명해야 할 것 같다. 나 자신이 무섭다고 말해야 할 것 같다. 하지만 그 대신 한숨을 쉰다.

"당신이랑 이야기하고 싶지 않았던 바로 그 이유 때문에 경찰에 말하고 싶지 않아요. 난 이 일에 말려들고 싶지 않았어요. 조금도요." 내가 의도했던 것보다 조금 더 날카롭게 말한다.

"음, 하지만 그렇게 됐죠. 좋든 싫든 이제 말려들었어요." 에런이 대꾸한다. 상처받은 듯한 목소리다. 그러자 강가에서 내가 리나에 대한 기억을 이야기하고 그가 귀를 기울였던 순간보다 지금 이 순간 더욱 우리의 관계가 기자와 취재 대상 이상인 것처럼 느껴지기 시작한다. 개인적인 관계 같다.

내가 창문 쪽을 보니 마침 블라인드 너머 우리 진입로에 들어와서 서는 자동차의 윤곽이 보인다. 올 사람이 없었기 때문에 나는 시계를 흘깃 본다. 대니얼이 나간 지 30분이 지났다. 나는 대니얼이 뭘 놓고 가서 돌아온 건가 싶어서 주변을 살펴본다.

"있잖아요, 에런. 미안해요." 내가 손가락으로 코를 집으며 말한다. "그런 뜻이 아니었어요. 당신이 도우려고 하는 건 알아요. 당신 말이 맞아요, 난 원하든 원하지 않든 이 일에 말려들었어요. 아빠 때문에 그렇게 됐죠."

그는 말이 없지만 수화기 너머에서 긴장이 증발하는 것이 느껴진다.

"내 말은 아직 경찰이 제 삶을 캐고 다니는 것에 대해서 마음의 준비가 되지 않았다는 거예요." 내가 말을 잇는다. "경찰에 이야기를 하면, 내가 누구인지 말하면 돌이킬 수 없어요. 나를 따로 불러서 다시 꼬치꼬치 캘 거예요. 이젠 여기가 내 고향이에요. 내 삶이라고요. 여기선 나도 평범… 아무튼 최대한 평범함에 가깝죠. 난 그게 좋아요."

"알았어요, 이해합니다. 밀어붙여서 미안해요." 마침내 그가 말한다.

"괜찮아요. 증거를 더 찾으면 경찰에 전부 다 말할게요. 맹세해요."

밖에서 차 문이 쾅 닫히는 소리가 들려 돌아보니 어떤 남자의 실루엣이 진입로를 지나 우리 집으로 다가오고 있다.

"이제 끊어야 돼요. 대니얼이 왔나 봐요. 나중에 전화할게요."

나는 전화를 끊고 핸드폰을 소파에 던진 다음 현관문으로 걸어간다. 계단을 올라오는 발소리가 들리고, 대니얼이 들어오기 전에 내가 먼저 문을 열고 허리에 한 손을 얹는다.

　"나랑 떨어지지를 못하는구나, 응?"

　내 앞에 선 남자를 알아보는 순간 미소가 사라지고 장난스러운 표정은 겁에 질린 표정으로 바뀐다. 대니얼이 아니다. 나는 손을 툭 떨어뜨리고 남자를 위아래로 훑어본다. 건장한 체구와 더러운 옷, 쭈글쭈글한 피부와 까맣게 죽은 눈. 내 노트북 화면에 아직 떠 있는 사진에서보다 더 까맣다. 심장이 빨리 뛰기 시작하고, 순간적으로 겁에 질린 나는 기절하지 않으려고 문틀을 꼭 잡는다.

　버트 로즈가 우리 집 문 앞에 서 있다.

24

우리는 영영 끝나지 않을 것처럼 서로를 노려본다. 둘 다 상대방이 먼저 입을 열도록 말없는 도발을 계속한다. 나는 할 말이 있어도 할 수가 없다. 입술이 얼어붙었고, 진짜 버트 로즈가 앞에 서 있다는 순전한 공포 때문에 꼼짝도 하지 못한다. 나는 움직일 수도, 말을 할 수도 없다. 할 수 있는 거라곤 빤히 보는 것뿐이다. 내 시선이 그의 눈에서 더럽고 굳은살 박인 손으로 내려간다. 크다. 나는 그 손이 내 목을 쉽게 잡고서 처음에는 가볍게, 하지만 점차 힘을 더해 꽉 누르는 것을 상상한다. 그의 손에 파고드는 내 손톱, 어둠 속에서 생명의 흔적을 찾아서 그의 눈을 바라보는 채로 점점 튀어나오는 내 눈. 씨익 미소를 짓는 그의 갈라진 입술. 토머스 형사가 내 피부에서 발견할 손가락 모양으로 멍든 자국.

그가 목을 가다듬는다.

"대니얼 브릭스 씨 댁입니까?"

나는 잠시 그를 빤히 보면서 눈을 몇 번 깜빡인다. 내 머리가 멍한 상태에서 깨어나려고 애를 쓰는 것 같다. 제대로 들었는지 잘 모르겠다. 버트 로즈가 대니얼을 찾는다고? 내가 아무 대답도 하지 않자 그가 다시 말한다.

"30분쯤 전에 대니얼 브릭스 씨의 전화를 받았어요. 이 주소에 보안 시스템을 설치해 달라던데요. 급하다고 하던데." 그가 집을 제대로 찾아왔는지 확인하는 것처럼 클립보드를 내려다보고 거리 표지판을 흘깃 돌아본다.

내가 그의 뒤쪽 진입로에 세워진 차를 흘깃 보니 측면에 회사 로고가 박혀 있다. 대니얼이 차에 타자마자 전화를 했나 보다. 다정함의 표현이고 좋은 의도였지만 버트 로즈를 나에게 바로 유인해 버렸다. 대니얼은 자신이 나를 어떤 위험에 빠뜨렸는지 전혀 모른다. 내 과거에서 온 남자가 우리 집 문 앞에서 서성이며 안으로 들어오라는 말을 예의 바르게 기다리고 있다. 나는 이제야 서서히 깨닫는다.

버트 로즈는 나를 못 알아본다. 내가 누구인지 모른다.

미처 알아차리지 못했지만 나는 빠르게 숨을 쉬고 있다. 절박하게 호흡을 할 때마다 가슴이 격하게 올라갔다 내려온다. 버트 역시 그 사실을 나와 동시에 알아차린 것 같다. 그가 나를 의심스럽게 살펴본다. 자신의 존재가 왜 처음 보는 사람에게 과호흡을 일으키는지 이상하다 싶을 만도 하다. 나는 진정해야 한다.

클로이, 숨 쉬어. 엄마를 위해서 숨 좀 쉬어 볼래? 코로 숨을 들이마셔.

나는 엄마를 생각하면서 입을 다물고 코로 숨을 깊이 들이마셔 가슴에 공기를 가득 채운다.

이제 입으로 숨을 뱉어.

내가 입을 동그랗게 오므리고 퀴퀴한 공기를 천천히 내뱉자 심장박동이 느려진다. 나는 손이 떨리지 않도록 주먹을 꽉 쥔다.

"네." 내가 옆으로 비켜서서 그에게 들어오라고 손짓한다. 나는 내 집, 내 성전의 문지방을 넘는 그의 발을 바라본다. 평범함과 통제력을 유지하려고, 나의 과거에서 온 이 사람이 들어서는 순간 산산이 흩어질 그 환영을 지키려고 그토록 조심스럽게 만들어 놓은 안전한 피난처이자 탈출구. 그가 들어서자 분위기가 완전히 바뀐다, 입자들이 웅웅거리고 팔의 솜털이 곤두선다. 지금 내 앞에 서 있는 남자, 내 얼굴에서 몇 센티미터밖에 떨어져 있지 않은 사람은, 내가 마지막으로 이 사람과 같은 공간에 있었을 때 고작 열두 살이었음에도 불구하고 내 기억보다 훨씬 커 보인다. 하지만 그는 모르는 것 같다. 그는 내가 자기 딸을 죽인 남자와 피를 나눈 열두 살 소녀, 그가 던진 돌이 엄마의 창문을 깨뜨렸을 때 소리 지르던 그 소녀라는 사실을 모르는 것 같다. 나는 그가 위스키와 땀과 눈물 냄새를 풍기며 우리 집 현관문 앞에 나타났을 때 침대 밑에 숨었던 바로 그 소녀다.

그는 우리가 공유하는 역사를 전혀 모르는 것 같다. 지금 그는 내 집 안에 서 있고, 나는 이 상황을 유리하게 이용할 수 없을까 생각하는 중이다.

그가 집 안으로 들어와 주변을 둘러본다. 그의 시선이 복도와 옆에 붙은 거실, 부엌, 2층으로 이어지는 계단을 훑는다. 그런 다음 몇 걸음 더 들어가 이 방 저 방 살피며 혼자 고개를 끄덕인다.

갑자기 무시무시한 생각이 밀려온다. 만약 그가 나를 알아봤다면? 내가 혼자 있는지 확인하는 것뿐이라면?

"남편이 위층에 있어요." 내가 계단으로 시선을 던지며 말한다. 대니얼은 누가 침입할 경우에 대비해서 우리 침실 벽장에 총을 놔두었다. 나는 머릿속을 뒤져 그 상자가 정확히 어디에 있는지 기억해 내려 애쓴다. 만일의 경우에 대비해서 핑계를 대고 위층으로 올라가 총을 꺼낼 수 있을까 궁리한다.

"화상 회의 중이지만 필요한 게 있으면 제가 가서 물어볼 수 있어요."

버트는 나를 흘깃 보더니 입술을 빨며 미소를 짓고 고개를 살며시 젓는다. 그가 나를 비웃고 있음을, 놀리고 있음을 확실히 알겠다. 내가 대니얼에 대해서 거짓말을 하고 있음을, 완전히 혼자임을 아는 거다. 버트 로즈가 다시 내 쪽으로 다가오면서 손바닥의 땀을 닦는 듯 바지에 손을 문지른다. 당황한 내가 밖으로 뛰어나가야 하나 생각하는데 그가 길을 꺾어 문을 가리키더니 검지로 문을 두 번 톡톡 친다.

"그럴 필요 없습니다. 그냥 출입 가능한 지점을 확인하는 거예요. 주요 출입구는 앞쪽과 뒤쪽 두 개군요. 창문이 많으니 유리창 파손 센서를 설치하는 게 좋겠습니다. 위층도 살펴볼까요?"

"아니요, 아래층만 하면 돼요. 전부, 말씀하신 것 전부 괜찮을 거 같네요. 감사합니다."

"카메라도 원하세요?"

"네?"

"카메라요." 그가 반복해서 말한다. "곳곳에 아주 작은 카메라를 설치하는 거죠. 그러면 핸드폰으로 영상을 볼 수 있고…."

"네, 그럼요. 좋아요." 내가 얼른 대답한다.

"알겠습니다." 버트 로즈가 고개를 끄덕이며 말한다. 그가 클립보드에 뭐라고 적더니 나에게 내민다. "여기에 서명하시면 공구를 가져오죠."

나는 클립보드를 받아서 주문서를 내려다보고, 그는 밖으로 나가 자동차를 향해 걸어간다. 물론 내 이름 그대로 서명할 수는 없다. 내 진짜 이름은 안 된다. 그가 당연히 이름을 알아볼 것이다. 그래서 나는 대신 내 미들네임과 대니얼의 성인 엘리자베스 브릭스라고 서명한 다음 그가 다시 들어오자 클립보드를 건넨다. 나는 그가 내 서명을 훑어보는 것을 지켜본 다음 소파로 돌아간다.

"이렇게 빨리 와 주셔서 감사해요. 정말 빠르네요." 내가 노트북을 닫고 핸드폰을 뒷주머니에 넣으며 말한다.

"일주일에 7일, 하루 24시간, 고객 맞춤이죠." 그가 웹사이트의 슬로건을 읊는다. 이제 버트 로즈는 집 안을 돌아다니며 창문마다 센서를 붙이고 있다. 이 남자가 경보를 우회하려면 어느 구역을 피해야 하는지 정확히 안다고 생각하자 갑자기 걱정이 된다. 버트 로즈가 센서를 한 군데 빼놓고 나중에 다시 왔을 때 어느 창문으로 들어와야 하는지 머릿속에 저장해 놓을 수 있다. 나는 그가 이런 식으로 희생자를 고르는 걸까 생각한다. 어쩌면 오브리와 레이시의 집에 보안 시스템을 설치하면서 그 애들을 처음 봤을지도 모른다. 어쩌면 그 애들의 방에서 팬티가 든 서랍을 열어 봤을지도 모른다. 그 애들의 일과를 파악했을지도 모른다.

그가 내 집을 돌아다니며 구석구석 고개를 들이밀고 손가락으로 틈이란 틈은 전부 확인하는 동안 나는 아무 말도 하지 않는다. 그가 발판을 가지고 와서 올라서더니 거실 구석에 작은 회전식 카메라를 붙인다. 나는 그것을, 나를 마주 보는 현미경 같은 눈을 바라본다.

"사장님이세요?" 마침내 내가 묻는다.

"아니요." 버트 로즈가 말한다. 나는 설명이 이어지겠거니 생각하지만 그는 더 이상 말이 없다. 나는 조금 더 물어보기로 한다.

"이 일은 얼마나 하셨어요?"

그가 사다리에서 내려와 나를 본다. 뭔가 말하고 싶은 것처럼 입을 벌리고 있다. 하지만 그가 생각을 바꾸고 다시 입을 닫더니 현관문으로 걸어가서 공구 가방에서 드릴을 꺼내 벽에 보안 패널을 고정시킨다. 나는 드릴 소리가 복도를 채우는 동안 그의 뒤통수를 바라보다가 다시 시도한다.

"이곳에서 계속 사셨어요?"

드릴 소리가 멈추고, 그의 어깨에 긴장이 흐른다. 버트 로즈는 돌아보지 않지만 그의 목소리가 내 텅 빈 집을 채운다.

"내가 널 정말 못 알아본다고 생각하니, 클로이?"

나는 그 자리에 얼어붙는다. 그의 대답에 너무 깜짝 놀라서 말이 안 나온다. 나는 버트 로즈의 뒤통수를 계속 바라보고, 드디어 그가 천천히 돌아선다.

"네가 현관문을 열자마자 알아봤다."

"죄송해요. 무슨 말씀이신지 모르겠어요." 내가 침을 삼킨다.

"아니, 알잖아." 그가 드릴을 잡은 채로 한 걸음 다가오며 말한다. "너 클로이 데이비스잖아. 네 약혼자가 전화했을 때 네 이름을 알려 줬어. 그는 지금 라파예트로 가는 중이라고, 네가 날 들여보내 줄 거라고 했지."

그의 말을 이해하자 내 눈이 커진다. 그는 내가 누구인지 안다. 지금까지 내내 알고 있었다. 그는 내가 혼자라는 것도 안다.

그가 한 걸음 더 다가온다.

"네가 주문서에 다른 이름을 썼다는 건 너도 내가 누군지 안다는 뜻이지. 네가 지금 무슨 장난을 치고 있는지 난 정말 모르겠구나, 그런 질문을 하다니."

뒷주머니에 든 핸드폰이 뜨겁다. 나는 전화기를 꺼내서 911에 전화할 수도 있다. 하지만 지금 버트 로즈가 바로 눈앞에 서 있고, 내가 조금만 움직여도 달려들까 봐 무섭다.

"내가 왜 배턴루지로 왔는지 알고 싶어?" 버트 로즈가 묻는다. 그는 점점 화가 치솟고 있다. 살갗이 붉어지고 눈빛이 어두워지 는 게 보인다. 혀끝의 작은 침방울이 점점 커진다. "여기 온 지는 좀 됐어. 이혼하고 나서 환경의 변화가 필요했거든. 새 출발을 하려고 말이야. 거기서는 한동안 괴롭게 지냈으니까 짐을 싸서 움직였지, 그 망할 동네랑 관련된 기억은 전부 버려두고 떠났어. 그런 다음 어느 모로 보나 잘 지내고 있었다. 그런데 몇 년 전에 일요일 자 신문을 펼쳤더니 누가 날 빤히 보고 있었을 것 같니?"

그가 잠시 기다린다, 입 끝이 올라가며 미소를 그린다.

"네 사진이었어." 그가 드릴로 나를 가리키며 말한다. "바로 여 기 배턴루지에서 어린 시절 트라우마를 발판으로 뭐 어쨌다느 니 하는 뻔뻔한 헤드라인 밑에 네 사진이 있었지."

그 기사가 기억난다. 배턴루지 종합병원에서 일을 시작했을 때 승낙했던 신문사 인터뷰였다. 나는 그 기사가 일종의 회복이 될 줄 알았다. 나 자신을 다시 정의하고 내 이야기를 쓸 기회 말 이다. 하지만 물론 그렇지 않았다. 그것은 내 아버지에 대한 또 다른 탐구, 저널리즘이라는 껍데기를 쓰고 폭력을 현란하게 칭 송하는 기사일 뿐이었다.

"그 빌어먹을 기사를 읽었다." 그가 말을 잇는다. "한 글자도 빼놓지 않고. 그거 알아? 난 다시 화가 났어. 넌 아빠에 대해서 변명을 늘어놓고 네 경력을 위해서 그자가 한 짓을 이용했어. 그런 다음 네 엄마 소식도 읽었지. 이 모든 사건에서 자기가 했던 역할을 뒤로 하고 비겁하게 빠져나가려 했다는 걸 말이다. 그러면 죄책감에서 벗어날 수 있으니까."

나는 조용히 서서 그의 말을 서서히 이해한다. 순수한 증오가 담긴 눈으로 나를 빤히 보는 그의 시선을 파악한다. 그가 드릴을 어찌나 세게 잡고 있는지 손가락 관절이 피부를 뚫고 나올 듯 새하얘진다.

"너희 가족 전부 다 역겨워. 내가 무슨 짓을 해도 너희한테서 벗어날 수 없는 것 같아."

"저는 아버지에 대해서 변명하지 않았어요. 저는 무엇도 이용하려고 한 적 없어요. 아빠가 한 짓은… 그건, 그건 정말 변명의 여지가 없어요. 저도 역겨워요."

"아, 그래? 역겨워?" 그가 고개를 갸웃하며 묻는다. "말해봐, 네가 상담실을 연 것도 역겨워? 시내의 그 근사한 상담실도? 여섯 자리 수입이 역겨워? 빌어먹을 가든디스트릭트의 2층짜리 집이랑 그림처럼 완벽한 약혼자도? 역겹냐고."

나는 침을 꿀꺽 삼킨다. 내가 버트 로즈를 과소평가했다. 그를 집 안에 들인 것이 실수였다. 형사 놀이를 하면서 취조하려 한 것이 실수였다. 그는 나를 알 뿐만 아니라 나에 대해서 모르는 것이 없다. 내가 그를 조사한 것처럼 버트 로즈도 나를 조사했다. 그것도 나보다 훨씬 많이, 훨씬 오랫동안. 그는 내 상담실, 내 사무실에 대해서도 안다. 어쩌면 레이시가 환자였다는 것도 안다는 뜻일지 모른다. 그리고 레이시가 상담실에서 나가서 사라진 날 거기서 기다리고 있었을지도 모른다.

"자, 말해봐라. 딕 데이비스의 딸은 어른이 되어서 완벽한 삶을 살고 있는데 내 딸은 그놈이 버려둔 땅 밑에서 썩고 있잖아. 이게 어째서 공평하지?"

"내 삶은 완벽하지 않아요." 내가 말한다. 갑자기 나도 화가 난다. "내가 뭘 겪었는지, 아빠가 그런 짓을 저지르고 나서 내가 얼마나 망가졌는지 당신은 하나도 몰라요."

"네가 뭘 겪었는데?" 그가 다시 드릴로 나를 가리키며 소리친다. "네가 뭘 겪었는지 말하고 싶어? 네가 얼마나 망가졌는지? 그럼 내 딸은? 내 딸이 겪은 건?"

"리나는 내 친구였어요. 로즈 씨, 내 친구였다고요. 그해 여름에 누군가를 잃은 사람이 당신 혼자는 아니에요."

그의 표정이 약간 변하더니 눈매가 부드러워지고 이마에 들어갔던 힘이 풀린다. 갑자기 내가 열두 살짜리 아이로 돌아간 것처럼 나를 바라본다. 어쩌면 어느 날 저녁 캠프가 끝나고 내가 집에 벌컥 들어갔을 때 우리 집 부엌에서 엄마가 우리를 서로 소개했을 때처럼 내가 로즈 씨라고 말해서 그런지도 모른다. 나는 엄마랑 이렇게 가까이 붙어 있는 땀투성이의 더러운 남자가 도대체 누굴까 혼란스러웠다. 어쩌면 내가 그녀의 이름을 말해서인지도 모른다. 리나. 그가 그 이름을, 너무나 달콤해서 나무껍질에서 혀로 뚝뚝 떨어지는 수액 같은 맛이 나는 그 이름을 소리 내어 말하는 것을 들어 본 지 얼마나 오래되었을까. 나는 이 일시적인 변화를 이용하려 애쓰며 계속 말한다.

"리나한테 일어난 일은 정말 유감이에요. 정말이에요. 저는 매일 리나를 생각해요." 내가 한 걸음 물러나 거리를 두면서 말한다.

그가 한숨을 쉬고 드릴을 든 손을 다리 옆으로 내린다. 그가 옆으로 돌아서서 블라인드 바깥의 무언가를 물끄러미 보자 눈빛이 아련해진다.

"어떤 느낌인지 생각해 봤니? 나는 밤중에 잠도 안 자고 생각해. 상상을 하면서. 끙끙 앓으면서." 버트 로즈가 마침내 묻는다.

"저도 늘 그래요. 리나가 무엇을 겪었을지 상상도 안 돼요."

"아니." 버트 로즈가 고개를 저으며 말한다. "걔 얘기가 아니야. 리나 얘기가 아니야. 목숨을 잃으면 어떨까 궁금한 적은 없어. 솔직히 난 죽어도 상관없다."

그가 고개를 돌려 나를 본다. 눈은 다시 잉크처럼 새까맣고 텅 비었고, 부드러움의 흔적은 완전히 사라지고 없다. 다시 그 표정, 단조롭고 무감정하고 무심한 표정이다. 새까만 벽에 걸린 텅 빈 가면처럼 인간으로 보이지 않을 정도다.

"네 아빠 얘기를 하는 거야. 목숨을 빼앗는 얘기를 하는 거라고."

25

엔진의 굉음이 들리고 그의 차가 후진으로 연석을 넘어 진입로에서 빠져나갈 때까지 나는 움직이지 않는다. 나는 꼼짝도 않고 서서 그의 차가 멀어지는 소리가 저 멀리 희미해지다가 마침내 침묵이 내려앉을 때까지 귀를 기울인다.

내가 널 정말 못 알아본다고 생각하니, 클로이?

그의 말이 나를 가두었고 그가 고개를 돌려 내 눈을 바라보는 순간 나는 꼼짝도 못하게 되었다. 나는 아빠가 밤에 삽을 어깨에 걸치고 뒷마당으로 몰래 들어오는 모습을 보았을 때처럼 마비되었다. 나는 뭔가 잘못된 것을, 끔찍한 것을 목격하고 있음을 알았다. 위험한 것을. 소리를 지르며 도망쳐야 한다는 것을 알았다. 팔을 휘두르며 열린 문을 통해 전속력으로 달려 나가야 한다는 것을 알았다. 하지만 아빠의 느릿느릿하고 육중한 발걸음이 나를 사로잡았듯이 버트 로즈의 시선이 내 넋을 빼앗고 내 발을 바닥에 묶었다. 그의 목소리가 뱀처럼 내 몸을 휘감으며 놔주지 않았다. 소금물처럼 진했다. 그것으로부터, 그로부터 도망치려 애쓰는 것은 무겁고 걸쭉한 진흙이 자꾸 발목을 붙잡는 습지를 달리는 느낌이었다. 앞으로 나아가려고 애를 쓸수록 더 지치고 힘이 빠진다. 더 깊이 가라앉는다.

나는 그가 정말로 갔다는 확신이 들 때까지 조금 더 기다렸다가 천천히 한 걸음 내딛는다. 뒤꿈치에 실린 무게 때문에 발밑에서 나무가 삐걱거린다.

개 얘기가 아니야. 리나 얘기가 아니야. 목숨을 잃으면 어떨까 궁금한 적은 없어.

천천히 조심스럽게 한 걸음 더 내딛는다. 그가 아직도 열려 있는 현관문 뒤에 숨어서 습격할 때를 기다리고 있는 것처럼.

네 아빠 얘기를 하는 거야. 목숨을 빼앗는 얘기를 하는 거라고.

나는 마지막 한 걸음을 내디뎌 현관문을 쾅 닫고 빗장을 지른 다음 등으로 나무문을 세게 민다. 몸이 심하게 떨리고 집이 더 환해지기 시작한다. 나는 예상치 못했던 아드레날린 폭주가 가라앉았을 때 우리의 몸을 덮치는 그 오싹한 느낌, 움찔거리는 손가락, 얼룩덜룩한 시야, 거친 호흡에 맞서 싸운다. 나는 벽에서 미끄러져 내려와 바닥에 앉아서 머리카락 사이로 양손을 밀어넣고 울음을 터뜨리지 않으려고 애쓴다.

마침내 나는 머리 위 벽에 설치되어 환하게 빛나는 보안 패널을 올려다본다. 나는 일어나서 키패드에 비밀번호를 입력하고 활성화를 누른 다음 작은 자물쇠 아이콘이 빨간색에서 초록색으로 바뀌는 것을 지켜본다. 나는 한숨을 내쉬지만 아무 소용 없다는 느낌이 드는 건 어쩔 수 없다. 내가 아는 한 버트 로즈는 제대로 설치하지 않았다. 창문을 몇 개를 건너뛰고 해제 비밀번호를 설정했다. 대니얼이 보안 시스템을 설치하려 한 것은 나에게 더 안전한 느낌을 주고 싶어서였지만 지금 나는 그 어느 때보다 더 무섭다.

경찰에 알려야 한다. 더 이상 미룰 수 없다. 버트 로즈는 내가 누구인지 알 뿐만 아니라 어디에 사는지도 안다. 내가 혼자 있다는 걸 안다. 어쩌면 내가 자기를 캐고 다닌다는 사실까지 알지도 모른다. 실종 소녀 수사에 또다시 끼어들고 싶지 않지만 이 만남이야말로 내가 찾던 또 다른 증거였다. 내 삶과 내가 이렇게 어른이 된 것에 대한 그의 분노, 사람을 죽이면 어떤 느낌일까 하는 그의 호기심은 사실상 유죄 인정인 동시에 폭력을 저지르겠다는 인정이나 다름없었다. 나는 떨리는 손으로 뒷주머니에서 휴대폰을 꺼내 통화 목록을 띄우고 오늘 아침에 화면에 떴던 번호, 레이시 데클러의 죽음이라는 나의 가장 큰 두려움을 확인해 주었던 번호를 톡 친다. 나는 전화벨 소리를 들으면서 지금부터 나눌 대화에 대비하여 마음을 다잡는다. 내가 그토록 피하고 싶었던 대화였다.

벨소리가 뚝 멈추고 반대편에서 누군가 말한다.

285

"토머스 형사입니다."

"안녕하세요, 형사님. 클로이 데이비스예요."

"데이비스 박사님. 무슨 일이세요? 뭐 다른 기억이라도 떠올랐습니까?" 그가 깜짝 놀란 목소리로 묻는다.

"네, 기억났어요. 만날 수 있을까요? 최대한 빨리요."

"물론이죠." 반대편에서 사락거리는 소리가 난다. 무슨 종이를 넘기고 있는 것 같다. "경찰서로 오실 수 있습니까?"

"네." 내가 다시 말한다. "네, 갈 수 있어요. 금방 갈게요."

나는 전화를 끊고 복잡한 마음으로 열쇠를 챙겨 밖으로 나가서 현관문이 잠겼는지 재차 확인한다. 그런 다음 차에 올라 시동을 건다. 토머스 형사는 나에게 경찰서로 가는 길을 가르쳐 줄 필요가 없었다. 난 어디로 가야 하는지 이미 안다. 배턴루지 경찰서에 가본 적이 있지만 형사에게 내 정체를 밝힐 때 그때의 과거까지 끌려 나오지는 않기만을 바란다. 그럴 일은 없지만 가능성이 아예 없는 것도 아니다. 그 이야기가 나와도 내가 할 수 있는 일은 애써 설명하는 것밖에 없다.

나는 방문자 주차장에 차를 세우고 시동을 끈 다음 눈앞의 출입구를 빤히 본다. 이 건물은 10년 전과 똑같다. 조금 더 낡았을 뿐이다. 관리가 덜 됐다. 밝은 갈색 벽돌은 아직도 황갈색이지만 모서리 부분의 페인트가 갈라지고 크게 벗겨져 떨어진 페인트가 콘크리트 바닥에 쌓여 있다. 조경은 듬성듬성하고 갈색이고, 경찰서와 바로 옆 상점가를 나누는 철망 울타리는 휘어서 건들거린다. 나는 차에서 내려 문을 닫고 마음이 바뀌기 전에 얼른 안으로 들어간다.

나는 정면 카운터로 다가가서 깨끗한 플라스틱 칸막이 앞에 서서 데스크에 앉은 여자가 매니큐어를 바른 손톱으로 키보드 치는 모습을 바라본다.

"안녕하세요." 내가 끼어든다. "마이클 토머스 형사님이랑 약속이 있는데요?"

여자가 플라스틱 칸막이 뒤에서 나를 보며 뺨 안쪽을 씹는다. 내 말을 믿을지 말지 고민하는 것 같다. 집에서는 경찰에게 다 털어놔야 한다고 확고하게 결심했지만 이 안에 들어오자마자 결심이 증발했기 때문에 말이 질문처럼 나와 버렸다.

"형사님한테 문자를 보낼 수도 있어요." 내가 핸드폰을 들고서 나를 들여보내는 것이 좋다고 그녀와 나 자신을 설득하려 애쓰며 말한다. "제가 왔다고 전해 주세요."

그녀가 잠시 나를 보더니 수화기를 들고 내선 번호를 누른 다음 수화기를 어깨와 턱 사이에 끼우고 계속 타자를 친다. 수화기 너머 벨이 울리고 토머스 형사가 대답하는 소리가 들린다.

"누가 찾아오셨는데요." 여자가 말한다. 그녀가 눈썹을 치켜올리고 나를 본다.

"클로이 데이비스."

"클로이 데이비스라는 분이에요." 그녀가 따라 말한다. "약속이 있다네요."

그녀가 금방 전화를 끊고서 금속 탐지기와 짜증나고 피곤해 보이는 보안 직원이 지키고 있는 내 오른쪽 문을 가리킨다.

"들어오시래요. 금속이나 전자 기기는 전부 통에 넣으세요. 오른쪽 두 번째 방입니다."

경찰서 안으로 들어가니 토머스 형사의 사무실 문이 살짝 열려 있다. 나는 고개를 살짝 들이밀고 나무문을 가볍게 두드린다.

"들어오세요." 그가 책상 너머로 나를 보며 말한다. 책상에는 각종 서류와 마닐라 폴더, 뜯어져서 속포장지가 반쯤 비어져 나온 솔틴 크래커 상자, 과자 부스러기가 어질러져 있다. 그가 내 시선을 따라가더니 고개를 숙이고 속포장지를 상자에 넣은 다음 뚜껑을 닫는다.

"죄송합니다, 지저분해서."

"괜찮아요." 내가 이렇게 말하고 안으로 들어가서 등 뒤로 문을 닫는다. 내가 잠시 서 있자 그가 자기 맞은편 의자를 가리킨다. 나는 서로의 역할이 반대였던 이번 주 초를 생각하며 자리에 앉는다. 그때는 내가 내 사무실에서 내 책상 뒤에 앉아 그에게 내가 가리키는 곳에 앉으라고 손짓했다. 내가 한숨을 내쉰다.

"그럼, 무슨 기억이 떠올랐죠?" 그가 탁자 위에 손을 포개며 말한다.

"먼저, 질문이 있어요. 오브리 그라비노. 그 애가 발견되었을 때 액세서리가 있었나요?"

"그게 무슨 상관인지 모르겠군요."

288

"상관있어요. 그러니까 제 말은, 그 대답에 따라서 상관이 있을지도 몰라요."

"기억난 걸 먼저 말씀해 주시죠. 그런 다음 같이 생각해 봅시다."

"아니요." 내가 고개를 젓는다. "아뇨, 이 이야기를 하기 전에 확실히 알아야겠어요. 정말 중요한 문제예요, 장담할게요."

그가 잠시 나를 보면서 자기 선택지를 잰다. 그런 다음 짜증 났다는 티를 내려고 크게 한숨을 쉬고 책상에 놓인 폴더를 뒤적거린다. 그가 폴더를 하나 집어서 열더니 서류를 몇 장 넘긴다.

"아니요, 발견되었을 때 액세서리는 하고 있지 않았습니다. 공동묘지의 시체 근처에서 귀걸이 한 짝이 발견됐어요. 진주 하나와 다이아몬드 세 개가 달린 순은 제품이네요."

그가 '이제 만족하십니까?'라고 묻는 것처럼 나를 올려다보며 눈썹을 치켜올린다.

"그럼, 목걸이는 없었군요?"

그가 내 눈을 잠시 바라보더니 아래를 내려다본다.

"네, 목걸이는 없었습니다. 귀걸이뿐이었어요."

나는 한숨을 쉬며 머리카락 사이로 손가락을 밀어 넣는다. 그는 다시 조심스럽게 나를 보며 내가 무슨 말을 하기를, 뭐든지 하기를 기다린다. 나는 의자에 기대어 앉아 내뱉는다.

"그 귀걸이는 세트의 일부예요. 납치 당시 귀걸이와 한 세트인 목걸이를 하고 있었을 거예요. 어느 사진을 봐도 그 목걸이를 귀걸이랑 같이 하고 있어요. 실종 포스터, 졸업앨범, 페이스북에 태그된 사진, 전부 다요. 귀걸이를 했다면 목걸이도 분명 같이 했을 거예요."

그가 폴더를 책상에 내려놓는다.

"어떻게 아시죠?"

"확인해 봤어요. 이 정보를 알려 드리기 전에 먼저 확실히 확인하고 싶었어요."

"좋습니다. 그런데 이게 왜 중요하다고 생각하시죠?"

"레이시도 액세서리를 하고 있었으니까요. 기억나세요?"

"맞습니다. 팔찌를 하고 있었다고 말씀하셨죠."

"금속 십자가가 달린 팔찌예요. 상담실에서 손목에 하고 있는 걸 봤어요. 흉터를 가리려고 차고 있었죠. 하지만 오늘 아침에 시체를 봤을 때는… 없었어요."

불편할 만큼 조용하다. 토머스 형사는 나를 계속 빤히 보고 있는데, 내 말에 대해서 생각하고 있는지 내 정신 건강을 의심하고 있는지 모르겠다. 나는 말이 빨라진다.

"살인범이 희생자의 액세서리를 가져가는 것 같아요, 기념품으로요. 저희 아빠가 그랬었기 때문에 따라 하는 것 같아요. 리처드 데이비스, 아시죠. 브로브리지의 살인범."

나는 퍼즐 조각이 맞춰지는 순간 그가 어떻게 반응하는지 지켜본다. 누군가 내 정체를 깨달을 때마다 항상 똑같다. 표정이 눈에 띄게 풀렸다가 턱이 긴장된다. 마치 테이블 건너편의 나에게 달려들지 않으려면 신체적으로 억제해야 한다는 듯이. 우리 두 사람의 똑같은 성(姓), 비슷한 이목구비. 약간 크고 굽은 내 코가 아빠랑 닮았다는 이야기를 들었는데, 지금까지는 내 얼굴에서 가장 마음에 안 드는 부분이다. 허영심 때문이 아니라 거울을 볼 때마다 우리가 같은 DNA를 가지고 있음을 끊임없이 상기시키기 때문이다.

"당신이 클로이 데이비스군요. 딕 데이비스의 딸." 그가 말한다.

"네, 맞아요."

"아, 당신 기사를 읽은 것 같습니다." 그가 손가락으로 나를 가리키고 흔들면서 기억을 되살린다. "난⋯ 난 연결 짓지를 못 했네요."

"네, 몇 년 전에 나왔죠. 잊고 계셨다니 마음이 놓이네요."

"이번 사건들이 어떤 식으로든 당신 아버지의 사건들과 연결되어 있는 것 같다는 겁니까?"

그는 여전히 믿을 수 없다는 표정으로, 내가 카펫 위를 둥둥 떠다니는 유령이라도 되는 것처럼, 내가 진짜인지 모르겠다는 듯이 빤히 보고 있다.

"처음에는 몰랐어요. 하지만 다음 달이면 20주년이 되고, 아빠의 희생자 중 한 명의 아버지가 여기 배턴루지에 살고 있다는 사실을 최근에 알게 됐어요. 버트 로즈 말이에요. 그리고 그는⋯ 화가 나 있어요. 전과도 있고요. 아내를 목 졸라 죽이려고 했는데⋯."

"모방 범죄라고 생각하는 겁니까?" 그가 끼어든다. "피해자의 아버지가 모방범이 되었다고요?"

"전과가 있어요." 내가 같은 말을 반복한다. "그리고… 우리 가족이요. 그 사람은 우리 가족을 증오해요. 그러니까, 이해할 만은 하죠. 하지만 오늘 우리 집에 찾아왔는데, 불같이 화를 내서 저는 너무 불안해서…."

"말도 없이 집으로 찾아왔습니까? 어떤 식으로든 당신을 위협했나요?" 그가 똑바로 앉아서 펜을 찾는다.

"아니요, 말도 없이 온 건 아니에요. 그 사람은 보안 시스템 설치 기사인데, 제 약혼자가 설치해 달라고 전화를 걸어서…."

"그럼 그 사람을 당신 집으로 부른 거군요?" 그가 다시 의자에 기대어 앉아 펜을 내려놓는다.

"제 말 좀 그만 끊으실래요?"

내 말이 의도했던 것보다 더 크게 나오는 바람에 토머스 형사가 깜짝 놀라 충격과 불쾌함이 뒤섞인 표정으로 나를 바라보고, 사무실에 불편한 침묵이 자리를 잡는다. 나는 입술을 깨문다. 저 표정이 싫다. 전에도 저런 표정을 본 적 있다. 쿠퍼에게서 봤다. 그리고 바로 여기, 바로 이 건물에서 경찰관과 형사 들에게서도 봤다. 내 안전에 대한 걱정이 아니라 내 정신 상태에 대한 걱정이 맨 처음으로 슬쩍 비치는 표정. 그러면 내 말을 믿지 않는다는 느낌이 들어서 천천히 하던 내 말이 점점 더 빨라지고 점점 통제할 수 없게 되어 곧 아무 의미도 없어진다.

"죄송해요." 내가 한숨을 쉬며 말한다. 억지로 침착함을 되찾는다. "죄송하지만, 제 말을 안 들으시는 것 같아서요. 오늘 레이시의 시체를 보고 중요할지도 모르는 것이 생각나면 말해 달라고 하셨잖아요. 그래서 제가 중요하다고 생각하는 걸 말씀드리는 거예요."

"알겠습니다, 알겠어요. 당신 말이 맞아요. 미안합니다. 계속해요." 그가 양손을 들며 말한다.

"감사합니다." 내가 어깨에서 힘이 빠지는 것을 느끼며 말한다. "아무튼. 버트 로즈는 현재 사건이 일어나고 있는 지역에 살면서 액세서리에 대해서 아는 몇 안 되는 사람 중 하나예요. 아마 유일할 거예요. 게다가 20년 전에 우리 아빠가 자기 딸을 살해했던 것과 같은 방식으로 이 여자애들을 살해할 동기가 있어요. 무시할 수 없는 우연이에요."

"당신이 생각하는 그 사람의 동기가 정확히 뭡니까? 그가 이 여자애들을 압니까?"

"아니요. 그러니까, 저도 모르겠어요. 아마 모를 거예요. 하지만 그걸 알아내는 게 경찰이 할 일 아닌가요?"

토머스 형사가 눈썹을 치켜올린다.

"죄송해요." 내가 다시 말한다. "그냥… 들어 보세요. 뭐든 동기가 될 수 있잖아요, 안 그래요? 복수일지도 모르죠. 내가 아는 여자애들을 노려서 나를 괴롭히거나, 딸이 죽었을 때 자기가 느꼈던 고통을 똑같이 느끼게 만드는 거요. 눈에는 눈인 거죠. 아니면 슬퍼서, 통제력을 느끼고 싶어서, 학대당한 사람이 학대자가 되는 그 말도 안 되는 이유 때문일지도 모르고요. 어쩌면 한 수 보여 주려는 건지도 몰라요. 그냥 아픈 걸지도 모르고요, 형사님. 20년 전에도 버트 로즈를 최고의 아버지라고 할 순 없었거든요. 아시겠어요? 전 어렸지만 그 사람에 대해서 어떤 느낌이 들었어요. 뭔가 이상하다는 느낌이요."

"좋습니다. 하지만 느낌은 동기가 아니에요."

"좋아요, 그럼 이런 동기는 어때요? 오늘 그 사람은 저한테 리나가 죽은 이후 다른 사람의 목숨을 빼앗으면 어떤 느낌일까 계속 생각하게 되었다고 말했어요. 도대체 누가 그런 말을 하죠? 자기 딸이 살해당했는데 목숨을 빼앗는 게 어떤 느낌일까 상상하는 사람이 어디 있어요? 반대가 되어야 하는 거 아닌가요? 그 사람은 잘못된 대상에게 감정을 이입하고 있어요."

토머스 형사가 잠시 침묵하더니 다시 한숨을 쉰다. 이번에는 자포자기하는 소리처럼 들린다.

"좋습니다. 그래요, 그 사람을 조사해 보겠습니다. 동의합니다. 알아볼 가치가 있는 우연이에요."

"고마워요."

내가 의자에서 일어나려고 할 때 형사가 다시 나를 본다. 그의 입술에 의문이 비친다.

"하나만 얼른 여쭤볼게요, 데이비스 박사님. 박사님 말씀으로는 이 사람, 이…."

그가 종이를 내려다 보지만 아무것도 적혀 있지 않다. 나는 짜증이 울화처럼 목에서 끓어오르는 것을 느낀다.

"버트 로즈요. 적어 두세요."

"네, 버트 로즈라고요." 그가 이렇게 말하고 구석에 이름을 적은 다음 동그라미를 두 번 친다. "특별히 당신이 아는 여자애들을 노리고 있을지도 모른다고 하셨는데요."

"네, 어쩌면요. 제 사무실이 어딘지 안다고 인정했거든요. 어쩌면 그래서 레이시를 납치했을지도 몰라요. 저를 지켜보다가 레이시가 나오는 걸 봤겠죠. 저희 사무실 뒷골목에 버린 것도 제가 시체를 발견하고 액세서리가 사라진 걸 알아차리면 예전 사건과 연결시킬 수 있을지도 몰라서였을 거예요. 인정하지 않을 수 없게 만들려고요. 아직도 여자애들이 죽어가는 건 전부 다…."

내가 말을 멈추고 침을 삼킨다. 그리고 억지로 말을 내뱉는다.

"저희 아빠 때문이라고 말이에요."

"좋습니다." 그가 펜으로 종이 모서리를 따라 선을 그으며 말한다. "좋아요, 그럴 가능성도 있지요. 그렇다면 당신과 오브리 그라비노의 관계는 정확히 뭐죠? 그 애를 어떻게 아십니까?"

나는 그를 빤히 본다. 뺨이 뜨겁게 타오른다. 타당한 질문이다. 지금까지 스스로에게 물어볼 생각을 미처 못했다. 나는 오브리의 시체가 발견되기 직전에 그 자리에 있었지만 그건 우연이었고, 그다음으로 레이시가 우리 상담실에서 나간 날 사라지면서 사건은 전혀 달라졌다. 하지만 오브리와 나의 실제 관계를 보자면… 생각나는 것이 없다. 뉴스에서 오브리의 사진을 처음 봤을 때 어딘가에서, 어쩌면 꿈에서 본 적이 있는 것처럼 왠지 익숙한 느낌이 들었다. 하지만 온갖 십 대 소녀들이 일주일에 한 번씩 내 상담실로 찾아오기 때문이라고, 십 대 아이들은 전부 비슷비슷해 보이기 때문이라고 일축했다.

하지만 이제는 단순히 그런 이유가 아닐지도 모른다는 생각이 들기 시작한다.

"저는 오브리를 몰라요. 지금은 아무 관계도 생각나지 않네요. 계속 생각해 볼게요." 내가 인정한다.

"알겠습니다." 그가 여전히 나를 주의 깊게 바라보며 고개를 끄덕인다. "좋습니다, 데이비스 박사님. 와 주셔서 감사합니다. 이쪽으로 더 알아보고 새로운 사실이 밝혀지면 바로 알려 드리죠."

나는 의자에서 억지로 일어나 밖으로 나가려고 뒤를 돈다. 이 사무실이 갑갑하게 느껴진다. 닫힌 문과 닫힌 창문, 표면이란 표면마다 높다랗게 쌓인 잡동사니 때문에 손에서 땀이 나고 가슴 속에서 심장이 세차게 뛴다. 나는 얼른 문으로 가서 손잡이를 잡는다. 아직도 내 등에 파고드는 그의 시선이 느껴진다. 그가 지켜보고 있다. 토머스 형사는 내 이야기를 믿지 않는 것이 분명하다. 나는 이 충격적인 소식이 적어도 버트 로즈에게 스포트라이트를 비추기를, 경찰이 그를 빈틈없이 지켜봐서 그가 어둠 속에 숨는 것이 더 어려워지기를 바랐다.

하지만 그 대신 이제 경찰이 나를 겨냥하는 느낌이 든다.

26

집으로 돌아오니 벌써 늦은 오후다. 복도로 들어가자 새로 설치한 알람 시스템이 삑삑 소리를 내는 바람에 가슴이 철렁 내려앉는다. 나는 문을 닫자마자 경보 시스템을 다시 작동시키고 경보음을 최대로 조정한다. 그런 다음 집을 둘러본다. 조용하고 고요하다. 아무리 애를 써도 어디를 보든 버트 로즈의 존재가 느껴진다. 그의 목소리가 텅 빈 복도에 울리는 것 같고, 모퉁이마다 그의 새까만 눈이 나를 훔쳐보고 있다. 심지어 그의 냄새가, 그가 우리 집 안을 돌아다니면서 내 벽을 만지고, 내 창문을 살펴보고, 다시 한번 내 삶에 들어왔을 때 풍겼던 사향 같은 땀 냄새와 술 냄새가 약간 섞인 그 냄새가 난다.

나는 부엌으로 가서 아일랜드 식탁 앞에 앉아 카운터에 가방을 올려놓고 조수석 사물함에서 가져온 자낙스를 꺼낸다. 약병을 손에 쥐고 살짝 흔들면서 안에서 굴러다니는 알약 소리에 귀를 기울인다. 오늘 아침 시체 안치소에서 나온 순간부터 자낙스가 간절히 필요했다. 겨우 몇 시간 전의 일이다. 내 차에 앉아 있을 때 레이시의 푸르뎅뎅한 시체가 자꾸 떠올라 약을 든 손이 떨렸다. 하지만 그 뒤로 얼마나 많은 일이 있었는지, 그것이 꼭 전생의 일 같다. 나는 뚜껑을 돌려 열고 손바닥에 약을 한 알 올려놓고서 또 다시 전화가 방해하지 않도록 얼른 입에 넣고 물도 없이 삼킨다. 그런 다음 냉장고를 흘끔 보니 종일 거의 아무것도 못 먹었다는 사실이 떠오른다.

나는 아일랜드 식탁 앞에서 벌떡 일어나 냉장고로 가서 문을 열고 서늘한 스테인리스스틸에 몸을 기댄다. 벌써 기분이 나아지기 시작한다. 나는 경찰에게 버트 로즈에 대해서 말했다. 토머스 형사는 별로 설득당한 것 같지 않지만 나는 할 수 있는 일을 했다. 이제 그는 버트 로즈를 조사할 것이다. 당연히 버트를, 그의 움직임을, 그의 패턴을 지켜볼 것이다. 그가 어떤 집을 방문하는지 확인할 것이고, 그중 한 곳에서 또 다른 여자애가 실종되면 깨달을 거다. 그는 내가 옳았음을 알게 될 거고, 더 이상 나를 미친 사람처럼 보지도 않을 것이다. 내가 뭔가를 숨기기라도 한 것처럼 말이다.

어제 먹고 남은 연어가 보여서 나는 용기를 꺼내 뚜껑을 열고 전자레인지에 넣는다. 곧 부엌에 각종 향신료 냄새가 차오른다. 점심이라기엔 너무 늦은 시각이었기 때문에 이른 저녁인 셈 친다. 그러면 어제 연어랑 잘 어울렸던 카베르네 와인을 한 잔 마셔도 아무 문제가 되지 않는다. 나는 와인 보관장으로 가서 잔을 꺼내고 루비처럼 빨간 와인을 가득 따라 길게 한 모금 마신 다음 나머지를 마저 따르고 병을 재활용품 통에 던져 넣는다.

바 의자를 꺼내기도 전에 주먹을 쥐고 문을 요란하게 쾅쾅 두드리는 소리에 손이 나도 모르게 가슴으로 올라간다. 곧이어 익숙한 목소리가 들린다.

"클로, 나야. 들어간다."

잠금장치에 열쇠를 넣는 소리, 빗장이 딸깍 벗겨지는 낮은 소리가 들린다. 돌아가는 손잡이를 보다가 문득 경보가 생각난다.

"안 돼, 기다려!" 내가 소리치고 문으로 달려간다. "쿱, 들어오지 마. 잠깐 기다려."

문이 활짝 열리기 직전에 내가 키패드에 비밀번호를 입력한다. 문이 열려서 내가 포치 쪽으로 고개를 돌리자 오빠가 놀란 눈으로 나를 빤히 본다.

"경보 장치 달았어? 열쇠를 돌려받고 싶으면 그냥 말을 하지." 오빠가 와인 병을 들고 '환영합니다'라고 적힌 발매트에 가만히 선 채 묻는다.

"하하, 웃기다. 이제부터는 우리 집에 올 때 미리 연락해야 돼. 아니면 이게 경찰을 부르거든." 내가 미소를 짓는다.

키패드를 톡톡 치고 쿱에게 안으로 들어오라고 손짓한 다음 아일랜드 식탁으로 가서 시원한 대리석에 기댄다.

"그리고 오빠가 무단침입하면 내가 핸드폰으로 볼 수 있지."

내가 핸드폰을 들어 흔들어 보여 준 다음 구석에 설치된 카메라를 가리킨다.

"진짜 녹화되고 있는 거야?" 그가 묻는다.

"당연하지."

내가 핸드폰 보안 앱을 열어서 쿠퍼에게 보여 준다. 그가 내 핸드폰 화면 정중앙에 서 있다.

"허." 쿠퍼가 이렇게 말하고 돌아서서 카메라를 향해 손을 흔든다. 그가 나를 바라보며 싱긋 웃는다.

"게다가 말이야. 내가 오빠를 사랑하긴 하지만 이제 이 집에 나 혼자 사는 게 아니거든."

"그래그래. 말이 나와서 말인데, 네 약혼자는 어디 있냐?" 쿠퍼가 바 의자 끝에 걸터앉으며 말한다.

"출장 갔어. 일 때문에."

"주말에?"

"일이 많잖아."

"흠." 쿠퍼가 테이블 위에 메를로 병을 놓고 빙글빙글 돌리며 말한다. 부엌 조명 아래에서 액체가 반짝이며 벽에 피처럼 빨간 그림자를 드리운다.

"쿠퍼, 그러지 마. 지금은 싫어." 내가 말한다.

"안 했어."

"하려고 했잖아."

"넌 신경 안 쓰여?" 그가 묻는다. 지금 쿠퍼가 입 밖으로 꺼내지 않으면 직접 뚫고 나올 것처럼 다급하고 절박한 말이다. "이렇게 자주 집을 비우는데? 내 말은, 모르겠다, 클로. 난 네가 항상 주변에서 널 안전하게 지켜 주는 사람이랑 함께할 거라고 늘 상상했어. 네가 겪은 일들을 생각하면 넌 그럴 자격이 있어. 누가 곁에 있어야 해."

"대니얼이 곁에 있어. 그가 날 안전하게 지키고 있어." 내가 이렇게 말하고 와인 잔으로 손을 뻗어 길게 한 모금 마신다.

"그러면 경보 장치는 왜 달았는데?"

나는 이 말에 어떻게 대답할까 생각하면서 홈이 팬 유리를 손톱으로 톡톡 친다.

"대니얼 생각이었어. 알겠어? 여기 없을 때에도 날 안전하게 지켜 주잖아." 마침내 내가 말한다.

"그래, 그러든가." 쿠퍼가 한숨을 쉬며 바 의자에서 일어난다. 그가 주류 보관장으로 가서 와인 따개를 집어 들고 자기가 가져온 와인 병을 딴다. 나는 예상하고 있었지만 펑 소리에 움찔 놀란다. "아무튼, 술 마시자고 할 생각이었는데 넌 벌써 시작한 것 같네."

"왜 왔어? 나랑 또 말싸움하러 온 거야?"

"아니, 네가 내 여동생이라서 왔어. 네가 걱정돼서 온 거야. 잘 지내는지 확인하고 싶었어."

"음, 난 잘 지내. 뭐라고 해야 할지 정말 모르겠다." 내가 이렇게 말하고 어깨를 으쓱한다.

"요즘 어떻게 견디고 있어?"

"뭘 말이야?"

"왜 이래. 알잖아."

내가 한숨을 쉰다. 나는 눈을 깜빡이며 텅 빈 거실을, 갑자기 너무 편안하고 유혹적으로 보이는 소파를 바라본다. 어깨에서 약간 힘을 뺀다. 너무 긴장했다. 나는 긴장하고 있다.

"자꾸 기억이 떠올라. 당연한 일이지만." 내가 술을 한 모금 더 마시며 말한다.

"그래. 나도 마찬가지야."

"가끔은 뭐가 현실이고 뭐가 현실이 아닌지 판단하기가 힘들어."

되돌릴 새도 없이 말이 튀어나온다. 그 말이, 내가 삼키려고 그토록 애썼던 고백이 아직도 혀끝에서 느껴진다. 존재 자체도 잊으려던 말. 나는 반으로 확 줄어든 와인 잔을 내려다보고 오빠를 다시 본다.

"그냥 너무 익숙해. 비슷한 점이 너무 많아. 우연이 지나친 것 같지 않아?"

쿠퍼가 나를 본다. 입술이 살짝 벌어진다.

"어떤 점이 비슷한데?"

"잊어버려. 아무것도 아니야."

"클로이." 쿠퍼가 나를 향해 몸을 숙이며 말한다. "저건 뭐야?"

그의 시선을 따라가니 카운터에 아직 놓여 있는 자낙스 통이, 알약이 잔뜩 든 작은 주황색 병이 보인다. 나는 내 와인 잔을, 손가락 한 마디만큼 남아 있는 액체를 다시 내려다본다.

"저거 먹었어?"

"뭐? 아니야. 아냐, 내 거 아니야…."

"대니얼이 저걸 너한테 준 거야?"

"아니야, 대니얼이 안 줬어. 왜 그런 말을 해?"

"병에 대니얼 이름이 적혀 있잖아."

"대니얼의 약이니까 그렇지."

"그럼 대니얼은 출장 갔는데 왜 뚜껑이 열린 채 저기 놓여 있어?"

우리 두 사람 사이에 침묵이 내려앉는다. 나는 창밖을, 넘어가기 시작하는 태양을 흘깃 본다. 밤의 소음이 시작된다. 매미의 비명과 귀뚜라미의 재잘거림과 어둠 속에서 점차 살아나는 온갖 짐승들의 소리. 밤의 루이지애나는 시끄럽지만 나는 조용할 때가 더 좋다. 조용하면 모든 것이 다 들리기 때문이다. 멀리 숨죽인 숨소리, 마른 나뭇잎 깊숙이 빠지는 발소리. 흙바닥에서 삽을 끄는 소리.

"이게 걱정이었어. 넌 과거의 경험이 있잖아. 대니얼이 온갖 약을 이 집으로 들고 들어오는 건 안전하지 않아." 쿠퍼가 크게 한숨을 쉬며 양손으로 머리카락을 쓸어 넘긴다.

"온갖 약이라니 무슨 소리야?"

"대니얼은 제약회사 영업사원이야. 서류 가방이 쓰레기 같은 약으로 가득하다고."

"그래서 뭐? 나도 약을 구할 수 있어. 처방할 수 있다고."

"본인한테는 처방 못 하잖아."

눈물이 차올라 눈이 따끔거린다. 나는 대니얼이 이런 비난을 받게 만들고 싶지는 않지만 다른 설명이 떠오르지 않는다. 쿠퍼에게 내가 대니얼의 이름으로 약을 처방받았다고 말하지 않고 빠져나갈 방법이 없다. 그래서 나는 입을 다문다. 쿠퍼가 그렇게 믿도록 놔둔다. 나는 내 약혼자에 대한 쿠퍼의 불신이 더 깊어지도록, 더 요란하게 끓어오르도록 둔다.

"너랑 싸우려고 온 거 아니야." 쿠퍼가 바 의자에서 일어나 나를 향해 걸어오며 말한다. 그런 다음 나를 꼭 껴안는다. 오빠의 팔은 두껍고 따뜻하고 익숙하다.

"사랑해, 클로이. 네가 왜 이러는지 알아. 난 그냥 네가 그만두기를 바랄 뿐이야. 도움을 받으면 좋겠어."

눈물 한 방울이 탈출해서 뺨을 타고 흐르며 소금기를 남기는 것이 느껴진다. 눈물은 쿠퍼의 다리에 떨어져 작고 어두운 얼룩을 남긴다. 나는 입술을 꽉 물고 다른 눈물이 떨어지지 않도록 애쓴다.

"도움은 필요 없어. 알아서 할 수 있어." 내가 손바닥으로 양쪽 눈을 누르며 말한다.

"기분 나쁘게 해서 미안. 그냥… 너와 약혼자의 관계 말이야.

305

건전해 보이지 않아."

"멀쩡해. 오빠 이제 그만 가는 게 좋겠어." 내가 그의 어깨에서 고개를 들고 손등으로 뺨을 닦으며 말한다.

쿠퍼가 머리를 갸웃한다. 이번 주에만 벌써 두 번째로 오빠 대신 대니얼을 선택하겠다고 위협하고 있다. 약혼 파티 날 집 뒤쪽 포치에 서 있을 때가 생각난다. 내가 오빠에게 했던 최종 경고.

난 오빠가 결혼식에 참석하면 좋겠어. 하지만 오빠가 오든 안 오든 결혼식은 진행될 거야.

하지만 쿠퍼의 상처받은 눈빛을 보니 이제 알겠다. 오빠는 내 말을 믿지 않았다.

"오빠가 노력하고 있다는 거 알아. 그리고 무슨 말인지도 알아. 정말이야. 오빠는 나를 보호하려는 거지, 날 아끼니까. 하지만 내가 뭐라고 말하든 오빠가 보기에 대니얼은 충분하지 않을 거야. 대니얼은 내 약혼자야. 난 다음 달에 그와 결혼해. 그러니까 오빠한테 대니얼이 충분하지 않다면 나도 충분하지 않은 거겠지."

쿠퍼가 손바닥으로 손가락을 말아 쥐며 한 걸음 물러난다.

"난 그냥 널 도우려는 거야. 널 보살피는 거야. 그게 내 일이야. 난 네 오빠잖아."

"그건 오빠 일이 아니야. 더 이상은 아냐. 이제 그만 가 봐."

쿠퍼가 잠시 나를 바라보고, 그의 시선이 나와 카운터에 놓인 알약 사이를 오간다. 오빠가 팔을 내민다. 나는 오빠가 약통을 잡으려 한다고, 빼앗아 가려 한다고 생각하지만 그게 아니다. 쿠퍼는 우리 집 여분 열쇠가 달린 열쇠고리를 나에게 주려고 한다. 내가 오빠에게 열쇠를 주었던 때가 떠오른다. 몇 년 전 처음 이 집으로 이사를 왔을 때 나는 오빠에게 열쇠를 주고 싶었다. 오빠는 언제든지 환영이야. 우리가 내 방 매트리스에 다리를 꼬고 앉아 있을 때 내가 말했다. 침대 머리판을 조립하느라 둘 다 이마가 땀으로 축축했고, 바닥에는 중국음식 포장 용기가 쓰러져 있었다. 기름 묻은 국수 때문에 단단한 목재에 얼룩이 생겼다. 게다가 내가 집을 비울 때 화분에 물을 줄 사람이 필요하거든. 나는 지금 오빠의 검지에서 달랑거리는 열쇠를 빤히 본다. 나는 열쇠를 차마 받을 수가 없다. 한 번 받으면 그걸로 끝이라는 걸 알기 때문이다. 돌려줄 수 없기 때문이다. 쿠퍼가 카운터에 열쇠고리를 조심스레 내려놓고 돌아서서 문밖으로 걸어 나간다.

나는 열쇠를 빤히 보면서 그것을 집어 들고 밖으로 달려 나가 쿠퍼의 손에 다시 쥐어 주고 싶은 충동과 싸운다. 그 대신 나는 열쇠와 자낙스를 집어서 가방에 던져 넣은 다음 문 앞으로 가서 경보를 설정한다. 그런 다음 아직 거의 가득 찬 쿠퍼의 와인 병을 들고 한 잔 더 따라서 술잔과 차갑게 식은 연어를 들고 거실로 돌아가서 소파에 앉아 TV를 켠다.

오늘 있었던 일을 전부 떠올리자마자 녹초가 된다. 레이시의 시체를 보고, 에런을 만나고, 대니얼과 싸우고, 버트 로즈와 만나고, 토머스 형사를 찾아가서 전부 다 털어놓고. 오빠와의 말다툼, 오빠가 약을 봤을 때 그 눈에 떠오른 걱정, 혼자 부엌 아일랜드 식탁에서 술을 마시는 나를 오빠가 보던 순간.

갑자기 나는 피곤하기보다 너무 외로워진다.

내가 핸드폰을 들고 화면을 건드리자 환하게 밝아진다. 대니얼에게 전화를 할까 생각하지만 그가 어느 5성급 이탈리아 식당에서 와인을 한 병 더 주문하는 모습이, 그가 딱 한 병만 더 마시자고 말하자 왁자하게 퍼지는 웃음이 그려진다. 그는 아마 파티의 중심인물일 것이다. 농담을 던지고 사람들의 어깨를 붙잡는 사람일 것이다. 그렇게 생각하자 나는 더욱 외로워져서 핸드폰 화면을 밀어 올려 연락처를 띄운다.

맨 위에 또 다른 이름이 보인다. 에런 잰슨.

에런한테 전화하면 되겠네. 내가 생각한다. 그를 만난 다음에 무슨 일이 있었는지 전부 얘기해 줄 수 있다. 아마 익숙하지 않은 도시에 혼자 왔으니 아무것도 안 하고 있을 거다. 어쩌면 나랑 똑같을지도 모른다. 반쯤 취해 소파에 앉아서 쫙 편 다리 사이에 먹다 남은 음식을 놓고 있을지도 모른다. 손가락이 그의 이름 위를 맴돌지만 누르기 전에 화면이 꺼진다. 나는 잠시 앉아서 생각한다. 머리가 약간 뿌옇다. 두꺼운 양모 담요로 감싼 것 같다. 나는 전화하지 않기로 마음을 정하고 전화기를 내려놓는다. 그리고 눈을 감는다. 버트 로즈가 우리 집 현관 앞에 나타났다고 얘기하면 그가 어떻게 반응할까 상상한다. 내가 버트 로즈를 집

안에 들었다고 털어놓자 그가 수화기 너머에서 고함을 치는 장면이 떠오른다. 에런이 걱정하리란 생각이 들자 살짝 웃음이 난다. 나를 걱정하는 거다. 하지만 그런 다음 나는 버트 로즈를 돌려보내고, 토머스 형사에게 전화를 하고, 경찰서에 찾아갔다고 말할 것이다. 우리 대화를 한 단어 한 단어 빠짐없이 얘기해 준 다음 에런이 나를 자랑스러워하리란 사실을 알고 다시 미소를 지을 것이다.

나는 눈을 뜨고 연어를 한 입 더 먹는다. 내가 씹는 소리에 집중하기 시작하자 꾸준히 흘러나오는 TV 소리가 더 멀게 느껴진다. 포크가 음식 용기에 챙 부딪치는 소리. 나의 세찬 숨소리. 텔레비전 화면에 비치는 영상이 점점 흐릿해지고, 나는 와인을 한 모금 한 모금 마실수록 눈꺼풀이 더 무거워지는 것을 깨닫는다. 곧 팔다리가 찌릿거린다.

난 이 정도는 누릴 자격이 있어. 내가 소파로 더 깊이 내려앉으며 생각한다. 잠을 잘 자격이 있어. 쉴 자격이 있어. 그냥 지친 거야. 너무, 너무 지쳤어. 긴 하루였어. 나는 방해받지 않으려고 핸드폰 전원을 끄고 배에 올려놓은 다음 먹던 음식을 커피 테이블로 치운다. 와인을 한 모금 더 마시다가 턱에 살짝 떨어지는 것을 느껴진다. 그런 다음 아주 잠시 눈을 감고 잠 속으로 빠져드는 나를 느낀다.

잠에서 깨보니 바깥은 아직 어둡다. 내가 어디 있는지 모르겠다. 나는 소파에 누운 채 눈꺼풀을 파닥거리다가 눈을 뜬다. 반쯤 빈 와인 잔이 팔과 배 사이에 아직 끼워져 있다. 기적적으로 쏟지는 않았다. 나는 자리에 일어나 앉아서 시간을 보려고 핸드폰 화면을 건드리지만 곧 꺼 놨다는 사실을 기억해 낸다. 눈을 가늘게 뜨고 텔레비전을 본다. 뉴스 방송의 시계를 보니 막 열 시가 지났다. 칠흑같이 까만 거실에 으스스한 파란빛만이 약간 번득이고 있어서 리모컨으로 손을 뻗어 TV를 끈 다음 소파에서 몸을 일으킨다. 손에 들린 와인 잔을 보고 남은 와인을 마신 다음 커피 테이블에 올려놓고, 위층으로 올라가 침대에 쓰러진다.

나는 매트리스에 푹 빠지고, 곧 꿈을 꾼다. 어쩌면 기억인지도 모른다. 둘 다인 것 같다. 낯설면서도 익숙하다. 나는 열두 살이고, 책을 읽을 때 앉는 구석 자리에 앉아 있다. 내 방은 칠흑같이 까맣고 작은 독서등만이 내 얼굴을 아주 살짝 비춘다. 내가 무릎에 놓인 책을 눈으로 훑으며 페이지에 적힌 글에 푹 빠져 있는데 바깥에서 무슨 소리가 들려서 집중이 깨진다. 창밖을 보니 멀리서 어떤 형체가 어둠을 틈타 우리 마당을 가로지른다. 형체는 우리 땅 바로 뒤쪽 숲에서 나왔다. 양쪽으로 몇 킬로미터나 이어지는 습지의 입구를 둘러싼 숲이다.

나는 눈을 가늘게 뜨고서 형체를 바라보고, 곧 그것이 누군가의 몸이라는 사실을 깨닫는다. 다 큰 어른이 뭔가를 끌고 있다. 그 소리가 뒷마당을 가로질러 살짝 열린 창문을 통해 들어오고, 곧 나는 그것이 금속이 땅에 끌리는 소리임을 깨닫는다.

삽이다.

형체가 내 방 창문으로 다가오자 나는 유리창에 얼굴을 딱 붙이고 책 귀퉁이를 접어 내려놓는다. 아직 어둡다. 나는 아직도 그 사람의 얼굴이나 이목구비를 파악하려고 애쓰고 있다. 형체가 조금씩 다가와 이제 내 방 창문 거의 바로 아래에 서 있고, 투광 조명이 켜지자 나는 어느새 눈을 가늘게 뜨고 갑자기 환해진 빛을 바라보고 있다. 손으로 얼굴을 가리고서 눈을 적응시키려 애쓰고 있다. 손을 떼자 혼란이 밀려온다. 내 방 창문 아래에 서 있는 사람에게 빛이 쏟아져서 이제 쉽게 알아볼 수 있다. 처음 생각했던 것과 달리 남자가 아니다. 내 기억과 달리 우리 아빠가 아니다.

이번에는 여자다.

그녀가 하늘을 향해 고개를 들고 나를 본다. 내가 거기 있다는 사실을 알고 있었던 것만 같다. 우리의 눈이 마주치고, 처음에 나는 그녀를 알아보지 못한다. 어딘가 익숙해 보이지만 왜 그런지 모르겠다. 나는 그녀의 이목구비를 따로따로 살펴보고, 드디어 깨닫는다. 얼굴에서 핏기가 싹 가신다.

내 방 창문 아래 서 있는 여자는 바로 나다.

열두 살짜리 내가 스무 살 많은 나의 눈을 바라보자 공포가 가슴을 가득 채운다. 눈이 새까맣다. 버트 로즈의 눈 같다. 나는 눈을 몇 번 깜빡인 다음 그녀의 손에 들린 삽을, 빨간 액체로 뒤덮인 삽을 내려다본다. 마음 한구석에서는 그것이 피라는 것을 알고 있다. 서서히 그녀의 입술에 미소가 떠오르고, 나는 비명을 지른다.

나는 몸을 벌떡 일으킨다. 온몸이 땀투성이고 아직도 온 집에 비명이 울리고 있다. 하지만 그 순간 나는 깨닫는다. 나는 비명을 지르고 있지 않다. 입을 벌린 채 헐떡이고 있지만 아무 소리도 나오지 않는다. 지금 들리는 소리는 다른 곳에서 나고 있다. 크고 새된 소리다. 사이렌에 가깝다.

경보다. 내 경보다. 경보가 울렸다.

버트 로즈가 불쑥 떠오른다. 그가 내 집에 들어와서 내 창문에 센서를 붙이고 나를 향해 드릴을 겨누었던 기억이 떠오른다. 그의 경고를 기억한다.

목숨을 잃으면 어떨까 궁금한 적은 없어.

목숨을 빼앗는 얘기를 하는 거라고.

나는 아래층에서 미친 듯이 울리는 발소리를 듣고 침대에서 벌떡 일어난다. 그는 아마 경보를 해제하려고, 위층으로 올라와 그 여자애들의 목을 조른 것처럼 내 목을 졸라서 내 폐에서 마지막 남은 생명까지 짜내기 전에 그 소리를 멈추려고 애쓰고 있을 것이다. 나는 벽장으로 달려가 문을 활짝 열고 대니얼이 총을 넣어 둔 상자를 찾아 바닥을 미친 듯이 더듬는다. 나는 총을 쏴본 적이 한 번도 없다. 총을 어떻게 쓰는지 전혀 모른다. 하지만 총이 장전된 상태로 여기에 있으니 버트가 내 방으로 들어왔을 때 내 손에 그 총이 쥐어져 있으면 그래도 맞서 싸울 가능성이 있다는 느낌이 들 것 같다.

내가 바닥에 어질러진 빨랫감을 내던지는데 계단을 올라오는 발소리가 들린다. 빨리. 내가 속삭인다. 빨리, 어디 있지? 나는 신발 상자를 몇 개 들어서 뚜껑을 열지만 신발만 들어 있어서 옆으로 던진다. 이제 발소리가 더 가까워지고, 더 커진다. 경보가 아직 온 집에 울리고 있다. 이웃 사람들이 분명 깼을 거다. 이런 짓을 저지르고 무사히 도망칠 수는 없다. 경보가 이렇게 요란하게 울리는데 나를 죽일 순 없다. 그래도 나는 계속 총을 찾고, 마침내 한쪽 구석에 치워진 상자에 손이 닿는다. 내가 상자를 잡아서 끌어당겨 살펴본다. 보석함 같다. 대니얼이 왜 보석함을 가지고 있지? 하지만 상자가 길고 홀쭉한 것이 권총 크기랑 비슷해 보여서 나는 재빨리 뚜껑을 연다. 닫힌 방문 뒤에서 어떤 사람의 존재가 느껴진다.

뚜껑이 열린 채 무릎에 놓인 상자를 보자 숨이 목에 걸린다. 상자 안에 권총은 없지만 훨씬 더 무시무시한 것이 들어 있다.

끝에 진주 하나가 달려 있고 그 위에 작은 다이아몬드가 세 개 붙어 있는 기다란 은 목걸이다.

27

"클로이!"

문밖에서 누군가의 목소리가 들린다. 비명을 지르는 경보 소리 때문에 겨우 들린다. 내 이름을 부르고 있지만 나의 시선은 여전히 손에 들린 상자에서 떨어지지 않는다. 내가 찾아낸, 벽장 깊숙이 처박혀 있던 상자. 오브리 그라비노의 목걸이가 조심스럽게 들어 있는 상자. 갑자기 주변에서 소용돌이치던 소리가 증발하고, 나는 열두 살로 돌아가 부모님의 침실에 앉아서 빙글빙글 도는 자그마한 발레리나를 바라보고 있다. 그 음악 소리가, 죽은 소녀들에게서 떼어낸 액세서리 더미를 멍하니 바라보는 나를 최면에 빠뜨렸던 리드미컬한 자장가가 들리는 것만 같다.

"클로이!"

내가 시선을 들자 방문이 끼익 열린다. 나는 본능적으로 상자를 닫고 벽장 깊이 밀어 넣은 다음 옷으로 덮는다. 내가 무기가 될 만한 무언가를, 뭐라도 찾아서 주변을 둘러보는데 어떤 남자의 다리가 방으로 들어서고, 곧 그의 몸이 따라온다. 나는 곧 버트 로즈의 죽은 눈과 나를 내리치는 쭉 뻗은 팔이 보일 거라고 너무나도 굳게 믿은 나머지 모퉁이를 돌아 바닥에 웅크린 나를 내려다보는 대니얼의 얼굴을 알아보지도 못한다.

"클로이, 세상에! 뭐 하는 거야?"

"대니얼?" 내가 바닥에서 일어나 그를 향해 달려가다가 목걸이를 떠올리고서 멈춘다. 누가 넣어 둔 게 아니라면 그 목걸이가 도대체 어떻게 우리 벽장에 들어왔을까 생각한다…. 내가 넣어 두지 않았다는 건 안다. 그래서 나는 주저한다.

"당신 여기서 뭐 해?"

"전화했었어. 이 빌어먹을 장치는 어떻게 끄는 거야?" 그가 소리친다.

나는 눈을 몇 번 깜빡인 다음 그를 옆으로 밀치고 계단을 달려 내려가 번호를 힘껏 눌러 경보를 끈다. 귀가 멀 것처럼 시끄럽던 사이렌이 사라지고 이제 정적이 내려앉는다. 뒤쪽 계단에서 나를 바라보는 대니얼의 시선이 느껴진다.

"클로이, 벽장에서 뭐 하고 있었어?"

"총을 찾고 있었어. 오늘 돌아오는지 몰랐어. 내일 온다고 했잖아." 내가 속삭인다. 너무 무서워서 돌아볼 수가 없다.

"전화했었는데 꺼져 있더라. 그래서 메시지 남겼는데."

그가 계단을 내려와 다가오는 소리가 들린다. 돌아서야 한다는 것을 안다. 그를 마주 봐야 한다. 하지만 지금 그를 볼 수가 없다. 무엇이 드러나 있을지 너무 두려워서 그의 표정을 차마 볼수가 없다.

"밤새 집을 비우긴 싫었어. 당신이 있는 집으로 돌아오고 싶었어."

내 허리를 감는 그의 팔이 느껴지고, 그가 내 어깨에 자기 코를 묻고 천천히 숨을 들이마신 다음 내 목에 입을 맞추자 나는 입술을 깨문다. 그에게서… 다른 냄새가 난다. 땀 냄새와 꿀, 바닐라 향수가 섞인 냄새 같다.

"놀라게 했다면 미안해. 보고 싶었어." 그가 말한다.

나는 침을 꿀꺽 삼킨다. 그의 말을 듣자 몸에 힘이 들어간다. 이른 저녁에 약을 먹고 느꼈던 고요함은 완전히 증발해 버렸고, 놀랄 정도의 힘으로 가슴에 부딪치는 내 심장이 느껴진다. 대니얼도 그것을 느꼈는지 나를 더 꼭 껴안는다.

"나도 보고 싶었어." 달리 무슨 말을 해야 할지 몰라서 나도 이렇게 속삭인다.

"침대로 돌아가자. 깨워서 미안해." 그가 내 셔츠 위에 손을 올리고 배를 어루만지며 말한다.

"괜찮아." 내가 그에게서 떨어지려 애쓰며 말한다. 하지만 내가 떨어지기 전에 대니얼이 나를 휙 돌려 자신을 마주 보게 만들고 나를 더 꼭 껴안으며 내 귀에 입술을 세차게 누른다. 뺨에 그의 숨이 뜨겁게 느껴진다.

"클로이, 겁낼 거 없어. 내가 있잖아." 그가 속삭이며 손가락으로 내 머리를 쓸어 넘긴다.

아빠의 입에서 똑같은 말이 나왔던 것을 떠올리자 턱에 힘이 들어간다. 자갈길을 달려 현관 앞 계단을 뛰어 올라가서 양팔을 벌린 아빠의 품에 달려들던 나. 나를 꼭 안아 주던 아빠. 따뜻하고 안전하게 나를 보호해 주던 아빠가 내 귀에 속삭였다.

내가 있잖아. 내가 있잖아.

대니얼은 나에게 늘 그랬다. 온기와 안전함. 나를 바깥세상뿐만 아니라 나 자신으로부터 지켜 주던 존재. 하지만 지금 이 순간 그의 품에 갇혀 있으니 그의 뜨거운 숨결 때문에 목에 닭살이 돋는다. 우리 벽장 깊숙이 숨겨진 죽은 소녀의 목걸이. 나는 이 남자에게 내가 늘 생각했던 것보다 더 많은 면이 숨겨져 있는 게 아닐까 생각하기 시작한다. 내가 누군가와 친밀해져서 이런 의문이 들었을 때를 떠올린다. 이 사람은 뭘 숨기고 있을까? 나한테 말하지 않은 게 뭘까?

나는 지금까지 오빠가 했던 모든 경고를 생각한다.

1년 만에 사람을 알아봤자 얼마나 알겠어?

대니얼이 나를 놔주더니 어깨를 잡고 나를 보며 미소를 짓는다. 피곤해 보인다. 피부가 평소와 달리 늘어지고 머리카락이 헝클어졌다. 오늘 밤 그가 뭘 하고 있었을까, 왜 이런 모습일까 생각한다. 얼굴을 살피는 내 시선을 알아차렸는지 대니얼이 손으로 자기 얼굴을 쓸어 눈꺼풀을 감긴다.

"긴 하루였어. 운전도 많이 했고. 샤워하고 올게, 이제 자자."
그가 한숨을 쉬며 말한다.

나는 고개를 끄덕이고 그가 돌아서서 계단을 올라가는 모습을 바라본다. 나는 샤워기를 트는 소리가 들릴 때까지 가만히 있다가 물소리가 들린 다음에야 한숨을 쉬고, 꽉 쥐고 있던 주먹을 푼다. 그를 따라 올라가서 우리가 같이 쓰는 침대 시트 안에 들어가 누에고치처럼 몸을 최대한 동그랗게 만다. 대니얼이 샤워를 마치고 나오자 나는 잠든 척하며 그의 맨살이 내 살에 닿을 때나 그의 손이 내 목덜미를 주무를 때 움찔거리지 않으려고 애쓴다. 잠시 후 대니얼이 이불 밖으로 나가 발뒤꿈치를 들고 침실을 가로지른 다음 벽장문을 닫을 때에도.

28

나는 베이컨 기름이 튀는 소리와 복도에 울려 퍼지는 에타 제임스의 굵은 목소리에 잠을 깬다. 언제 잠들었는지 기억이 나지 않는다. 나는 잠들지 않으려고 무척 애를 썼다. 내 몸에 걸쳐진 대니얼의 묵직한 팔이 시체 운반용 부대처럼 나를 조이는 느낌이었다. 하지만 어쩔 수 없었을 것이다. 나는 영원히 졸음과 싸울 수는 없었다. 특히 그가 집에 오기 전에 먹은 진정제 칵테일을 생각하면 더욱 그렇다. 나는 침대에 일어나 앉아서 머릿속의 고요한 쿵쾅거림을 무시하려고 애쓴다. 눈이 부어서 시야는 초승달 모양의 구멍 두 개에 불과하다. 방을 둘러본다. 그는 여기 없다. 대니얼은 늘 그렇듯 아래층에서 아침 식사를 만들고 있다.

나는 이불에서 빠져나와 계단을 몰래 내려가서 그의 콧노래 소리를 듣는다. 그 소리를 들으며 그가 진짜 아래층에 있다는 사실을 확인한다. 아마도 깅엄 체크무늬 앞치마를 두르고 바쁘게 움직이며 작은 그림이 새겨진 초콜릿 칩 팬케이크를 뒤집고 있을 것이다. 이쑤시개로 수염을 그린 고양이나 웃는 얼굴, 불룩한 하트. 나는 살금살금 계단을 다시 올라 침실로 돌아가서 벽장문을 연다.

어젯밤에 발견한 목걸이는 오브리 그라비노의 것이었다. 한 점의 의심도 없다. 오브리의 실종 포스터 사진에서 봤을 뿐만 아니라 한 세트인 귀걸이도 보았다. 내 손에 귀걸이를 들고서 세 개의 다이아몬드와 꼭대기의 진주를 자세히 보았다. 나는 빨랫감을 헤치기 시작한다. 이제 와인과 자낙스가 완전히 배출되어서 머리가 덜 뿌옇다. 나는 에런에게 말했던 사람들의 목록을 다시 떠올린다. 아빠가 가져와서 벽장 깊숙이 숨겨 놓은 액세서리에 대해서 아는 사람들.

우리 가족, 경찰, 희생자의 부모님들.

그리고 대니얼. 내가 대니얼에게 말했다. 그에게 전부 이야기했다.

나는 대니얼을 목록에 포함시킬 생각도 못 했다…. 그럴 이유가 어디 있을까? 내가 왜 약혼자를 의심할까? 그 질문에 대한 답은 아직 모르겠지만 찾아내야 한다.

나는 루이지애나 주립 대학 스웨트셔츠를 상자 위로 던졌던 기억이 나서 셔츠를 들고 상자를 잡으려고 손을 뻗는다…. 하지만 없다. 상자가 없다. 나는 빨랫감을 더 치우고 쌓인 옷을 잡고

서 옆으로 던진다. 청바지나 엉킨 벨트나 한 짝만 떨어져 있는 신발 밑에서 상자가 만져지기를 바라며 팔로 바닥을 쓴다.

하지만 만져지지 않는다. 보이지 않는다. 없다.

나는 다시 두 발을 딛고 선다. 뱃속이 철렁 내려앉는다. 분명히 봤다. 상자를 집어서 내 손으로 잡고 뚜껑을 열어 안에 든 목걸이를 본 기억이 난다. 하지만 어젯밤에 대니얼이 침대에서 일어나 벽장문을 닫는 소리를 들었던 기억도 난다. 어쩌면 그때 대니얼이 상자도 가져갔을지 모른다. 다른 곳에 숨겼을지도 모른다. 아니면 오늘 아침 일찍 일어나서 내가 잠든 사이에 옮겼을지도 모른다.

나는 천천히 숨을 내쉬며 계획을 세우려고 애쓴다. 목걸이를 찾아야 한다. 그게 왜 우리 집에 있는지 알아야 한다. 이 증거를 경찰서에 가져가서 대니얼을 고발할 생각을 하니 뱃속이 요동친다. 어찌나 우스운지, 정말 웃을 수 있을 것만 같다. 하지만 그냥 무시할 수는 없다. 못 본 척할 수 없다. 어젯밤 대니얼한테서 향수 냄새를 맡지 않은 척할 수도 없고, 땀으로 축축하게 젖은 그의 옷깃을 몰랐던 척할 수도 없다. 갑자기 또 다른 기억이 떠오른다. 오빠. 어젯밤, 약병을 바라보던 오빠의 지긋지긋하다는 눈빛.

서류 가방이 쓰레기 같은 약으로 가득하다고.

나는 레이시의 부검을, 그녀의 굳은 팔다리를 쿡쿡 찌르던 검시관을 다시 떠올린다.

모발에서 상당량의 디아제팜이 검출되었습니다.

대니얼에게 그 약이 있었을 것이다. 그에게 기회가 있었을 것이다. 대니얼은 혼자서 며칠씩 모습을 감춘다. 나는 대니얼이 내가 몰랐거나 기억하지 못하는 출장이라며 집을 비웠던 때를 전부 떠올린다. 그럴 때마다 나는 대니얼에게 캐묻는 대신 잊고 있었다며 나 자신을 탓했다. 나는 어제 버트 로즈에 대한 정보를 가지고 토머스 형사를 찾아갔는데, 그건 지금 이것보다 훨씬 약한 정보였다. 스스로에게 솔직해지자면 그것은 상황과 의심, 약간의 히스테리에서 만들어진 가설이었다. 하지만 이건… 이건 의심이 아니다. 히스테리도 아니다. 이건 확실한 증거 같다. 내 약혼자가 해서는 안 될 일, 끔찍한 일과 어떤 식으로든 연관이 있다는 확실하고 구체적인 증거.

나는 자리에서 일어나 벽장문을 닫고 침대 모서리에 걸터앉는다. 프라이팬을 싱크대에 내놓느라 달그락 거리는 소리, 뜨거운 표면에 수돗물을 뿌리자 김이 피어오르는 소리가 들린다. 나는 무슨 일이 벌어지고 있는지 알아야 한다. 나를 위해서가 아니라면 그 여자애들을 위해서라도. 오브리를 위해서, 레이시를 위해서, 리나를 위해서. 목걸이를 찾지 못하면 다른 것을 찾아야 한다. 나를 답으로 이끌어 줄 무언가를.

나는 대니얼과 대면할 준비를 하고 계단을 다시 내려간다. 모퉁이를 돌자 부엌에 선 그가 보인다. 대니얼은 우리가 식사를 하는 구석의 작은 식탁에 팬케이크와 베이컨 두 접시를 내려놓고 있다. 아일랜드 식탁에 커피의 김이 모락모락 나는 머그잔 두 개와 옆면에서 물이 뚝뚝 떨어지는 오렌지 주스 피처가 놓여 있다.

일주일 전만 해도 나는 이것이 카르마라고 생각했다. 최악의 아빠 대신 완벽한 약혼자를 만났다고. 하지만 지금은 잘 모르겠다.

"안녕." 내가 문 앞에 서서 말한다. 그가 고개를 들고 미소를 떠올린다. 진짜 미소 같다.

"안녕, 어젯밤에 참 재미있었지?" 대니얼이 머그잔을 잡으며 말한다. 그가 나에게 다가와 잔을 건네고 정수리에 입을 맞춘다.

"응, 미안해." 내가 그의 입술이 닿았던 곳을 긁으며 말한다. "약간 충격을 받았었나 봐. 경보음 때문에 깼는데 아래층에 있는 사람이 당신인지 몰랐거든."

"그래, 나도 진짜 끔찍해. 나 때문에 죽을 만큼 놀랐지." 그가 아일랜드 식탁에 몸을 기대며 말한다.

"응, 약간." 내가 말한다.

"적어도 경보기가 잘 작동하는 건 확인했잖아."

"그러네." 나는 애써 미소를 짓는다.

대니얼에게 할 말을 찾느라 애쓴 것이 처음은 아니지만 보통은 무슨 말을 해도 부족한 것 같아서였다. 무슨 말을 해도 내 감정이 얼마나 깊은지, 내가 그토록 짧은 시간에 그에게 얼마나 푹 빠졌는지 전달하지 못하는 것 같았다. 하지만 지금은 그 이유가 너무나도 달라서 받아들이기 힘들다. 이 일이 정말로 일어나고 있다니 믿기가 힘들다. 아주 잠깐 동안 시선이 카운터에 놓인 내 가방으로, 그 안에 들어 있는 자낙스 병으로 향한다. 나는 와인을 두 잔 마시기 전에 먹었던 알약을, 구름 사이로 떨어지는 것처럼 소파 깊숙이 가라앉았던 것을, 경보기가 비명을 지르며 살아나기 전까지 꾸었던 기억 같은 꿈을 떠올린다. 나는 이와 비슷한 일이 마지막으로 벌어졌던 대학 시절을 생각한다. 내가 마지막으로 약과 술을 무모하게 섞어서 먹었던 때. 나는 토머스 형사가 어제 오후 자기 사무실에서 나를 빤히 본 것처럼, 또 쿠퍼가 그랬던 것처럼 그 당시 내 정신과 내 기억의 타당성에 말없이 의문을 제기하며 나를 빤히 보던 경찰을 생각한다. 나의 타당성에 대해서 말이다.

나는 목걸이를 본 것이 상상이었을지도 모른다고 잠시 생각한다. 처음부터 거기 없었다고, 어쩌면 예전에 자주 그랬던 것처럼 과거와 현재가 뒤섞여서 혼란을 일으켰을지도 모른다고.

"당신, 나한테 화났지." 대니얼이 식탁으로 걸어와 자리에 앉으며 말한다. 그가 맞은편 의자를 가리키자 나는 순순히 핸드폰을 카운터에 내려놓고 자리에 앉아 음식을 내려다본다. 맛있어 보이지만 배가 안 고프다.

"그렇다고 당신을 탓할 순 없지. 내가 집을… 자주 비웠으니까. 이런 일들이 일어나고 있는데 당신만 한가운데 내버려두고 말이야."

"이런 일들이 뭔데?" 내가 갈색 반죽에서 비죽 튀어나온 초콜릿 칩을 뚫어져라 보면서 묻는다. 나는 포크를 들고 초코 칩을 찔러 입에 넣고 이빨로 긁어낸다.

"결혼식 말이야. 계획을 세워야 할 게 많으니까. 그리고 알잖아, 뉴스에 나온 사건도 있고."

"괜찮아. 당신 바쁜 거 아니까."

"하지만 오늘은 안 바빠." 그가 접시에 놓인 팬케이크와 베이컨을 잘라서 한 입 먹으며 말한다. "오늘은 나 안 바빠. 오늘 난 당신 거야. 그리고 우리에겐 계획이 있지."

"그 계획이 정확히 뭔데?"

"깜짝 놀라게 해 줄게. 편하게 입어, 외출할 거야. 20분 안에 준비할 수 있어?"

나는 이게 과연 좋은 생각일까 잠시 망설인다. 내가 입을 열고 핑계를 대려고 하는데 카운터에 놓인 핸드폰 진동 소리가 들린다.

"잠시만." 나는 이렇게 말하고 의자를 뒤로 밀면서 대화를 멈출 핑계가 생겨서 다행이라고 생각한다. 카운터로 걸어가자 화면에 쿠퍼의 이름이 보이고 갑자기 어젯밤의 말다툼이 너무나 사소하게 느껴진다. 어쩌면 쿠퍼가 맞을지도 모른다. 어쩌면 지금까지 내내 쿠퍼는 내가 대니얼에게서 못 본 것을 봤는지도 모른다. 나에게 경고를 하려고 애쓴 것일지도 모른다.

너와 약혼자의 관계 말이야. 건전해 보이지 않아.

내가 손가락으로 화면을 쓸고 거실로 간다.

"헤이, 쿱. 전화해 줘서 고마워." 내가 낮은 목소리로 말한다.

"응, 나도. 있잖아, 클로이. 어젯밤 일은 미안한데….."

"괜찮아. 진짜야, 다 잊었어. 내가 과민반응 했지."

수화기 너머가 조용하다. 쿠퍼의 숨소리가 들린다. 빠르게 걷고 있는지 숨소리가 떨린다. 보도를 두드리는 발이 척추를 따라 진동을 전달한다.

"무슨 일 있어?"

"응, 일이 생겼어."

"뭔데?"

"엄마." 마침내 쿠퍼가 말한다. "아침에 리버사이드에서 전화가 왔어. 급한 일이래."

"뭐가 급한데?"

"엄마가 음식을 거부하시나 봐. 클로이, 엄마가 죽어가고 있대."

29

나는 5분도 안 돼서 현관문을 나선다. 신발도 신는 둥 마는 둥 진입로를 달리자 스니커즈 뒤쪽이 뒤꿈치에 파고들며 물집을 만든다.

"클로이!" 뒤에서 대니얼이 부른다. 그가 손바닥으로 문을 탁 치며 밀어서 연다. "어디 가?"

"엄마 때문에 가야 돼!" 나도 소리친다.

"어머니가 왜?"

대니얼 역시 서둘러 나오면서 머리에서부터 티셔츠를 끌어 내려 입는다. 나는 자동차 열쇠를 찾아서 가방을 뒤진다.

"아무것도 안 드신대. 며칠이나 안 드셨대. 나 가야 돼. 가 서…"

내가 말을 멈추고 양손을 얼굴을 묻는다. 지금까지 나는 엄마를 무시했다. 가렵지만 긁고 싶지 않은 상처처럼 대해 왔다. 그 가려움에, 엄마한테 집중하면 너무 힘들어서 다른 것에 집중할 수 없다고 생각했던 것 같다. 하지만 그 가려움을 무시하면 결국 아픔은 혼자 가라앉는다. 절대 사라지지 않겠지만 배경 소음처럼 신경이 덜 쓰일 것이다. 나는 그 상처가 아직 거기 있음을, 내가 허락하자마자 살갗을 간질일 준비를 하고 항상 거기 있을 것임을 안다. 갑자기 조용해진다. 아빠와 마찬가지로 엄마라는 현실은, 엄마가 자신에게, 그리고 우리에게 한 짓은 감당하기 너무 힘들었다. 나는 엄마가 사라지기를 바랐다. 하지만 절대로, 단 한 번도, 엄마가 진짜로 사라지면 어떤 느낌일지 생각해 보지 않았다. 엄마가 리버사이드의 그 곰팡내 나는 방에서 마지막 말을 하지도 못하고, 죽어가면서 드는 생각을 표현하지도 못하고 혼자 세상을 떠난다면? 내가 항상 알고 있었던 깨달음이 이제 실감 난다. 입과 코에 축축한 수건을 대고 숨을 쉬는 것처럼 답답하고 숨이 막힌다.

나는 엄마를 버렸다. 엄마가 혼자 죽게 내버려두었다.

"클로이, 잠깐만. 나랑 얘기 좀 해." 대니얼이 말한다.

"안 돼, 지금은 안 돼. 시간이 없어." 내가 고개를 저으면서, 다시 가방에 손을 넣으면서 말한다.

"클로이…."

뒤에서 금속이 짤랑거리는 소리가 들리자 내가 동작을 멈추고 천천히 뒤로 돈다. 대니얼이 내 키를 높이 들고 서 있다. 내가 열쇠를 잡으려고 손을 뻗자 대니얼이 뒤로 쓱 뺀다.

"나도 같이 가. 지금 당신은 내가 필요해." 그가 말한다.

"대니얼, 안 돼. 그냥 열쇠나 주고⋯."

"나도 갈 거야, 클로이! 협상은 없어. 차에 타."

나는 대니얼이 갑작스럽게 화를 내자 깜짝 놀라서 그를 본다. 붉게 물든 피부와 튀어나올 듯한 눈. 그러자 역시 갑자기 그의 표정이 바뀐다.

"미안해." 대니얼이 숨을 크게 내쉬고 나를 향해 손을 뻗으며 말한다. 그가 손을 잡자 내가 움찔한다. "클로이, 미안해. 하지만 나 좀 그만 밀어내. 내가 돕게 해 줘."

나는 대니얼을, 순식간에 완전히 바뀌는 그의 얼굴을 본다. 그의 찌푸린 눈썹에 맺힌 걱정을, 깊고 반짝거리는 이마의 주름을. 내가 항복의 뜻으로 손을 내린다. 나는 대니얼과 같이 가고 싶지 않다. 그와 죽어 가는 연약한 엄마가 한방에 있는 것이 싫지만 싸울 에너지가 없다. 싸울 시간이 없다.

"알았어, 빨리 가 줘."

주차장에 들어가자마자 쿠퍼의 차가 보인다. 나는 대니얼이 차를 세우기도 전에 뛰어내려 자동문을 지나 달려간다. 뒤에서 대니얼이 따라오는 소리가, 나를 따라잡으려 애쓰면서 스니커즈가 타일에 끼익 미끄러지는 소리가 들리지만 나는 기다리지 않는다. 나는 곧장 엄마의 방이 있는 복도로 들어가서 살짝 열린 문들, 텔레비전과 라디오와 혼잣말을 중얼거리는 입주민들의 조용한 웅얼거림을 지나쳐 달려간다. 엄마 방에 들어가자 침대 옆에 앉아 있는 오빠가 제일 먼저 보인다.

"쿱." 내가 오빠를 향해 달려가서 엄마의 침대에 쓰러지자 쿠퍼가 나를 끌어당겨 안는다. "엄마는 어떠셔?"

엄마를 보니 눈을 감고 있다. 안 그래도 가느다란 체구가 더 말라 보인다. 일주일 사이에 5킬로그램은 빠진 것 같다. 손목을 똑 부러질 것만 같고 뺨은 텅 빈 동굴 두 개에 휴지 조각처럼 얇은 피부를 걸쳐 놓은 것 같다.

"당신이 클로이군요."

방 한구석에서 들려오는 목소리에 내가 움찔 놀란다. 흰 가운을 입고 클립보드를 허리춤에 끌어안고 서 있는 의사를 미처 못 봤다.

"저는 글렌 박사라고 합니다. 리버사이드 당직 의사죠. 쿠퍼와는 아침에 통화했는데 당신은 초면인 것 같네요."

"네, 맞아요. 언제부터 이랬죠?" 내가 일어나지도 않고 말한다. 나는 엄마를, 부드럽게 오르락내리락하는 엄마의 가슴을 내려다본다.

"일주일 안 됐습니다."

"일주일이나요? 왜 우리는 이제야 알게 된 거죠?"

그때 복도에서 무슨 소리가 들려 셋이 고개를 돌린다. 대니얼이다. 그가 문간에 몸을 탁 부딪친다. 이마에서 흘러내리는 땀방울이 보이고, 그가 손등으로 땀을 닦는다.

"대니얼이 여기서 뭐 하는 거야?" 쿠퍼가 일어서려 하지만 내가 그의 다리에 손을 얹는다.

"괜찮아. 지금은 이러지 마." 내가 말한다.

"보통 이런 상황에 대처할 준비가 갖춰져 있습니다. 짐작하시겠지만 나이 많은 환자들에게는 꽤 흔한 일이죠." 의사가 대니얼과 우리를 번갈아 보며 말한다. "하지만 이 이상 지속되면 배턴루지 종합병원으로 이송해야 합니다."

"기저 원인이 뭔지 아시나요?"

"신체적인 건강은 괜찮습니다. 우리가 확인할 수 있는 한 음식을 거부하게 만드는 질병은 없어요. 그러므로 간단하게 말하자면 우리도 모릅니다. 지금까지 오랫동안 돌봐 왔지만 이러신 적은 한 번도 없었어요."

나는 엄마를, 목 부분의 축 처진 피부와 드럼 스틱처럼 튀어나온 쇄골을 바라본다.

"어느 날 아침에 잠에서 깬 다음 이제 그만 때가 되었다고 결심하신 것 같아요."

내가 답을 찾아서 쿠퍼를 흘깃 본다. 평생 동안 나는 쿠퍼의 표정 어딘가에서 내가 찾던 것을 늘 발견했다. 애써 미소를 지을 때 미세하게 꿈틀거리는 입술에서, 생각에 잠겨 입안을 씹을 때 살짝 들어가는 뺨에서. 텅 빈 시선밖에 보이지 않았던 때는 딱 한 번밖에 기억나지 않는다. 내가 쿠퍼를 보고 무서워서 가슴이 철렁 내려앉으며 '오빠도 어쩔 수 없구나' 하고 깨달았던 유일한 순간. 우리 거실 바닥에 다리를 꼬고 앉아 있을 때였다. TV 화면의 빛 때문에 우리의 눈이 반짝거렸고, 우리는 아빠가 발목에서 사슬을 철컹거리면서, 노트에 눈물을 딱 한 방울 떨어뜨리면서 자신의 어둠에 대해서 이야기하는 것을 듣고 있었다.

지금도 그때와 똑같다. 내 눈을 피하면서 앞만 보는 쿠퍼의 눈. 오빠는 대니얼의 눈을 뚫어져라 바라보고, 두 사람 모두 몸이 판자처럼 뻣뻣하다.

"어머님은 물론 의사를 표현하지 못하십니다." 글렌 박사가 방 안에 흐르는 긴장을 눈치채지 못한 채 말을 잇는다. "하지만 여러분이 오셔서 어떻게든 노력해 볼 수는 있지 않을까 바라고 있어요."

"네, 물론이죠." 내가 쿠퍼에게서 시선을 떼고 엄마를 내려다보며 말한다. 나는 엄마의 손을 꼭 잡는다. 처음에는 아무 움직임도 없지만 갑자기 가볍게 두드리는 것이 느껴진다. 엄마가 내 손목의 얇은 살갗에 손가락을 대고 천천히 움직인다. 나는 아주 약한 깜빡임 같은 움직임을 내려다본다. 엄마는 아직 눈을 감고 있지만 손가락을 움직이고 있다.

나는 쿠퍼를, 대니얼을, 글렌 박사를 본다. 아무도 알아차리지 못한 것 같다.

"잠시 엄마랑 단둘이 있어도 될까요? 부탁이에요." 내가 묻는다. 심장박동이 목에서 느껴진다. 땀 때문에 손바닥이 축축하지만 나는 엄마의 손을 놓지 않는다.

글렌 박사가 고개를 끄덕이고 말없이 엄마의 침대를 지나쳐 밖으로 나간다.

"잠깐 나가 줘. 둘 다." 내가 처음에는 대니얼을, 그다음에는 쿠퍼를 보며 말한다.

"클로이." 쿠퍼가 항변을 시작하지만 내가 고개를 젓는다.

"부탁이야. 몇 분만. 난, 알잖아…. 혹시 모르니까."

"그래, 네가 그러고 싶다면."

그러고는 쿠퍼가 자리에서 일어나 대니얼을 밀치듯 지나쳐서 한 마디 말도 없이 복도로 나간다.

이제 나는 엄마와 단둘이다. 지난번 우리의 만남이 머릿속으로 밀려들어 온다. 엄마에게 실종된 여자애들에 대해서, 예전 사건과 비슷한 점에 대해서 전부 털어놓았던 때. 데자뷔. 글렌 박사가 말한 시기가 정확하다면 엄마가 식사를 하지 않기 시작한 것은 그즈음이다.

내가 뭘 이렇게 걱정하는지 모르겠어요. 내가 말했었다. 아빠는 감옥에 있잖아요. 아빠가 연루될 수 있는 것도 아닌데.

내가 서둘러 나가기 전에, 우리의 면회가 짧게 끝나기 전에 엄마는 미친 듯이 손가락을 두드렸다. 나는 엄마가 의사를 표현할 수 있다고 생각했지만, 솔직히 나도 내가 정말 믿는지 확신이 없었기 때문에 쿠퍼에게도, 대니얼에게도, 누구에게도 말하지 않았다. 하지만 이제 궁금해진다.

"엄마, 내 말 들려요?" 내가 우스꽝스러우면서도 겁에 질린 기분으로 속삭인다.

톡.

내가 엄마의 손가락을 내려다본다. 손가락이 다시 움직인다. 나는 느낄 수 있다.

"지난번에 우리가 했던 이야기랑 상관이 있어요?"

톡, 톡.

나는 크게 숨을 내쉰다. 시선이 엄마의 손바닥에서 복도로 옮겨 간다. 문이 아직 열려 있다.

"살해당한 여자애들에 대해서 아는 거 있어요?"

톡, 톡, 톡. 톡, 톡.

나는 복도에서 시선을 떼고 다시 내 손을, 내 손바닥에서 미친 듯이 움찔거리는 엄마의 손가락을 본다. 우연일 리가 없다. 뭔가 의미가 있다. 나는 시선을 더 높이, 엄마의 얼굴로 옮기자마자 몸을 뒤로 휙 뺀다. 아드레날린과 공포가 치솟아서 나는 엄마의 손바닥에서 손을 떼고 믿을 수가 없어 입을 막는다.

엄마가 눈을 떴다. 나를 빤히 보고 있다.

30

대니얼과 나는 다시 차에 앉아 있다. 열린 창문을 통해 내가 그토록 간절히 바라던 신선한 공기를 들여보내는 부드러운 바람 소리를 빼면 조용하다. 엄마와 방에서 나눈 대화에 대한 생각을 멈출 수가 없다.

"철자를 알려 줄 수 있겠어요?" 내가 엄마의 크고 촉촉한 눈을 보면서 더듬더듬 말했다. 눈물이 풀잎에 맺힌 이슬방울처럼 엄마의 속눈썹에 매달려서 떨렸다. 나는 내 손 안에서 경련하듯 떨리는 엄마의 손가락을 내려다보았다.

"잠시만요."

나는 복도로 나가서 대기실에 고개를 들이밀었다. 대니얼과 쿠퍼가 의자 몇 개를 사이에 두고 말없이 뻣뻣하게 앉아 있었고, 두 사람 모두 나에게 등을 돌린 자세였다. 나는 복도를 지나 거실 구역으로 가서 테이블을 채운 낡은 책들을 뒤적였다. 좀약 냄새가 나고 책장이 갈색으로 물들어 있었다. 기증받았지만 아무도 보지 않는 DVD를 몇 장 옆으로 치우고 보드게임을 찾아냈다. 그런 다음 엄마 방으로 서둘러 돌아가서 주머니에서 작은 벨벳 주머니를 꺼냈다. 스크래블(알파벳 타일로 단어를 만드는 게임—옮긴이 주) 타일이었다.

"좋아요." 엄마의 이불에 타일을 던지자 약간 멋쩍은 기분이 들었다. 나는 타일을 일일이 뒤집어서 전부 알파벳이 보이게 놓았다. 이 방법이 통할지 알 수 없지만 그래도 시도해 봐야 했다. "제가 알파벳을 가리킬게요. 간단한 것부터 시작해요. 와이Y는 그렇다는 뜻이고 엔N은 아니라는 뜻이에요. 엄마가 원하는 타일을 내가 짚으면 톡 치세요."

나는 엄마의 침대에 늘어놓은 알파벳을 내려다보았다. 20년 만에 엄마랑 진짜 대화를 할지도 모른다고 생각하자 기분이 들뜨면서도 정신이 멍했다. 나는 심호흡을 한 다음 말을 시작했다.

"어떤 식인지 알겠어요?"

내가 엔N을 가리키자 아무 반응도 없었다. 그런 다음 와이Y를 가리켰다.

톡.

나는 크게 한숨을 내쉬었다. 심장이 빠르게 뛰었다. 엄마는 지금까지 내내 알고 있었다. 이해하고 있었다. 내 이야기를 듣고 있었다. 내가 엄마에게 이야기할 시간을 주지 않았을 뿐이다.

"살해당한 여자애들에 대해서 뭔가를 알아요?"

엔N. 아무 반응도 없다. 와이Y. 톡.

"이번에 일어난 살인 사건들이 브로브리지랑 관련이 있어요?"

엔N. 아무 반응도 없다. 와이Y. 톡.

나는 잠시 멈춰서 다음 질문을 궁리했다. 시간이 별로 없었다. 곧 쿠퍼나 대니얼이나 글렌 박사가 돌아올 것이고, 이런 모습을 들키고 싶지 않았다. 그래서 타일을 다시 내려다보고 마지막 질문을 던졌다.

"내가 어떻게 증명하죠?"

나는 왼쪽 위 구석에 있는 에이A부터 시작했다. 아무 반응이 없었다. 그런 다음 비B를, 씨C를 차례로 짚었다. 마침내 디D를 짚자 엄마의 손가락이 움직였다.

"디D요?"

톡.

"좋아요, 첫 번째 글자는 디D예요."

그런 다음 처음부터 다시 시작했다. 에이A.

톡.

가슴 속에서 심장이 철렁했다.

"디D, 에이A요?"

톡.

엄마는 대니얼의 철자를 말하고 있었다. 나는 입술을 동그랗게 오므리고 천천히 숨을 내쉬며 진정하려 애썼다. 내가 손가락을 들고 엔N을 가리킨 다음 엄마의 손가락을 뚫어지게 보고 있는데… 갑자기 복도에서 소리가 들려서 얼른 움직였다.

"클로이?" 쿠퍼가 다가오는 소리가 들렸다. 열린 문에서 30센티미터 정도밖에 떨어져 있지 않았다.

"클로이, 괜찮아?"

내가 팔로 침대 위를 싹 쓸어 타일을 모아서 손바닥에 감추고 돌아서자마자 문 앞에 쿠퍼가 나타났다.

"그냥 확인하고 싶어서." 쿠퍼가 나와 엄마를 번갈아 보며 말했다. 쿠퍼가 입가에 부드러운 미소를 떠올리며 우리를 향해 다가와 침대 모서리에 앉았다. "네 덕분에 엄마가 눈을 떴구나."

"응, 그랬어." 내가 말했다. 손바닥에 땀이 나서 내 손 안의 타일이 미끄러지면서 서로 부딪치려 했다.

대니얼이 방향 지시등을 켜고, 우리는 자갈길로 들어선다. 자갈이 튀어서 자동차 앞 유리에 부딪치는 소리가 들리자 대니얼이 창문을 닫는다. 나는 천천히 고개를 들고 기억을 털어 내다가 주변을 알아볼 수 없다는 사실을 깨닫는다.

"여기 어디야?" 내가 묻는다. 우리는 흙으로 된 샛길을 따라 내려가고 있다. 차를 타고 얼마 동안 달렸는지 모르지만 집으로 돌아가는 길이 아니라는 건 안다.

"거의 다 왔어." 대니얼이 나를 보고 미소를 지으며 말한다.

"어딘데?"

"보면 알아."

갑자기 차 안이 갑갑하게 느껴진다. 나는 에어컨으로 손을 뻗어 손잡이를 오른쪽 끝까지 돌리고 쏟아지는 차가운 공기를 향해 몸을 숙인다.

"대니얼, 나 집에 가고 싶어."

"안 돼, 클로이. 당신이 집에서 자기연민에 빠져 허우적거리게 놔둘 수 없어. 오늘 계획이 있다고 했잖아. 지금 할 거야."

내가 숨을 깊이 들이마시고 고개를 돌려 차창을 보자 숲 깊숙이 들어가면서 날아가듯 지나가는 나무들이 보인다. 나는 엄마를, 대니얼의 철자를 알려 주던 엄마를 생각한다. 엄마가 어떻게 알았을까? 만난 적도 없는데 대니얼이라는 걸 어떻게 알았을까? 오늘 아침에 느꼈던 불안이 금방 돌아온다. 핸드폰을 내려다보니 안테나 딱 한 줄이 신호를 찾으려 애쓰며 나타났다 사라졌다 한다. 나는 지금 집에서 몇 킬로미터나 떨어진 곳에 있다. 죽은 소녀의 목걸이를 가지고 있는 남자와 한차에 갇혀서, 도움을 요청할 방법도 없이 말이다. 어쩌면 내가 어젯밤에 목걸이를 들고 있는 것을 대니얼이 봤을지도 모른다. 어쩌면 내가 상자를 생각만큼 빨리 숨기지 않았을지도 모른다. 나는 발에 가방이 닿자 저 바닥에 얌전히 들어 있는 호신용 스프레이를 떠올린다. 적어도 호신용 스프레이는 있다.

바보같이 굴지 마, 클로이. 그는 널 해치지 않을 거야. 그러지 않을 거야.

순간 충격이 온몸을 뒤흔든다. 생각해 보니 나는 엄마처럼 말하고 있다. 내가 바로 우리 엄마다. 보안관의 사무실에 앉아서 아빠에게 불리한 증거가 산더미처럼 쌓여가는 데도 불구하고 아빠를 합리화하고 있는 엄마 말이다. 눈물이 차올라 눈이 따갑다. 금방이라도 흘러내릴 것만 같다. 나는 대니얼에게 들키지 않도록 조심하며 손을 들어서 얼른 눈물을 닦는다.

나는 리버사이드의 침대에서 꼼짝도 하지 못하는 엄마를, 사방에서 벽이 조여드는 심란한 마음 안에 갇힌 엄마의 인생을 생각한다. 이제야 알겠다. 엄마가 왜 그랬는지 알겠다. 나는 엄마가 나약하기 때문에 아빠에게 돌아갔다고 늘 생각했다. 혼자 있고 싶지 않아서, 아빠를 떠날 방법을 몰라서, 떠나고 싶지 않아서. 하지만 지금 이 순간 그 어느 때보다 엄마를 이해한다. 엄마가 아빠에게 돌아간 것은 반대편을 가리키는 증거를, 자신이 괴물과 사랑에 빠지지 않았음을 증명하는 증거를, 매달릴 수 있는 아주 작은 조각이라도 간절히 찾고 있었기 때문이다. 이제야 알겠다. 엄마는 그런 증거를 찾지 못하자 자신을 똑바로 볼 수밖에 없었다. 당시 엄마의 마음이 그랬던 것처럼 점점 조여 오는 내 마음속에서 지금 소용돌이치고 있는 바로 그 질문을 스스로에게 던지지 않을 수 없었다.

엄마는 자신이 정말로 괴물을 사랑하고 있음을 인정할 수밖에 없었다. 엄마가 괴물을 사랑한다면… 그런 엄마는 뭐가 되는 걸까?

차가 서서히 멈추는 것이 느껴진다. 창밖을 다시 내다보니 우리는 숲속 깊이 들어와 있다. 나무가 없는 곳은 작은 시냇물밖에 없는데, 아마 더 넓은 호수로 이어지는 입구 같다.

"다 왔어. 이제 내려." 대니얼이 시동을 끄고 주머니에 열쇠를 넣으며 말한다.

"여기가 어디야?" 내가 가벼운 목소리를 내려고 애쓰며 묻는다.

"보면 알아."

"대니얼." 내가 말하지만 그는 이미 차에서 내려 조수석 쪽으로 와서 문을 열어 주고 있다. 정중하다고 느껴지던 행동이 이제는 불온하게 느껴진다. 내 의지에 반해서 강요하는 것 같다. 나는 마지못해 그의 손을 잡고 차에서 내리고, 뒤에서 그가 문을 쿵 닫자 움찔한다. 내 가방, 핸드폰, 호신용 스프레이가 아직 차 안에 있다.

"눈 감아."

"대니얼…."

"감아."

나는 눈을 감고 우리를 둘러싼 절대적인 정적을 실감한다. 나는 대니얼이 그 애들을, 오브리와 레이시를 여기로 데려왔을까 생각한다. 여기서 그랬을까 생각한다. 완벽한 곳이다. 외진 데다가 숨겨져 있다. 그는 널 해치지 않아. 주변에서 웅웅거리는 모기 소리, 저 멀리 나뭇잎들 사이로 들짐승이 부스럭거리며 허둥지둥 도망치는 소리가 들린다. 그러지 않을 거야. 발소리가 들린다, 대니얼이 내 차로 돌아가서 트렁크를 열고 뭔가를 꺼낸다. 그는 널 해치지 않아, 클로이. 뭔가 끌어당겨져 땅에 툭 떨어지는 소리가 난다. 이제 대니얼은 뭔가를 가지고 내 쪽으로 돌아오고 있다. 땅에 뭔가 끌리는 소리가 난다. 금속이 흙바닥에 끌리는 소리.

삽이다.

나는 숲으로 도망쳐 숨을 준비를 하고 돌아선다. 가능성은 낮지만 여기 누군가가 있기를 바라며 힘껏 비명을 지를 준비를 하고. 내 소리를 들을 누군가. 도와줄 누군가. 대니얼을 마주 보자 그의 눈이 커다래진다. 그는 내가 돌아설 줄 몰랐다. 내가 맞서 싸우리라 생각하지 않았다. 내가 그의 손을, 그가 꼭 잡고 있는 길쭉한 물건을 내려다본다. 나는 대니얼이 그것으로 나를 치면 막으려고 팔을 들다가 다시 그 물건을 한참 보고 나서야 깨닫는다…. 삽이 아니다. 대니얼이 들고 있는 것은 삽이 아니다.

물을 헤치는 노다.

"같이 카약을 타려고." 대니얼이 저 멀리 호수를 보며 말한다. 내가 뒤로 돌아서서 숲이 갈라지고 습지의 물이 얼핏 보이는 작은 틈을 바라본다. 잎사귀에 살짝 가려진 목조 수납대에 나뭇잎과 먼지와 거미줄에 뒤덮인 카약 네 대가 고정되어 있다. 내가 크게 숨을 내쉰다.

"좀 숨겨진 곳이지만 예전부터 있었어." 대니얼이 노를 들고 수줍게 말한다. 그가 나에게 다가와서 노를 내민다. 노를 받으니 묵직함이 느껴진다. "카약은 자유롭게 써도 되지만 노를 가져와야 해. 내 차에는 안 들어가서 오늘 아침에 당신 열쇠를 가져다가 트렁크에 넣어 놨어."

나는 대니얼을 보면서 자세히 관찰한다. 노를 무기로 쓸 생각이었다면 나에게 주지 않았을 것이다. 나는 노를 내려다본 다음 카약을, 잠잠한 수면을, 구름 한 점 없는 하늘을 바라본다. 그런 다음 차를 본다. 여기서 벗어날 유일한 수단이다. 열쇠는 그의 주머니에 들어 있다. 그 외에 내가 집으로 돌아갈 방법은 없다. 그래서 나는 결심한다. 대니얼이 연기를 할 수 있다면 나도 할 수 있다.

"대니얼, 미안해. 내가 왜 이러는지 모르겠어." 내가 고개를 떨어뜨리며 말한다.

"긴장해서 그런 거야. 그럴 수밖에 없잖아, 클로이. 그래서 여기 온 거야. 당신 긴장을 좀 풀어 주려고."

내가 대니얼을 본다. 그를 믿어도 될지 아직 모르겠다. 지난 몇 시간 동안 목격한 넘쳐 나는 증거를 무시할 수는 없다. 목걸이와 향수, 리버사이드에서 쿠퍼가 내 눈에 보이지 않는 사악한 무언가, 어두운 무언가를 느낄 수 있다는 듯 대니얼을 노려보던 눈빛, 엄마의 경고, 그가 어제 내 손목을 붙잡아 소파에 대고 눌렀던 것, 오늘 아침 나에게 쏘아붙이던 말투, 내 손이 닿지 않도록 열쇠를 높이 들고 달랑거리던 행동.

하지만 다른 것들도 있다. 그는 보안 시스템을 설치해 주었다.

엄마가 계신 리버사이드에 데려다주었고 깜짝 파티를 열어 주었으며 둘만의 하루를 계획했다. 우리가 처음 만난 날, 내가 안고 있던 상자를 들어 자기 어깨에 올렸던 순간부터 그가 항상 보여 주었던 바로 그 낭만적인 태도다. 내가 남은 평생 누리기를 고대했던 태도. 나는 아마 습관일 그의 멋쩍은 웃음을 보면서 미소를 짓지 않을 수 없다. 그래서 나는 결론을 내린다. 대니얼이 다른 사람을 해칠지는 모르지만 아직은 그가 나를 해치리라 생각하기 힘들다.

"그래, 가자." 내가 고개를 끄덕이며 말한다.

대니얼이 더 활짝 미소를 짓더니 카약 보관대로 가서 나무못에 걸린 카약을 한 대 끌어 내린다. 그가 카약을 끌고 숲을 지나서 쓰레기를 털어 내고 가운데에 쳐진 거미줄을 걷어 낸 다음 호수를 향해 민다.

"여성분 먼저." 그가 팔을 내밀며 말한다. 나는 그에게 손을 맡기고 배를 향해 떨리는 첫 발을 내딛다가 본능적으로 그의 어깨를 꽉 잡는다. 대니얼이 나를 배에 태운다. 그는 내가 자리를 잡을 때까지 기다렸다가 뒷자리에 올라타 땅에서 배를 밀어내고, 곧 둥둥 뜨는 것이 느껴진다.

공터를 지나자 나는 이곳이 너무 아름다워서 숨을 들이마시지 않을 수가 없다. 후미 쪽은 넓고 물살이 느리고, 탁한 물에서 솟아난 사이프러스 나무가 군데군데 서 있다. 나무가 뭔가를 잡으려고 뻗은 손가락처럼 수면을 깨뜨린다. 커튼 같은 수염틸란드시아 때문에 햇빛이 수백만 개의 반짝이는 조각이 되어 폭포처럼 떨어지고 개구리 합창단이 축축하고 쉰 목소리로 소리를 맞춰 노래한다. 수면을 따라 조류가 느릿느릿 흔들리고, 시야 끝에서 천천히 움직이는 악어 한 마리가 보인다. 악어는 구슬 같은 눈으로 백로를 지켜보고, 곧 백로가 가느다란 다리를 우아하게 들고 안전한 숲으로 날아간다.

"정말 아름답지?"

대니얼은 뒤에서 조용히 노를 젓고 있다. 첨벙이는 물을 카약 뒤로 밀어내는 소리에 나는 멍해진다. 나는 악어를 가만히 본다. 저렇게 조용하게, 빤히 보이는 곳에 숨어 있는 악어라니.

"정말 멋지다. 생각나는 게 있어…" 내가 말하다 갑자기 멈춘다. 끝내지 못한 생각이 공중에 무겁게 걸려 있다.

"우리가 살던 옛날 집이 생각나. 좋은 쪽이야. 쿠퍼랑 나는 가끔 레이크마틴 호수에 갔었거든. 악어를 보려고."

"어머니가 참 좋아하셨겠네."

나는 기억을 떠올리며 미소를 짓는다. 숲을 향해 소리치던 우리. 다음에 봐, 악어야! 맨손으로 거북이를 잡아서 등껍질의 테를 세어 나이를 맞추기도 했다. 우리는 전쟁에서 위장이라도 한 것처럼 얼굴에 진흙을 듬뿍 바르고 숲에서 서로를 쫓아다니다가 집으로 들어가 현관문을 쾅 닫았고, 곧 엄마한테 꾸지람을 듣고 킬킬 웃으며 욕실로 끌려갔다. 엄마는 살갗이 빨갛게 따끔거릴 때까지 우리를 문질러 씻겼다. 모기 물린 자국에 손톱을 찍어서 인간 틱택토(가로세로 판에 O와 X를 번갈아 표시하여 먼저 직선이나 대각선으로 세 칸을 만드는 사람이 이기는 게임—옮긴이 주) 판처럼 다리에 작은 가위표가 잔뜩 나 있었다. 이유는 모르겠지만 나에게서 이런 기억을 끌어낼 수 있는 사람은 대니얼밖에 없다. 내가 텔레비전 화면에서 자신이 죽인 여섯 명의 목숨 때문이 아니라 자신이 잡혔다는 사실 때문에 우는 아빠의 얼굴을 본 순간 마음속 비밀의 방으로 추방했던 좋은 기억을 내 마음 깊은 곳에서, 숨어 있던 장소에서 끄집어낼 수 있는 사람은 대니얼뿐이다. 대니얼만이 내 어린 시절이 나쁘지만은 않았음을 기억하게 만들 수 있다. 나는 카약에 몸을 기대고 눈을 감는다.

"난 여기가 제일 좋아." 대니얼이 노를 저어 모퉁이를 돌면서 말한다. 내가 눈을 뜨자 저 멀리 사이프러스 스테이블이 보인다. "겨우 6주 남았어."

물에 뜬 채로 보니 더욱 숨이 막힌다. 완벽하게 관리된 잔디밭 위로 솟은 크고 하얀 농장 가옥. 둥근 기둥이 집 전체를 둘러싼 포치를 떠받치고, 흔들의자가 바람을 맞으며 아직도 춤을 추고 있다. 나는 앞뒤로, 앞뒤로 흔들리는 흔들의자를 지켜본다. 나는 저 근사한 나무 계단을 지나 물가를 향해서, 대니얼을 향해서 걸어가는 내 모습을 상상한다.

문득 토머스 형사의 말이 호수에 울리면서 나의 완벽한 공상을 깨뜨린다.

당신과 오브리 그라비노의 관계는 정확히 뭐죠?

그런 건 없다. 나는 오브리 그라비노를 모른다. 형사의 목소리를 잠재우려 애쓰지만 왠지 머리에서 떨칠 수가 없다. 오브리를 내 머릿속에서 꺼낼 수가 없다. 아이라인이 번진 눈과 애시브라운 빛깔의 머리카락. 길고 가느다란 팔. 햇볕에 탄 어린 피부.

"보자마자 저곳이 탐났어." 대니얼이 뒤에서 말하지만 그의 말이 들어오지 않는다. 나는 바람 속에서 앞뒤로 흔들리는 저 흔들의자에만 집중하고 있다. 지금은 비어 있지만 항상 비어 있었던 것은 아니다. 예전에는 여자애가 앉아 있었다. 마르고 햇볕에 탄 살갗을 가진 여자애가 볕에 바래고 닳은 가죽 부츠를 신고 나른하게 기대어 흔들렸었다.

손녀예요. 이 땅은 몇 세대째 우리 집안의 소유랍니다.

대니얼이 손을 흔들었던 기억이 난다. 꼬았던 다리를 풀고 원피스를 끌어 내리는 소녀. 멋쩍은 듯 고개를 숙이더니 같이 손을 흔들어 주던 모습. 갑자기 텅 빈 포치. 천천히 흔들리다가 멈추는 흔들의자.

저 아이는 가끔 학교가 끝나고 여기 오는 걸 좋아해요. 포치에서 숙제를 하죠.

결국 돌아오지 못했던 2주 전까지는 말이다.

31

나는 노트북으로 오브리의 사진을, 처음 보는 사진을 보고 있다. 작은 사진이고, 오브리의 얼굴을 확대하는 바람에 약간 깨졌지만 확실히 알아볼 수 있을 정도로 분명하다. 그녀다.

오브리는 흰 원피스로 다리를 덮고서 바닥에 앉아 있다. 역시 무릎까지 오는 가죽 부츠를 신었고 양손은 완벽하게 손질된 새파란 잔디밭에 놓여 있다. 가족사진이고, 오브리는 부모님에게 둘러싸여 있다. 할아버지와 할머니. 친척과 사촌들. 이끼가 늘어진 오크 나무들이 액자처럼 사람들을 둘러싸고 있다. 나는 바로 저 나무들이 내 결혼식장을 액자처럼 둘러싸는 장면을 상상했다. 뒤쪽에는 내가 베일을 끌며 걸어가는 모습을 상상했던 바로 그 흰 계단이 집 전체를 감싸는 그 널찍한 포치로 이어진다. 절대 멈추지 않는 듯한 그 흔들의자들로 이어진다.

커피가 담긴 종이컵을 입술로 가져가면서 눈으로는 계속 사진을 본다. 나는 지금 사이프러스 스테이블 공식 웹사이트를 보면서 소유주에 대해서 읽고 있다. 사이프러스 스테이블은 실제로 몇 세기 동안 그라비노 가족의 소유였다. 1787년에 만들어진 사탕수수 농장으로 시작했지만 점차 말 목장으로 바뀌었고 결국은 이벤트 행사장이 되었다. 그라비노 가는 7대에 걸쳐 그 농장에 살면서 루이지애나 최고의 사탕수수 시럽을 생산했다. 그들은 자신들의 땅이 무척 매력적이라는 사실을 깨닫고 농장 가옥을 재단장하고 헛간을 꾸몄고, 완벽하게 장식된 내부와 티 하나 없이 깔끔한 외부 덕분에 결혼식이나 기업 행사, 그 밖의 여러 행사에 딱 맞는 루이지애나의 명소가 되었다.

오브리의 실종 포스터 사진이 왠지 익숙했던 기억이 난다. 이유는 모르겠지만 내가 오브리를 안다는 끈질긴 느낌. 그 이유를 이제야 알겠다. 우리가 사이프러스 스테이블에 갔던 날 오브리가 거기 있었다. 우리가 부지를 둘러보고 결혼식장을 예약할 때 거기 있었다. 나는 오브리를 보았다. 대니얼이 오브리를 보았다.

이제 오브리는 죽었다.

시선이 오브리의 얼굴에서 그녀의 부모님 얼굴로 이동한다. 거의 2주 전에 뉴스에서 봤던 부모. 아버지는 양손에 얼굴을 묻고 울고 있었다. 어머니는 카메라를 보며 호소했다. 우리 딸을 돌려주세요. 다음으로는 오브리의 할머니를 본다. 아이패드 때문에 쩔쩔매던 귀여운 노부인. 에어컨과 벌레 퇴치 스프레이를 제공하겠다는 약속으로 내가 꾸며 낸 걱정을 잠재우던 그녀. 오브리 그라비노가 이 지역에서 유명한 집안의 아이라는 사실이 뉴스에서 언급되었겠지만 나는 몰랐다. 오브리의 시체가 발견된 후 나는 일부러 뉴스를 피했다. 운전할 때에도 라디오를 켜지 않았다. 그리고 오브리의 사진이 레이시로 바뀌자 그 사소한 사실은 더 이상 중요하지 않아졌다. 언론은 움직였다. 세상이 움직였다. 오브리는 다른 수많은 얼굴들, 역시 실종된 다른 여자애들 사이에 묻힌, 왠지 익숙한 또 하나의 얼굴일 뿐이었다.

"데이비스 박사님?"

노크 소리가 들려서 노트북에서 고개를 들자 멀리사가 살짝 열린 문밖에서 나를 보고 있다. 달리기용 반바지와 탱크톱 차림에 머리카락은 뒤로 모아서 하나로 묶었고 한쪽 어깨에 헬스장 가방을 메고 있다. 지금은 아침 여섯 시 반이고, 사무실 바깥의 하늘이 이제 막 검정색에서 파란색으로 바뀌려는 참이다. 아무도 없는 듯한 아침 시간에 커피머신을 켜고, 차가 한 대도 없는 고속도로를 달리고, 텅 빈 사무실 건물에 도착해서 조명을 켜며 혼자 보내면 왠지 특유의 외로운 느낌이 든다. 나는 오브리의 사진에 너무 몰두해서, 나를 둘러싼 절대적인 정적에 귀가 멀어서 멀리사가 들어오는 소리도 듣지 못했다.

"안녕하세요. 일찍 왔네요." 내가 미소를 짓고 들어오라고 손짓한다.

"박사님도요. 오늘 일찍부터 상담이 있어요?" 그녀가 안으로 들어와서 문을 닫고 이마에서 떨어지는 땀방울을 닦는다.

나는 멀리사의 표정에서 당황함을, 자신이 내 일정을 깜빡해서 운동복 차림으로 지금 여기 온 건 아닌가 하는 두려움을 읽는다. 내가 고개를 젓는다.

"아니에요, 그냥 밀린 일 좀 하고 있었어요. 지난주에… 음, 어땠는지 알잖아요. 내가 정신이 팔렸었죠."

"네, 우리 둘 다 그랬죠."

사실 나는 꼭 필요하지 않다면 대니얼과 한 지붕 밑에 있는 시간을 단 1분도 견딜 수 없다. 나는 물이 가볍게 출렁이는 호수에서 카약에 앉아 저 멀리 사이프러스 스테이블을 바라보면서 마침내 스스로 겁내는 것을 허락했다. 단순히 의심하는 것이 아니라 겁이 났다. 바로 뒤에, 양손으로 내 목을 붙잡을 수 있는 거리에 앉아 있는 남자가 무서웠다. 괴물과 한 지붕 밑에서 지내는 것이 무서웠다. 수면을 미끄러지듯 나아가는 악어처럼 빤히 보이는 곳에 숨어 있는 괴물. 20년 전의 우리 아빠처럼. 목걸이뿐만 아니라 쿠퍼의 불신과 엄마의 경고가 계속 마음에 걸렸는데 이제 이런 일까지 생겼다. 또 한 명의 살해당한 소녀가 나와 연결되어 있었다. 대니얼과 연결되어 있었다. 그 순간 내가 대니얼에게 비밀이 있었던 것처럼 대니얼도 나에게 비밀이 있으리라는 확신이 들었다. 쿠퍼가 옳았다. 우리는 서로를 모른다. 우리는 결혼을 약속했고 한 지붕 밑에 살면서 한 침대에서 잠을 잔다. 하지만 우리는, 이 남자와 나는 모르는 사이다. 나는 그를 모른다. 그가 무엇을 할 수 있는지 모른다.

"머리가 좀 아파." 내가 대니얼에게 말했다. 딱히 거짓말은 아니었다. 저 멀리 그 농장 가옥을, 유령의 다리가 미는 것처럼 텅 빈 채 흔들리는 흔들의자를 보고 있으니 뱃속에서 구역질이 올라왔다. 그때 오브리가 목걸이를, 우리 집 어딘가에 틀어박힌 그 목걸이를 하고 있었을까 궁금했다.

"그만 돌아가면 안 돼?"

뒷자리의 대니얼은 말이 없었다. 나는 그가 무슨 생각을 할까 궁금했다. 나를 왜 여기로 데려왔을까? 내 반응을 재고 있었을까? 그에게는 그것이 재미의 일부였을까? 내 앞에 서서 손이 닿을락 말락 한 거리에서 진실을 달랑달랑 흔드는 것? 나에게 경고를 하고 있었을까? 내가 안다는 사실을 알았을까? 나는 에런과의 대화를, 사이프러스 공동묘지가 특별한 의미를 가지고 있을 것이라는 말을 떠올렸다. 더 일찍 알아차렸어야 했다. 나는 오브리를 사이프러스 스테이블에서 처음 보았고, 그녀의 시체는 사이프러스 공동묘지에서 발견되었다. 너무 흔한 이름이었기에 지금까지는 아무 생각이 없었지만 이제 생각해 보니 레이시의 시체가 우리 사무실 뒷골목에서 나온 것과 마찬가지로 지나친 우연이었다. 우연이라기에는 너무 완벽했다. 대니얼은 오브리의 시신이 발견되었을 때 내가 알아보기를 바랐을까? 아니면 퍼즐 조각을 던져 주면서 점차 형체를 갖추는 더 큰 그림을 내가 알아보지 못하기 바랄 만큼 자신만만한 걸까?

"대니얼?"

"그럼, 물론 돌아가도 되지. 괜찮아, 클로?" 기분이 상한 목소리다. 조용하다.

나는 고개를 끄덕이고 농장 가옥에서 억지로 시선을 떼어 다른 곳에 초점을 맞춘다. 뭐든 상관없다. 우리는 노를 저어서 상륙장으로 돌아간 다음 집을 향해 차를 타고 말없이 달렸다. 대니얼은 입을 꾹 다문 채 도로만 보았고, 나는 창문에 머리를 기대고 손가락으로 관자놀이를 문질렀다. 진입로에 들어서자 나는 낮잠을 좀 자야겠다고 중얼거리고 침실로 올라가서 문을 잠그고 침대로 기어들어 갔다.

"있잖아요, 멜. 하나 물어봐도 돼요? 약혼 파티 때 말이에요." 내가 비서를 올려다보며 묻는다.

"그럼요." 그녀가 미소를 지으며 맞은편 의자에 앉는다.

"대니얼은 몇 시에 왔어요?"

그녀가 뺨 안쪽 살을 씹으며 생각에 잠긴다.

"사실 박사님보다 그렇게 일찍 오진 않았어요. 쿠퍼랑 섀넌, 제가 먼저 도착했죠. 대니얼은 일 때문에 좀 늦어져서 그동안 우리가 손님을 맞이했어요. 아마 박사님보다 20분 정도 먼저 왔을 거예요."

가슴에서 다시 익숙한 통증이 느껴진다. 자신의 감정은 제쳐두려고 애쓰는 쿠퍼. 쿠퍼는 나를 위해 그 자리에 참석하려고 노력했다. 그 모든 상황에도 불구하고, 어쩌면 그 모든 상황 때문

353

에. 나는 사람들 틈에 가려진 채 거실 뒤쪽에 서 있는 쿠퍼를 상상한다. 내가 소리를 지르고 얼른 가방으로 손을 넣어 미친 듯이 뒤지는 모습을 보면서. 대니얼이 나를 끌어당기고, 내 허리에 손을 얹고, 인사하며 돌아다니는 모습을 보면서. 쿠퍼는 대니얼이 찬란한 미소를 빛내며 나를 복종시키는 광경을 보는 것이 분명 견디기 힘들었을 것이다. 그래서 내가 자기를 보기도 전에 돌아서서 담배 한 갑만 들고 뒷마당에 몸을 숨겼다. 나를 기다리면서. 왜 진작 알아차리지 못했는지 모르겠다. 완고함 때문일 것이다. 그리고 이기심 때문에. 하지만 이제는 명백하다. 쿠퍼는 늘 그랬던 것처럼 조용히 뒤로 물러선 채로 내 곁을 지켰던 것이다. 가재 축제에서 다른 아이들의 얼굴 위로 불쑥 솟아 아이들을 떨쳐 냈던 것처럼. 내가 혼자일 때 나를 찾아내서 위로했던 것처럼.

"알았어요." 내가 고개를 끄덕이며 생각을 집중하려고 애쓴다. 그날을 떠올리려 애쓴다. 레이시는 여섯 시 반에 상담실에서 나갔고, 나는 레이시와 관련된 메모를 정리하고 사무실을 정리하고 에런의 전화를 받은 다음 8시가 거의 다 돼서 나갔다. 그리고 CVS에 들렀다가 우리 집 진입로에 들어섰을 때가 아마 8시 반쯤이었을 것이다. 그러면 대니얼이 상담실 건물 밖에서 레이시를 납치해서, 어디인지 모르지만 레이시의 시체를 데려간 다음, 내가 오기 전에 집에 도착할 여유가 두 시간 있다.

가능했을까?

"집에 도착한 다음에는 뭘 했어요?"

멀리사가 의자에 앉은 채 자세를 바꿔 발을 꼰다. 여기 들어올 때보다 더 긴장했다. 내가 던지는 개인적인 질문들에 뭔가 있음을 아는 거다.

"씻으러 위층으로 올라갔어요. 샤워를 하고 옷을 갈아입었던 것 같아요. 하루 종일 운전을 했다고 그랬어요. 그런 다음 박사님의 자동차 불빛이 진입로에 들어설 때 내려왔어요. 대니얼이 와인을 몇 잔 따랐고 그런 다음… 박사님이 들어왔죠."

나는 고개를 끄덕이고 말해 줘서 고맙다는 뜻으로 다시 미소를 짓지만 속으로는 비명을 지르고 싶다. 그 순간이 완벽하게 기억난다. 인파 사이에서 대니얼이 나타났던 순간. 그가 와인 잔을 들고 나를 향해 걸어오던 순간. 그가 내 허리에 팔을 두르고 끌어당기자 공포에 질렸던 내 온몸을 훑고 지나가던 안도의 물결. 그윽한 그의 바디워시 냄새가, 표백한 것처럼 하얀 그의 웃음이 기억난다. 대니얼이 내 곁에 선 순간 나는 너무 운이 좋다고, 정말 운이 좋다고 생각했던 기억이 난다. 하지만 지금은… 나는 그 바로 직전에 대니얼이 뭘 하고 있었는지 궁금해하지 않을 수가 없다. 비누 향이 그토록 강했던 것은 다른 무언가의 냄새를 씻어 내려고 일부러 거품을 많이 내서 씻었기 때문이 아닐까. 그가 갈아입은 옷이 아직 우리 집에 있기는 할까, 어느 길가에 버렸거나 성냥으로 불을 붙여서 범죄와 연관될 만한 증거를 전부 태워 버린 건 아닐까. 그날 밤 우리가 침대에서 알몸으로 얽혔을 때 그

355

의 피부에 그 애의 머리카락 한 가닥, 피 한 방울, 어딘가 박혀 있지만 아직 발견하지 못했던 손톱 조각이 남아 있지는 않았을까? 나는 오브리가, 그 애가 실종되었던 날 밤은 어땠는지, 그가 집으로 돌아온 뒤에 우리가 같이 무엇을 했는지 궁금하다. 대니얼이 혼자 오랫동안 운전을 하고 돌아오면 늘 그랬듯 바로 샤워를 하러 갔을까? 그날 밤에 내가 같이 샤워를 하러 들어가서 김이 안개처럼 차오르는 욕실에서 그의 옷을 벗겨 주었을까? 그가 오브리의 흔적을 씻어 내는 것을 내가 도와주었을까?

내가 손가락으로 코를 집고 눈을 감는다. 그렇게 생각하니 토할 것만 같다.

"클로이? 괜찮아요?" 멀리사의 목소리가, 부드럽고 걱정스러운 속삭임이 들린다.

"네." 내가 이렇게 말하며 고개를 들고 살짝 미소를 짓는다. 이 상황의 무게가 어깨에 내려앉는다. 내가 은연중에 관련되었을지도 모른다고 생각하자 20년 전이 떠오른다. 보면서도 깨닫지 못했던 그때. 나도 모르게 여자애들을 약탈자에게 이끌었던, 아니 약탈자를 그 여자애들에게 이끌었던 그때. 어쩔 수 없이 궁금해진다. 내가 없었다면 그 애들은 아직 살아 있을까? 전부 다?

갑자기 피로가 몰려든다. 너무나 피곤하다. 대니얼의 피부가 아궁이처럼 뜨거운 열기를 뿜으며 너무 가까이 다가오지 말라고 경고하는 것 같아서 나는 밤새 거의 잠을 이루지 못했다. 나는 책상 서랍을, 어둠 속에서 내가 부르기만을 기다리는 알약들을 흘깃 본다. 멀리사에게 이제 그만 나가 보라고 말할 수도 있다. 커튼을 닫고 이 모든 것으로부터 달아날 수도 있다. 아직 아침 7시도 안 됐다. 오늘 예약을 취소할 시간은 충분하다. 하지만 그럴 수 없다. 그럴 수 없다는 사실을 나도 잘 안다.

"오늘은 일정이 어때요?"

멀리사가 가방에 손을 넣어 핸드폰을 꺼내더니 캘린더 앱을 실행해 오늘의 예약을 살펴본다.

"거의 꽉 찼어요. 지난주에 취소해서 다시 잡은 상담이 많아요." 그녀가 말한다.

"알았어요. 내일은요?"

"내일은 네 시까지 예약이 있어요."

나는 한숨을 쉬면서 엄지로 관자놀이를 누른다. 뭘 해야 하는지는 알지만 시간이 없다. 환자와의 약속을 계속 취소할 수는 없다. 그러면 곧 약속 자체가 없어질 것이다.

하지만 그래도 나는 내 손바닥을 미친 듯이 두드리던 엄마의 손가락을 떠올린다.

내가 어떻게 증명하죠?

대니얼. 대답은 대니얼이다.

"목요일은 일정이 거의 없어요. 오전에만 상담이 있고 오후에는 없어요." 멀리사가 검지로 화면을 쓸어 넘기며 말한다.

"알았어요. 그날 상담은 더 이상 잡지 말아 줘요. 금요일도요. 어딜 좀 다녀와야 해서요." 내가 똑바로 앉으며 말한다.

32

"당신이 자랑스러워."

나는 문간에 기대어 서서 미소 짓는 대니얼을 침실 바닥에 앉아 올려다본다. 그는 막 샤워를 마치고 나온 참이다. 빳빳한 흰색 수건을 허리에 감아서 묶었고 맨가슴 앞으로 팔짱을 끼고 있다. 대니얼이 침실을 가로지르더니 벽장에 걸려 있는 잘 다린 흰셔츠들을 한 장씩 넘기기 시작한다. 잠시 완벽하게 태운 그의 몸을 바라본다. 탄탄한 팔, 이슬이 맺힌 피부. 나는 눈을 가늘게 뜬다. 그의 옆구리에 배에서부터 등까지 긁힌 자국이 보인다. 생긴지 얼마 안 된 것 같다. 나는 저 상처가 어쩌다가 생겼는지, 뭘하다가 그랬을지 생각하지 않으려 애쓴다. 그 대신 나는 여행 가방과 잔뜩 쌓인 옷더미를 다시 내려다본다. 청바지와 티셔츠같이 실용적인 옷밖에 없다. 그럴듯해 보이려면 원피스와 스틸레

토를 넣어야 할지도 모른다는 생각이 든다. 어쨌든 처녀파티에서는 그런 옷을 입는 법이니까.

"누가 온다고 그랬더라?"

"작은 파티야. 섀넌이랑 멀리사랑 옛날 직장 동료 몇 명. 일을 크게 벌이고 싶지 않아." 내가 가방 한구석에 하이힐을 넣으며 말한다. 절대 신을 일 없는 하이힐이다.

"음, 좋네." 대니얼이 셔츠를 하나 골라서 몸에 걸치며 말한다. 그가 나를 향해 걸어온다. 단추가 아직 열려 있다. 보통 때라면 나는 자리에서 일어나 그의 맨살에 팔을 감고 손가락으로 그의 등 근육을 누르며 꽉 끌어안았을 것이다. 보통 때라면 내가 그에게 키스를 했을 것이고, 어쩌면 둘 다 하루를 시작하러 나가기 전에 그를 침대로 다시 이끌었을 것이다. 그러면 우리는 더 이상 바디워시의 향이 아니라 서로의 향을 풍겼을 것이다.

하지만 오늘은 아니다. 오늘은 그럴 수 없다. 그래서 나는 바닥에 앉은 채 대니얼에게 미소를 지음 다음 무릎에 놓인 옷을 내려다보며 개고 있던 셔츠에 열심히 집중한다.

"당신 생각이었잖아. 약혼 파티 때 그랬잖아, 기억나?" 내가 애서 대니얼의 눈을 피하며 말한다. 내 관자놀이로 파고들어 복잡하게 얽힌 속까지 헤치고 들어가려는 그의 시선이 느껴진다.

"기억나. 내 말을 따라 줘서 기뻐."

"당신이 뉴올리언스에 갔을 때 재밌겠다 싶었거든. 차를 몰고 가기도 괜찮고, 그렇게 비싸지도 않고." 내가 그를 흘깃 올려다보며 말한다.

나는 그의 입술이 경련하는 것을, 그가 뉴올리언스에 간 적 없다는 사실을 몰랐다면 절대 알아차리지 못했을 보일 듯 말 듯 한 흔들림을 본다. 대니얼이 토요일에는 사람들과 어울리고 일 요일에는 골프를 치고 월요일부터 회의를 한다고 그토록 자세 히 설명했던 컨퍼런스는 사실 없었다. 사실 그건 거짓말이다. 컨 퍼런스는 실제로 있었다. 전국의 제약회사 영업사원들이 뉴올리 언스로 모여들었지만 대니얼은 아니었다. 그는 거기 없었다. 내 가 컨퍼런스 웹사이트를 찾아 호텔에 전화를 걸어서 대니얼의 비서인데 지출 내역서를 정리 중이라고, 그의 청구서 사본을 보 내 달라고 했기 때문에 안다. 그는 거기 가지 않았다. 대니얼 브 릭스라는 사람은 호텔 체크인 기록에도 체크아웃 기록에도 없 고, 컨퍼런스에 등록하지도 않았다. 얼마 전 라파예트에 다녀온 것도 진짜인지 아닌지 확인할 방법이 없지만 역시 거짓말이었 다는 예감이 든다. 대니얼이 다녀왔던 그 모든 출장, 의식이 혼 미할 정도로 피곤하지만 왠지 더 생생해져서 돌아왔던 기나긴 주말과 밤샘 운전은 다른 무언가의 위장일 뿐이었다. 확실히 알 아낼 방법은 하나밖에 없다.

나는 약혼자에 대해서 모르는 것이 너무나 많지만 같이 살면 서 하나는 확실히 알게 되었다. 대니얼은 습관의 동물이다. 그는 매일 집에 돌아오면 다음 출장 때 가져갈 준비가 된 잠긴 서류 가방을 식당 한쪽 구석에 깔끔하게 넣어 둔다. 그리고 매일 아침 달리기를 하러 간다. 동네를 6킬로미터나 8킬로미터, 10킬로미터쯤 달리고 와서 뜨거운 물로 오랫동안 샤워를 한다. 나는 이번 주 내내 대니얼이 내 이마에 입을 맞추고 집을 나서면 식당으로 몰래 들어가서 잠금 장치의 숫자를 이렇게 저렇게 눌러 보며 비밀번호를 풀려고 애썼다. 생각보다 쉬웠다. 어떤 면에서 대니얼은 예상 가능한 사람이다. 나는 대니얼의 삶에서 중요한 의미를 가질 법한 그의 생일, 내 생일, 우리 집 주소를 전부 생각해 내려 애썼다. 결국 애런이 나에게 가르쳐 준 것이 있다면 모방범은 감상적이라는 사실이다. 그들의 삶은 숨겨진 메시지, 비밀번호를 중심으로 돌아간다. 나는 며칠 동안 허탕을 친 끝에 식당 바닥에 앉아서 생각에 잠긴 채 그의 가방과 식당 창문을 번갈아 보며 그가 나타나기만을 기다렸다.

그러다가 문득 생각나는 것이 있어서 다시 일어섰다.

나는 다시 창문을 흘깃 본 다음 어떤 숫자 조합을 입력해 보았다. 72619. 잠금장치 옆면에 새겨진 작은 표시에 맞춰 숫자를 조합했던 기억이 난다. 슬라이더를 밀자 탁 소리가 나며 잠금장치가 풀렸다. 경첩이 끼익 소리를 내며 가방이 털썩 열렸고, 안을 보니 내용물이 깔끔하게 정리되어 있었다.

통했다. 비밀번호가 풀렸다. 72619.

2019년 7월 26일.

우리의 결혼식 날.

"섀넌한테 문자 보내서 사진 좀 보내 달라고 해야지." 대니얼이 서랍장으로 걸어가서 자신을 속옷 서랍을 열며 말하고 있다. 그는 내가 크리스마스 선물로 사준 빨간색과 초록색이 섞인 플란넬 박서 팬티를 입으며 웃는다. "당신이 버번스트리트의 바텐더들 등에 올라탄 증거 사진을 가져야겠어. 당신도 알지? 그 시험관처럼 생긴 작은 술잔…."

"안 돼." 내가 어쩌면 너무 빨리 말한다. 나는 대니얼을 향해 고개를 돌리고 아주 살짝 가늘어지는 그의 눈을 보면서 그가 섀넌이든 멀리사든 누구에게도 문자를 보내지 못하게 할 그럴듯한 핑계를 생각해 내려 애쓴다. 아무도 내 처녀파티에 오지 않을 테니 말이다. 나는 처녀파티에 가지 않을 것이다. 그런 파티는 애초에 없으니까.

"제발 하지 말아 줘. 그러니까 내 말은, 내 처녀파티잖아. 계속 주변 시선을 신경 쓰고 싶지 않아. 바보짓을 했다가 그 사진이 당신 핸드폰에 저장될까 봐 걱정하긴 싫어." 내가 시선을 내리깔며 말한다.

"아, 무슨 소리야. 당신이 언제부터 취하는 걸 신경 썼다고 그래?" 그가 허리에 양손을 얹으며 말한다.

"그리고 우린 연락 금지야! 이번 주말뿐이잖아. 게다가 걔들도 아마 답장 안 할 거야. 규칙을 들었는데 전화 금지, 문자 금지래. 우린 연락을 완전히 끊을 거야. 여자들끼리 보내는 주말이잖아." 내가 장난스럽게 굴려고 애쓰며 말한다.

"알았어. 뉴올리언스에서 벌어진 일은 거기 두고 오는 걸로."

그가 항복이라는 듯 양손을 들고 말한다.

"고마워."

"그럼 일요일에 돌아오는 거야?"

나는 고개를 끄덕인다. 나흘 내내 방해 받을 일이 없다고 생각하니 카펫에 녹아내릴 것 같다. 정말 마음이 놓인다. 이 집에서 벗어난다. 내가 내 집에 발을 들일 때마다 해야 하는 끊임없는 연기도 그만둘 수 있다. 그리고 바라건대 이번 여행이 끝나면 나는 더 이상 연기할 필요가 없을 것이다. 어떤 척도 할 필요가 없을 것이다. 대니얼의 입술이 목에 닿을 때마다 등줄기를 타고 내려가는 서늘함을 숨기면서 그의 몸에 내 몸을 딱 붙인 채 잠들 필요가 없다. 이번 여행을 다녀오면 나는 드디어 경찰에 신고할 증거를 손에 넣을 것이다. 마침내 경찰이 내 말을 믿게 만들 것이다.

하지만 그렇다고 해서 내가 지금부터 하려는 일이 더 쉬워지는 것은 아니다.

"보고 싶을 거야." 그가 침대 가장자리에 앉으며 말한다. 나는 경보기가 울린 그날 밤부터 대니얼과 거리를 두었고, 그도 그 사실을 알고 있다. 대니얼은 내가 멀어지는 것을 느낄 수 있다. 나는 머리카락을 귀 뒤로 넘기고 억지로 일어나서 그에게 다가가 옆에 앉는다.

"나도 보고 싶을 거야." 나는 이렇게 말한 다음 대니얼이 키스를 하려고 나를 끌어당기자 숨을 참는다. 그는 양손으로 내 머리를 감싸고 너무나 익숙한 방식으로 받친다. "아, 이제 그만 가야 돼."

내가 몸을 뒤로 빼고 일어나서 여행 가방 쪽으로 걸어가 뚜껑을 닫고 지퍼를 잠근다.

"오전에는 상담이 있고, 사무실에서 바로 출발할 거야. 멀리사랑 내 차를 같이 타고 가서 새넌을 태우기로 했어."

"재미있게 놀다 와." 대니얼이 미소를 짓는다. 그가 침대 끄트머리에 혼자 앉아서 무릎에 손바닥을 묵직하게 올려놓은 채 손가락 깍지를 끼는 모습을 보니 아주 잠깐이지만 그에게서 한 번도 본 적 없는 슬픔이 느껴진다. 내가 대니얼을 만나기 전에, 다른 사람들 틈에서 너무나도 외로웠을 때 내 모습에서 본 적 있는 간절한 갈망. 몇 주 전이었다면 나는 죄책감을, 사랑하는 사람에게 거짓말을 할 때 느끼는 그 익숙한 가슴속 통증을 느꼈을 것이다. 나는 대니얼의 등 뒤에서 몰래 돌아다니며 그의 과거를 캐고 있다. 내가 내 뒤를 캐고 다닌다고 비난했던 사람들처럼 말이다. 하지만 이건 다르다. 나도 안다. 이건 심각한 일이다. 대니얼은 내가 아니기 때문이다. 나도 안다. 그는 내가 아니다. 하지만 그가 우리 아빠랑 똑같을지도 모른다는 확신이 점점 굳어지고 있다.

어깨에 더플백을 메고 첫 번째 상담 시간 30분 전에 사무실에 도착한다. 나는 멀리사의 책상을 빠르게 지나치며 카페라테를 마시는 멀리사에게 손을 흔들어 인사하고 내가 떠날 여행에 대해서 긴 대화를 나누지 않으려고 애쓴다. 멀리사에게는 결혼식 계획 때문이라고 말했지만 너무나 모호한 설명 외에는 그럴 듯한 내용이 없다. 내가 제일 걱정한 것은 대니얼에게 믿을 만한 알리바이를 대는 것이었는데, 지금까지는 잘하고 있다.

"데이비스 박사님." 멀리사가 책상에 잔을 내려놓으며 말한다. 나는 상담실 문까지 반쯤 갔다가 그녀의 목소리에 뒤를 돌아본다. "죄송하지만 손님이 와 계세요. 상담이 있다고 말씀드렸는데… 계속 기다리셨어요."

내가 대기실 쪽으로 돌아서서 들어올 때는 보지도 않았던 구석 소파 쪽을 보자 제일 끝에 토머스 형사가 앉아 있다. 무릎에 잡지를 펼쳐 놓고 앉아 있던 그가 나를 보고 미소를 짓더니 잡지를 덮어 커피 테이블에 툭 던진다.

"안녕하십니까. 어디 가시나 봐요?" 그가 일어나서 인사한다.

내가 더플백을 내려다보고 형사를 다시 올려다본다. 그는 벌써 우리 사이의 거리를 절반으로 줄였다.

"어디 좀 다녀오려고요."

"어디 가세요?"

나는 뒤에 서 있는 멀리사를 의식하면서 뺨 안쪽 살을 씹는다.

"뉴올리언스요. 결혼식 막바지 준비를 하고 있거든요. 거기 부티크가 몇 곳 있는데, 몇 군데 확인해 보고 싶어서요."

나는 거짓말을 하다가 걸리면 최대한 단순하게 설명하는 것이 최고임을 깨달았다. 가능하면 똑같은 말을 반복하는 것이다.

대니얼이 내가 뉴올리언스에 갔다고 생각한다면 멜리사와 토머스 형사도 똑같이 생각하는 것이 좋다. 토머스 형사가 내 손가락에 끼워진 반지를 흘깃 보더니 다시 고개를 들고 고개를 살짝 끄덕인다.

"몇 분이면 됩니다."

내가 팔을 뻗어 상담실을 가리킨 다음 뒤로 돌아서 멜리사에게 미소를 짓고 대기실을 가로질러 그를 안내한다. 마음속으로는 점차 더 허둥대고 있지만 차분하고 통제력 있는 모습을 잃지 않으려 애쓴다. 형사가 나를 따라 안으로 들어와 문을 닫는다.

"무슨 일이죠, 형사님?"

나는 책상 뒤로 걸어가서 바닥에 가방을 내려놓고 의자를 꺼내 앉는다. 형사도 나를 따라서 자리에 앉기를 바라지만 그는 가만히 서 있다.

"당신이 제공한 단서를 일주일 동안 추적했다고 알려 드리려고요. 버트 로즈 말입니다."

내가 눈썹을 치켜올린다. 버트 로즈를 잊고 있었다. 지난 일주일 동안 너무나 많은 일이 일어나서 나의 초점을 완전히 바뀌었다. 우리 집 벽장에서 발견된 목걸이와 오브리 그라비노에 대한 사실, 대니얼의 셔츠에서 났던 향수 냄새와 컨퍼런스에 대한 거짓말과 옆구리의 긁힌 상처, 엄마를 찾아갔던 일, 대니얼의 가방에서 발견해서 내 더플백에 넣어 둔 물건들, 내가 찾던 증거, 이번 주말에 찾으러 가는 증거. 버트 로즈가 우리 집에 왔던 기억이, 드릴을 들고 내 눈을 뚫어지게 바라보던 그 눈빛이 이제 너무나 멀게만 느껴진다. 하지만 마비되는 듯한 느낌이, 두려움이 아직도 기억난다. 위험하다는 느낌이 점점 커지는데도 바닥에 딱 붙어 있던 내 발. 하지만 이제 위험은 완전히 새로운 의미를 가지게 되었다. 나는 적어도 버트 로즈와 한 지붕 밑에 살지는 않는다. 적어도 버트 로즈에게는 내가 잠근 문을 열 수 있는 열쇠가 없다. 나는 지난주가 그리울 지경이다. 선과 악을 나누는 경계가 너무나 뚜렷했던 그 순간이, 문에 등을 대고 우리 집 복도에 서 있던 그때가 간절할 지경이다.

토머스 형사가 체중 실은 발을 바꾸자 갑자기 나도 죄책감이 든다. 그를 이 토끼굴에 내려보냈다는 죄책감. 맞다. 버트 로즈는 나쁜 사람이다. 그리고 맞다. 나는 그의 곁에서 안전하지 않은 느낌이 들었다. 하지만 내가 지난주에 찾아낸 증거는 버트 로즈를 가리키지 않았다는 것을 토머스 형사에게도 말해야 할 것 같다. 하지만 그래도, 궁금하다.

"아, 그렇군요. 뭘 찾으셨어요?"

"글쎄요, 우선 버트 로즈가 접근금지를 신청하고 싶답니다. 당신을 상대로요."

"뭐라고요? 그게 무슨 뜻이에요, 접근금지라니?" 너무나 충격적인 말에 내가 벌떡 일어나는 바람에 의자가 나무 바닥을 긁으면서 못으로 칠판을 긁는 듯한 소리가 난다.

"앉으시죠, 박사님. 그는 당신 집에 잠깐 방문했을 때 위협을 느꼈다고 하더군요."

"그 사람이 위협을 느꼈다고요?" 이제 내가 목소리를 높인다. 멀리사한테도 분명 들리겠지만 지금은 신경 쓰이지 않는다. "도대체 어떻게 그 사람이 위협을 느꼈다는 거죠? 제가 위협을 느꼈어요. 저는 무기도 없었다고요."

"박사님, 앉으세요."

나는 토머스 형사를 잠시 보면서 믿을 수가 없어서 눈을 깜빡거리다가 천천히 몸을 낮춰 의자에 다시 앉는다.

"당신이 거짓말로 핑계를 대면서 자기를 집으로 끌어들였답니다." 형사가 내 책상으로 한 걸음 다가오며 말을 잇는다. "일을 하러 간다고 생각했는데 집 안에 들어간 뒤에 당신에게 다른 의도가 있다는 사실을 깨달았다는군요. 당신이 그를 심문하면서 도발했답니다. 범죄에 연루될 수 있는 무언가를 인정하도록 강요했대요."

"말도 안 돼요. 제가 그 사람을 집으로 부른 게 아니에요. 제 약혼자가 불렀죠."

약혼자라는 단어가 가슴속에 요동치지만 억지로 가라앉힌다.

"당신 약혼자는 그 사람 번호를 어디서 알아냈지요?"

"웹사이트를 보고 알았을 거예요."

"당신은 왜 그 웹사이트를 보고 있었죠? 당신 과거를 생각하면 대단한 우연 같은데요."

"보세요." 내가 머리카락 사이로 손을 밀어 넣으며 말한다. 이 대화가 어디를 향하는지 벌써 알겠다. "제가 그 사람 웹사이트를 띄웠어요, 됐나요? 저는 버트 로즈가 이 동네에 산다는 사실을 알고 형사님 말씀처럼 지나친 우연이라고 생각했어요. 그 여자애들을 생각했고, 그 애들한테 무슨 일이 벌어졌는지 정말 알고 싶다고 생각했죠. 약혼자가 내 노트북에 띄워진 웹사이트를 보고 저한테 말도 없이 전화를 걸었어요. 정말 어처구니없는 오해일 뿐이라고요."

토머스 형사가 나를 보며 고개를 끄덕인다. 그는 내 말을 믿지 않는다. 나는 알 수 있다.

"이게 다인가요?" 내가 묻는다. 혀끝에서 짜증이 뚝뚝 떨어진다.

"아뇨, 다가 아닙니다. 당신에게 이런 일이 발생한 것이 처음은 아니라는 사실을 발견했습니다. 사실 괴상할 정도로 비슷하군요. 스토킹, 음모 이론, 심지어 접근금지 명령까지도요. 이선 워커라는 이름을 들으면 뭐 생각나는 것 없습니까?" 그가 말한다.

33

내가 이선을 처음 봤을 때 그는 하우스 파티에서 네온처럼 빨간 음료가 담긴 쿨러에 플라스틱 컵을 담그고 있었다. 그에게는 뭐라 정의할 수 없는 분위기가 있었는데 천상의 느낌에 가까웠다. 다른 사람들은 전부 흐릿해지고 그 사람 혼자만 반짝이면서 모든 빛을 자신의 한가운데로 끌어모으는 것 같았다.

나는 잔에 담긴 술을 마셨다가 움찔했다. 대학생들이 파티에서 마시는 술이 썩 대단할 리 없었지만 그건 문제가 아니었다. 나는 약간 얼얼할 정도로, 약간 멍할 정도로 술을 마셨다. 내 혈관 속에 퍼진 발륨 때문에 이미 신경은 차분해졌고, 화학적으로 유도한 침착함이 내 머리를 감쌌다. 나는 잔에 든 술을, 손가락 한 마디 만큼 남은 술을 내려다보고 마저 마셨다.

"쟤 이름은 이선이야."

내가 왼쪽을 보았다. 룸메이트 세라가 옆에 서서 내가 바라보고 있던 남자애를 고갯짓으로 가리켰다. 이선.

"귀엽지. 가서 말 걸어 봐." 세라가 말했다.

"봐서."

"오늘 밤 내내 쟤만 보고 있었잖아."

내가 세라를 쏘아보았다. 뺨이 달아올랐다.

"아니거든."

세라가 생글생글 웃으며 자기 잔에 든 술을 빙글빙글 돌리더니 한 모금 마셨다.

"뭐, 그러든지. 네가 말을 안 걸면 내가 걸지 뭐." 세라가 말했다.

나는 결의에 찬 세라가 술 취한 사람들의 열기가 만든 아지랑이와 소음을 뚫고 그에게 다가가는 모습을 지켜보았다. 임무라도 받은 사람 같았다. 나는 평소처럼 벽 앞에 가만히 서 있었다. 방을 살펴보고 주변을 항상 의식할 수 있으면서 절대 뒤에서 다가오거나 어떤 식으로든 놀라게 할 수 없는 자리였다. 너무나 세라다웠다. 대학교에 와서 친하게 지내는 내내 세라는 내가 너무나 확실히 원하는 것을 가져갔다. 기숙사 2층 침대의 1층 자리, 지금 우리가 살고 있는 아파트에서는 커다란 벽장이 달린 방, 이상심리학 수업의 마지막 남은 자리, 옷가게에 걸려 있던 미디엄 사이즈의 마지막 베이지색 윗옷. 바로 지금 세라가 입고 있는 윗옷이다.

그리고 이제, 이선까지.

나는 세라가 이선에게 다가가서 어깨를 톡톡 치는 모습을 지켜봤다. 그가 세라를 보더니 활짝 웃으며 친근하게 포옹했다. 괜찮아. 내가 생각했다. 어차피 체크 리스트에 안 맞잖아. 사실이었다. 그는 내가 선호하는 것보다 몸집이 약간 더 컸고 세라를 끌어안을 때 팔 근육이 불끈 솟았다. 원하면 세라를 계속 끌어안을 수 있었다. 보아 뱀처럼 세라가 똑 부러질 때까지 껴안을 수 있었다. 게다가 인기가 많아 보였다. 원하는 것을 얻는 것에 너무나 익숙했다. 나는 특권 의식을 가진 남자나 갑자기 마음을 바꿨다고 화를 낼 남자와는 사귄 적이 없었다.

나는 현관문을, 이 갑갑한 집에서 빠져나가 대학의 시원하고 청량한 가을 공기로 돌아갈 수 있는 입구를 보았다. 나는 절대 혼자서 집으로 걸어가지 않는 것을 규칙으로 삼았지만 세라는 여기에서 좀 더 시간을 보낼 것 같았고, 나는 선택의 여지가 별로 없었다. 아파트 열쇠고리에 호신용 스프레이가 달려 있고 어차피 몇 블록 안 되는 거리였다. 나는 내 자리에 서서 망설이면서 세라에게 가서 먼저 간다고 인사를 해야 하나, 그냥 돌아서서 나가야 하나 생각하고 있었다. 어차피 아무도 눈치채지 못할 것이었다.

내가 결정을 내린 다음 문 앞에서 돌아서서 나가기 전에 마지막으로 파티를 둘러보는데, 두 사람이 나를 보고 있었다. 이선과 세라 모두 내 쪽을 보고 있었다. 세라가 우아한 손을 말아서 입을 가리고 그의 귀에 뭐라고 속삭이고 있었고, 이선은 미소를 띤 채 고개를 가볍게 끄덕였다. 심장박동이 목으로 올라오는 것이 느껴졌다. 나는 빈 잔을 내려다보면서 양옆으로 축 늘어뜨린 내 손에 뭔가 할 일을 주기 위해서라도 홀짝거릴 뭔가가 담겨 있으면 좋겠다고 간절히 바랐다. 내가 자리에서 움직이기도 전에 이선이 그 방에 나밖에 없다는 듯이 내 눈을 뚫어질 듯 바라보며 나를 향해 걸어왔다. 그의 어떤 면이 나를 초조하게 만들었지만, 보통 남자들이 초조하게, 신경이 곤두서서 조심하게 만드는 것과는 달랐다. 그는 좋은 쪽으로, 신나는 쪽으로 나를 초조하게 만들었다. 내가 양손으로 컵을 어찌나 꽉 잡았던지 플라스틱이 구겨지는 소리가 났다. 마침내 그가 내 앞까지 다가와서 두꺼운 팔로 내 팔을 스치자 그가 입고 있던 헨리 티셔츠의 부드러운 면이 내 피부에 닿았다.

"안녕." 그가 활짝 미소를 지으며 말했다. 너무나 희고 고른 치아였다. 그에게서 쇼핑몰에서 가게 앞을 지나갈 때 밀려드는 것과 비슷한 시원하고 기분 좋은 향이 났다. 클로버와 샌달우드. 그때는 몰랐지만, 그 뒤 몇 달 동안 나는 그 냄새를 너무나 잘 알게 되었다. 그 냄새가 몇 주 동안이나 내 베개에 남아 있었다. 그의 따뜻한 몸이 떠난 뒤에도 한참. 나는 그가 다녀간 곳에서, 그가 있어서는 안 될 곳에서도 그 냄새를 알아차리게 되었다.

"세라의 룸메이트라며? 난 세라랑 같은 수업을 듣고 있어." 그가 나를 쿡쿡 찌르며 물었다.

"응." 내가 인파 사이에서 반쯤 가려진 친구를 흘끔거리며 말했다. 나는 무심코 최악을 가정했던 것에 대해서 마음속으로 말 없이 세라에게 사과했다. "난 클로이야."

"이선이야." 그가 이렇게 말하고 악수를 하는 것이 아니라 술을 내밀었다. 나는 묵직한 술잔을 받아서 텅 비어 있는 내 컵에 겹친 다음 이중 컵에 담긴 술을 마셨다. "세라가 그러던데, 의대생이라며?"

"심리학과야. 내년 가을에는 여기서 박사 학위를 따려고. 석사도 하고."

"와, 대단하다. 어, 여긴 좀 시끄럽네. 어디 조용한 곳에 가서 얘기할래?"

그 순간 가슴이 철렁했던 기억이 난다. 그도 다른 남자들이랑 똑같다는 깨달음. 하지만 나는 그를 마음대로 판단할 수 없다는 생각이 들었다. 나도 그런 적이 있었다. 사람들을 이용했다. 외로움을 덜기 위해서 그들의 육체를 이용했다. 하지만 이번에는 느낌이 달랐다. 이번에는 내가 이용당하는 쪽이었다.

"사실은 그만 가보려던 참이었는데…."

"말이 이상하게 나왔어." 그가 손을 들며 끼어들었다. "남자들이 그런 말 많이 하는 거 알아. 어디 조용한 곳, 자기 방이나 뭐 그런 데로 가자고. 맞지? 내 말은 그런 뜻이 아니었어."

그가 수줍은 듯 미소를 지었고, 나는 입술 끝을 씹으며 그러면 그의 말은 무슨 뜻이었을까 해석하려 애썼다. 그는 나의 체크 리스트에, 내가 심리적, 감정적으로 나를 안전하게 지키기 위해 아주 오랫동안 사용해 온 검증된 시스템에 맞지 않았다. 그림처럼 완벽한 미소와 서퍼처럼 헝클어진 금발을 가진 그는 어떤 부류라고 딱 잘라 말하기 힘들었다. 잘 다듬어진 팔은 헬스장에는 발도 한 번 디뎌본 적 없을 것처럼 자연스러웠다. 그와 이야기를 하는 것은 안전하면서도 위험한 것 같았다. 롤러코스터에 타서 안전벨트를 한 다음 체인이 움직이기 시작할 때, 이제 되돌리기에는 너무 늦었고 가슴 속에서 심장이 요동칠 때 같은 느낌이었다.

"저 안쪽은 어때?"

그가 부엌을 가리켰다. 끈적거리는 컵과 빈 내추럴라이트 맥주 상자 들이 어질러져 있고 문은 경첩에서 깨끗하게 떨어져 나가 있었다. 하지만 아무도 없었다. 이야기를 나눌 수 있을 만큼 조용하지만 밖에서도 잘 보여서 안전한 느낌이 들었다. 나는 고개를 끄덕이고 사람들이 붐비는 복도를 지나 형광등이 켜진 부엌으로 나를 이끄는 그를 따라갔다. 그가 수건을 집어 들어 카운터를 닦더니 씩 웃으며 톡톡 쳤다. 나는 카운터로 가서 몸을 숙이고 양손을 올린 다음 모서리에 걸터앉았다. 두 발이 허공에서 달랑거렸다. 그는 내 옆에 앉아서 플라스틱 컵을 내 컵에 부딪쳤다. 우리는 각자 한 모금씩 마시면서 플라스틱 컵 위로 시선을 마주쳤다.

우리는 그때부터 4시간 동안 그 자리를 떠나지 않았다.

34

"데이비스 박사님, 질문에 대답해 주시겠습니까?"

나는 토머스 형사를 올려다보며 눈을 깜빡여 기억을 떨치려 애쓴다. 카운터에 엎지른 술 때문에 손이 아직도 끈적거리고 너무 오랫동안 앉아 있어서 다리가 얼얼한 것만 같다. 대화에 푹 빠진 채로. 낡아빠진 부엌 바깥 세계는 모두 잊은 채. 우리 주변에서 사람들이 웅웅거리는 소리가 점차 증발했고, 결국 우리 둘만 마지막까지 남았다. 어둠 속에서 조용히 집으로 걸어갈 때 이선의 손가락이 내 손가락에 부드럽게 얽혔고, 가을바람이 캠퍼스의 나무를 살짝 흔들었다. 그는 내 아파트 앞까지 데려다준 다음 현관문을 열고 잘 가라고 손을 흔들어 인사할 때까지 길모퉁이에서 기다려 주었다.

"네, 이선 워커를 알아요. 하지만 형사님도 이미 아시는 것 같은데요." 내가 조용히 말한다. 목에 무언가가 걸려서 조이는 느낌이다.

"그에 대해서 무슨 말을 해 주실 수 있습니까?"

"대학교 때 남자친구였어요. 8개월 동안 사귀었죠."

"왜 헤어졌습니까?"

"우린 대학생이었어요." 내가 다시 말한다. "그렇게 심각한 관계도 아니었고요. 그냥 잘 안 됐어요."

"제가 들은 이야기는 다른데요."

나는 그를 노려본다. 가슴속에서 증오가 끓어올라 순간적으로 나도 깜짝 놀란다. 분명 그는 답을 이미 알고 있다. 나한테 직접 듣고 싶은 거다.

"직접 전부 이야기해 주시죠. 처음부터요." 토머스 형사가 말한다.

나는 한숨을 쉬고 상담실 문 위에 걸린 시계를 본다. 첫 환자가 도착할 때까지 15분 남았다. 지금까지 나는 그 일에 대한 내 입장을 백 번은 말했지만 환자가 오기 전에 이 남자를 상담실에서 내보내고 싶다. 토머스 형사가 예전 기록을 들춰 보거나 내가 똑같은 이야기를 하는 녹음 기록을 들으면 된다는 사실도 안다.

"말씀드렸듯이 이선과 저는 8개월 동안 사귀었어요. 저에게는 첫 번째 남자친구였고, 우리는 급속도로 가까워졌죠. 그 나이의 학생들로서는 너무 빨랐어요. 그는 항상 우리 아파트에 와서 지냈어요. 거의 매일 밤 왔죠. 하지만 여름이 시작되자 학기가 끝난 직후부터 이선이 거리를 두기 시작했어요. 바로 그즈음 제 룸메이트 세라가 사라졌고요."

"실종 신고가 되었습니까?"

"아니요." 내가 말한다. "세라는 즉흥적이었어요. 자유로운 영혼이었죠. 주말여행이나 뭐 그런 식으로 불쑥 떠나기로 유명했는데, 뭔가 이상한 느낌이 들었어요. 사흘이나 소식이 없자 걱정이 되기 시작했죠."

"그건 정상적으로 들리는군요. 그래서 경찰서에 찾아갔습니까?"

"아니요." 내가 다시 말한다. 어떻게 들릴지 알고 있다. "2009년이었다는 사실을 기억하셔야 해요. 당시 사람들은 지금처럼 핸드폰에 딱 달라붙어 있지 않았어요. 저는 세라가 전화기를 두고 즉흥적으로 여행을 갔을지도 모른다고 생각하려 했지만, 이선의 행동이 이상하다는 것을 눈치챘어요."

"정확히 어떻게 이상했죠?"

"세라의 이름을 꺼낼 때마다 당황했어요. 약간 횡설수설하면서 화제를 바꾸었죠. 게다가 세라가 사라졌는데 걱정도 하지 않는 것 같았어요. 세라가 어디 있을지 막연한 생각을 말할 뿐이었죠. '방학이잖아, 부모님을 만나러 집에 갔겠지' 하는 식으로 말했지만 제가 세라의 부모님 댁에 전화해서 세라가 거기 있는지 확인하려고 하자 과잉반응이라고, 다른 사람 일에 그만 좀 끼어들라고 했어요. 이선이 마치 세라가 발견되지 않기를 바라는 것처럼 군다는 생각이 들었죠."

토머스 형사가 나를 보며 고개를 끄덕인다. 나는 그가 이 이야기를 정말로 이미 들었을까, 경찰서의 녹음 기록을 들어봤을까 궁금하지만 표정을 봐도 전혀 모르겠다.

"어느 날 저는 세라의 방에 들어가서 여기저기 살펴봤어요. 세라가 어디로 갔는지 단서든 뭐든 찾을 수 있을까 싶어서요. 쪽지나 뭐 그런 거 말이에요. 저도 모르겠어요."

기억이 너무나 생생하다. 나는 손가락 하나를 들고 세라의 방문을 밀어서 열며 끼익 소리에 귀를 기울였다. 조용한 방 안으로 들어가니 암묵적인 규칙을 깨뜨리는 기분이었다. 금방이라도 세라가 튀어나와서 자기 빨랫감을 뒤지거나 일기장을 읽는 나를 잡아낼 것 같았다.

"세라의 침대 이불을 벗겼다가 매트리스에 핏자국을 발견했어요." 내가 말을 잇는다. "아주 컸죠."

아직도 너무나 또렷하게 보인다. 피. 세라의 피. 핏자국이 침대 아래쪽 거의 반을 차지했고, 밝은 빨강색이 아니라 탄 듯한 빨간색, 녹 같은 빨간색이었다. 손을 꽉 누르자 저 깊은 안쪽 새어 나오는 습기가 느껴졌던 기억이 난다. 내 손가락 끝이 선홍색으로 물들었다. 아직 축축했다. 아직 얼마 안 된 것 같았다.

"이상하게 들린다는 건 알지만, 세라의 침대에서 이선의 냄새가 났어요. 이선은 아주… 독특한 향기가 났거든요."

"그렇군요. 물론 그때는 경찰서에 갔겠지요."

"아뇨. 아니, 안 갔어요. 갔어야 하는 건 알아요. 하지만……."
내가 말을 멈추고 마음을 가라앉힌다. 말을 똑바로 할 필요가 있다. "저는 경찰에 신고하기 전에 어떤 일이 벌어졌는지 절대적으로 확신하고 싶었어요. 내 이름에서, 내 과거에서 벗어나려고 이제 막 배턴루지로 이사했던 참이었거든요. 경찰이 그 사건을 다시 수면 위로 끌어올리는 건 싫었어요. 드디어 정상적인 상태를 되찾기 시작했는데, 또다시 잃고 싶지 않았어요."

그가 고개를 끄덕인다. 나를 판단하는 눈빛이다.

"하지만, 제가 리나를 집으로 불러서 아빠에게 소개했던 것처럼 세라와 이선에게도 비슷한 짓을 했다는 느낌이 들었어요. 제가 이선에게 아파트 열쇠를 줬거든요. 세라가 사라지자 곤경에 처했을지도 모른다고, 이선과 관련이 있을지도 모른다고 생각했고 최선을 다해서 사실을 알아내야 한다는 의무감이 들었어요. 책임감을 느끼기 시작했죠."

"그렇군요. 그다음에는 어떻게 됐습니까?"

"바로 그 주에 이선이 저에게 헤어지자고 했어요. 너무 갑작스러웠죠. 저는 생각도 못했던 말이었고, 세라가 사라진 즈음에 이런 일이 벌어진다는 것이 저에게는 증거처럼 느껴졌어요. 이선이 뭔가 숨기고 있다는 증거 말이에요. 이선은 며칠 떠나겠다고, 모든 것을 해결하기 위해서 부모님 집에 가겠다고 했어요. 그래서 저는 이선의 집에 들어가 보기로 했죠."

토머스 형사가 눈썹을 치켜올리고, 나는 억지로 이야기를 계속한다. 그가 다시 끼어들기 전에 계속 밀고 나간다.

 "경찰에 신고할 증거를 찾을 수 있을 줄 알았어요." 내가 말한다. 아빠의 벽장에 들어 있던 보석함이, 부인할 수 없는 증거의 물질적 화신이 떠오른다. "아빠의 살인 사건을 통해서 저는 증거가 중요하다는 사실을 배웠어요. 증거가 없으면 의심일 뿐이죠. 체포를 하거나 고발을 진지하게 생각하기에는 부족했어요. 제가 정확히 뭘 찾으리라 기대했는지 모르겠어요. 그냥 손에 넣을 수 있는 뭔가를 생각했죠. 제가 미쳐가는 게 아니라고 느끼게 만들어 줄 무언가요."

 나는 내가 선택한 '미쳐가다'라는 단어에 약간 움찔하지만 이야기를 계속한다.

 "그래서 저는 창문으로 들어가서 주변을 둘러봤어요. 이선이 어느 창문을 안 잠그는지 알았거든요. 곧 그의 침실에서 소리가 들렸고, 저는 이선이 집에 있음을 깨달았어요."

 "그의 침실에서 뭘 발견했습니까?"

 "그가 있었어요. 그리고 세라도요." 내가 그때의 기억에 얼굴을 붉히며 말한다.

 그 순간, 이선의 침실 문간에 서서 초라한 침대시트 위에 얽혀 있는 그와 세라를 빤히 본 순간 나는 우리가 처음 만났던 밤 그 파티에서 두 사람이 했던 포옹을 떠올렸다. 세라가 동그랗게 만 손을 입에 대고 가까이 몸을 숙여 그의 귀에 속삭이던 장면을 떠올렸다. 이선과 세라가 수업을 통해서 알게 되었다는 말은 사실이었다. 하지만 나는 두 사람의 관계가 그게 전부는 아니라는 사실을 나중에야 알게 되었다. 두 사람은 그 전해에 잤고, 이선과 내가 사귀기 시작하고 몇 달 뒤부터 나 몰래 다시 만나기 시작했다. 알고 보니 세라에 대한 내 생각이 옳았다. 그 애는 항상 내가 원하는 것을 빼앗았다. 이선과 나를 소개하는 것이 세라에게는 일종의 게임이었다. 이선의 앞에서 얼쩡거리며 애를 태우다가 갑자기 달려들어 되찾아서 자신이 나보다 낫다는 것을 한 번 더 증명하는 식이었다.

"당신이 쳐들어가자 그가 어떻게 반응했습니까? 그의 아파트에 무단으로 침입했을 때 말입니다."

"물론 반응이 좋지는 않았죠. 저에게 소리를 지르기 시작했어요. 몇 달 전부터 헤어지려고 했지만 내가 끈질기게 달라붙었다면서요. 자기 말을 들으려 하지 않았다고요. 나를 자기 아파트에 침입한 정신 나간 전 여자친구로 만들었고… 접근금지 명령을 신청했어요."

"세라의 매트리스에 있었던 핏자국은 뭐였죠?"

"세라가 예기치 않게 임신을 했었던 모양이에요." 내가 아무 감정도 없이 사실적으로 말했다. "하지만 유산됐죠. 그래서 세라는 기분이 상했고, 비밀에 부치고 싶었어요. 세라는 아무에게도 임신 사실을 알리고 싶지 않았고, 특히 자기 룸메이트 남자친구의 애라는 사실은 절대 알리고 싶지 않았죠. 그래서 일주일 동안 이선의 아파트에 틀어박혀서 어떻게든 해결하려 했어요. 겁에 질려서 세라의 부모님에게 전화하려는 나를 이선이 말린 것도 그래서였어요. 그러길 바라지 않았던 거예요. 혹시나 실종 신고라도 하면 안 되니까."

토머스 형사가 한숨을 쉬자 나는 취하려고 구강청정제를 마셨다가 꾸중을 듣는 십 대처럼 바보가 된 기분이다. 난 화난 게 아니야, 실망한 거야. 나는 그가 무슨 말이든 하기를 기다렸지만 그는 나를 가만히 보면서 뭔가를 묻는 듯한 눈으로 나를 샅샅이 살핀다.

"왜 저에게 이 이야기를 시키는 거죠?" 마침내 내가 묻는다. 아까처럼 짜증이 치밀어 오른다. "이미 다 아시는 것 같은데요. 그게 이 사건과 무슨 상관이죠?"

"그 기억을 다시 이야기하면 내가 보는 것을 당신도 볼 수 있을 것 같아서요." 그가 나에게 한발 다가서며 말한다. "당신은 살면서 사랑하는 사람들에게 상처를 받았습니다. 당신이 믿었던 사람들에게서요. 당신은 본능적으로 남자를 믿지 못해요, 그건 분명하죠. 누가 당신을 탓하겠습니까? 당신 아버지가 그런 일을 저질렀으니까요. 하지만 당신이 남자친구의 일거수일투족을 빠짐없이 알지 못한다고 해서 그가 살인자라는 뜻은 아닙니다. 당신이 그 경험을 통해서 힘들게 배웠듯이 말입니다."

목이 조여들고 대니얼이 곧장 떠오른다. 지금 내가 혼자서 조사 중인 또 다른 남자친구, 아니, 약혼자. 마음속에 쌓여만 가는 의심, 나의 이번 주말 계획. 사실상 창문을 통해 이선의 아파트에 침입한 것과 그리 다르지 않은 계획. 일기장을 훔쳐보는 것처럼 이건 사생활 침해다. 내가 눈을 깜빡이며 지퍼가 잠기고 만반의 준비를 끝낸 채 내 발치에 놓인 더플백을 본다.

"당신이 버트 로즈를 못 믿는다고 해서 그가 살인을 저지를 수 있다는 뜻도 아닙니다." 토머스 형사가 말을 잇는다. "이게 당신의 패턴 같군요. 당신과 상관없는 갈등에 스스로를 투사해서 미스터리를 해결하고 영웅이 되려는 것 말입니다. 왜 그러는지는 알겠습니다. 당신은 아버지를 철창 뒤에 가둔 영웅이었으니까요. 그게 의무처럼 느껴지겠죠. 하지만 이제 그만둬야 한다고 말하러 왔습니다."

이번 주에 이 말을 듣는 것이 벌써 두 번째다. 지난번에는 쿠퍼가 우리 집 부엌에서 내 약을 보며 말했다.

네가 왜 이러는지 알아. 난 그냥 네가 그만두기를 바랄 뿐이야.

"저는 그 무엇에도 스스로를 투사하지 않아요." 내가 손가락을 손바닥에 박아 넣으며 말한다. "영웅이 되려는 게 아니에요. 그게 무슨 뜻이든지요. 난 그냥 도움이 되려는 거예요. 단서를 주려는 거라고요."

"잘못된 단서를 쫓느니 단서가 아예 없는 게 낫습니다. 우리는 이 남자한테 거의 일주일을 허비했어요. 다른 사람을 조사할 수 있었던 일주일이죠. 당신한테 악의가 있었다고 생각하지는 않아요. 당신 스스로는 최선을 다하려 애썼다고 진심으로 믿어요. 제 의견을 묻는다면, 도움을 받는 것을 고려해 보시는 게 좋겠습니다."

애원하는 쿠퍼의 목소리.

도움을 받으면 좋겠어.

"전 심리 상담사예요." 내가 그의 눈을 빤히 쳐다보며 쿠퍼에게 내뱉었던 말을, 어른이 되고 나서 평생 마음속으로 혼자 되뇌었던 말을 그대로 반복한다. "날 돕는 방법은 내가 알아요."

사무실에 침묵이 내려앉고, 밖에서 멀리사의 숨소리가 들리는 것 같다. 닫힌 문에 귀를 대고 있다. 당연히 멀리사는 우리의 대화를 전부 들었을 것이다. 대기실에 앉아 있을 나의 다음 환자 역시도. 나는 형사가 자기 상담사에게 도움을 받으라고 말하는 소리를 엿듣고 눈이 커지는 환자를 상상한다.

"당신이 아파트에 침입한 뒤에 이선 워커가 신청했던 접근금지 명령 말인데요. 그는 당신이 대학생 때 약물 남용 문제를 겪었다고 말했습니다. 처방약인 디아제팜을 술에 섞어서 무모하게 복용했다고요."

"이젠 그런 짓 안 해요." 내가 말한다. 내 다리 옆에서 존재감을 발산하는 나의 알약 서랍.

모발에서 상당량의 디아제팜이 검출되었습니다.

"그런 약물에 꽤 심각한 부작용이 있다는 사실은 분명 아시겠지요. 피해망상, 혼란. 환상과 현실을 구분하기 힘들어질 수 있습니다."

가끔은 뭐가 현실이고 뭐가 현실이 아닌지 판단하기가 힘들어.

"저는 어떤 약도 처방받고 있지 않아요. 저는 과대망상도 아니고, 혼란스럽지도 않아요. 난 그냥 도우려는 것뿐이에요." 정확히 말하자면 거짓말은 아니다.

"알겠습니다." 토머스 형사가 고개를 끄덕인다. 그가 나를 안쓰러워한다는 것은 알겠다. 그는 나를 동정하고 있고, 그것은 내 말을 두 번 다시 진지하게 받아들이지 않으리라는 뜻이다. 아까보다 더 외로운 느낌이 들 수 있을 줄 몰랐지만, 바로 지금 그렇다. 나는 완전히 혼자가 된 느낌이다. "네, 알겠어요. 그럼 이제 끝난 것 같군요."

"네, 제 생각도 그래요."

"시간 내 주셔서 감사합니다." 그가 문 쪽으로 걸어가며 말한다. 그가 손잡이를 향해 손을 뻗다가 망설이더니 다시 돌아선다. "아, 한 가지만 더."

내가 눈썹을 치켜올리고 말없이 계속하라는 신호를 보낸다.

"어떤 범죄 현장에서든 당신이 보이면 필요한 징계조치를 취할 겁니다. 증거 조작은 범죄예요."

"네? 조작이라니 무슨…." 내가 정말로 깜짝 놀라서 묻는다.

나는 그의 말을 이제야 이해하고 말을 멈춘다. 사이프러스 공동묘지. 오브리의 귀걸이. 내 손바닥에 놓인 귀걸이를 집어 간 경관.

정말 낯이 익은데요. 어디서 봤는지 딱 떠오르지 않네요. 우리 만난 적 없습니까?

"도일 경관은 우리가 당신 사무실에 들어서자마자 오브리 그라비노의 시체 발견 현장에서 만났던 당신을 알아봤습니다. 우리는 당신이 뭐라고 말하나 기다렸지요. 거기 갔었다는 말을 기다렸어요. 꽤 대단한 우연이니까요."

나는 침을 꿀꺽 삼킨다. 너무 놀라서 움직일 수가 없다.

"하지만 당신을 말하지 않았어요. 그래서 뭔가 기억났다며 경찰서를 찾아왔을 때 그 이야기를 하러 온 줄 알았습니다." 그가 자세를 바꾸며 말을 잇는다. "하지만 당신은 그 대신 모방범 가설을 내놨지요. 훔친 보석, 버트 로즈. 다만 당신은 레이시의 시체를 보고 가설을 떠올렸다고 말했습니다. 그래서 나는 그 말을 이해하기가 힘들었어요. 당신이 그 귀걸이를 들고 있는 모습을 도일 경관이 보고 난 다음의 일이었으니까요."

나는 토머스 형사의 사무실에 찾아갔던 오후를, 불안한 듯 나를 보던 그의 시선을 떠올린다. 내 말을 믿지 않았던 것이다.

"제가 오브리의 귀걸이를 어떻게 손에 넣었겠어요? 제가 그걸 거기에 심었다고 정말 생각하신다면, 형사님은 저를…."

나는 차마 그 말을 할 수가 없어서 말을 멈춘다. 설마 내가 이 모든 사건과 관련이 있다고 생각할 리는 없다…. 아닌가?

"여러 가지 가설이 나오고 있습니다." 그가 이빨 사이에 새끼손톱을 넣었다가 빼서 살펴본다. "하지만 귀걸이에서 오브리의 DNA가 나오지 않았다는 말씀은 드릴 수 있어요. 어디에도 없었습니다. 당신 DNA뿐이었죠."

"무슨 말씀을 하고 싶은 거죠?"

"그 귀걸이가 왜, 어떻게 거기에서 발견되었는지 증명할 수 없다는 말입니다. 하지만 이 모든 것을 하나로 묶는 공통점은 당신인 것 같군요. 그러니 지금보다 더 의심스러워 보이지 말라는 말입니다."

나는 이제야 깨닫는다. 우리 집 어딘가에 숨겨진 오브리의 목걸이를 찾아내도 경찰은 내 말을 믿지 않을 것이다. 경찰은 내가 그들을 특정 방향으로 이끌려고 증거를 심어 놓았다고, 이 역시 근거도 없는 내 생각을 증명하려는 한심한 시도라고, 믿을 수 없는 또 다른 남자를 만나 그를 탓한다고 생각할 것이 분명하다. 더 나쁘게는, 내가 살인 사건과 관련이 있다고 생각할지도 모른다. 살아 있는 레이시를 마지막 목격한 나. 오브리의 귀걸이를 최초로 발견한 나. 딕 데이비스의 살아 숨 쉬는 DNA인 나. 괴물의 혈통.

"알았어요." 내가 말한다. 이 문제로 토머스 형사와 싸워 봤자 의미가 없다. 설명하려 애써 봐야 의미가 없다. 나는 토머스 형사가 내 대답에 만족하면서 고개를 다시 끄덕이고 뒤로 돌아 사무실 문 뒤로 사라지는 모습을 지켜본다.

35

멍한 상태에서 남은 오전 시간이 흘러갔다. 상담이 연달아 세 건 있었는데, 또렷이 기억나는 것은 하나도 없다. 나중에 정신이 팔리지 않았을 때, 집중할 수 있을 때 녹음본을 다시 들을 수 있는 데스크톱의 작은 아이콘이 고마운 적은 처음이다. 아무 감정도 없이 중얼거리는 내 목소리를 상상하니 몸이 움츠러든다. 진정한 질문을 하는 대신 멍하니 "으흠" 하며 말하는 소리 말이다. 내 눈이 초점을 되찾고 내가 지금 어디 있는지, 뭘 하고 있는지 기억해 내기 전까지 길게 늘어진 침묵. 첫 번째 환자는 토머스 형사가 걸어 나갈 때 대기실에서 기다리고 있었다. 나는 겨우 의자에서 일어나 로비로 나갔다가 그녀의 표정을, 나와 문을 번갈아 바라보는 그녀의 시선을 보았다. 상담실로 들어가야 할지 그냥 나가야 할지 결정하려는 것처럼 말이다.

너무 절박해 보이고 싶지 않기에 12시 2분이 되자 나는 자리에서 일어난다. 더플백을 들고 컴퓨터를 끈 다음 책상 서랍을 열고 각종 약통을 손가락으로 톡톡 친다. 한쪽 구석에 자리 잡은 디아제팜을 보지만 곧 시선을 돌려 자낙스로 결정한다. 만일의 경우를 위해서다. 그런 다음 서랍을 잠그고 상담실을 나가서 멀리사에게 퇴근하라고 서둘러 지시한 다음 그녀의 앞을 지나친다.

"그럼 월요일에 돌아오는 거죠?" 멀리사가 자리에서 일어나며 말한다.

"네, 월요일에. 결혼식 때문에 쇼핑 좀 하려고요. 마지막으로 해결해야 할 볼일이 있어서요." 내가 고개를 돌리고 미소를 지으려 애쓰며 말한다.

"그래요. 뉴올리언스에 간다고 했죠. 들었어요." 멀리사가 조심스럽게 나를 보며 말한다.

"그래요." 나는 다른 말을, 정상적인 말을 생각해 내려 하지만 둘 사이의 침묵이 어색하고 불편할 정도로 길어진다. "음, 더 할 말 없으면…."

"클로이." 멀리사가 큐티클을 뜯으며 말한다. 멀리사는 사무실에서 절대 내 이름을 부르지 않는다. 항상 공과 사를 명확하게 구분한다. 그녀가 지금 하려는 말은 분명 사적인 것이다. "무슨 문제라도 있어요? 무슨 일이에요?"

"아무것도 아니에요." 내가 다시 미소를 지으며 말한다. "아무 일도 없어요. 그러니까 내 말은, 환자 한 명이 살해당했고 한 달 뒤가 내 결혼식이라는 것만 빼면요."

나는 한심한 농담을 시도하고 웃으려고 하지만 목이 졸린 듯한 소리만 나온다. 그래서 그 대신 기침을 한다. 멀리사도 미소를 짓지 않는다.

"그냥 요즘 스트레스를 많이 받아서요." 내가 말한다. 요즘 내가 멀리사에게 했던 말 중에 유일하게 솔직한 말 같다. "좀 쉬어야겠어요. 정신 건강을 위한 휴식이죠."

"알았어요. 아까 그 형사님은요?" 그녀가 머뭇거리며 묻는다.

"레이시에 대해서 몇 가지 추가로 물어보려고 왔을 뿐이에요. 내가 살아 있는 레이시를 마지막으로 봤으니까요. 내가 제일 강력한 목격자라니, 지금으로서는 별 진전이 없나 봐요."

"그렇군요." 멀리사가 이번에는 조금 더 믿는 것처럼 말한다. "알았어요. 그럼, 잘 쉬고 와요. 기운을 되찾아서 돌아오면 좋겠네요."

나는 자동차로 걸어가서 더플백을 광고성 우편물처럼 조수석에 던져 넣고 운전석에 올라 시동을 건다. 그런 다음 핸드폰을 꺼내서 연락처를 찾아 문자 메시지를 보낸다.

출발.

모텔까지는 얼마 안 걸린다. 사무실에서 45분밖에 안 된다.

나는 월요일에, 멀리사에게 상담 일정을 더 잡지 말라고 말한 직후에 방을 예약했다. 구글에서 검색한 별 3개 이상의 저렴한 모텔 중에서 제일 위에 뜬 곳을 선택했다. 요금은 현금으로 지불하고 싶었고, 어차피 방에서 보내는 시간이 많지 않을 것이었다. 나는 주차장에 차를 세우고 로비로 들어가서 직원과의 잡담을 피하며 열쇠를 받는다.

"12호실입니다." 그가 내 앞에서 열쇠를 흔들며 말한다. 내가 열쇠를 받고 살짝 미소를 짓는다. 마치 사과하는 것처럼. "제빙기 바로 옆이에요. 운이 좋으시네."

문을 여는데 주머니 속에서 핸드폰 진동이 느껴진다. 나는 핸드폰을 꺼내서 도착했다는 메시지를 읽고 몇 호실인지 알려준 다음 퀸 사이즈 침대에 가방을 던진다. 그러고 나서 방을 둘러본다.

고속도로 모텔이 다 그렇듯 형광등이 켜진 황량한 방이다. 꾸미려는 노력 때문에 어쩐지 더 칙칙해졌다. 대량 생산된 해변 풍경화가 침대 위에 삐뚜름하게 걸려 있고, 베개에 조심스레 놓인 초콜릿은 손가락으로 잡으니 뜨뜻하고 약간 물렁하다. 침대 옆 테이블의 서랍을 열어 보니 표지가 뜯겨 나간 성경이 들어 있다. 나는 욕실로 가서 얼굴에 물을 뿌리고 머리카락을 모아서 틀어 올린다. 문을 두드리는 소리가 들리자 나는 천천히 한숨을 쉬고 거울 속의 나를 마지막으로 흘끔 보면서 가혹한 조명 때문에 더욱 심해 보이는 눈 밑의 불룩한 살을 무시하려 애쓴다. 겨우 스위치를 끄고 문으로 다시 걸어가자 닫힌 커튼 너머로 실루엣이 보인다. 나는 손잡이를 꼭 잡고 문을 연다.

양손을 주머니에 깊숙이 찔러 넣은 에런이 보도에 서 있다. 불안해 보이지만 그를 탓할 수는 없다. 나는 분위기를 가볍게 만들고 우리가 배턴루지 외곽의 특징 없는 모텔 방에서 만나고 있다는 사실에서 주의를 돌리려고 미소를 지으려 애쓴다. 나는 에런에게 왜 여기로 오라고 했는지, 이제부터 뭘 할 건지 말하지 않았다. 차로 한 시간만 가면 우리 동네인데 내가 왜 오늘 밤 내 집에서 잘 수 없는지 말하지 않았다. 월요일에 에런에게 전화를 걸어서 한 말은 그가 놓치고 싶지 않을 단서가, 그의 도움을 받아야 쫓을 수 있는 단서가 있다는 것뿐이다.

"안녕." 내가 문에 기대며 말한다. 그 무게 때문에 문이 신음하자 나는 다시 똑바로 서서 팔짱을 낀다. "와 줘서 고마워요. 가방만 좀 챙길게요."

내가 들어오라고 손짓하자 에런이 조심스럽게 문지방을 넘는다. 그는 별 감흥 없이 내 새로운 은신처를 둘러본다. 지난주에 내가 버트 로즈에 대해서 알아보라고 말한 이후 우리는 거의 연락을 하지 않았는데, 그것이 마치 전생의 일 같다. 에런은 내가 버트와 부딪친 것도, 경찰서에 간 것도, 토머스 형사에게 수사에 끼어들지 말라고 경고받은 것도 전혀 모른다. 나는 지금 정반대로 하고 있지만 말이다. 에런은 또 내 의심이 버트 로즈에서 내 약혼자에게로 옮겨간 것도, 내 생각이 옳다는 것을 증명하려고 그의 도움을 구하고 있는 것도 전혀 모른다.

"기사는 어떻게 되어가요?" 에런이 나보다 더 많이 알아냈는지 정말로 궁금해서 내가 묻는다.

"편집장이 이번 주말까지 시간을 줬어요. 아무것도 없으면 짐을 싸서 돌아가야죠." 그가 끼익 소리를 내는 매트리스 가장자리에 앉으며 말한다.

"빈손으로요?"

"네."

"하지만 여기까지 왔잖아요. 당신 가설은 어쩌고요? 모방범 말이에요."

에런이 어깨를 으쓱한다.

"난 아직도 그렇게 믿어요. 하지만 솔직히 말하면 성과가 별로 없어요." 그가 손톱으로 이불 솔기를 뜯으며 말한다.

"음, 내가 도울 수 있을지도 몰라요."

내가 침대로 걸어가서 에런의 옆에 앉자 매트리스가 푹 꺼지면서 우리 두 사람의 몸이 더 가까워진다.

"어떻게요? 뭔지 모르지만 그 단서라는 것과 상관이 있어요?"

내가 손을 내려다본다. 대답을 신중하게 선택해야 한다. 에런이 꼭 알아야 할 정보만 주어야 한다.

"우리는 다이앤이라는 여성과 이야기를 나눌 거예요. 아빠가 살인을 저지르고 다닐 때 그녀의 딸이 실종되었는데, 역시 어리고 매력적인 십 대였죠. 다른 희생자들과 마찬가지로 시체가 발견되지 않았어요.”

“좋아요, 하지만 당신 아버지는 그 아이를 죽였다고 자백하지 않았군요. 그렇죠? 여섯 명에 대해서만 자백했죠?”

“네, 맞아요. 그리고 액세서리도 없었어요. 사실 패턴에 들어맞지 않아요…. 하지만 그 애를 납치한 범인이 발견되지 않았으니까 알아볼 가치가 있을 것 같아요. 어쩌면 그 남자가 모방범일지도 모른다고 생각했어요. 그게 누구든지 말이에요. 어쩌면 그 사람은 우리 생각보다 훨씬 일찍부터, 어쩌면 아직 당시 사건이 일어나고 있을 때부터 아빠의 범죄를 흉내 내기 시작했을지도 몰라요. 한동안 어둠 속에서 지내다가 20주년이 다 되어가는 지금 다시 나타난 거죠.”

에런이 나를 본다. 나는 그가 일어나서 걸어 나갈지도 모른다고, 이렇게 말도 안 되는 단서 때문에 자기를 여기까지 불러냈냐며 기분 나빠할지도 모른다고 반쯤 예상한다. 하지만 에런은 그러는 대신 양손으로 허벅지를 탁 치고 한숨을 내쉰 다음 푹 꺼진 침대에서 일어선다.

“음, 좋아요.” 그가 나를 일으켜 주려고 손을 내밀며 말한다. 에런이 정말 내 이야기에 설득당한 것인지, 아니면 나를 맹목적으로 따를 만큼 단서가 간절했는지, 그것도 아니면 그냥 내 기분을 맞춰 주는 건지 모르겠다. 아무튼 고마울 뿐이다. “다이앤과 이야기 나누러 가 보죠.”

　나는 핸드폰을 보면서 방향을 알려 주고 에런이 차를 몰아서 우리는 시내 어느 구역 깊숙이 들어간다. 중산층의 모듈 주택에서 배턴루지의 낡아 빠진 외곽 지역으로 서서히 바뀌어서 변화를 알아차리기도 힘들다. 너무 천천히 변했기 때문에 나는 거의 깨닫지도 못한다. 에어풀장에서 물장구치는 아이가 보이는가 싶더니 (엄마는 물에 발을 담그고 한 손에 레모네이드를 들고서 핸드폰에 정신이 팔려 있다) 어느새 쓰레기봉투와 맥주로 가득 찬 쇼핑 카트를 끌고 가는 해골 같은 여자가 보인다. 창문에 창살을 치고 페인트 칠이 벗겨진 허물어져 가는 집들이 보이고 우리는 긴 자갈길로 들어선다. 드디어 외벽 플라스틱 판자에 375라는 번지수가 붙은 이층집이 보이자 에런에게 차를 세우라고 손짓한다.

　"여기예요." 내가 안전벨트를 풀며 말한다. 나는 룸미러에 비친 모습을, 얼굴을 조금이라도 가리려고 모텔에서 나오기 전에 쓴 독서용 안경을 한 번 더 슬쩍 본다. 변장 삼아 안경을 쓰다니, 만화 같다. 형편없는 영화에 나올 것만 같다. 다이앤이 내 사진을 봤을 것 같지는 않지만 확신할 수는 없다. 그렇기 때문에 나는 평소와 달라 보이고 싶다. 그리고 이야기는 대부분 에런에게 맡기고 싶다.

"좋아요. 계획이 뭐라고 했죠?"

"문을 두드리고 오브리 그라비노와 레이시 데클러의 죽음에 대해서 조사 중이라고 말해요. 기자증을 슬쩍 보여 줘도 좋고요. 공식적인 분위기를 풍겨요."

"알았어요."

"20년 전에 딸이 납치당했고 범인이 잡히지 않았다는 사실을 알고 있다고 말해요. 딸의 실종 사건에 대해서 이야기를 좀 들려 달라고 부탁하는 거죠."

에런은 아무 질문도 없이 고개를 끄덕이고 뒷좌석의 컴퓨터 가방을 가져와서 자기 무릎에 올린다. 초조해 보이지만 티를 내고 싶지 않다는 것은 알겠다.

"당신은요?"

"당신 동료라고 하죠." 내가 이렇게 말하고 차에서 내려 문을 닫는다.

집을 향해 걸어가자 짙은 담배 냄새가 난다. 조금 전에 피운 담배 냄새가 아니다. 방금 누가 현관문 앞에 앉아서 저녁식사 전에 담배를 한 대 피운 그런 냄새가 아니다. 이 집에 깊게 배서 타이머를 설정해 둔 방향제처럼 조금씩 뿜어져 나오는 냄새다. 옷에 스며들어 절대 빠지지 않는 영구적인 냄새다. 내가 앞쪽 포치를 향해 계단을 오르자 뒤에서 에런이 차 문을 닫고 서둘러 따라오는 소리가 들린다. 나는 돌아서서 그를 보고 준비됐냐고 묻듯이 눈썹을 치켜올린다. 에런이 고개를 끄덕이고 살짝 갸웃하더니 주먹을 들어 문을 두 번 두드린다.

"누구세요?"

안에서 여자의 목소리가, 높고 새된 목소리가 불쑥 들린다. 에런이 나를 보자 이번에는 내가 주먹을 들어 다시 문을 두드린다. 내가 팔을 내리기도 전에 문이 벌컥 열리더니 나이 많아 보이는 여자가 더러운 스크린도어 뒤에서 우리를 노려본다. 방충망에 죽은 파리가 끼어 있다.

"뭐야? 당신들 누구야?" 그녀가 묻는다.

"음, 제 이름은 에런 잰슨입니다. 〈뉴욕타임스〉 기자입니다. 몇 가지 여쭤볼 수 있을까 해서요." 에런이 자기 셔츠를 내려다보며 옷깃에 꽂은 기자증을 가리킨다.

"어디 기자?" 여자가 에런과 나를 번갈아 보며 묻는다. 그녀가 잠시 나를 빤히 보면서 이마를 찌푸린다. 코 오른쪽에 검푸른 그늘이 져 있다. 그녀의 눈은 스티커 제거제처럼 끈적하고 노랗다. 공기 중에 떠다니는 니코틴 때문에 눈물샘까지 막혀 버린 것 같다. "신문사에서 일한다고?"

나는 그녀가 나를 알아볼까 잠시 겁에 질린다. 내가 누구인지 알까 봐. 하지만 그녀는 나와 눈이 마주치자마자 곧장 에런에게 시선을 돌리더니 눈을 가늘게 뜨고 셔츠에 꽂힌 기자증을 본다.

"네, 부인. 오브리 그라비노와 레이시 데클러의 죽음에 대해서 기사를 쓰고 있는데, 부인께서도 20년 전에 딸을 잃으셨다고 들어서요. 실종되어서 영영 못 찾으셨다면서요."

내 시선이 여자를, 이목구비에 새겨진 피곤함을 얼른 살핀다. 세상 누구도 믿지 않을 것 같다. 나는 그녀를 위아래로 훑으면서 그녀가 입고 있는 크고 초라한 옷과 좀이 쏠아서 미세한 구멍으로 뒤덮인 소매를 자세히 본다. 관절염에 걸린 엄지는 미니당근처럼 두껍고 뒤틀렸고, 팔은 빨간색과 보라색 멍으로 얼룩덜룩하다. 손가락 자국이 보이는 것 같다. 그 순간 나는 눈 밑의 그늘이 사실은 그늘이 아님을 깨닫는다. 멍이다. 나는 목을 가다듬으며 에런에게 쏠린 주의를 나에게로 돌린다.

"몇 가지 여쭤보고 싶은데요." 내가 말한다. "따님에 대해서요. 세월이 많이 지났지만 따님이 어떻게 되었는지 알아내는 것은 오브리와 레이시에게 무슨 일이 벌어졌는지 알아내는 것만큼 중요해요. 우리는, 저는 당신의 도움을 받고 싶어요."

여자가 나를 다시 보더니 자기 어깨 너머를 돌아보고 졌다는 듯 한숨을 쉰다.

"알았어요. 하지만 빨리 해야 돼. 남편이 돌아오기 전에는 가줘요." 그녀가 이렇게 말하며 스크린도어를 밀어서 열고 우리에게 들어오라고 손짓한다.

우리가 안으로 들어간다. 집이 너무 지저분해서 내 모든 감각을 압도한다. 사방에, 모든 방의 구석구석까지 쓰레기가 쌓여 있다. 음식이 굳어서 붙은 종이 접시들이 기울어진 탑처럼 바닥에 쌓여 있고 케첩 자국과 기름얼룩이 묻은 패스트푸드 봉투 주변에서 파리가 윙윙 날아다닌다. 털 빠진 고양이 한 마리가 소파 끄트머리에 앉아 있는데, 털이 듬성듬성하고 축축하다. 여자가 팔을 내저어 쫓자 고양이가 하악 울면서 바닥으로 도망간다.

"앉아요." 그녀가 소파를 가리키며 말한다. 에런과 나는 얼른 눈빛을 교환하고 소파를 다시 보면서 잡지와 빨랫감 사이에 앉을 만한 자리를 찾으려고 애쓴다. 나는 그냥 그 위에 앉기로 한다. 내 무게가 실리자 종이가 부자연스러울 정도로 큰소리를 내며 바스락거린다. 그녀는 테이블을 사이에 두고 맞은편에 앉아서 테이블 위에 있던 담뱃갑을 집어 들어 가늘고 축축한 입술로 한 개비를 빼 문다. 그녀가 라이터를 들고 불에 담배를 가져다 대더니 깊이 들이마신 다음 우리 쪽으로 연기를 뱉는다.

"그래서, 뭘 알고 싶지?"

에런이 서류 가방에서 공책을 꺼내서 깨끗한 페이지를 펼치고 펜을 다리에 대고 몇 번 딸각거린다.

"음, 다이앤, 기록을 위해서 성함부터 말씀해 주시죠. 그런 다음 따님의 실종 사건에 대해서 듣겠습니다."

"좋아요." 그녀가 한숨을 쉬고 담배를 한 번 더 빤다. 그녀가 연기를 내뿜을 때 나는 창밖을 내다보는 그녀의 눈빛이 아득해지는 것을 알아차린다. "내 이름은 다이앤 브릭스예요. 내 딸 소피는 20년 전에 실종됐어요."

37

"소피에 대해서 무슨 이야기를 해 주실 수 있나요?"

다이앤은 내 존재를 완전히 잊고 있었다는 듯이 나를 흘깃 본다. 이런 식으로 미래의 시어머니가 될지도 모르는 사람을 만나다니, 뭔가 잘못된 느낌이다. 다이앤은 분명히 내가 누구인지 전혀 모르고, 이름을 알려 주지 않도록 최대한 피하면 영영 모를 수도 있다. 나는 이제 페이스북도 없어서 사진을 인터넷에 올리지도 않는다. 내가 사진을 올린다 해도 대니얼은 부모님과 연락을 끊었다. 결혼식에도 초대하지 않았다. 다이앤이 아들의 약혼 소식을 과연 알고나 있을까 싶다.

그녀는 잊고 있었다는 듯이 질문에 대해서 잠시 생각하면서 손을 들어 가죽 같은 팔을 긁는다.

"내가 소피에 대해서 할 수 있는 이야기는 말이죠." 그녀가 내 말을 그대로 따라 하면서 담배를 마지막으로 한 모금 피우고 나무 탁자에 내려놓는다. "정말 대단한 아이였다는 거야. 똑똑하고 예뻤지. 저기 저게 소피예요."

다이앤이 벽에 딱 하나 걸려 있는 사진 액자를 가리킨다. 학교에서 찍은 사진으로, 피부가 창백하고 가느다란 금발이 곱슬거리는 여자애가 아마도 수영장 물처럼 보이는 옥색 배경 앞에서 미소를 짓고 있다. 소피의 사진이 걸려 있다니 이상하다. 다른 사진은 없고 이것 한 장뿐이다. 초라한 신전처럼 부자연스럽게 꾸민 느낌이 든다. 나는 브릭스 가족이 카메라를 별로 좋아하지 않았던 걸까, 아니면 기억할 만한 순간이 별로 없었던 걸까 생각한다. 대니얼의 사진을 찾아 주변을 두리번거리지만 하나도 보이지 않는다.

"난 소피한테 기대가 컸어. 실종되기 전까지는."

"어떤 기대요?"

"알잖아요. 여기서 벗어나는 거지." 그녀가 자기 집을 가리키며 말한다. "걘 여기보다 나았어. 우리보다 나았지."

"우리가 누구죠? 당신과 남편분인가요?" 에런이 뺨에 펜 끝을 대고 묻는다.

"나, 남편, 아들. 난 소피가 여기서 벗어날 애라고 항상 생각했어. 뭐가 되도 될 거라고."

대니얼의 언급에 가슴이 철렁한다. 나는 대니얼이 여기서 자라는 모습을, 구름 같은 담배 연기와 쓰레기 산에 산 채로 묻힌 모습을 상상하려 애쓴다. 내가 대니얼에 대해서 잘못 생각했음을 깨닫는다. 그의 완벽한 치아, 매끄러운 피부, 값비싼 교육과 보수가 많은 직업. 나는 그것이 그의 타고난 태생이라고, 특권의 산물이라고 늘 생각했다. 그가 나보다, 망가진 클로이보다 태생적으로 더 낫다고 말이다. 하지만 아니었다. 그렇지 않았다. 그 역시 망가졌다.

대니얼은 널 몰라, 클로이. 너도 대니얼을 모르고.

대니얼이 그토록 깨끗하고 티 하나 없이 말끔한 것이 전혀 놀랍지 않다. 이곳과 정반대가 되려고 열심히 노력했던 것이다.

아니면 진짜 자신을 숨기려고 노력했거나.

"남편과 아들에 대해서는 어떤 이야기가 있으실까요?"

"남편은 성깔이 좀 있어요. 이미 눈치챘겠지만." 그녀가 나를 보고 살짝 웃는다. 우리가 남자들에 대한 무언의 유대감 같은 것을 가지고 있다는 듯이. 남자들의 행동. 남자가 다 그렇지 뭐. 나는 그녀의 눈 아래쪽 멍에서 시선을 돌리지만 이 여자는 바보가 아니다. 내 시선을 알아차린 것이 분명하다. "그리고 내 아들은, 글쎄. 이젠 아들을 잘 모르겠어. 하지만 피는 못 속일까 봐 항상 걱정이지."

에런과 내가 서로 흘긋거리고, 내가 에런에게 계속하라고 고갯짓을 한다.

"그게 무슨 뜻이죠?"

"걔도 성깔이 있다는 뜻이지."

내 손목을 꽉 잡던 대니얼이 떠오른다.

"아빠한테 맞서 싸우려고, 남편이 술을 먹고 들어오면 나를 보호하려고 했었지." 그녀가 말을 잇는다. "하지만 나이가 들더니 모르겠어. 더 이상 애쓰지 않고 그냥 놔두더라고. 둔감해졌었나 봐. 내 잘못이겠지."

"좋습니다. 아드님은… 죄송하지만 이름이 뭐라고 하셨죠?" 에런이 고개를 끄덕이며 공책에 뭐라고 적는다.

"대니얼. 대니얼 브릭스." 그녀가 말한다.

나는 에런에게 대니얼의 성까지 말한 적이 있는지 머릿속을 뒤지는 동안 배가 조여든다. 말한 적 없는 것 같다. 나는 에런을, 공책에 대니얼의 이름을 적으면서 집중을 하느라 주름이 진 이마를 흘깃 본다. 알아차리지 못한 것 같다.

"좋습니다. 대니얼은 소피의 실종에 반응했죠?"

"솔직히 갠 신경 쓰는 것 같지 않아." 그녀가 담뱃갑으로 손을 뻗어 다시 한 대에 불을 붙이며 말한다. "이런 말을 하면 별로 엄마답지 않다는 건 알지만, 사실이야. 나는 마음 한구석으로 항상 궁금했어…."

그녀가 말을 멈추고 잠시 멀리 보더니 고개를 살짝 젓는다.

"뭐가 궁금하셨어요?" 내가 묻자 그녀는 이제 나를 보고, 멍한 상태에서 깨어난다. 눈빛이 왠지 강렬해서 그녀가 내 정체를 알아차린 것이 틀림없다고 잠시 생각한다. 그녀가 나에게, 클로이 데이비스에게, 자기 아들과 약혼한 여자에게 이야기하고 있다

405

고. 나에게 경고하고 있다고.

"걔가 그 일이랑 상관있는 게 아닐까 하고 말이야."

"왜 그렇죠? 상당히 심각한 혐의인데요." 에런이 말한다. 질문을 할 때마다 목소리가 점점 더 다급해진다. 그는 사소한 것 하나까지 기억해 두려고 손을 더 빨리 움직인다.

"모르겠어, 그냥 느낌이야. 엄마의 본능이라고 할 수도 있겠지. 소피가 처음 실종되었을 때 대니얼한테 소피가 어디 있는지 아느냐고 물어봤었는데, 난 대니얼이 거짓말을 하면 항상 알 수 있거든. 그때 대니얼은 뭔가 숨기고 있었어. 우리가 소피의 실종에 대한 뉴스에 귀를 기울이고 있을 때 걔가 미소를 지었어. 아니, 싱글싱글 웃는 것 같았어. 세상 사람들 아무도 모르는 비밀을 혼자 간직한 채 웃고 있는 것 같았지."

에런이 나를 보는 시선이 느껴지지만 나는 무시하고 계속 다이앤에게만 집중한다.

"대니얼은 지금 어디 있죠?"

"전혀 몰라. 고등학교 졸업식 바로 다음 날 집을 나갔고, 그 이후로 소식을 못 들었어." 다이앤이 소파에 몸을 기대며 말한다.

"저희가 집을 좀 둘러봐도 될까요? 올바른 방향을 알려 줄 단서를 찾을 수 있을지 대니얼의 방을 좀 둘러봐도 될까요?" 에런이 너무 많이 알아내기 전에 대화를 짧게 끝내고 싶다는 생각이 불쑥 들어서 내가 이렇게 묻는다.

그녀가 팔을 들어 계단을 가리킨다.

"얼마든지. 20년 전에 경찰한테 이미 말했지만 별일 없었어. 경찰 말로는 십 대 남자애가 그런 짓을 저지르고 빠져나가는 건 불가능하다더군."

내가 자리에서 일어나 성큼성큼 거실의 장애물들을 넘어 계단으로 간다. 베이지색 카펫은 더럽고 얼룩이 졌다.

"오른쪽 첫 번째야. 몇 년 동안 손도 안 댔어." 내가 한 번에 한 단씩 올라가는데 다이앤이 소리친다.

나는 위층으로 올라가서 닫힌 문을 바라본다. 손잡이를 찾아서 돌리자 십 대 소년의 방이 모습을 드러낸다. 불은 전부 꺼져 있고, 창문으로 들어온 햇살 한 줄기가 공기 중에 떠다니는 먼지를 점점이 드러낸다.

"소피 방도 안 건드렸어." 그녀의 목소리가 저 멀리서 들려온다. 에런이 소파에서 일어나 뒤따라 올라오는 소리도 들린다. "이제 내가 2층에 올라갈 이유가 없지. 사실 거길 어떻게 해야 할지도 모르겠어."

나는 보도의 갈라진 틈을 뛰어넘는 어린애처럼 입안 가득 공기를 물고 안으로 들어선다. 참 이상한 미신이다. 숨을 쉬면 안 좋은 일이라도 생길 것처럼 말이다. 여기가 대니얼의 방이다. 벽에 포스터들이 붙어 있다. 너바나, 레드핫칠리페퍼스 등 90년대 록밴드 포스터의 모서리가 해져 있다. 그가 방금 전에 일어나서 나간 것처럼 바닥에 놓인 매트리스에 파란색과 초록색 체크무늬 이불이 어지럽게 구겨져 있다. 나는 대니얼이 침대에 누워서 엉망으로 술에 취한 그의 아버지가 집으로 들어오는 소리에 귀 기울이는 모습을 상상한다. 화가 난 아버지. 요란한 소리. 나는 비명 소리, 냄비와 프라이팬이 챙그랑거리는 소리, 벽에 몸이 부딪치는 소리를 상상한다. 나는 대니얼이 꼼짝도 하지 않고 그 모든 소리에 귀를 기울이는 모습을 상상한다. 미소를 지으면서. 둔감해져서.

"가는 게 좋겠어요. 우리가 원하는 건 찾은 것 같아요" 에런이 뒤에서 살금살금 다가와 속삭인다.

하지만 나는 듣지 않는다. 들을 수가 없다. 나는 계속 걸어가면서 대니얼이 과거에 쓰던 방을 샅샅이 살핀다. 손가락으로 벽을 쓸면서 걸어가다가 책장에 닿는다. 먼지가 쌓이고 책장이 노랗게 변색된 책들, 카드 몇 팩, 글러브에 놓인 낡은 야구공이 늘어서 있다. 내가 책 제목을 훑는다. 스티븐 킹, 로이스 로리, 마이클 크라이튼. 전부 너무나 청소년답다. 너무 평범하다.

"클로이." 에런이 나를 부르지만 갑자기 귀에 솜을 끼운 것처럼 내 몸속에서 피가 도는 소리만 들릴 뿐, 그의 목소리는 거의 들리지 않는다. 나는 팔을 뻗어 책을 한 권 잡고 뽑아낸다. 우리가 처음 만난 날 대니얼의 목소리가 머릿속에서 울린다. 그날 대니얼은 내 책 상자 속에서 바로 이 책을 뽑아 들고 손가락으로 표지를 쓸었다. 내《선악의 정원》을 집어 든 그의 눈빛이 번득였다.

뭐라고 하는 건 아니에요. 그가 책장을 넘기며 말했었다. 나도 이 책 좋아하거든요.

나는 표지의 먼지를 후 불고 그 유명한 어리고 순수한 소녀의 석상을 빤히 본다. 그녀는 나에게 "왜?"라고 묻는 것처럼 고개를 갸웃하고 있다. 나는 대니얼이 그랬던 것처럼 반들반들한 표지를 손가락으로 쓸어 본다. 그런 다음 옆으로 돌리자 책장 사이로 틈이 보인다. 그가 명함을 깊숙이 끼워 놓아서 내 책에도 생겼던 그 틈처럼.

살인 좋아해요?

"클로이." 에런이 다시 부르지만 나는 그를 무시한다. 나는 심호흡을 하고 책장 틈에 손톱을 끼워 넣어 책을 펼친다. 시선을 내리자 어떤 이름이 보이고, 그때 그랬던 것처럼 가슴속이 뒤틀린다. 하지만 이번에는 대니얼의 이름이 아니다. 명함도 아니다. 낡은 신문을 오린 조각들로, 20년 동안 책장 사이에 끼워져 있던 탓에 평평하게 눌렸다. 손이 떨리지만 나는 억지로 그것을 집어 든다. 굵은 활자로 맨 위에 적힌 첫 번째 헤드라인을 읽는다.

리처드 데이비스가 브로브리지 연쇄살인범으로 밝혀졌으나 시체는 아직 발견 못 해

그리고 나를 빤히 바라보고 있는 것은 바로 우리 아빠의 사진이다.

38

"클로이, 그게 뭐예요?"

에런의 목소리가 멀리서 들린다. 터널 반대편 끝에서 나를 부르는 것 같다. 나는 아빠의 눈에서 시선을 뗄 수가 없다. 내가 아주 어렸을 때, 열두 살 때 이후로 본 적이 없는 눈. 나는 거실 바닥에 웅크리고 누워서 텔레비전 화면을 통해 그 눈을 들여다보았다. 지금 나는 대니얼에게 우리 아빠에 대해서 말했던 밤, 내가 그토록 오싹하고 특이한 아빠의 범죄를 자세히 이야기하는 동안 대니얼이 귀를 기울이며 지었던 걱정스러운 표정을 다시 떠올린다. 대니얼은 고개를 저으며 들어 본 적도 없다고, 전혀 몰랐다고 말했다.

하지만 그건 거짓말이었다. 모든 것이 거짓말이다. 그는 우리 아빠에 대해서 이미 알고 있었다. 아빠의 범죄에 대해서 알았다.

그는 자세한 내용을 세세하게 설명하는 기사를 어린 시절 방에, 소설 사이에 책갈피처럼 끼워서 보관하고 있었다. 그는 아빠가 그 여자애들을 어떻게 납치해서 어딘가 은밀한 곳에, 절대 발견되지 않을 곳에 숨길 수 있었는지 알았다.

만약 대니얼이 자기 여동생에게 비슷한 짓을, 끔찍한 짓을 했다면? 아빠에게서 영감을 받았다면? 지금도 그럴까?

"클로이?"

나는 눈물 고인 눈으로 에런을 올려다본다. 갑자기 나는 대니얼이 아빠에 대해서 안다면 나에 대해서도 안다는 뜻임을 깨닫는다. 나는 병원에서 우리가 어떻게 마주쳤는지 떠올린다. 딱 맞는 때에 딱 맞는 곳에 서 있다니, 운명적인 우연일까 아니면 치밀한 계획의 결과일까? 내가 그 병원에서 근무한다는 사실은 잘 알려져 있었다. 신문 기사가 그 증거였다. 나는 이미 나를 알고 있다는 듯이 바라보던 그의 눈빛을 생각한다. 익숙하다는 듯 내 얼굴을 훑는 그의 시선. 내 물건이 담긴 상자로 고개를 들이밀던 모습, 내가 이름을 밝히자 그의 얼굴에 번졌던 미소. 그 후 바로 나에게 빠진 듯한 느낌과 아주 자연스럽게 내 삶에 미끄러져 들어왔던 것. 그는 어디에든 누구와든 그렇게 자연스럽게 섞일 수 있는 사람이다.

내가 여기 앉아 있는 게 안 믿겨요. 당신이랑 같이 말이에요.

나는 이것도 계획의 일부였을까 생각한다. 내가 그의 계획의 일부였을까. 망가진 클로이, 아무 의심도 못 하는 그의 희생자

411

중 하나.

"우리 그만 가야겠어요. 나… 난 가야겠어요." 내가 떨리는 손으로 신문 기사를 접어서 뒷주머니에 넣으며 속삭인다.

나는 빠른 걸음으로 에런을 지나쳐 계단을 달려 내려가 멍한 표정으로 아직 거실 소파에 앉아 있는 대니얼의 어머니에게 돌아간다. 우리가 다가가는 모습을 보고 그녀가 고개를 들어 바라보더니 살짝 미소를 짓는다.

"쓸 만한 거라도 찾았어?"

내가 고개를 젓는다. 내 옆얼굴에 들러붙는 에런의 시선이, 의심스러운 눈빛이 느껴진다. 그녀가 그럴 줄 알았다는 듯 부드럽게 고개를 끄덕인다.

"못 찾을 줄 알았어."

이렇게 오랜 세월이 흘렀는데도 그녀의 목소리에서 실망이 느껴진다. 어떤 느낌인지 나는 안다. 항상 궁금하고 절대 흘려보내지 못한다. 하지만 또, 언젠가 진실을 알게 되리라는 희망을 아직도 붙잡고 있다는 사실을 절대 인정하고 싶지도 않다. 이해하게 되리라는 희망. 어쩌면 결국에는 기다릴 가치가 있을지도 모른다는 희망. 갑자기 나는 알지도 못하는 이 여자에게 마음이 끌린다. 우리가 연결되어 있음을 깨닫는다. 엄마와 내가 연결되어 있는 것처럼 우리는 연결되어 있다. 우리는 같은 남자를, 같은 괴물을 사랑한다. 나는 소파로 걸어가서 쿠션 끝에 걸터앉아서 그녀의 손에 내 손을 포갠다.

"이야기해 주셔서 감사해요. 분명 쉽지 않았을 거예요." 내가 그녀의 손을 가볍게 잡으며 말한다.

그녀가 고개를 끄덕이면서 자기 손을 꽉 잡고 있는 내 손을 바라본다. 그러더니 뭔가를 자세히 관찰하는 것처럼 그녀의 고개가 서서히 옆으로 살짝 기운다. 그녀가 손을 빼서 내 손을 잡더니 더 꽉 쥔다.

"이거 어디서 났어요?"

시선을 내리자 약혼반지가, 대니얼의 집안에서 대대로 전해 내려오는 물건이 내 손가락에서 반짝인다. 나는 당황해서 어쩔 줄을 모르고 다이앤은 내 손을 높이 들고 더 자세히 살펴본다.

"이 반지 어디서 났어? 이거 소피의 반지인데." 그녀가 내 눈에 시선을 고정시킨 채 다시 묻는다.

"뭐… 뭐라고요? 미안하지만 무슨 뜻이죠, 소피의 반지라니?" 내가 말을 더듬으며 손을 빼려고 애쓴다. 하지만 다이앤이 손을 너무 꽉 잡고 있다. 놔주지 않는다.

"내 딸 반지야." 그녀가 다시 한번 더 크게 말한다. 그녀의 시선이 다시 반지를 향하더니 타원형으로 커팅된 다이아몬드와 주변을 둘러싼 보석을 뚫어질 듯 바라본다. 뿌연 14K 링은 내 가늘고 앙상한 손가락에 비해 약간 크다. "이 반지는 몇 대째 우리 집안에서 내려오는 거야. 내 약혼반지였고, 소피가 열세 살이 됐을 때 내가 물려줬어. 소피는 항상 이 반지를 끼고 다녔어, 항상. 그날도…."

다이앤이 휘둥그레진 눈으로 겁에 질려 나를 본다.

"소피가 사라진 날에도 하고 있었는데."

내가 자리에서 일어나 그녀의 손을 뿌리친다.

"미안하지만 가 봐야겠어요. 에런, 가요." 내가 이렇게 말하고 에런을 지나쳐 스크린도어를 활짝 연다.

"당신 누구야?" 여자가 충격을 받아 소파에서 일어나지도 못하고 뒤에서 소리친다.

나는 문밖으로 달려 나가 현관 앞 계단을 내려간다. 술에 취한 것처럼 어지럽다. 어떻게 반지를 빼놓는 걸 잊었을까? 어떻게 그걸 잊을 수가 있지? 자동차에 도착한 내가 손잡이를 당기지만 문이 꿈쩍도 하지 않는다. 잠겨 있다.

"에런? 에런, 문 좀 열어 줄래요?" 내가 소리친다. 목이 졸린 듯한 소리가 나온다. 누군가 내 목을 잡고 조이는 것 같다.

"당신 누구야?" 뒤에서 여자가 소리친다. 그녀가 일어나서 집 안을 달리는 소리가 들린다. 스크린도어가 열렸다 닫히고, 내가 돌아서기도 전에 자동차 문이 철컥 열린다. 나는 다시 손잡이를 잡고 문을 벌컥 열어 안으로 몸을 던진다. 에런이 바로 뒤에서 운전석으로 달려들어 가 시동을 켠다.

"내 딸 어디 있어?"

차가 갑자기 앞으로 움직이더니 한 바퀴 빙 돌아서 도로로 내려간다. 나는 룸미러를 통해서 우리가 일으킨 흙먼지를, 우리를 쫓아 달려오는 대니얼의 어머니를, 점점 멀어지는 그녀를 본다.

"내 딸 어디 있어? 제발 가르쳐 줘!"

그녀는 손을 흔들며 미친 듯이 달려오다가 갑자기 무릎을 꿇고 털썩 쓰러지더니 양손에 머리를 묻고 울음을 터뜨린다.

시내를 지나 다시 고속도로를 향해 달리는 자동차 안은 조용하다. 무릎에 놓인 손이 떨린다. 우리를 쫓아 달리던 불쌍한 여자의 모습 때문에 뱃속이 조여든다. 나는 손가락에 낀 반지 때문에 갑자기 숨이 막혀서 반대편 손으로 반지를 미친 듯이 뺀 다음 바닥에 던진다. 바닥에 떨어진 반지를 보면서 대니얼이 죽은 여동생의 차가운 손에서 그것을 부드럽게 빼는 모습을 상상한다.

"클로이, 아까 뭐였어요?" 에런이 도로에 시선을 고정한 채 속삭인다.

"미안해요. 미안해요, 에런. 정말 미안해요."

"클로이." 그가 다시, 이번에는 더 크게 말한다. 더 화를 내면서. "빌어먹을, 아까 그건 뭐였어요?"

"미안해요. 몰랐어요." 내가 떨리는 목소리로 반복한다.

"누구였어요? 저 여자를 어떻게 찾았죠?" 그가 운전대를 꽉 잡고 다시 묻는다.

나는 그의 옆에서 아무 말도 하지 않는다. 질문에 대답할 수가 없다. 그가 나를 향해 고개를 돌리고 입을 연다.

"당신 약혼자 이름이 대니얼 아닌가요?"

나는 대답하지 않는다.

"클로이, 대답해요. 당신 약혼자 이름이 대니얼 아니에요?"

내가 고개를 끄덕이고, 눈물이 뺨을 타고 흐른다.

"맞아요. 하지만 난 정말 몰랐어요."

"제길, 이게 무슨." 그가 고개를 저으며 말한다. "클로이, 망할. 저 여자한테 내 이름을 말했어요. 내가 어디서 일하는지도 알아요. 세상에, 난 잘릴 거예요."

"미안해요." 내가 다시 말한다. "에런, 제발요. 당신 덕분에 알게 됐어요. 누가 아빠의 액세서리에 대해서 알고 있는지 이야기하다가 말이에요. 대니얼. 대니얼도 알아요. 대니얼은 다 알고 있어요."

"그럼 그냥 감이었던 겁니까, 아니면⋯."

"우리 벽장에서 목걸이를 발견했어요. 오브리가 실종된 날 아마도 하고 있었던 것과 아주 비슷한 목걸이를요."

"세상에." 에런이 다시 말한다.

"그러고 나니 다른 것들이 눈에 띄기 시작했어요. 대니얼이 출장을 다녀올 때마다 풍기는 낯선 냄새. 향수 같은 냄새가 났죠. 다른 여자들의 냄새요. 대니얼은 오브리와 레이시가 납치당했을 때 배턴루지에 없었다고 했지만, 나한테 간다고 말했던 곳에 가지 않았어요. 난 대니얼이 며칠씩 어디에 가는지 전혀 몰랐어요. 뭘 하고 다니는지 몰랐죠. 그의 가방을 뒤져서 영수증을 찾아낼 때까지는요."

에런은 드디어 내가 자기 존재를 파멸시키기라도 할 것처럼 나를 본다. 여기, 나와 함께만 아니면 이 세상 어디에 있어도 상관없다는 듯이.

"무슨 영수증이요?"

"모텔에 돌아가서 보여 줄게요. 에런, 제발요. 날 도와줘야 해요."

그가 손가락으로 운전대를 두드리며 망설인다.

"전에 말했잖아요. 내 일에서는 믿음이 전부예요. 솔직함이 전부라고요." 에런이 이번에는 더 조용하게 말한다.

"알아요, 지금 당장 약속할게요. 전부 다 말할게요."

우리가 주차장으로 들어서자 황량한 모텔이 눈앞에 서 있다. 에런이 시동을 끄고 가만히 앉아서 아무 말도 하지 않는다.

"부탁이니까 들어가요." 내가 그의 다리에 손을 얹으며 말한다. 내 손이 닿자 그가 움찔하지만 결심이 녹아내리는 것이 보인다. 에런이 조용히 안전벨트를 풀고 자동차 문을 밀어 열더니 한마디 말도 없이 차에서 내린다.

내가 방문을 열자 끼익 소리가 나고, 우리 두 사람은 안으로 들어가 문을 닫는다. 춥고 어둡다. 커튼이 꼼꼼하게 쳐져 있고 내 가방은 아직 침대에 놓여 있다. 내가 침대 옆 테이블로 가서 불을 딸깍 켜자 형광등 불빛이 문 앞에 선 에런의 얼굴에 그림자를 드리운다.

"이게 내가 찾은 거예요." 내가 더플백을 열며 말한다. 가방에 손을 넣자 맨 위에 놓인 자낙스 병이 닿지만 그것은 옆으로 치위 둔다. 그 대신 하얀 봉투를 찾는다. 봉투를 잡는 손이 떨린다. 내가 식당 바닥에서 대니얼의 가방을 열고 마닐라폴더와 링 3개 짜리 바인더에 정리된 서류를 뒤질 때도 그랬다. 투명한 칸막이 통에 약품 샘플 패킷이 야구 카드처럼 깔끔하게 정리되어 있었다. 나는 내 약 서랍에서 본 것과 똑같은 이름들을 알아보았다. 알프라졸람, 클로르디아제폭사이드, 디아제팜. 마지막 약 이름을 읽는 순간 목이 꽉 막혔고, 머리카락 한 가닥이 깃털처럼 바닥에 떨어지는 장면이 떠올랐다. 나는 억지로 계속 뒤지다가 마침내 찾던 것을 발견했다.

영수증이었다. 나는 영수증을 봐야 했다. 나는 대니얼이 호텔부터 식사, 주유소, 자동차 수리 비용까지 영수증을 전부 보관한다는 사실을 알고 있었다. 비용 처리를 위해서 말이다.

내가 봉투를 열고 내용물을 침대에 쏟자 영수증들이 팔랑거리며 이불 위에 쏟아진다. 나는 영수증을 뒤적이면서 눈으로 영수증 맨 밑에 적힌 다양한 주소를 훑어본다.

"물론 배턴루지 영수증도 있어요. 잭슨의 식당, 알렉산드리아의 호텔. 이 영수증들을 전부 살펴보면 그가 하루 종일 어디에 갔었는지 그림을 그릴 수 있어요. 맨 밑에 적힌 날짜를 보면 언제 갔는지 알 수 있죠."

에런이 다가와서 내 옆에 앉자 그의 다리가 내 다리에 닿는다. 그가 맨 위의 영수증을 집어 들고 빤히 본다. 시선은 영수증 맨 밑에 고정한 채다.

"앵골라. 여기도 담당 구역이에요?"

"아뇨, 하지만 거기 갔어요. 그것도 자주. 나도 그게 눈에 띄더군요." 내가 고개를 저으며 말한다.

"왜죠?"

내가 그의 손에서 영수증을 낚아채 독이라도 묻은 것처럼 엄지와 검지 끝으로 잡고 멀리 떨어뜨린 채 바라본다. 영수증이 날물기라도 할 것처럼 말이다.

"앵골라는 미국 최대의 중범 형무소가 위치한 곳이거든요. 루이지애나 주립 교도소 말이에요."

에런이 고개를 든다. 그가 고개를 돌리고 눈썹을 치켜올리며 나를 본다.

"우리 아버지가 사는 곳이죠."

"망할."

"어쩌면 둘이 서로 알지도 몰라요." 내가 다시 영수증을 보며 말을 잇는다. 물 한 병, 휘발유 20달러. 해바라기 씨 한 봉. 나는 아빠가 해바라기 씨 한 봉지를 입에 전부 털어 넣고 한 줌의 손톱을 씹는 것처럼 우적우적 씹어 먹던 것을 기억한다. 해바라기 씨 껍질이 온 집에서 나왔고 온갖 물건에 붙어 있었다. 식탁 틈에도 끼어 있고 내 신발 밑창에도 붙어 있었다. 침에 젖은 채 물잔 바닥에도 몇 개씩 붙어 있었다.

나는 손가락으로 대니얼의 철자를 알려 주던 엄마를 생각한다.

"그래서 대니얼이 이러는 거예요. 그래서 날 찾아낸 거고요.

419

두 사람은 연결되어 있어요."

"클로이, 경찰에 신고해야 돼요."

"경찰은 내 말을 믿지 않을 거예요. 이미 얘기해 봤어요."

"무슨 뜻이에요, 얘기해 봤다니?"

"예전에 일이 좀 있었어요. 나에게 불리한 과거사죠. 경찰은 내가 미쳤다고 생각하고⋯."

"당신은 미치지 않았어요."

에런이 내 말을 자른다. 나는 그 말을 듣고 그가 외국어라도 한 것처럼 깜짝 놀란다. 몇 주 만에 처음으로 누가 나를 믿어 주었기 때문이다. 누군가가 내 편이다. 내 말을 믿어 주다니, 의심하거나 걱정하거나 화내는 것이 아니라 진정으로 신경을 쓰면서 나를 바라보다니 정말 기분이 좋다. 나는 에런과 함께했던 사소한 순간들, 내가 밀어내려고 애썼던 순간들, 아무 의미도 없는 척하려고 애썼던 순간들을 생각한다. 다리 옆에 앉아서 추억을 이야기했을 때. 소파에 앉아 혼자 술에 취해서 그에게 전화를 하고 싶었던 그날 밤. 에런은 이야기를 계속하고 싶은 것이 분명하다. 그가 무슨 말을 하기 전에 내가 먼저 몸을 숙여 살짝 입을 맞춘다. 이 느낌이 사라지기 전에.

"클로이." 우리 두 사람의 얼굴이 무척 가깝다. 이마가 맞닿아 있다. 그는 물러나고 싶은 것처럼, 물러나야 하는 것처럼 나를 바라보지만 내 다리에 닿는 그의 손이 느껴지더니 팔을 거쳐 머리로 올라온다. 곧 그 역시 키스를 돌려준다. 그의 입술이 내 입술을 누르고 그의 손가락이 잡히는 것은 무엇이든 마구잡이로 붙잡는다. 나도 그의 머리카락 사이에 손가락을 넣었다가 손을 내려서 셔츠 단추를, 바지를 어루만진다. 나는 대학생으로 돌아가서, 단지 외로움을 덜기 위해 뛰는 심장을 가진 또 다른 사람에게 나를 내던진다. 에런이 나를 부드럽게 눕히더니 그의 몸이 내 몸을 짓누르고, 그의 두꺼운 팔이 올라와 내 손을 머리 위로 올리고 손목을 고정시킨다. 그의 입술이 내 목으로 내려오고, 나는 안으로 미끄러져 들어오는 에런을 느끼며 잠시 나 자신을 잊는다.

다 끝났을 때 밖은 어두컴컴하고 빛이라고는 침대 옆 탁자의 어둑한 조명밖에 없었다. 에런이 손가락에 내 머리카락을 감으며 장난을 친다. 우리는 한마디도 하지 않았다.

"난 당신을 믿어요. 대니얼에 대해서 말이에요. 알죠?" 마침내 그가 말한다.

"네, 알아요." 내가 고개를 끄덕인다.

"그럼 내일 경찰서에 갈 거예요?"

"경찰은 내 말을 안 믿을 거예요. 얘기했잖아요. 내 생각에는…." 나는 머뭇거리다가 옆으로 돌아누워 그를 마주 본다. 에런은 아직도 천장을 보고 있다. 어둠 속에서 실루엣이 보인다. "내 생각에는 만나러 가야 할까 봐요. 우리 아버지 말이에요."

그가 몸을 일으키고 맨 등을 침대 머리판에 기댄다. 그런 다음 얼굴을 돌려 나를 본다.

"답을 가진 사람은 아빠밖에 없다는 생각이 들기 시작했어요." 내가 말을 잇는다. "어쩌면 내가 이해하도록 도와줄 사람은 아빠밖에 없을지도 몰라요…."

"그건 위험해요, 클로이."

"뭐가 위험하다는 거죠? 아빠는 감옥에 있어요. 날 해칠 수 없어요."

"아뇨, 해칠 수 있어요. 철창 뒤에서도 당신을 해칠 수 있어요. 육체적으로는 아닐지 몰라도…."

그가 말을 멈추고 양손으로 얼굴을 쓸어내린다.

"하루 자면서 생각해 봐요. 하룻밤만 생각해 보겠다고 약속해 줄래요? 내일 결정하면 되잖아요. 내가 같이 가 주기를 원하면 그렇게 할게요. 당신 아버지를 같이 만날게요."

"알았어요, 그럴게요." 결국 내가 말한다.

"좋아요."

에런이 침대에서 다리를 내리고 몸을 숙여 바닥에 떨어진 청바지를 집는다. 나는 그가 몸을 흔들며 바지를 입고 욕실로 가서 불을 켜는 모습을 지켜본다. 그런 다음 눈을 감고 수도꼭지를 끼익 트는 소리를, 물이 흘러나오는 소리를 듣는다. 눈을 뜨자 그가 물을 한 잔 들고 방으로 다시 들어온다.

"잠깐 가 봐야 해요." 에런이 내 쪽으로 물 잔을 밀며 말한다. 내가 잔을 들고 물을 한 모금 마신다. "편집장님한테 하루 종일 연락을 못 했어요. 당신 괜찮겠어요?"

"괜찮을 거예요." 내가 베개 위에서 몸을 굴리며 말한다. 에런이 시선을 내리더니 바닥에 놓인 무언가를 본다. 그가 몸을 숙이고 가방 맨 위에 아직까지 놓여 있던 자낙스 병을 집어 든다.

"이거 하나 먹을래요? 잠들 수 있게?"

나는 약병을, 그 안에 든 알약들을 빤히 본다. 에런이 눈썹을 치켜올리며 약병을 살짝 흔들자 내가 고개를 끄덕이고 손을 내민다.

"두 알 먹으면 날 한심하게 볼 거예요?"

"아니요, 힘든 하루였잖아요." 그가 미소를 지으며 뚜껑을 열고 내 손바닥에 약을 두 알 떨어뜨린다.

내가 손바닥에 놓인 알약을 살펴본 다음 입안에 털어 넣고 물과 함께 삼키자 약이 삐죽삐죽한 손톱처럼 하나씩 식도를 넘어가면서 다시 올라오려는 것처럼 목을 할퀴는 것이 느껴진다.

"난 책임감을 느끼지 않을 수가 없어요." 내가 침대 머리판에 머리를 기대며 말한다. 나는 리나를 생각한다. 오브리를 생각한다. 레이시를, 마음에 걸리는 그 모든 소녀의 죽음을 생각한다. 내가 나도 모르게 괴물의 손으로 이끈 모든 소녀들. 처음에는 우리 아빠에게로, 지금은 대니얼에게로.

"당신 책임이 아니에요." 에런이 침대 끄트머리에 걸터앉으며 말한다. 그가 손을 들어 내 머리카락을 쓸어 넘긴다. 방이 천천히 빙글빙글 돌기 시작하고, 눈꺼풀이 점점 무거워진다. 눈을 감자 꿈속에서 본 장면이 머릿속에 떠오른다. 어린 시절 내 방 창문 아래에 피투성이 삽을 들고 서 있는 나.

"내 잘못이에요. 전부 내 잘못이에요." 내가 어눌하게 말한다. 이마에 닿은 에런의 따뜻한 손길이 아직도 느껴진다.

"좀 자도록 해요. 내가 나가서 문을 잠글게요." 그의 말이 메아리처럼 울린다. 에런이 몸을 숙여 이마에 입을 맞추자 그의 입술이 내 살갗에 달라붙는다.

나는 고개를 다시 끄덕이고, 곧 의식이 아득해진다.

39

나는 침대 옆 탁자에서 진동하는 휴대폰 소리에 잠을 깬다. 핸드폰이 나무 탁자 위에서 격렬하게 떨리더니 옆으로 밀려서 바닥에 탁 떨어진다. 나는 비몽사몽으로 눈을 가늘게 뜨고 시계를 본다.

오후 10시다.

눈을 더 크게 뜨려고 하지만 시야가 흐릿하고, 머리가 쾅쾅 울린다. 나는 대니얼의 집에 갔던 것을 떠올린다. 낡아 빠진 판잣집에 사는 대니얼의 어머니, 책에 끼워져 있던 신문 기사. 갑자기 구역질이 올라와서 나는 억지로 침대에서 빠져나와 화장실로 달려가서 변좌를 올리고 토한다. 담즙처럼 시큼하고 노란 액체밖에 나오지 않고 혀가 타는 느낌이 든다. 목구멍 안쪽에서부터 이어진 가느다란 침 줄기가 달랑거리자 다시 구역질을 한다. 나는 손등으로 입을 닦고 방으로 돌아가서 침대 끝에 걸터앉는다. 탁자 위 물 잔을 찾아서 손을 뻗지만 잔이 옆으로 쓰러져 있고 테이블 모서리에서 카펫으로 물이 뚝뚝 떨어진다. 핸드폰이 진동하다가 쓰러뜨렸나 보다. 그래서 나는 손을 밑으로 뻗어 핸드폰을 잡고 측면 버튼을 눌러 화면을 켠다.

에런에게서 부재중 전화 몇 통과 괜찮은지 묻는 메시지가 몇 개 와 있다. 그러자 그의 몸이 내 몸을 누르던 느낌이 떠오른다. 내 손목을 잡던 그의 손, 내 목에 닿던 그의 입술. 우리의 행동은 실수였지만 그건 나중에 생각해야 한다. 다른 부재중 전화와 문자 메시지를 확인해야 한다. 대부분 섀넌에게서 온 연락이고, 대니얼에게서 온 연락도 있다. 부재중 전화가 왜 이렇게 많지? 내가 생각한다. 10시밖에 안 됐다. 기껏해야 네 시간 잔 셈이다. 그때 화면의 날짜가 눈에 들어온다.

금요일 오후 10시다.

하루 종일 잔 것이다.

나는 핸드폰 잠금을 해제하고 문자 메시지를 확인한다. 한 통 한 통 읽을수록 불안해지기 시작한다.

클로이, 전화 좀 해 줘. 중요한 일이야.

클로이, 어디야?

클로이, 당장 전화해.

제길. 관자놀이를 문지르며 생각한다. 아직도 관자놀이에서 맥박이 뛴다. 아직도 나에게 항의하며 소리를 지른다. 빈속에 자낙스를 두 알이나 먹은 것은 확실히 실수였지만 알면서도 먹었다. 오로지 자고 싶다는 생각밖에 없었다. 잊고 싶었다. 어쨌든 대니얼이 나에게 딱 달라붙어 있었기 때문에 일주일 동안 한숨도 못 잤다. 그 영향 때문에 이렇게 많이 잔 것이 분명하다.

나는 화면을 내려서 섀넌의 이름을 찾아 통화를 누르고 귀에 전화기를 대고서 전화벨이 울리는 동안 기다린다. 내 거짓말이 탄로 난 것이 분명하다. 내가 하지 말라고 부탁했지만 대니얼이 섀넌에게 전화를 한 것이 분명하다. 섀넌과 대니얼은 내가 두 사람 모두에게 거짓말했다는 것을, 누구와 어디에 간다는 그럴듯한 설명도 없이 사라졌다는 것을 깨닫고 당황했을 것이다. 하지만 지금은 전혀 신경이 쓰이지 않는다. 나는 대니얼이 있는 집으로 돌아가지 않을 것이다. 경찰에 신고할 수 있을지 아직 확신이 없다. 토머스 형사는 수사에 끼어들지 말라고 분명히 말했다. 하지만 신문 기사와 약혼반지, 앵골라의 영수증, 내가 대니얼의 어머니와 나눈 대화를 다 이야기하면 어쩌면 이번에는 경찰의 주의를 끌 수 있을지도 모른다. 어쩌면 귀를 기울여 줄지도 모른다.

그러다가 문득 생각이 떠오른다. 약혼반지. 나는 에런의 차에서 반지를 빼서 바닥에 던졌다. 다시 주운 것 같지는 않다. 나는 빈손을 내려다보다가 몸을 틀어서 손으로 침대 위 구깃구깃

한 이불을 더듬는다. 손바닥에 뭔가 세게 부딪쳐서 담요를 뒤집어 본다. 하지만 반지는 아니다. 에런의 기자증이 시트 사이에 숨겨져 있다. 내가 그의 단추를 풀고 셔츠를 벗겼던 기억이 떠오른다. 나는 기자증을 집어 들고 가까이 들여다본다. 그의 사진을 보면서 어쩌면 어젯밤 일이 실수가 아니었을지도 모른다고 잠깐 생각한다. 어쩌면 우리가 비틀린 운명 속에서 이런 식으로 서로를 찾게 되어 있었는지도 모른다.

벨소리가 멈추고 섀넌이 전화를 받자 뭔가 잘못됐음이 바로 느껴진다. 섀넌이 코를 훌쩍이고 있다.

"클로이, 도대체 어디야?"

입에 못을 한 줌 넣고 가글을 한 것처럼 낮고 쉰 목소리다.

"섀넌, 무슨 일 있어?" 나는 에런의 기자증을 주머니에 넣고 똑바로 앉으며 말한다.

"그래, 무슨 일 있어. 너 어디야?" 섀넌이 쏘아붙인다. 그녀의 목구멍에서 작은 흐느낌이 솟아오른다.

"난… 시내에 있어. 잠시 머리 좀 식히고 왔어. 무슨 일이야?"

이번에는 더 큰 소리로, 스피커에서 다시 흐느낌이 터져 나오자 전화기를 통해서 뺨이라도 맞은 것처럼 내 몸이 움츠러든다. 나는 팔을 뻗고 수화기 반대편에서 섀넌이 단어를 엮어 완전한 문장을 만들려고 애쓰면서 우는 소리에 귀를 기울인다.

"그게… 라일리가….” 섀넌이 이렇게 말하자마자 다시 토할 것만 같다. 나는 섀넌이 입을 열기도 전부터 무슨 말이 나올지 이미 알고 있다. "걔가… 걔가 없어졌어."

"없어졌다니 그게 무슨 말이야?" 나는 이렇게 묻지만 무슨 뜻인지 이미 알고 있다. 직감으로 알아차린다. 나는 약혼 파티 때 우리 집 거실에서 가느다란 다리를 꼬고 앉아 있던 라일리를 떠올린다. 스니커즈를 신고 의자 다리를 차던 발. 한 손에는 핸드폰을 들고 한 손으로는 머리카락을 꼬면서.

나는 대니얼을, 그가 라일리를 빤히 보던 모습을 생각한다. 그가 섀넌에게 했던 말을 위로라고 생각했었지만 지금 다시 떠올려 보니 훨씬 사악한 의미로 다가온다.

언젠가는 이것도 아득한 추억이 되겠지.

"사라졌다는 말이야." 섀넌이 짧은 숨을 세 번 몰아쉰다. "오늘 아침에 일어나 보니까 방에 없었어. 또 창문으로 몰래 빠져나간 것 같은데 아직도 집에 안 들어왔어. 하루가 지났는데."

"대니얼한테 전화했어? 나랑 연락이 안 돼서?" 섀넌이 내 긴장된 목소리에서 아무것도 알아차리지 못하기를 바라며 묻는다.

"응, 우리가 같이 있다고 생각하는 것 같던데. 처녀파티를 한다고 말이야." 섀넌이 말한다. 이제 그녀의 목소리에서 긴장이 느껴진다.

내가 눈을 감고 고개를 숙인다.

"너희 두 사람 사이에 무슨 일 있는 거 맞지? 너 우리한테 계속 거짓말했잖아. 하지만 클로이, 난 그런 것에 신경 쓸 시간이 없어. 내 딸이 어디 있는지 알고 싶을 뿐이야."

나는 어디서부터 말을 시작해야 할지 몰라서 아무 말도 하지 않는다. 섀넌의 딸 라일리가 곤경에 처했고, 나는 그 이유를 알 것 같다. 하지만 섀넌에게 뭐라고 말을 꺼내야 할까? 대니얼이 라일리를 데려갔을지도 모른다고 어떻게 말할까? 라일리가 어둠 속에서 창문 너머로 시트를 던져서 타고 내려갔을 때 대니얼이 기다리고 있었을지도 모른다고. 우리 집에서 파티가 열렸던 그날 밤에 섀넌이 직접 말해 주었기 때문에 대니얼은 라일리가 거기 있으리란 사실을 알았다고. 그가 어젯밤을 택한 것은 내가 자리를 비워서라고. 대니얼에게 마음껏 돌아다닐 자유를 주었기 때문이라고.

섀넌의 딸이 나 때문에 죽었을지도 모른다고 어떻게 말할 수 있을까?

"내가 갈게. 지금 가서 다 설명할게."

"나 지금 집 아니야. 차를 타고 돌아다니는 중이야. 내 딸을 찾고 있다고. 하지만 네가 도와주면 고맙지."

"당연히 도와야지. 어디로 가야 할지만 말해 줘."

섀넌은 나에게 차를 타고 돌아다니면서 자기 집에서 반경 16킬로미터 내에 있는 골목길을 전부 살펴봐 달라고 말한 다음 전화를 끊는다. 나는 침대에서 일어나서 발치에 놓인 더플백을, 흰 봉투 위에 쌓인 대니얼의 영수증 더미를 내려다본다. 나는 손을 뻗어서 가방에 전부 다시 넣은 다음 손잡이를 잡고 어깨에 멘다. 그런 다음 핸드폰을, 대니얼의 문자를 본다.

클로이, 전화 좀 해 줄 수 있어?

클로이, 어디야?

음성 메시지가 들어와 있어서 나는 그냥 지워 버릴까 잠깐 생각한다. 지금은 그의 목소리를 들을 수가 없다. 그의 변명을 들을 수가 없다. 하지만 대니얼이 라일리를 데리고 있다면? 내가 아직 라일리를 구할 수 있다면? 그래서 나는 버튼을 누르고 전화기를 귀에 가져다 댄다. 그의 목소리가 내 머릿속으로 스며든다. 기름처럼 매끄럽게 들어와 구석구석 틈틈이 전부 채운다. 모든 것을 감싼다.

안녕, 클로이. 있잖아… 지금 당신한테 무슨 일이 일어나고 있는지 나는 정말 모르겠어. 당신 처녀파티 하러 간 거 아니잖아. 방금 섀넌이랑 통화했어. 당신이 어디 있는지 모르겠지만 뭔가 잘못된 게 분명해.

잠시 아무 소리도 들리지 않는다. 나는 메시지가 끝났나 싶어 전화기를 내려다보지만 시간이 계속 흘러가고 있다. 마침내 대니얼이 다시 입을 연다.

당신이 집에 오면 난 떠나고 없을 거야. 당신이 지금 어디 있는지 아무도 모르겠지. 내일 아침이면 난 가고 없을 거야. 여긴 당신 집이야. 당신이 뭘 해결하려는지 모르겠지만, 이 집에서는 못 하겠다고 느끼면 안 되는 거잖아.

가슴이 조여든다. 대니얼이 떠난다. 대니얼이 도망친다.

사랑해. 당신이 아는 것보다 더 많이.

그가 한숨처럼 말한다. 그러고는 메시지가 뚝 끝난다. 나는 모텔 방 한가운데 서 있고 대니얼의 목소리가 주변에서 계속 메아리친다. 내일 아침이면 난 가고 없을 거야. 시계를 다시 본다. 이제 10시 반이다. 대니얼이 아직 거기 있을지도 모른다. 아직 집에 있을지도 모른다. 어쩌면 그가 떠나기 전에 내가 도착할 수 있을지도 모른다. 그가 어디로 도망치는지 알아내서 경찰에 알릴 수 있을지도 모른다.

나는 얼른 문으로 걸어가서 주차장으로 나간다. 해는 이미 나무 아래로 지고 가로등 불빛이 나뭇가지를 울퉁불퉁한 그림자로 바꿔 놓았다. 나는 어둠을 보자 본능적으로 불안해져서 걸음을 딱 멈춘다. 밤이라는 은폐물. 하지만 나는 라일리를 생각한다. 오브리와 레이시를 생각한다. 리나를 생각한다. 나는 여자애들을, 저 바깥에서 실종된 모든 여자애들을 생각하면서 진실을 향해 억지로 걸음을 뗀다.

40

나는 우리가 사는 거리에 들어서자마자 전조등을 끄지만 무의미하다는 사실을 곧 깨닫는다. 대니얼은 내가 오는 모습을 못 볼 것이다. 이미 가 버렸으니까. 텅 빈 집 진입로에 들어서는 순간 알겠다. 안이고 밖이고 불이 다 꺼져 있다. 내 집이 다시 한번 죽은 것처럼 보인다.

나는 운전대에 머리를 기댄다. 너무 늦었다. 지금쯤 대니얼은 어디라도 갔을 수 있다. 라일리와 함께 어디에든. 나는 머릿속을 뒤지면서 그의 마지막 움직임을 상상하려 애쓴다. 그가 어디로 갔을지 그려 보려고 애쓴다.

그러다가 고개를 번쩍 든다. 생각이 떠올랐다.

카메라가, 버트 로즈가 설치한 거실 한구석의 작은 기계가 떠올랐다. 나는 핸드폰을 꺼내서 보안 앱을 두드리고 영상이 뜨기 시작하자 숨을 참는다. 우리 집 거실이다. 어둡고 텅 비어 있다. 나는 대니얼이 그림자 속에 숨어 있을지도 모른다고, 내가 걸어 들어가기를 기다리고 있을지도 모른다고 반쯤 기대했다. 화면 아래 슬라이더를 밀어서 시간을 되돌리자 집에 환해지고 마침 내 대니얼이 등장한다.

30분 전까지만 해도 대니얼이 여기 있었다. 그는 집 안을 바쁘게 돌아다니며 카운터를 닦고, 우편물을 두 번, 세 번 쌓은 다음 위치를 약간 조정하는 등 정말 말도 안 되게 일상적인 일을 하고 있었다. 나는 대니얼을 보면서 그 말을 다시 생각한다. 연쇄살인범. 20년 전 아빠가 설거지를 하며 모서리에 이가 나가지 않도록 조심스럽게 손으로 하나하나 꼼꼼하게 닦는 모습을 지켜볼 때처럼 입에서 이상한 맛이 난다. 연쇄살인범. 왜 저런 것에 그토록 신경을 쏟을까? 생명을 지키는 것은 전혀 신경 쓰지 않는 연쇄살인범이 할머니의 도자기 그릇을 지키는 것은 왜 그렇게 신경 쏠까?

대니얼이 소파로 걸어가서 끄트머리에 걸터앉더니 손가락으로 턱을 멍하니 어루만진다. 나는 지금까지 대니얼을 너무나 여러 번 지켜보았다. 그가 아무도 보고 있지 않다고 생각할 때 했던 사소한 행동들을 관찰했다. 나는 그가 부엌에서 저녁식사를 만드는 것을 지켜보았고, 그가 와인을 마지막 한 방울까지 내 잔에 따른 다음 손가락으로 병 입구를 문지르고 깨끗이 핥는 것을 알아차렸다. 나는 그가 샤워를 마치고 나와서 이마에 흘러내리는 축축한 머리카락을 헝클인 다음 빗을 들고 깔끔하게 한쪽으로 넘기는 것을 보았다. 나는 대니얼을 볼 때마다, 그 사소하고 사적인 순간을 목격할 때마다 그가 현실의 인물일 리 없다며 경탄했다.

이제 그 이유를 알겠다.

그는 현실의 인물이 아니다. 사실은 그렇지 않다. 내가 아는 대니얼, 내가 사랑에 빠진 대니얼은 한 남자의 캐리커처다. 진짜가 자신의 진실한 얼굴을 가리려고 쓴 가면이다. 대니얼은 그 여자애들을 유인한 것처럼 나를 유인했다. 그는 내가 보고 싶어 하는 모든 모습을 보여 주었고, 내가 듣고 싶은 모든 말을 했다. 그는 나에게 안전하다는 느낌을 주었고, 사랑받는다고 느끼게 해 주었다.

하지만 이제 나는 그가 진짜 자신의 파편들을 보여 주었던 순간들을 생각한다. 그가 잠시 가면을 미끄러뜨린 순간들을. 진작 알아봤어야 했다.

결국 모든 것은 에런이 설명한 모방범의 두 유형으로 귀결된다. 경의를 표하는 자와 욕설을 퍼붓는 자. 확실히 대니얼은 우리 아버지를 존경한다. 그는 아빠를 20년 동안 쫓아다니면서 열일곱 살 때부터 그의 범죄를 모방했다. 대니얼은 감옥으로 아버지를 찾아갔지만, 어느 순간부터 그것으로 충분하지 않았다. 더 이상 살인으로 충분하지 않았다. 목숨을 빼앗고 어딘가에 버리는 것으로는 충분하지 않았다. 그는 삶을 가져다가 그것을 소유해야 했다. 내 삶을 가져야 했다. 아빠가 그랬던 것처럼 내 삶을 강탈해야 했다. 대니얼은 아빠가 그랬던 것처럼 매일 나를 속여야 했다. 나는 지금 그를, 여동생의 반지를 내 손가락에 끼우며 자기 영역을 표시하던 그 손을 본다. 나에게 키스할 때 목을 붙잡고 세게 조이던 그 손. 나를 놀리면서, 나를 시험하면서. 나는 어두운 벽장 구석에 안전하게 감춘 액세서리와 다르지 않았다. 그의 기념품. 자신의 성취를 일깨워 주는 살아 숨 쉬는 기념품. 이제 나는 대니얼을 보면서 밀물처럼 가슴 속으로 밀려와 점점 더 높아지는 분노를, 나를 끌어내리고 산 채로 물에 빠뜨려 죽이는 분노를 느낀다.

나는 대니얼이 자리에서 일어나 뒷주머니에 손을 넣는 모습을 지켜본다. 그가 뭔가를 꺼내서 한참 동안 바라본다. 나는 눈을 가늘게 뜨고 무엇인지 파악하려 하지만 너무 작다. 두 손가락을 화면에 대고 벌려서 그의 손을 확대하자 마침내 알아볼 수 있다. 그의 손목 아래로 흘러내린 가느다란 은 목걸이. 빛을 받아 반짝이는 작은 다이아몬드 송이.

나는 대니얼이 침대에서 나와 침실을 가로지르고 벽장 문을 밀어서 닫았던 것을 떠올린다. 가슴에서 열기가 시작되어 목구멍을 지나고 뺨으로 올라오더니 눈을 통해서 빠져나간다.

내가 맞았다. 정말로 대니얼이 가져갔다.

이제 대니얼이 나 자신을, 내가 제정신인지 스스로 의심하게 만들었던 그 모든 순간을 떠올려 본다. 뉴올리언스. 기억 안 나?

내가 본 것을, 내가 마음속으로는 사실임을 아는 것들을 다시 생각하게 만들었다. 대니얼이 손바닥을 빤히 보다가 마침내 크게 숨을 내쉬고 주머니에 넣는다. 그런 다음 현관문으로 걸어간다. 복도에 놓인 여행 가방이, 벽에 살짝 기대어 놓은 노트북 가방이 이제야 눈에 들어온다. 그가 두 가방을 들고 돌아선다. 마지막으로 집을 둘러본다. 그런 다음 손가락을 스위치로 들어 올리고, 동그랗게 오므린 입술에서 불어진 숨을 맞은 불꽃처럼, 사방이 깜깜해진다.

나는 핸드폰을 컵홀더에 놓고 방금 본 장면을 이해하려 애쓴다. 별것 없다. 하지만 뭔가 있다. 30분 전까지는 대니얼이 여기 있었다. 나보다 많이 앞서지는 않았다. 대니얼이 어디로 갔을지만 알아내면 된다. 사실 가능성은 무한하다. 그는 어디든 갈 수 있다. 여행 가방을 가지고 있다. 어딘가 호텔 방에 숨을 준비를 하고 이 나라를 가로지르고 있을지도 모른다. 어쩌면 남쪽으로 내려가 멕시코로 갈 수도 있다. 국경까지는 열 시간도 안 걸린다. 아침이면 도착할 수 있다.

하지만 나는 그 목걸이를, 손바닥에 놓인 은 목걸이를 쓰다듬던 그의 손가락을 생각한다. 아직 찾지 못한 라일리를 생각한다. 라일리의 시체는 아직 발견되지 않았다. 그러다가 깨닫는다. 대니얼은 도망치는 것이 아니다. 아직 끝내지 못했다. 그에게는 아직 할 일이 남아 있다.

검시관은 범인이 피해자들을 죽인 후에 시체를 옮겼다고 말했다. 다른 곳에서 죽인 다음 실종된 지점에 버렸다고. 그렇다면 라일리는 어디에 있을까? 대니얼은 라일리를 어디에 가두었을까? 그 여자애들을 모두 어디에 가두었을까?

그러자 문득 떠오른다. 나는 안다. 어째서인지 마음 깊이, 세포의 수준에서. 나는 알고 있다.

나는 생각이 바뀌기 전에 얼른 시동을 걸고 전조등을 켠 다음 차를 출발시킨다. 내가 지금 향하는 곳만 빼고 어디든, 무엇이든 생각하면서 주의를 돌리려고 애쓴다. 하지만 시간이 흐를수록 심장박동이 빨라진다. 1킬로미터씩 가까워질수록 숨을 쉬기가 점점 어려워진다. 30분이 지나고, 40분이 지난다. 나는 안다, 거의 다 왔다. 자동차 시계를 흘깃 보고 (자정이 되기 직전이다) 대시보드에서 시선을 들어 도로를 보자 멀리서 서서히 다가온다. 모서리가 녹슬고 몇 년에 걸쳐서 쌓인 진흙과 검댕 때문에 더러워진 낡고 익숙한 표지판. 손바닥에 땀이 나서 미끌거린다. 표지판이 조금씩 다가올수록 공포가 자리를 잡는다. 기분 나쁜 불빛으로 표지판을 밝히는 깜빡이는 빛.

가재의 세계 수도
브로브리지에 오신 것을 환영합니다.

나는 집으로 가고 있다.

41

나는 방향 지시등을 켜고 다음 출구로 나간다. 브로브리지.
10년도 더 전에 대학에 진학하면서 떠난 이후 한 번도 보지 못
한 곳. 다시 보게 되리라 생각지도 못한 곳.

나는 구불구불 마을로 들어가서 이끼 같은 초록색 차양이 달
린 낡은 벽돌 건물을 줄줄이 지난다. 내 머릿속에서 이곳은 또렷
하고 깔끔한 선으로, 이전과 이후로 나뉘어져 있는 것 같다. 선
을 기준으로 한쪽의 기억은 밝고 행복하다. 주유소에서 파는 슬
러시, 중고 가게에서 산 롤러블레이드 같은 기억으로 가득한 소
도시의 어린 시절. 매일 오후 3시마다 들러서 오븐에서 막 나와
아직도 따뜻한 시식용 사워도우를 한 조각 집어 먹던 빵집. 녹은
버터를 턱에 뚝뚝 흘리면서 학교에서 집까지 걸어가며 보도의
갈라진 틈을 뛰어넘고, 들꽃으로 꽃다발을 만들어 불투명한 잔

에 꽂아서 엄마에게 주던 그때.

선의 반대편에는 커다란 구름이 모든 것을 뒤덮고 있다.

나는 매년 축제가 열리는 텅 빈 박람회장을 지나친다. 내가 리나의 배에 이마를 대고서 살갗에 달라붙는 축축한 땀을 느끼며 함께 서 있던 곳. 내 손 안에서 빛나던 금속 반딧불이. 나는 들판 너머를, 아빠가 멀리서 우리를, 리나를 지켜보며 서 있던 곳을 본다. 옛날에 다니던 학교를 지나치고, 어느 상급생이 우리 아빠가 자기 여동생에게 한 짓을 나에게 그대로 해 주겠다고 위협하며 내 머리를 밀어서 부딪치게 했던 쓰레기통을 지난다.

나는 대니얼이 몇 주 동안 똑같은 길로 지나다녔음을, 밤 속으로 사라졌다가 지치고 땀투성이가 되었지만 왠지 모르게 생기 가득한 모습으로 집에 돌아왔음을 깨닫는다. 나는 우리가 살던 거리로 다가가서 도로 한쪽에, 우리 집 진입로로 들어서기 직전에 차를 세운다. 내가 먼지를 일으키며 숲으로 달려가던 그 기나긴 길을 바라본다. 포치 계단을 달려 올라가 팔을 활짝 벌린 아빠의 품에 뛰어들었던 곳. 실종된 소녀를 데려가기에 완벽한 곳이다. 10에이커나 되는 버려진 땅에 서 있는 낡고 버려진 집. 아무도 오지 않고 아무도 건드리지 않는 집. 귀신이 들렸다는 집. 딕 데이비스가 희생자 여섯 명을 파묻고 내 방에 들어와 잘 자라며 입맞춤을 해 주던 바로 그곳.

나는 대니얼과의 대화를, 둘이서 거실 소파에 누워서 나누었던 대화를 생각한다. 내가 처음으로 그에게 전부 다 털어놓았던 때 대니얼이 얼마나 열심히 귀를 기울였는지. 리나와 배꼽 피어싱, 어둠 속에서 빛나는 한 마리의 반딧불이, 숲속의 그림자였던 우리 아빠, 아빠의 비밀이 담겨 있던 벽장 속의 상자.

그리고 우리 집. 나는 모든 일의 중심인 우리 집에 대해서도 말했다.

아빠가 감옥에 가고 엄마가 더 이상 집을 돌보지 못하게 되자 그 책임은 쿠퍼와 나에게 떠넘겨졌다. 하지만 우리는 엄마를 리버사이드에 버린 것처럼 이곳도 버리기로 했다. 우리는 이곳을 감당하고 싶지 않았다. 아직 이 안에 살고 있는 추억을 마주하고 싶지 않았다. 그래서 우리는 이 집을 여기에 그냥 내버려두었다. 몇 년이고 텅 비워 둔 채, 우리가 쓰던 가구를 예전과 똑같이 놓아둔 채, 아마도 저 안의 모든 물건이 두터운 거미줄로 뒤덮이도록 방치한 채. 엄마 방 벽장의 나무 들보는 엄마의 무게를 감당하지 못하고 부러진 상태 그대로였고, 아빠의 파이프 재가 거실 카펫에 만든 얼룩도 그대로였다. 시간 속에 얼어붙은 내 과거의 한 장면. 누군가 일시정지를 누른 것처럼 허공에 멈춘 먼지 입자들도 모두 그대로 두고 돌아서서 문을 닫고 떠났다.

그리고 대니얼은 알았다. 대니얼은 이 집이 여기 그대로 있다는 사실을 알고 있었다. 그는 집이 비어 있음을, 그를 위해 준비된 채 기다리고 있음을 알았다.

내 손이 운전대를 꽉 붙잡고, 가슴속에서 심장이 쿵쾅거린다. 나는 몇 초 동안 말없이 앉아서 이제 어떻게 할까 고민한다. 토머스 형사에게 전화를 걸어 여기서 만나자고 할까 생각한다. 하지만 그가 정확히 뭘 어떻게 할까? 나에게 무슨 증거가 있을까? 나는 아빠를, 밤중에 어깨에 삽을 걸치고 바로 이 숲에서 나오던 아빠를 생각한다. 열린 창문을 통해서 지켜보던 열두 살의 나 자신을 생각한다.

지켜보면서, 기다리면서, 하지만 아무것도 하지 않으면서.

라일리가 저 안에 있을지도 모른다. 곤경에 처했을지도 모른다. 내가 가방을 잡고 떨리는 손으로 입구를 열자 안에 들어 있는 총이 모습을 드러낸다. 여행을 떠나기 전에 벽장에서 가져온 총, 경보가 울리던 그날 밤 내가 찾던 총. 그런 다음 심호흡을 하고 차에서 내려 탁 소리와 함께 문을 닫는다.

여름의 열기 때문에 습지의 유황 냄새가 압도적이라서 공기는 삶은 달걀을 먹었을 때 나오는 트림처럼 따뜻하고 축축하다. 나는 발뒤꿈치를 들고 진입로로 다가가 잠깐 멈춰 서서 집으로 이어지는 도로를 응시한다. 양옆의 숲이 칠흑같이 까맣지만 나는 한 걸음 내딛는다. 그런 다음 또 한 걸음, 또 한 걸음 내딛는다. 나는 집으로 다가가고 있다. 거리의 불빛도 이웃집의 불빛도 전혀 없는 이곳의 어둠이 얼마나 절대적인지 잊고 있었다. 하지만 잉크처럼 까맣고 완벽한 대조 때문에 달빛이 너무나 밝게 빛난다. 나는 전혀 가려지지 않은 머리 위 보름달을 올려다본다. 보름달이 스포트라이트처럼 비추자 집이 빛난다. 이제 완벽하게 다 보인다. 군데군데 벗겨진 흰 페인트 칠, 오랜 세월 동안 열기와 습기를 견디느라 조각조각 떨어진 나무판자, 내 발밑에서 무성하게 자라는 풀. 핏줄처럼 측면을 타고 오르는 덩굴 때문에 사악한 생명이 박동하는 딴 세상 존재처럼 보인다. 나는 삐걱거리는 부분을 피해서 계단을 올라가고, 블라인드가 열려 있음을 알아차린다. 달빛이 이렇게 밝으니 대니얼이 안에 있다면 내가 다 보일 것이다. 그래서 나는 뒤쪽으로 돌아간다. 나는 늘 그렇듯 뒷마당에서 굴러다니는 잡동사니를 흘깃 본다. 낡은 합판 무더기와 원예도구가 담긴 외바퀴 손수레, 삽이 있다. 나는 엄마가 이마에 흙을 한 줄기 묻히고 엎드려서 흙투성이가 되어 가며 부지런히 일하는 모습을 상상한다. 창문 안을 들여다보려고 하지만 뒤쪽은 블라인드가 전부 내려져 있고 빛도 없어서 틈새로 아무것도 보이지 않는다. 내가 문손잡이를 돌리고 살짝 흔들어 보지만 열리지 않는다. 잠겨 있다.

나는 크게 숨을 내쉬고 허리에 양손을 얹는다. 그러자 문득 생각이 떠오른다. 나는 문을 바라보면서 리나가 놀러 왔던 그날을 머릿속에 불러온다. 도서관 카드를 들고 오빠의 방에 몰래 들어가려던 리나.

먼저 경첩을 확인해. 경첩이 안 보이면 이렇게 열 수 있다는 뜻이야.

나는 주머니를 뒤져서 에런의 기자증을 꺼낸다. 모텔 방 시트 밑에 파묻혀 있던 것을 발견해서 청바지 주머니에 넣어 두었다. 나는 충분히 튼튼한 기자증을 손에 들고 구부린 다음 리나가 가르쳐 준 대로 각도를 맞춰 틈새로 밀어 넣는다.

　모서리가 들어가면 똑바로 세우는 거야.

　나는 카드를 흔들면서 살짝 힘을 줘서 앞뒤로 계속 움직인다. 그런 다음 카드를 깊이 밀어 넣고 다른 손으로 손잡이를 돌린다. 드디어 달칵 소리가 들린다.

42

뒷문이 안으로 열리자 나는 카드를 빼서 손에 쥐고 안쪽으로 들어간다. 비틀거리지 않도록 손가락으로 익숙한 벽을 쓸면서 복도를 더듬더듬 걸어간다. 어두워서 방향을 잘 모르겠다. 사방에서 삐걱거리는 소리가 나지만 집이 낡아서 그런 건지, 아니면 대니얼이 나를 습격하려고 팔을 뻗고 몰래 따라오는 건지 모르겠다.

거실로 이어지는 복도를 더듬거리며 지나 안으로 들어가자 블라인드 사이로 들어온 달빛이 거실을 환히 비춰서 앞이 보일 정도로 밝다. 나는 주변을 둘러본다. 어둑한 부분은 내가 기억하는 그대로다. 한쪽 구석에는 가죽이 해지고 삐걱거리는 아빠의 낡은 레이지보이 리클라이너. 바닥에는 내가 화면을 눌렀던 부분에 손가락 자국이 남아 있는 TV. 여기가 그동안 대니얼이 다녀왔던 곳이다. 이 집. 매주 그는 바로 이 끔찍하고 무시무시한 집으로 모습을 감췄다. 대니얼이 희생자들을 데려와서 실종된 지점에 시체를 버리기 전까지 아무도 모를 짓을 한 곳이다. 오른쪽을 보자 바닥에 이상한 형체가 있다. 합판 더미처럼 길고 날씬하다.

사람의 몸 같은 형체. 어린 소녀의 몸.

"라일리?" 내가 거실을 가로질러 그림자로 다가가며 속삭인다. 도착하기도 전에 라일리를 알아본다. 눈을 감고 입을 다물고 있고, 머리카락이 뺨을 지나 가슴까지 흘러내렸다. 어둠 속에서도, 어쩌면 어둠 속이라서 얼굴이 놀랄 만큼 창백하다. 라일리는 유령 같다. 입술이 파랗고 핏기가 하나도 없는 피부가 반투명하게 빛난다.

"라일리." 내가 다시 부르면서 라일리의 팔을 잡고 흔든다. 라일리는 움직이지 않는다. 말도 없다. 라일리의 손목을, 핏줄에 발갛게 생긴 선을 본다. 나는 피부를 얼룩덜룩하게 만드는 희미한 손가락 모양의 멍이 보일지도 모른다고 마음을 다잡으며 라일리의 목을 보지만 없다. 아직은 없다.

"라일리. 라일리, 일어나." 내가 라일리를 살짝 흔들며 다시 부른다.

나는 무언가가, 뭐라도 좋으니 느껴지기를 바라면서 숨을 참고 라일리의 귀밑에 손을 대 본다. 있다. 아주 희미하지만 있다. 느리고 힘겹지만 맥박이 뛰고 있다. 아직 살아 있다.

"일어나." 내가 라일리를 일으키려 애쓰며 속삭인다. 라일리는 짐짝처럼 무겁지만 내가 팔을 잡자 아이의 눈이 깜빡거리고 좌우로 빠르게 움직이더니, 작은 신음을 낸다. 디아제팜이다. 약을 잔뜩 먹었다. "여기서 데리고 나가 줄게. 약속해, 내가…."

"클로이?"

심장이 덜컹 멈춘다. 뒤에 누가 있다. 나는 그 목소리를, 내 이름을 부를 때 혀끝의 박하사탕을 녹이기 직전처럼 입속에서 굴리는 발음을 알아듣는다. 어디에서든 알아들을 수 있다.

하지만 대니얼의 목소리는 아니다.

나는 천천히 일어나서 뒤로 돌아 그 형체를 마주 본다. 달빛이 환해서 이목구비를 알아볼 수 있다.

"에런." 나는 설명을, 그가 내 집에 서 있는 이유를 생각하려 애쓰지만 아무 생각도 나질 않는다. "여기서 뭐 하고 있어요?"

달이 구름 뒤로 숨으면서 거실이 갑자기 어두워진다. 나는 주변을 보려고 눈을 크게 뜬다. 잠시 후 달빛이 다시 블라인드 사이로 비추자 에런이 더 가까워진 것 같다. 30센티미터, 어쩌면 60센티미터 정도.

"내가 묻고 싶은 질문이네요."

나는 고개를 돌려 라일리를 보고서 이 광경이 어떻게 비칠지 깨닫는다. 어둠 속에서 의식이 없는 소녀 옆에 무릎을 꿇고 있는 나. 내 사무실에서 어슬렁거리던 토머스 형사를, 나를 의심스럽게 노려보던 그를 떠올린다. 오브리의 귀걸이에 묻은 내 지문.

나를 비난하던 그의 말.

이 모든 것을 하나로 묶는 공통점은 당신인 것 같군요.

나는 라일리를 가리키며 입을 열고 무슨 말을 하려고 하지만 목구멍에 뭐가 걸린 것 같다. 그래서 말을 멈추고 목을 가다듬는다.

"살아 있군요. 다행이다." 에런이 한 걸음 다가오며 끼어든다. "내가 발견했어요. 깨우려고 했지만 못 일어나더라고요. 경찰을 불렀으니까 오고 있을 거예요."

나는 아무 말도 할 수 없어서 에런을 바라보기만 한다. 내가 망설이는 것을 느끼고 그가 말을 잇는다.

"당신한테 이 집 얘기를 들었던 기억이 났어요. 비어 있다고 그랬잖아요. 라일리가 여기 있을지도 모른다는 생각이 들었죠. 당신한테 몇 번 전화했었는데." 그가 거실을 가리키려는 듯 양팔을 들었다가 다시 툭 떨어뜨린다. "우리 둘 다 같은 생각을 했나 봐요."

나는 고개를 끄덕이며 크게 숨을 내쉰다. 나는 어젯밤을, 내 모텔 방에서의 에런을 생각한다. 내 머리카락 사이로 파고들던 열렬한 손길. 그 뒤에 말없이 누워 있던 우리. 내 귓가에 울리는 그의 목소리. 난 당신을 믿어요.

"라일리를 도와야 해요. 구토를 시키든지 아니면…." 내가 목소리를 되찾고 말한다. 나는 라일리에게 돌아가서 옆에 웅크리고 앉아 맥박을 다시 확인한다.

"경찰이 오고 있어요." 에런이 다시 말한다. "클로이, 괜찮을 거예요. 라일리는 괜찮을 거예요."

"대니얼이 분명 근처에 있을 거예요." 내가 손가락으로 라일리의 뺨을 문지르며 말한다. 차갑다. "잠에서 깨 보니 부재중 전화가 와 있었어요. 대니얼이 음성 메시지를 남겼는데, 나는 어쩌면…"

그 순간, 그날 밤의 순서가 떠올라서 나는 말을 멈춘다. 잠에 빠져들던 나, 거칠거칠한 입술로 이마에 입맞춤을 하며 잘 자라고 인사하던 에런. 내가 천천히 일어나서 돌아선다. 갑자기 그에게 등을 보이고 싶지 않아졌다.

"잠깐만요, 라일리가 실종된 건 어떻게 알았죠?" 진흙 위를 터벅터벅 걸어가는 것처럼 생각이 천천히 움직인다.

나는 에런이 떠나고 만 하루가 지난 다음 잠에서 깬 것이 기억난다. 섀넌과의 통화, 그 낮고 연약한 흐느낌.

라일리가 없어졌어.

"뉴스에 나왔어요." 그가 말한다. 하지만 그의 말투에 뭔가 차갑고 연습한 듯한 느낌이 있어서 믿을 수가 없다.

나는 살짝 뒤로 물러나 거리를 벌린다. 에런과 라일리 사이에서 굳세게 버티려고 애쓴다. 내가 물러서자 에런의 표정이 변하는 것이 보인다. 입술이 살짝 굳어 얇고 긴장된 선을 그리고, 턱 근육에 힘이 들어가고, 손가락이 손바닥을 향해 말려든다.

"클로이, 왜 그래요. 수색대도 꾸리고 다 했어요. 마을 전체가 라일리를 찾고 있어요. 다들 알아요." 그가 미소를 지으려 애쓰며 말한다.

그가 내 손을 잡으려는 듯이 양팔을 내밀지만 나는 그에게 다가가는 대신 양손을 들고 그에게 움직이지 말라고 손짓한다.

"나예요, 에런이에요. 클로이, 나 알잖아요."

블라인드를 통해 달빛이 다시 들어오고, 바로 그때 그것이, 우리 두 사람 사이 바닥에 놓인 그것이 시야에 들어온다. 라일리에게 달려가서 맥박을 찾아 미친 듯이 더듬다가 떨어뜨렸나 보다. 에런의 기자증. 뒷문을 딸 때 썼던 카드. 하지만 이제 보니 뭔가… 다르다.

나는 에런에게서 시선을 떼지 않은 채 천천히 몸을 숙여 그것을 집어 든다. 그런 다음 카드를 코앞으로 가져와서 자세히 살펴본다. 그러자 균열이 눈에 띈다. 문을 따다가 부러졌나 보다. 모서리가 갈라지고 있다. 내가 벗겨지는 종이를 긁어서 가볍게 잡아당기자 얼굴 전체가 벗겨진다. 한기가 척추를 타고 흐른다.

진짜 기자증이 아니다. 가짜다.

가만히 서서 지켜보는 에런을 내가 올려다본다. 그런 다음 내가 이 기자증을 처음 봤을 때를 떠올린다. 그 카페에서 만났을 때 마침 기자증이 셔츠에 끼워져 있었다. 맨 위에 〈뉴욕타임스〉 로고가 크고 진하게, 읽기 쉽게 인쇄되어 있었다. 나는 에런을 그때 처음 만났다. 하지만 그를 처음 본 것은 아니었다. 나는 사무실에서 그의 사진을 찾아봤기 때문에 그를 알아보았다. 아티

반을 먹고 팔다리가 욱신거리는 것을 느끼면서 인터넷으로 작고 입자가 거친 흑백사진의 그를 보았다. 체크무늬 셔츠와 뿔테 안경. 그가 소매를 팔꿈치까지 걷어 올리며 카페에 들어설 때 입고 있던 똑같은 셔츠. 나는 이제야 묵직한 공포를 느끼며 깨닫는다. 일부러 그런 거였다. 모든 것이 의도적이었다. 내가 알아보리라고 짐작할 수 있었을 그 셔츠. 에런 잰슨이라는 이름이 잘 보이도록 인쇄된 기자증. 사진과 좀 달라 보인다고, 예상과 다르다고 생각했던 기억이 난다. 생각보다 몸집이 크고 건장했다. 팔이 너무 두껍고 목소리는 두 옥타브 정도 낮았다. 하지만 나는 그가 자기소개를 하기도 전에, 자기 이름을 말하기도 전에 에런 잰슨이라고 짐작해 버렸다. 카페로 천천히, 자신만만하게 들어오던 그의 태도. 마치 내가 거기 있다는 사실을, 내가 어디에 앉아 있는지 아는 것처럼. 내가 지켜보고 있음을 알고 쇼를 하는 것처럼.

그 역시 나를 지켜보고 있었기 때문이다.

"당신 누구야?" 내가 묻는다. 갑자기 어둠 속에서 그의 얼굴을 알아볼 수가 없다.

그는 조용히, 가만히 서 있다. 그에게는 내가 지금까지 알아차리지 못했던 공허한 분위기가 있다. 노른자가 빠져나간 것 같다. 그의 몸은 깨진 껍데기에 지나지 않는 것 같다. 그는 잠시 내 질문에 대해서 곰곰이 생각하면서 무엇이 가장 좋은 대답일까 결정하려 애쓰는 것 같다.

"아무도 아니야." 마침내 그가 말한다.

"당신 짓이야?"

그가 할 말을 찾는 것처럼 입을 열었다가 다시 닫는다. 그는 아무 대답도 하지 않고, 나는 어느새 우리가 나눈 모든 대화를 떠올리고 있다. 귀에서 들리는 맥박 소리처럼 이제 그의 말이 내 주변에서 메아리친다.

모방범이 살인을 하는 건 다른 살인자에게 집착하기 때문입니다.

나는 이 남자를, 모든 일이 시작되었을 때부터 내 삶에 끼어든 이 낯선 사람을 바라본다. 모방범 가설을 처음 꺼내서 결국 내가 믿을 때까지 나를 자극하던 남자. 그는 항상 뭔가를 탐지하는 듯한 질문, 끼어드는 듯한 질문을 던졌다. 바로 지금, 바로 여기에서 이런 일이 일어나는 데에는 이유가 있어요. 내가 리나에 대해서 이야기했을 때에는 자기도 어쩔 수 없다는 듯이, 알고 싶다는 듯이 어린애처럼 들뜬 목소리로 물었다. 리나는 어떤 소녀였죠?

"대답해. 당신 짓이야?" 내가 목소리를 떨지 않으려 애쓰며 말한다.

"있잖아요, 클로이. 당신이 생각하는 그런 게 아니예요."

나는 침대 위의 그를, 내 손목을 잡았던 그의 손을, 내 목에 닿았던 그의 입술을 생각한다. 일어나서 청바지를 입던 그를 떠올린다. 그는 나에게 물을 한 잔 가져다주고, 머리카락을 뒤로 넘

452

겨 주고, 내가 잠들 때까지 안심시켜 준 다음 어둠 속으로 물러 갔다. 그날 밤 라일리가 사라졌다. 바로 그날 밤 라일리가 납치 당했다. 바로 그의 짓이다. 내가 잠든 사이에, 이마에 땀방울이 맺히고 그의 손길이 닿았던 팔다리가 아직도 맥박치던 그때. 뱃 속 깊은 곳에서부터 구역질이 올라온다. 하지만 결국은 그날 강 가에서, 서로의 발 사이에 커피가 담긴 종이컵을 놓고, 멀리 담 요 같은 안개 밑에서 살짝 드러난 다리를 보면서 그가 했던 말 그대로였다.

이건 게임이에요.

그의 게임이라는 것을 몰랐을 뿐이다.

"경찰에 신고할 거야." 내가 말한다. 그는 신고하지 않았다. 경 찰은 오지 않는다. 내가 가방에 손을 넣고 전화기를 찾아 더듬거 린다. 떨리는 손가락으로 가방에 든 모든 물건을 더듬는다. 바로 그 순간 불쑥 떠오른다. 전화기는 차에 있다. 컵홀더에 그대로 들어 있다. 내가 카메라에 찍힌 대니얼을 보고 나서 넣어 둔 그 대로. 나는 영상을 확인한 다음 브로브리지까지 멍하니 차를 달 렸고, 차를 세웠고, 안으로 들어왔다. 어떻게 그걸 잊을 수가 있 지? 어떻게 핸드폰을 놓고 올 수가 있을까?

"클로이, 이러지 말아요. 내가 설명할게요." 그가 다가온다. 이 제 겨우 몇십 센티미터 떨어져 있다. 손을 뻗으면 닿을 수 있는 거리다.

"왜 그랬어? 왜 여자애들을 죽였어?" 내가 손을 가방 깊숙이 넣은 채 떨리는 입술로 묻는다.

입에서 이 말이 나오는 순간, 또다시 느껴진다. 데자뷔가 파도처럼 나를 덮친다. 20년 전에 바로 이 거실에 앉아 있던 나. 손가락으로 텔레비전을 누르면서 판사가 아버지에게 던지는 똑같은 질문을 들었던 나. 모두가, 내가 진실을 간절히 기다리는 동안 법정에 흐르던 침묵.

"내 잘못이 아니야. 내 잘못이 아니야." 마침내 그가 눈물을 글썽이며 말한다.

"당신 잘못이 아니라고. 여자애를 두 명이나 죽여 놓고 당신 잘못이 아니라고." 내가 따라 말한다.

"아니, 내 말은…. 맞아. 그래, 맞아요. 하지만 아니야…."

나는 이 남자를, 내 아버지를 본다. 텔레비전 통해서 팔을 등 뒤로 묶인 아빠를 본다. 나는 바닥에 앉아서 아빠의 말을 한 마디도 놓치지 않고 집중하며 듣는다. 그리고 아빠의 내면 깊숙이 살고 있는 악마를 본다. 아빠의 뱃속에서 웅크린 채 박동하다가 서서히 자라서 어느 날 튀어나와 버린 그 축축한 태아. 아빠와 아빠의 어둠. 구석에서 아빠를 끌어들이는, 아빠를 통째로 삼켜 버리는 그림자. 아빠가 눈물을 글썽이며 고백하는 동안 법정에 내려앉은 침묵. 믿을 수 없다는 판사의 목소리. 혐오감이 가득한 목소리.

그 어둠이라는 것 때문에 어쩔 수 없이 그 여자애들을 죽였다는 말입니까?

"당신도 그 사람이랑 똑같아. 자기가 저질러 놓고 책임을 떠넘기지."

"아니, 아니에요. 그런 게 아니야."

내 손톱이 손바닥으로 파고들어서 피가 흐르는 것이 느껴진다. 그날 아빠를 보면서 가슴속에 치밀어 오르던 울화와 분노. 우는 아빠를 봐도 냉담하기만 했던 마음. 그 순간 아빠가 얼마나 미웠는지 기억한다. 내 몸의 모든 세포를 다해 아빠를 미워했다.

내가 그를 어떻게 죽였는지 기억난다. 나는 머릿속으로 아빠를 죽였다.

"클로이, 내 말 좀 들어봐요." 그가 몇 걸음 다가오며 말한다. 나는 그가 내민 팔과 쫙 편 부드러운 손을 본다. 내 피부를 어루만지고 내 손가락과 얽혔던 바로 그 손. 나는 안전을 찾아 하필이면 아빠의 품에 달려들었던 것처럼, 하필이면 그의 품에 달려들었다. "억지로 시켜서 그랬어…."

보기도 전에, 내가 무슨 짓을 했는지 깨닫기도 전에 소리가 먼저 들린다. 다른 사람에게 일어나는 일을 지켜보고 있는 것 같다. 가방에서 내 팔이 나온다. 손에 총이 들려 있다. 딱 한 발의 총성이 폭죽처럼 요란하게 울리고, 내 팔이 뒤로 홱 젖혀진다. 밝은 빛이 번쩍 비치자 나무 바닥 위에서 그의 다리가 비틀거리고, 그는 자기 배에서 점점 넓어지는 붉은 웅덩이를 흘깃 내려다본 다음 놀란 표정으로 나를 본다. 흐리멍덩하고 혼란스러운 그의 눈을 비추는 달빛. 무슨 말을 하려는 것처럼 천천히 벌어지는, 축축하고 붉은 그의 입술.

　그런 다음 나는 그의 몸이 바닥으로 풀썩 쓰러지는 것을 지켜
본다.

43

나는 브로브리지 경찰서에 앉아 있다. 취조실 천장에 달린 싸구려 전구 때문에 내 피부가 방사능을 내뿜는 조류처럼 초록색으로 빛난다. 그들이 어깨에 덮어 준 담요는 벨크로처럼 까끌까끌하지만 너무 추워서 벗을 수가 없다.

"좋습니다, 클로이. 무슨 일이 있었는지 한 번 더 이야기해 줄래요?"

내가 토머스 형사를 올려다본다. 그는 테이블 맞은편에 도일 경관과 이름을 이미 까먹은 브로브리지 경찰과 함께 앉아 있다.

"이미 저분한테 말했어요. 테이프에 녹음도 하셨고요." 내가 이름을 모르는 경찰을 보며 말한다.

"나를 위해서 한 번만 더 말해 줘요. 그런 다음 집에 데려다드리죠." 그가 말한다.

내가 크게 숨을 내쉬고 테이블 위 커피가 담긴 종이컵으로 손을 뻗는다. 오늘 밤에 벌써 세 잔째다. 잔을 입술로 가져오면서 보니 손에 말라붙은 아주 작은 핏자국이 보인다. 잔을 내려놓고 손톱으로 떼어 내자 페인트처럼 벗겨진다.

"몇 주 전에 에런 잰슨이라는 남자를 만났어요. 우리 아버지에 대한 기사를 쓰는 중이라고 했죠. 〈뉴욕타임스〉 기자라고요. 나중에는 오브리 그라비노와 레이시 데클러의 실종 때문에 기사의 방향이 바뀌었다고 했어요. 모방범의 소행 같다고, 문제를 해결하는 데 내 도움이 필요하다고 했어요."

토머스 형사가 고개를 끄덕이고 계속하라고 재촉한다.

"대화를 나누면서 그 사람을 믿기 시작했어요. 비슷한 점이 너무 많았거든요. 희생자, 사라진 액세서리. 게다가 20주년이 다가오고 있었고요. 처음에는 버트 로즈일지도 모른다고 생각했지만 그건 말씀드렸죠. 그날 밤 우리 집 벽장에서 뭔가를 발견했어요. 오브리의 귀걸이와 한 세트인 목걸이였어요."

"증거를 찾았을 때 왜 경찰서로 가져오지 않았습니까?"

"그러려고 했어요. 하지만 다음 날 아침에 보니 사라지고 없었어요. 약혼자가 가져갔고, 그가 목걸이를 들고 있는 영상이 제 전화기에 있어요. 그때부터 저는 약혼자가 이 사건과 관련이 있을지도 모른다고 생각하기 시작했죠. 하지만 제가 목걸이를 가지고 있었다고 해도, 마지막으로 대화를 나누었을 때 형사님께서 내 말은 하나도 믿지 않는다고 분명히 말씀하셨잖아요. 사실상 꺼지라고 하셨죠."

맞은편에서 토머스 형사가 불편한 듯 몸을 들썩이며 나를 빤히 본다. 나도 빤히 마주 본다.

"아무튼, 그게 전부가 아니에요. 제 약혼자는 감옥으로 우리 아버지를 찾아갔어요. 그의 가방에서 디아제팜도 나왔고요. 그 사람의 여동생도 20년 전에 실종됐는데, 제가 그의 어머니를 찾아갔다가 대니얼이 관련이 있는 것 같다는 말을 들었고…."

"좋습니다." 형사가 손가락을 쫙 펴고 손을 들어 말을 자른다. "한 번에 하나씩 하죠. 오늘밤에 브로브리지에는 왜 왔습니까? 라일리 택이 여기 있는 걸 어떻게 알았죠?"

유령처럼 창백한 라일리의 모습이 내 마음에 아직도 새겨져 있다. 진입로를 쏜살같이 달려오는 구급차. 차에서 꺼낸 핸드폰을 꼭 쥐고 앞마당에 서서 초점도 없는 눈으로 뻣뻣하게 굳은 채 기다리던 나. 집으로 다시 들어갈 수가 없었다. 바닥에 쓰러진 시체를 마주할 수가 없었다. 구급대원이 라일리를 들것에 고정시켜 구급차에 태웠고, 각종 수액이 라일리의 혈관으로 들어갔다.

"대니얼이 저에게 음성 메시지를 남겼어요. 떠나겠다고 말했어요. 저는 대니얼이 그동안 어디에 갔었을까, 여자애들을 어디로 데려갈 수 있었을까 알아내려고 애썼어요. 여기로 데려왔을 거라는 느낌이 들었죠. 모르겠어요."

"좋습니다. 대니얼은 지금 어디 있죠?" 토머스 형사가 고개를 끄덕인다.

내가 그를 올려다본다. 가혹한 조명과 쓰디쓴 커피, 수면 부족 때문에, 모든 것 때문에 눈이 따갑다.

"모르겠어요." 내가 다시 말한다. "사라졌어요."

깡통에 갇힌 파리처럼 머리 위에서 웅웅거리는 조명만 빼면 방이 조용하다. 에런이 여자애들을 죽였다. 라일리도 죽이려고 했다. 결국 나는 답을 찾았다. 하지만 내가 이해하지 못하는 것이 아직 많다. 말이 안 되는 것이 너무 많다.

"절 안 믿으시는 거 알아요." 내가 시선을 들고 말한다. "미친 소리처럼 들리는 건 알지만, 저는 사실을 말하고 있어요. 저는 전혀 모르…."

"당신 말 믿어요, 클로이." 토머스 형사가 끼어든다. "정말입니다."

나는 밀려드는 안도감을 드러내지 않으려 애쓰며 고개를 끄덕인다. 내가 토머스 형사에게서 무슨 말을 들으리라 예상했는지 나도 잘 모르겠지만 이 말은 아니었다. 나는 말다툼을 할 줄 알았다. 내가 제시할 수 없는 증거를 요구할 줄 알았다. 그러자 나는 문득 깨닫는다. 그는 내가 모르는 무언가를 알고 있다.

"그 사람이 누군지 아는군요. 에런 말이에요. 당신은 그 사람의 정체를 알아요." 내가 상황을 서서히 이해하며 말한다.

형사가 읽을 수 없는 표정으로 다시 나를 본다.

"말해 줘요. 난 알 자격이 있어요."

"그의 이름은 타일러 프라이스입니다." 마침내 그가 이렇게 말하고 몸을 숙여서 가방을 테이블 위에 올린다. 그런 다음 가방을 열고 얼굴 사진을 꺼내서 내 앞에 놓는다. 나는 에런의 얼굴을, 아니 타일러의 얼굴을 바라본다. 타일러라는 이름에 어울리게 생겼다. 눈을 커 보이게 만드는 안경도, 편안한 셔츠도, 짧게 깎은 머리카락도 없으니 달라 보인다. 누구나 어디서 본 듯하다고 생각할 정도로 일반적인 얼굴이기도 하지만 이목구비에 별특징이 없고 쉽게 알아볼 수 있는 표식도 없다. 내가 인터넷에서 본 사진 속의 진짜 에런 잰슨과 약간 비슷하다. 8촌 정도라고 하면 믿을지도 모른다. 8촌 형이라고 하면. 고등학생들 대신 술을 사다 준 다음 파티에 슬쩍 나타나서 구석에 몰래 자리 잡는 그런 사람 같다. 말없이 맥주를 홀짝이고 관찰하면서.

나는 침을 삼키고 테이블을 뚫어져라 바라본다. 타일러 프라이스. 나는 그에게 속은 나를, 그토록 쉽게 모든 것을 그가 원하는 대로 본 나를 탓한다. 하지만 또 생각해 보면, 어쩌면 내가 보고 싶은 대로 봤을지도 모른다. 어쨌든 나는 협력자가 필요했다. 내 편을 들어줄 사람. 하지만 그에게는 게임일 뿐이었다. 전부 게임이었다. 에런 잰슨은 한 명의 등장인물에 지나지 않았다.

"신원은 거의 바로 확인할 수 있었습니다." 토머스 형사가 말을 잇는다. "브로브리지 출신이거든요."

내가 고개를 홱 들고 눈을 크게 뜬다.

"뭐라고요?"

"한참 전에 조금 더 사소한 범죄를 저질러서 기록이 남아 있었습니다. 마리화나 소지, 무단침입. 9학년에 올라가기 직전에 학교를 중퇴했죠."

나는 그의 사진을 내려다보며 기억을 그러모으려고 애쓴다. 무엇이든 좋으니 타일러 프라이스가 등장하는 기억을. 브로브리지는 작은 동네지만 나는 친구가 별로 없다.

"이 사람에 대해서 또 뭘 알죠?"

"사이프러스 공동묘지에서 목격되었습니다." 그가 사진을 한 장 더 꺼내며 말한다. 이번에는 수색대 사진이다. 안경을 벗고 야구모자를 푹 눌러 쓴 타일러가 저 뒤에 찍혀 있다. "살인자, 특히 재범은 범행 현장을 다시 찾는다고 하죠. 타일러는 한 걸음 더 나아갔던 것 같습니다. 현장에 다시 나타났을 뿐만 아니라 사건에 끼어들었죠. 물론 멀리서 말입니다. 전대미문의 일은 아닙니다."

타일러는 거기 있었다. 어디에든 있었다. 나는 공동묘지를, 항상 내 등에서 느껴지던 시선을 떠올린다. 묘비 사이를 돌아다니고 흙바닥에 쭈그려 앉는 나를 지켜보는 시선. 나는 타일러 프라이스가 장갑 낀 손에 오브리의 귀걸이를 들고 있다가 몸을 숙여 신발 끈을 묶는 척하면서 내가 발견할 만한 곳에 귀걸이를 떨어뜨리는 모습을 상상한다. 그가 핸드폰으로 보여 주었던 내 사진은 인터넷에서 발견한 게 아니었다. 직접 찍은 것이었다.

그러자 문득 기억이 떠오른다.

나는 어린 시절을, 아빠가 체포된 직후를 떠올린다. 우리 마당에서 발견했던 발자국들. 우리 집 창문을 들여다보다가 나에게 걸렸던 이름 모를 아이. 역겨운 호기심 때문에, 죽음에 매료되어서 찾아온 아이.

너 누구야? 내가 달려 나가며 외쳤었다. 그의 대답은 어젯밤에도, 20년 전에도 똑같았다.

아무도 아니야.

"지금 그의 자동차를 조사 중입니다." 토머스 형사가 말을 잇지만 나는 그의 말이 거의 들리지 않는다. "그의 주머니에서 디아제팜을 찾았어요. 지금으로서는 라일리의 것으로 추정되는 금반지도 하나 찾았고요. 팔찌랑 금속 십자가가 달린 나무 구슬 반지도요."

내가 손가락으로 코를 집는다. 너무 힘들다.

"클로이. 당신 잘못이 아니에요." 토머스 형사가 고개를 숙여 내 눈을 바라보며 말한다. 지친 내가 시선을 든다.

"하지만 맞는걸요. 내 잘못이에요. 타일러는 나 때문에 그 아이들을 찾아냈어요. 그 애들은 나 때문에 죽었어요. 그를 알아봤어야 하는 건데…."

그가 손바닥을 내밀고 머리를 살짝 흔든다.

"그렇게 생각하지 말아요. 20년 전이었잖아요. 당신은 어린아이에 불과했고요."

그의 말이 맞다. 나도 안다. 나는 열두 살짜리 아이였을 뿐이다. 하지만, 그래도.

"또 누가 어린아이였는지 알아요?" 토머스 형사가 묻는다.

내가 눈썹을 치켜올리며 그를 본다.

"누군데요?"

"라일리요. 라일리는 당신 덕분에 살았어요."

44

우리가 경찰서에서 나갈 때 토머스 형사는 주차장이 아니라 어느 산꼭대기에 서서 주변을 둘러보는 사람처럼 허리에 손을 얹고 있었다. 오전 6시다. 이른 아침은 특이하게 습도가 높으면서도 시원하다. 나는 멀리서 지저귀는 새들, 솜사탕 같은 하늘, 아침 일찍 자동차를 타고 출근하는 사람들을 날카롭게 의식한다. 머리가 흐리멍덩하고 혼란스러워서 눈을 가늘게 뜬다. 경찰서에는 시간 감각이 없다. 창문도, 시계도 없다. 당신이 새벽 4시에 억지로 카페인을 섭취하고, 휴게실 주방에서 근무 시간이 끝난 경찰이 남은 음식을 데우느라 풍기는 약간 쉰 듯한 냄새를 맡는 동안 주변에서 세상이 느릿느릿 흘러간다. 어째서 지금 해가 뜨는지, 내 머리는 아직 어젯밤에 머물러 있는데 왜 새로운 날이 시작되는지 내 두뇌가 이해하려 애쓰는 것이 느껴진다.

땀방울이 목을 타고 흘러내려서 손을 뒤로 뻗어 만져 보니 짭짤한 땀이 손가락 사이로 피처럼 흘러내린다. 나는 지금 그 생각밖에 할 수가 없다. 바닥에 고이고 저항이 가장 적은 경로를 따라 구불구불 흘러가던 피. 내가 시선을 내려 타일러의 배를, 그의 셔츠에서 천천히 퍼지는 검은 웅덩이를 본 이후 계속 그 생각만 난다. 바닥에 뚝뚝 떨어져서 나에게 서서히 다가오던 피. 내 신발을 둘러싸고 밑창을 물들이는 피. 누가 가위로 자른 고무호스에서 쏟아져 나오는 액체처럼 피가 계속 흘러나왔다.

"음, 아까 말했던 것 있잖아요. 당신 약혼자 말입니다." 토머스 형사가 침묵을 깨뜨린다.

나는 아직도 내 신발을, 바닥의 생긴 붉은 선을 보고 있다. 사실을 몰랐다면 쏟아진 페인트를 밟았다고 생각했을 것이다.

"확실합니까? 다른 사정이 있을지도…." 그가 묻는다.

"확실해요." 내가 그의 말을 자른다.

"당신 핸드폰에 저장된 영상 말인데요. 뭘 들고 있는지 제대로 안 보여요. 뭐든 될 수 있죠."

"확실해요."

토머스 형사가 내 옆얼굴을 보다가 몸을 쭉 펴고 혼자 고개를 끄덕이는 것이 느껴진다.

"좋습니다. 우리가 찾아내서 몇 가지 물어보도록 하죠."

나는 타일러가 나에게 마지막으로 한 말을, 우리 집과 내 머릿속에 울리던 말을 생각한다.

억지로 시켜서 그랬어.

"감사합니다."

"그때까지는 일단 집에 가서 쉬세요. 잠복 경찰에게 당신 자택의 주변 순찰을 맡기도록 하죠. 혹시 모르니까요."

"네, 알겠어요."

"태워 드릴까요?"

토머스 형사가 옛날 우리 집 앞 도로에 아직 세워져 있는 내차 앞에 나를 내려 준다. 나는 고개를 들지 않고 자갈길만 보면서 순찰차에서 내 차 운전석까지 천천히 걸어가 시동을 켜고 차를 몰고 떠난다. 배턴루지로 돌아가는 내내 나는 거의 아무 생각도 하지 않는다. 사팔눈이 될 것 같다는 생각이 들 때까지 고속도로의 노란 선만 바라본다. 앵골라 동북쪽으로 85킬로미터로 나를 초대하는 표지판을 지날 때는 운전대를 조금 더 꽉 잡는다. 결국 전부 다 그 사람에게로, 나의 아버지에게로 돌아간다. 대니얼의 영수증. 그날 밤 모텔에서 아버지를 만나러 가겠다는 나를 말리던 타일러. 클로이, 위험해요. 아빠는 뭔가 알고 있다. 아빠가 이 모든 것의 열쇠다. 아빠는 타일러와 대니얼과 죽은 여자애들과 나를 거미줄에 걸린 파리들처럼 하나로 묶는 공통점이다. 아빠가 대답을 쥐고 있다. 다른 누구도 아니고 아빠밖에 없다. 물론 나는 알고 있었다. 나는 아빠를 찾아갈까 말까 계속 생각했다. 물레에 놓인 진흙 덩이를 손가락으로 만지작거릴 때처럼 머릿속으로 그 생각을 계속 빙글빙글 돌리면서 어떤 형체가 나타나기를 바라고 있었다. 대답이 나타나기를 바라고 있었다.

하지만 아무것도 나타나지 않았다.

나는 음악 소리가, 익숙하고 마음이 놓이는 경보음이 들리겠지 생각하며 현관문으로 들어가지만 아무 소리도 나지 않는다. 키패드를 보니 설정이 안 되어 있다. 그러자 핸드폰 영상 속에서 대니얼이 마지막으로 나가면서 불을 껐던 기억이 난다. 나는 키패드에 비밀번호를 입력한 다음 위층 욕실로 곧장 들어가서 가방을 변기 위에 툭 떨어뜨린다. 목욕물을 틀고 뜨거운 물이 내 살을 태워 버리기를, 피부에서 타일러의 흔적을 깨끗이 씻어 내기를 바라며 수도꼭지를 최대한 왼쪽으로 돌린다.

내가 욕조에 발가락을 담그고 안으로 미끄러져 들어가자 몸이 벌겋게 물든다. 물이 가슴까지, 쇄골까지 차오른다. 몸을 더 깊이 담그자 얼굴만 빼고 전부 물에 잠긴다. 귀에서 심장박동이 들린다. 나는 가방을, 그 안에 쑤셔 넣어진 약병을 흘깃 본다. 그 약을 전부 다 먹고 잠드는 상상을 한다. 내가 물에 더 깊이 들어가면 입에서 보글보글 작은 거품들이 나오다가 결국 마지막 거품이 올라와 터지겠지. 그러면 적어도 평온해질 것이다. 온기에 둘러싸인 채로. 시간이 얼마나 지나야 사람들이 나를 발견할까. 아마도 며칠, 어쩌면 몇 주. 피부가 떨어져 나가기 시작할 거고, 작은 피부 조각이 수련잎처럼 수면으로 떠오를 것이다.

목욕물을 내려다보니 연분홍색으로 변했다. 나는 목욕 수건을 들고 살갗을, 내 팔에 묻어서 굳어버린 타일러의 피를 문질러

씻기 시작한다. 나는 피를 다 씻어 낸 뒤에도 계속 세차게 문지른다. 아플 정도로 문지른다. 그런 다음 몸을 숙여서 하수구 마개를 빼고 물이 한 방울도 남김없이 다 빠질 때까지 가만히 앉아서 기다린다.

나는 운동복을 입고 아래층으로 내려가서 부엌으로 들어가 물을 한 잔 채운다. 그것을 꿀꺽꿀꺽 다 마시고 나서 고개를 푹 숙이고 한숨을 쉰다. 그런 다음 고개를 들고 귀를 기울인다. 피부에 소름이 돋아서 나는 물 잔을 살며시 내려놓고 천천히 거실로 걸어간다. 무슨 소리가 들린다. 숨죽인 소리. 내가 혼자 있다는 사실을 이토록 예민하게 의식하지 않았다면 알아차리지 못했을 조심스러운 움직임.

나는 거실로 걸어 들어가고, 대니얼에게 시선이 닿자마자 몸이 뻣뻣하게 굳는다.

"안녕, 클로이."

나는 가만히 서서 말없이 그를 빤히 보면서 위층 욕조에 눈을 감고 누워 있는 내 모습을 상상한다. 내가 눈을 뜨자 바로 앞에 대니얼이 서 있는 것을 상상한다. 그가 양손을 뻗어 나를 잡고 누른다. 내가 입을 벌리고 비명을 지르면 물이 밀려들어 오고, 결국 나는 낡은 자동차처럼 푸슉거리는 소리를 내다가 죽는다.

"놀라게 하고 싶지 않았어."

나는 키패드를, 해제된 상태 그대로인 경보기를 흘긋 본다. 그러다가 깨닫는다. 대니얼은 애초에 이 집을 떠나지 않았다. 나는 그가 현관문 앞에 서서 크게 숨을 내쉰 다음 스위치를 내리는 모습을 그려 본다. 어두워지는 카메라.

하지만 나는 대니얼이 문을 여는 모습은 보지 못했다. 떠나는 모습은 보지 못했다.

"내가 떠났다고 생각하지 않는 한 당신은 집에 돌아오지 않을 테니까." 대니얼이 내 생각을 읽고 이렇게 말한다. "당신을 기다렸다가 이야기를 나눌 계획이었어. 어젯밤에 당신이 온 것도, 집 앞에 차를 세우는 것도 봤어. 하지만 다시 가 버렸지. 그리고 돌아오지 않았어."

"바깥에 잠복 경찰이 있어. 당신을 찾고 있어." 내가 거짓말을 한다. 차를 세울 때 경찰은 못 봤지만, 있을지도 모른다. 있을 것이다.

"내 설명을 좀 들어 줘."

"당신 어머니를 만났어."

그가 놀란 표정을 짓는다. 예상하지 못했던 것이다. 지금 나는 아무 계획도 없지만 대니얼이 내 집에 편안하게 서 있는 모습을 보니 불쑥 화가 치민다.

"당신 어머니한테 전부 다 들었어. 당신 아버지에 대해서, 가정폭력에 대해서. 당신은 한동안 말리다가 결국 포기했지. 그냥 놔뒀어."

대니얼이 손가락을 말아 느슨하게 주먹을 쥔다.

"그 애도 그렇게 된 거야? 소피도? 소피가 당신의 샌드백이었

470

어?"

　나는 친구 집에 갔다가 집으로 돌아오는 소피 브릭스를, 계단을 달려 올라오는 분홍색 스니커즈를, 탁 닫히는 스크린도어를 상상한다. 집 안으로 들어가자 죽은 눈빛에 병든 미소를 띤 대니얼이 소파에 웅크리고 앉아 있다. 나는 소피가 대니얼을 지나쳐 방으로 가려고 카펫 깔린 계단을 달려 올라가다가 쓰레기에 걸려 넘어지는 모습을 상상한다. 뒤에서 대니얼이 점점 다가와서 빙글빙글 꼬아 높이 묶은 소피의 머리채를 움켜쥐고 세게 당긴다. 소피의 목을 뒤로 잡아당기자 나뭇가지가 부러지는 소리가 난다. 목이 졸려 비명을 지르지만 아무도 듣지 못한다.

　"어쩌면 당신은 그럴 생각이 아니었겠지. 어쩌다 보니 도를 넘겨 버렸을지도 몰라."

　계단 밑에 널브러진 소피의 몸, 축축한 국수 가락처럼 힘없이 흩어진 팔과 다리. 소피의 어깨를 흔들다가 몸을 숙이고 소피의 손을 들어 짐짝처럼 툭 떨어뜨리는 대니얼. 손가락에서 반지를 조심스럽게 빼서 주머니에 넣는다. 때로 나쁜 버릇은 그런 식으로, 사고로 인해서 시작된다. 새끼손가락 골절이 약물중독으로 이어지듯이. 통증이 없었다면 자신이 약을 그렇게 좋아하는지도 몰랐을 것이다.

　"내가 여동생을 죽였다고 생각해? 그래서 이러는 거야?"

　"당신이 여동생을 죽였다는 거 알아."

　"클로이…."

그가 말을 중간에 끊고 나를 찬찬히 살핀다. 지금 나를 바라보는 그의 시선에는 혼란도 분노도 갈망도 없다. 내가 예전에 수없이 많이 봤던 바로 그 표정이다. 우리 오빠의 눈에서, 경찰의 눈에서 봤던 표정. 이선과 세라와 토머스 형사에게서. 내가 거울에 비친 나를 보며 현실과 상상을, 지금과 그때를 구분하려 애쓸 때 보았던 표정. 내 약혼자의 눈빛에서 볼까 봐 그토록 두려워하던 표정이다. 지금까지 몇 달 동안 내가 간절히 피하려 애쓰던 표정. 하지만 바로 지금 그 표정이 눈앞에 있다.

내 안전에 대한 걱정이 아니라 내 정신 상태에 대한 걱정이 맨 처음으로 슬쩍 비치는 표정.

측은하게 여기는 표정, 염려하는 표정이다.

"난 여동생을 죽이지 않았어. 여동생을 살렸지." 그가 천천히 말한다.

45

얼 브릭스는 짐빔 켄터키 스트레이트를 마셨다. 뚜껑을 연 채 거실 탁자에 올려 두었기 때문에 항상 미지근했고 창문으로 들어온 햇살이 호박 화석처럼 병에 어른거렸다. 늘 하이볼 잔에 찰랑찰랑하게 채워서 마셨다. 위스키가 항상 그의 입술을 휘발유 웅덩이처럼 번들번들하게 코팅했고, 그의 숨결에서는 약품 냄새가 났다. 햇볕에 내버려둔 버터스카치 사탕처럼 메스꺼운 단내였다.

"나는 늘 병이 얼마나 차 있는지 보고 그날이 어떤 날이 될지 파악했어." 대니얼이 소파에 털썩 앉아서 바닥을 바라보며 말한다. 평소였다면 내가 다가가서 그의 등을 끌어안았을 것이다. 그의 견갑골 사이를 손톱으로 쓸어내렸을 것이다. 평소였다면 말이다. 하지만 나는 그러는 대신 가만히 서 있다. "술병을 모래시

계처럼 생각하기 시작했지. 무슨 말인지 알겠어? 처음에는 가득 차 있지만 서서히 사라지는 걸 지켜보는 거야. 술병이 텅 비면 알아서 피했지."

우리 아빠에게는 자신만의 악령이 있었지만, 음주는 그중 하나가 아니었다. 아빠가 오후에 마당에서 일을 하고 나서 버드라이트를 땄던 것이 희미하게 기억난다. 목에 땀이 나도록 일하면 물방울 맺힌 맥주 한 병을 즐길 자격이 있었다. 아빠는 특별한 일이 없으면 술을 거의 마시지 않았다. 차라리 아빠가 술을 마시는 게 나았을 것이다. 모두 각자의 악이 있다. 어떤 사람은 술에 취해 담배를 피운다. 딕 데이비스는 사람을 죽인다. 하지만 아니, 그런 것과 달랐다. 아빠는 폭력을 촉발시킬 화학 물질이 필요하지 않았다. 그 악령은 정말 이해할 수 없다.

"아빠는 몇 년 동안 엄마를 괴롭혔어. 사사건건 그랬어. 온갖 사소한 일에 폭발했지."

나는 다이앤의 눈 밑에 들어 있던 멍을, 부드럽게 처리한 고기처럼 빨간 팔을 생각한다. 남편은 얼이라고 하는데, 성깔이 좀 있어요.

"난 엄마가 왜 아빠를 떠나지 않는지 이해를 못 했어. 그냥 우리를 데리고 나가면 될 텐데. 하지만 엄마는 그러지 않았어. 그래서 우리는 피해 다니는 법을 배웠던 것 같아. 소피랑 나 말이야. 거리를 두고, 발뒤꿈치를 들고 살금살금 걸어 다녔지. 하지만 어느 날 내가 학교에서 돌아와 보니…."

그는 정말로 몸이 아픈 듯한 표정이다. 바위를 삼키려고 애쓰는 것 같다. 대니얼이 눈을 질끈 감고 나를 올려다본다.

"죽도록 팼어, 클로이. 자기 딸을 말이야. 최악은 그게 아니야. 엄마가 아빠를 말리지 않았다는 거야."

나는 상상해 본다. 어깨에 가방을 메고 집으로 돌아오다가 현관문 밖으로 새어 나오는 익숙한 울음소리를 듣는 열일곱 살의 어린 대니얼. 안으로 들어가 보니 연기가 자욱한 거실. 하지만 평소의 광경과 달리 엄마가 부엌 싱크대에서 서성이며 소음을 감추려고 수돗물을 틀고 있다.

"난 엄마가 무슨 수든 쓰게 하려고 애썼어. 아빠한테 저항하도록 말이야. 하지만 엄마는 그냥 내버려뒀어. 자기가 맞는 것보다는 소피가 맞는 게 나았겠지. 솔직히 엄마는 안심했던 것 같아."

나는 그 복도에서 쓰레기 더미와 털 빠진 고양이와 카펫 바닥에 던져 놓은 담배꽁초를 지나쳐 전속력으로 달리는 대니얼을 그려 본다. 잠긴 문을 두드리고 소리를 지르지만 아무도 들어 주지 않는다. 부엌으로 달려가서 엄마의 팔을 잡고 흔든다. 어떻게 좀 해봐요. 나는 부모님의 방에 들어갔다가 생명이 거의 끊어진 엄마의 몸이 빨래 바구니에서 넘쳐흐른 빨랫감처럼 벽장에 널브러져 있는 것을 발견했을 때 느꼈던 것과 똑같은 공황 상태를 상상한다. 아무것도 하지 않고 멍하니 보고만 있는 쿠퍼. 우리밖에 없다는 깨달음.

"그때 소피를 보내야 한다고 깨달았어. 내가 빼내지 않으면 소피는 절대 그 집을 떠나지 못했을 거야. 소피는 우리 엄마가 되거나, 더 심한 꼴을 당했을지도 몰라. 죽은 채 발견됐을 거야."

나는 대니얼을 향해 딱 한 걸음 다가간다. 대니얼은 알아채지 못하는 것 같다. 지금 그는 기억에 푹 빠져서 과거의 이야기를 쏟아 내고 있다. 우리의 역할이 바뀌었다.

"브로브리지의 당신 아버지에 대해서 들었고, 거기서 아이디어를 얻었어. 영감을 얻었지. 소피를 사라지게 할 방법 말이야."

그의 책장에 끼워져 있던 기사, 우리 아빠의 피의자 사진.

리처드 데이비스가 브로브리지 연쇄살인범으로 밝혀졌으나 시체는 아직 발견 못 해

"소피는 학교가 끝나고 친구 집에 갔다가 돌아오지 않았어. 부모님은 다음 날 밤이 되어서야 소피가 사라졌다는 걸 깨달았지. 24시간 동안 사라졌지만… 아무것도 몰랐어." 대니얼이 손을 흔들어 연기처럼 사라졌다는 손짓을 한다. "나는 부모님이 무슨 말을 하기를 계속 기다렸지. 가만히 앉아서 부모님이 알아차리기만을 기다렸어. 경찰에 전화를 하거나 뭐라도 하기를 말이야. 하지만 두 사람은 아무것도 하지 않았어. 소피는 겨우 열세 살이었는데." 그가 믿을 수 없다는 듯 고개를 젓는다. "다음 날 소피의 친구 어머니가 전화를 했어. 소피가 놀러 갔던 그 집 말이야.

소피가 교과서를 두고 갔나 봐. 이제 필요 없었으니까. 부모님은 그제야 소피가 사라진 걸 깨달았지. 다른 아이의 부모가 먼저 눈치챈 거야. 그때는 다들 소피가 실종된 다른 아이들과 똑같은 일을 당했다고 생각했어. 납치당했다고 말이야."

나는 그 거무스름한 텔레비전 화면에, 그들이 거실의 이동식 테이블에 올려놓은 부엌 카운터용 소형 텔레비전에 나온 소피를 상상한다. 화면에 비치는 소피의 학교 사진, 그녀의 유일한 사진. TV를 보는 다이앤과 진실을 알기 때문에 구석에서 조용히 미소 짓는 대니얼.

"그럼 소피는 어디 있어? 아직 살아 있다면…."

"미시시피주 해티스버그. 초록색 덧창이 달린 작은 벽돌집이야. 난 장거리 운전을 하다가 시간이 나면 소피를 만나러 가." 대니얼은 길을 잃은 통근자가 지도를 보고 읽는 것처럼 과장된 콧소리를 내며 발음한다.

내가 눈을 감는다. 영수증에서 봤던 마을 이름이다. 미시시피주 해티스버그. 리키스라는 식당. 치킨 시저 샐러드와 미듐웰던으로 익힌 치즈버거, 와인 두 잔. 팁 20퍼센트.

"소피는 잘 있어, 클로이. 살아 있어. 안전해. 내가 원했던 건 그것뿐이야."

이제 앞뒤가 들어맞기 시작하지만 내 예상과는 전혀 다르다. 대니얼을 전적으로 믿어도 될지 아직 모르겠다. 설명이 필요한 것이 아직 너무나 많다.

"왜 나한테 말 안 했어?"

"말하고 싶었어. 내가 몇 번이나 사실을 털어놓을 뻔했는지 당신은 모를 거야." 나는 그의 목소리에 담긴 애원을, 금방이라도 울음을 터뜨릴 것처럼 살짝 떨리는 목소리를 애써 무시한다.

"그런데 왜 안 했어? 난 우리 가족 이야기했잖아."

"그래서였어." 대니얼이 머리카락 끝을 잡아당기며 말한다. 이제 괴로운 듯한 목소리다. 우리가 음식 때문에 말다툼이라도 하는 것 같다. "난 당신이 누군지 처음부터 알고 있었어. 병원 로비에서 당신을 보자마자 알아봤지. 그 후 같이 바에 갔던 날에 당신이 그 이야기를 꺼내지 않았기 때문에 내가 먼저 그 얘기를 꺼내고 싶지는 않았어. 그런 이야기를 억지로 하게 만들면 안 되는 거잖아."

나한테서 눈을 뗄 수 없다는 듯이 나를 쿡쿡 찌르던 그 눈빛. 소파에 누워서 전부 털어놓았던 밤을 생각하자 얼굴로 피가 쏠린다.

"내가 다 털어놓게 만들고 전혀 몰랐던 것처럼 굴었어."

대니얼이 얼마나 큰 거짓말을 했는지 실감이 나자 어쩔 수 없이 화가 치밀어 오른다. 그가 나에게 어떤 생각을 심어 줬는지, 어떤 기분이 들게 했는지 생각하니 화가 난다.

"내가 무슨 말을 할 수 있었겠어? 당신 말을 끊고 이렇게 말하기라도 해? 아, 그래, 딕 데이비스. 거기서 영감을 받아서 내 여동생이 살해당한 것처럼 꾸몄었지. 당신이 그 순간까지 있었던 모든 일이 거짓이었다고 생각하는 건 싫었어." 대니얼이 자신을 비하하는 것처럼 웃더니 갑자기 표정이 진지해진다.

나는 그날 밤을 너무나 생생하게 기억한다. 대니얼에게 전부 털어놓고 나서 기분이 얼마나 가벼워졌었는지. 마음이 쓰라리지만 깨끗해진 기분이었고, 말로 다 털어놓으니 역겨운 것이 다 빠져나간 것 같았다. 대니얼이 내 턱에 손가락을 대고 고개를 들게 한 다음 그 말을 처음으로 했다. 사랑해.

"하지만 사실이 그랬잖아, 아니야?"

"당신이 화낸다고 뭐라 하고 싶지는 않아. 당신은 그럴 권리가 있으니까. 하지만 난 살인자가 아니야. 당신이 날 그렇게 생각하다니 믿을 수가 없다." 대니얼이 한숨을 쉬고 양손을 허벅지에 올린다.

"그럼 우리 아빠는 왜 만났어?"

대니얼이 나를 빤히 본다. 태양을 뚫어지게 쳐다보고 있었던 것처럼 눈이 피곤해 보인다.

"정말 다 결백하다고 설명할 수 있다면, 당신이 숨길 게 하나도 없다면 아빠는 왜 찾아간 거야?" 내가 말을 잇는다. "우리 아빠를 어떻게 알아?"

대니얼은 어딘가 구멍이 난 것처럼 약간 바람이 빠진다. 주변 시선을 의식하며 구석에서 둥둥 떠다니다가 쭈글쭈글 바람이 다 빠져 버리는 낡은 풍선 같다. 대니얼이 주머니에 손을 넣어 은 목걸이를 꺼낸다. 나는 그가 엄지로 가운데 진주를 문지르

479

는 것을, 작은 원을 그리고 또 그리는 것을 지켜본다. 잘 익은 복숭아처럼 부드럽고 축축한 갓난아이의 뺨이나 토끼 발 부적을 문지르듯 부드러운 손길이다. 레이시가 상담실에서 묵주를 앞뒤로, 위아래로 계속 문지르던 모습이 떠오른다.

마침내 대니얼이 입을 연다.

46

나는 아일랜드 식탁 앞에 앉아 잔 두 개를 들고서 레드 와인을 이쪽 잔에 따랐다가 저쪽 잔에 옮겨 따르기를 반복한다. 그런 다음 한 잔을 손에 들고 손가락으로 스템을 조심스럽게 문지른다. 왼쪽에는 뚜껑이 열린 주황색 약병이 놓여 있다.

벽에 걸린 시계를 흘깃 보니 시침이 7을 가리키고 있다. 바깥에서 목련 나무의 웃자란 가지가 유리를 긁는 손톱처럼 내 창문을 긁는다. 문 두드리는 소리가 들리기도 전에 느껴지는 것만 같다. 번개가 치고 나서 천둥소리가 들리기를 기다리는 그 몇 초의 시간처럼 기대에 가득 찬 정적이 흐른다. 곧 지문처럼 독특하고 항상 똑같이 주먹으로 빠르게 쾅쾅 두드리는 소리와 익숙한 목소리가 들린다.

"클로, 나야. 들여보내 줘."

"열려 있어." 내가 앞을 똑바로 보면서 소리친다. 문이 끼익 열리고 경보기가 삐빅 두 번 울린다. 쿠퍼가 들어오는 묵직한 발소리가 들리고 문이 닫힌다. 오빠가 아일랜드 식탁으로 걸어와서 내 관자놀이에 입을 맞추지만 곧 뻣뻣해지는 자세가 느껴진다.

"걱정하지 마. 난 괜찮아." 약통을 바라보는 쿠퍼의 시선을 느끼고 내가 이렇게 말한다.

오빠가 숨을 내쉬고 내 옆자리 의자를 빼서 앉는다. 우리는 한동안 말이 없다. 자존심 싸움이다. 둘 다 상대방이 먼저 시작하기를 기다린다.

"있잖아, 지난 몇 주 동안 네가 힘들었던 거 알아. 나도 힘들었어." 쿠퍼가 먼저 굴복하고 카운터에 양손을 올린다.

나는 대답하지 않는다.

"어떻게 버티고 있어?"

나는 와인을 들고 입술로 유리잔 끄트머리를 문다. 잔을 그대로 들고서 내 숨이 잔을 약간 흐릿하게 만들었다가 사라지는 것을 지켜본다.

"내가 사람을 죽였어. 어떻게 버티고 있을 것 같아?" 결국 내가 말한다.

"어떤 느낌이었을지 상상도 안 된다."

내가 고개를 끄덕이고 와인을 한 모금 마신 다음 카운터에 잔을 내려놓는다. 그러고 나서 쿠퍼를 향해 고개를 돌린다.

"정말 나 혼자 마시게 놔둘 거야?"

쿠퍼가 나를 빤히 바라보고, 그의 시선이 뭔가를 찾듯이 내 얼굴을 살핀다. 익숙한 무언가를 찾고 있다. 하지만 결국 발견하지 못하자 쿠퍼가 다른 잔으로 손을 뻗어 한 모금 마신다. 그런 다음 크게 숨을 내쉬고 목을 쭉 뺀다.

"대니얼에 대해서는 유감이야. 네가 대니얼을 사랑했다는 거 알아. 하지만 난 항상 알고 있었어, 대니얼이 어딘가…." 오빠가 말을 멈추고 망설인다. "아무튼, 이제 끝났잖아. 네가 무사해서 다행이야."

나는 쿠퍼가 와인을 몇 모금 마실 때까지, 알코올이 그의 핏줄을 타고 흐르면서 근육의 긴장을 풀어 줄 때까지 말없이 기다렸다가 다시 오빠의 눈을 정면으로 마주 본다.

"타일러 프라이스에 대해서 말해 봐."

나는 아주 잠깐이지만 쿠퍼의 표정에 번지는 충격을 본다. 작게 축소한 지진 같은 떨림이 지나가자 오빠는 다시 정신을 추스르고 바위처럼 무표정한 얼굴을 한다.

"무슨 소리야? 뉴스에서 본 내용은 말해 줄 수 있는데."

"아니." 내가 고개를 젓는다. "아니, 난 그가 정말로 어떤 사람이었는지 알고 싶어. 아무튼 오빠는 그 사람을 알았잖아. 친구였잖아."

쿠퍼가 나를 빤히 보더니 다시 알약을 바라본다.

"클로이, 말도 안 되는 소리 하지 마. 그 사람 만난 적도 없어. 그래, 우리랑 같은 고향 출신이지만 아무도 모르는 사람이었어.

외톨이였다고."

"외톨이." 내가 손으로 스템을 비틀어 잔을 빙글빙글 돌리면서, 대리석 식탁에 쉭쉭 끌리는 소리를 내면서 따라 말한다. "그렇지. 그러면 그 사람이 리버사이드에는 어떻게 들어간 거야?"

나는 엄마를 찾아갔던 날을, 방문객 명단에서 봤던 에런의 이름을 떠올린다. 나는 모르는 사람을 엄마 방에 들여보냈다는 생각에 너무 화가 났다. 너무 화가 나서 상대방의 말을 제대로 듣지 않았다. 그 말의 의미가 와닿지 않았다.

클로이, 우리가 면회를 허락하는 사람은 전부 승인받은 사람들이에요.

"클로이, 이 망할 것 좀 그만 먹으라고 계속 말했잖아." 쿠퍼가 약병으로 손을 뻗으며 말한다. 그가 약병을 집어 들자, 얼마나 가벼운지 느껴진다. "세상에, 다 먹은 거야?"

"약이 문제가 아니야, 쿠퍼. 빌어먹을 약 따위 꺼지라고 해."

쿠퍼는 20년 전에 내가 텔레비전 화면에 비친 아빠를 빤히 보면서 이 사이로 침을 뱉듯이 거칠고 사납게 그 말을 내뱉었을 때처럼 나를 바라본다. 빌어먹을 겁쟁이.

"그 사람 알았잖아. 오빠는 모르는 사람이 없었잖아."

나는 십 대의 타일러를, 땅딸막하고 서툴고 거의 늘 혼자인 그를 상상해 본다. 가재 축제에서 오빠를 쫓아다니고, 집까지 따라와서 오빠의 방 창문 밖에서 기다리던 얼굴도 이름도 없는 형체. 뭐든지 시키는 대로 하면서. 어쨌든 오빠는 모두에게 친구였다. 오빠는 누구에게나 따뜻하고 안전하고 인정받는 느낌을 주었다.

나는 강가에서 타일러와 나눴던 대화를, 리나에 대해 나누었던 이야기를 떠올린다. 리나가 나에게 얼마나 잘해 줬는지, 나를 어떻게 보살펴 줬는지.

친구네요. 그가 고개를 끄덕이며 말했다. 자기도 안다는 듯이. 제 생각에는 최고의 친구 같은데요.

"오빠가 접근했겠지. 오빠가 먼저 다가갔어. 오빠가 그 사람을 여기로 데려왔어."

쿠퍼는 경첩이 느슨해진 장식장처럼 입을 벌리고 나를 빤히 바라본다. 씹지 않은 빵 덩어리처럼 그의 목구멍에 걸려 있는 말이 보여서 방금 내가 한 말이 맞았다는 사실을 안다. 쿠퍼는 항상 할 말이 있으니까. 오빠는 항상 할 말이 있다. 딱 맞는 말을 한다.

넌 내 귀여운 동생이야, 클로이. 너에게는 정말 좋은 일만 생겼으면 좋겠어.

"클로이, 도대체 무슨 소리를 하는 거야? 내가 왜 그런 짓을 해?" 쿠퍼가 눈을 크게 뜨고 속삭인다. 이제 보인다. 오빠의 목에서 두근두근 뛰는 맥박, 땀에 젖어 미끈거리는 손가락을 문지르는 모습.

나는 오늘 아침에 우리 집 거실에 있던 대니얼을, 그의 손가락에 얽혀 있던 목걸이를 떠올린다. 그가 다 털어놓기 시작했을 때 그 목소리에서 느껴지던 망설임, 이제부터 나를 안락사라도 시켜야 하는 것처럼 슬픈 눈빛. 정말 그래야 했기 때문이었던 것 같다. 잠시 후 나는 바로 거기서, 내 거실에서 인도적으로 도살 당할 참이었다. 최대한 조심스러운 말로 끔찍한 소식을 전해 들을 참이었다.

"당신이 아버지 얘기를 처음 했을 때 말이야. 브로브리지에서 일어난 모든 사건, 당신 아버지가 저지른 모든 사건을 난 이미 알고 있었어. 아니, 적어도 안다고 생각했지. 하지만 당신 이야기를 듣고 놀란 부분이 너무 많았어."

나는 그날 밤을, 만난 지 얼마 되지 않았던 그때를, 내 머리카락을 어루만지던 대니얼의 손가락을 떠올린다. 그에게 아빠에 대해서, 리나에 대해서, 축제 날 주머니에 손을 깊숙이 찔러 넣은 아빠가 리나를 바라보던 눈빛에 대해서 모두 털어놓는 나. 뒷마당으로 미끄러지듯 들어왔던 형체, 벽장 속의 보석함, 춤추는 발레리나, 머릿속에서 아직도 들리고 꿈속에도 나타나는 그 음악.

"이상했어. 나는 평생 당신 아버지가 누구인지 안다고 생각했거든. 순수한 악이라고, 어린 여자애들을 죽인다고 말이야." 나는 십 대 소년이었던 대니얼이 자기 방에서 그 기사를 손에 들고 상상하려 애쓰는 모습을 그려 보았다. 뉴스는 우리를 완전히 흑백으로 칠했다. 조력자 엄마, 뭐든지 잘하고 인기 많은 쿠퍼, 끊임없이 생각나게 만드는 어린 소녀 나, 그리고 악마 그 자체인 아빠. 일차원적이고 사악한 초상이었다. "하지만 당신이 아버지에 대해서 하는 이야기를 들으니까, 나도 모르겠지만 뭔가 맞지가 않았어."

왜냐하면 대니얼에게는, 대니얼에게만은 전부 나쁘지만은 않았다는 이야기를 할 수 있었으니까. 나는 좋았던 기억에 대해서도 말할 수 있었다. 썰매를 타본 적 없는 우리를 위해서 아빠가 계단에 수건을 깔고 빨래 바구니에 태워서 밀어 주었던 이야기를 할 수 있었다. 뉴스가 나왔을 때 아빠는 정말로 두려워하는 것 같았다. 텔레비전 화면에 새빨간 헤드라인이 떴고, 나는 부엌에서 민트색 담요를 비틀었다. 브로브리지에서 소녀 실종. 아빠는 나를 꽉 끌어안아 주었고, 포치 계단에서 나를 기다렸고, 밤이 되면 내 방 창문이 잠겨 있는지 확인했다.

"당신 아버지가 정말로 그 여자애들을 죽였다면 왜 당신을 보호하려고 했을까? 왜 걱정하셨을까?" 대니얼이 물었다.

나는 눈이 따끔거리기 시작했다. 나에게는 그 질문에 대한 답이 없었다. 그것은 내가 평생 스스로에게 던진 질문이었다. 내가 이해하려고 애써 왔던 기억, 세상에 드러난 아빠의 괴물 같은 모습과 너무나도 상충되는 아빠와의 추억들이었다. 손으로 직접 설거지를 하고, 내 자전거의 보조 바퀴를 떼어 주고, 하루는 자기 손톱에 매니큐어를 칠하게 해 주었다가 다음 날은 낚시하는 법을 가르쳐 주던 아빠. 내가 처음 물고기를 잡았을 때 울었던 기억이 난다. 아빠가 피를 멎게 하려고 아가미에 손가락을 넣자 물고기가 오므린 입술을 뻐끔거리고 헐떡거렸다. 원래 우리가 먹을 물고기였지만 내가 너무 놀랐기 때문에 아빠가 물고기를 놔주었다. 살려 주었다.

"당신 아버지가 체포되던 날 밤에 어땠는지 얘기해 줬잖아. 저항하지도 않고 도망치려 하지도 않았다고 말이야." 대니얼이 눈썹을 치켜올리고 더 가까이 몸을 숙이며 말했다. 내가 마침내 이해하기를 바라면서. 마침내 알아차리기를 바라면서. 자기 입으로 말할 필요가 없도록. 도살이 아니라 자살이 되도록. 그의 혀가 아니라 내 머리가 방아쇠를 당기도록. "그 대신 딱 두 마디만 속삭이셨다고 했잖아."

수갑을 차고 마지막 한순간을 위해서 힘을 내던 아빠. 나를, 그리고 쿠퍼를 보는 아빠의 눈빛. 아빠는 그 자리에 쿠퍼밖에 없다는 듯이 오빠만 뚫어져라 바라보았다. 그러자 배를 정통으로 맞은 것처럼 문득 떠올랐다. 아빠는 내가 아니라 오빠에게 말하고 있었다.

아빠는 쿠퍼에게 말하고, 쿠퍼에게 부탁하고, 쿠퍼에게 간청했다.

착하게 지내라.

"오빠가 브로브리지에서 그 애들을 죽였어. 오빠가 리나를 죽였어." 내가 오빠를 보며 말한다. 어떤 느낌인지 확인하려 애쓰며 혀끝으로 계속 굴리던 말.

쿠퍼는 말이 없다. 눈빛이 흐려지기 시작한다. 그가 와인을,

잔 바닥에 약간 남은 액체를 보고 입으로 가져가 마저 마신다.

"대니얼이 알아냈어." 내가 억지로 말을 잇는다. "이제야 이해가 가. 두 사람의 적대적인 태도. 대니얼이 아빠가 그 여자애들을 죽이지 않았다는 걸 알았으니까. 오빠가 죽였으니까. 대니얼은 그 사실을 알았어. 증명할 수 없었을 뿐이야."

나는 우리의 약혼 파티를, 대니얼이 내 허리를 감싸고 자기에게 더 가까이, 쿠퍼에게서 더 멀리 끌어당기던 것을 떠올린다. 나는 대니얼을 완전히 오해했다. 대니얼은 나를 통제하려는 것이 아니라 우리 오빠로부터, 진실로부터 나를 보호하려는 것이었다. 대니얼이 균형을 잃지 않으려고 얼마나 노력했는지, 너무 많은 사실을 드러내지 않으면서도 쿠퍼를 적당히 떼어 놓으려고 얼마나 애썼을지 상상이 안 된다.

"그리고 오빠도 알았어." 내가 말을 잇는다. "대니얼이 오빠를 쫓고 있다는 걸 알았지. 그래서 내가 대니얼에게 등을 돌리게 만들려고 했어."

쿠퍼는 우리 집 포치에서 그 말을, 그날 이후 암처럼 내 머리를 갉아먹었던 말을 했다. 넌 대니얼을 몰라, 클로이. 그리고 우리 벽장 깊이 숨겨져 있던 목걸이. 파티가 있었던 날 밤에 쿠퍼가 넣어 두었다. 쿠퍼는 제일 먼저 도착해서 가지고 있던 열쇠로 문을 열고 들어왔다. 그리고 가장 충격적일 만한 곳에 말없이 그것을 밀어 넣은 다음 밖으로 나가서 그림자 속에 숨었다. 어쨌든 나는 예전에도 그런 적이 있었다. 대학교 때 이선을 상대로 최악의 상황을 의심했다. 쿠퍼는 딱 맞는 기억을 파내서 내 마음속에 제대로 다시 심으면 잡초처럼 걷잡을 수 없이 자라리라는 사실을 알았다. 모든 것을 삼켜 버리리란 사실을 알았다.

나는 오브리와 레이스와 라일리를 납치해서 쿠퍼가 말해 준 방법대로 쿠퍼의 범죄를 재현한 타일러 프라이스를 생각한다. 다른 사람에게 설득당해서 살인까지 저지르려면 사람이 얼마나 망가져야 할까 생각한다. 망가진 여자들이 범죄자들에게 청혼 편지를 보내거나, 평범해 보이는 여자애들이 위협적인 남자의 손아귀에 걸려드는 것과 썩 다르지 않다. 다 똑같다. 누구라도 좋으니 친구를 찾아 헤매는 외로운 영혼이기 때문이다. 아무도 아니야. 그가 말했다, 그의 눈은 텅 빈 물잔처럼 축축하고 연약했다. 예전의 내가 목숨을 잃을까 봐 두려워하면서도 그 위험을 감수하고 몇 번이고 낯선 남자와 침대 위에서 얽혔던 것과 마찬가지다. 당신은 미치지 않았어요. 타일러가 내 머리카락 사이에 손을 넣고 말했었다. 위험은 그런 것이다. 위험은 모든 것을 증대시킨다. 심장박동, 감각, 촉각. 살아 있다는 느낌을 받고 싶다는 욕구 때문에 위험을 감수한다. 위험에 처하면 세상은 덧없는 안개 속으로 사라지고, 살아 있다는 느낌 외에는 아무것도 느낄수가 없다. 위험은 존재만으로도 당신이 여기에 살아 숨 쉬고 있다는 증명이 된다.

그리고 그 모든 것이 순식간에 사라질 수 있다.

이제는 나도 확실히 안다. 늘 그렇듯이 타일러를, 그 외롭고 어찌할 바 모르는 사람을 또다시 사로잡은 오빠. 억지로 시켜서 했어. 아무튼 오빠는 항상 왠지 특별했다. 쿠퍼에게는 특별한 무언가가 있다. 사람을 사로잡는 아우라, 뿌리칠 수 없는 매력. 자연스럽게 살며시 끌어당기는 자석처럼. 한동안은 점점 커지는 그 압력 속에서 몸부림치며 애써 저항할 수 있다. 하지만 결국에는 굴복하고 만다. 쿠퍼가 익숙하게 나를 끌어당겨 안으면 항상 분노가 녹아내리고 만다. 고등학교 때 항상 오빠를 둘러싸고 있던 아이들도 마찬가지다. 오빠가 더 이상 원하지 않아서, 더 이상 필요하지 않아서 손목을 한 번 까딱하면 전부 흩어졌다. 진짜 사람이 아니라 해충이라도 되는 것처럼. 일회용품처럼. 오로지 오빠의 즐거움을 위해서 존재하는 것처럼.

"오빠는 대니얼한테 누명을 씌우려고 했어. 대니얼이 오빠를 꿰뚫어 보았으니까. 오빠가 누군지 알았으니까. 그래서 오빠는 대니얼을 없애야 했어." 마침내 내가 말한다. 화재가 지나간 자리에 남은 잿더미처럼, 이 말이 내려앉아 모든 것을 재로 뒤덮는다.

쿠퍼가 나를 보면서 뺨 안쪽 살을 잘근잘근 씹는다. 그의 머릿속에서 핑핑 돌아가는 바퀴가 보인다. 그가 신중하게 열심히 계산하는 것이 다 보인다. 어디까지 말을 할지, 어디까지 말하지 않을지. 마침내 오빠가 입을 연다.

"무슨 말을 해야 할지 모르겠다, 클로이. 내 마음속에 어둠이 있어. 밤이면 튀어나오는 어둠이 말이야." 쿠퍼의 목소리는 시럽처럼 찐득하고 혀는 모래로 만든 것 같다.

나는 아빠의 입을 통해서 이 말을 들었었다. 발목에 사슬을 찬 아빠가 법정 책상 앞에 앉아서 이 말을 거의 자동적으로 반복했다. 눈물 한 방울이 흘러내려 공책에 떨어졌다.

"너무 강력해서 저항할 수가 없어."

방 안의 다른 모든 것들이 증발해 버린 것처럼, 주위에서 소용돌이치는 증기로 변해 버린 것처럼 화면에 코를 박고 있는 쿠퍼. 아빠를 보면서, 쿠퍼가 아빠한테 들켰을 때 늘어놓았을 그 말을 아빠가 되뇌는 것을 들으면서.

"방 한구석에서 거대한 그림자가 항상 맴도는 것 같아. 그게 나를 끌어당겨서 통째로 삼켜 버렸어."

나는 침을 꿀꺽 삼키고 내 뱃속에서 마지막 문장을 끄집어낸다. 아빠의 관에 마지막 못을 박은 그 문장. 아빠의 폐에서 공기를 짜내고 내 머릿속에서 아빠를 죽인 그 잔뜩 꾸며진 말. 나를 뼛속까지 화나게 만든 문장. 상상 속의 존재를 탓하는 아빠, 미안해서 우는 것이 아니라 붙잡혔기 때문에 우는 아빠. 하지만 이제 나는 안다. 사실은 그렇지 않다는 것을. 전혀 그렇지 않았다.

내가 입을 열고 그 말을 쏟아 낸다.

"가끔 나는 그게 악마 그 자체가 아닐까 생각해."

47

대답은 지금까지 손이 닿을락 말락 한 곳에서 춤을 추면서 항상 코앞에 있었던 것 같다. 허공으로 쳐든 병, 찢어진 반바지, 정수리부터 두 갈래로 땋은 머리, 살갗에 달라붙은 마리화나 재, 숨결에서 진하게 풍기는 마리화나 냄새… 리나처럼 빙글빙글 돌면서. 흠이 난 그 분홍색 발레리나처럼 섬세한 음악에 맞춰서 빙글빙글 돌면서. 하지만 내가 손을 뻗어서 만지려고, 잡으려고 했더니 손안에서 연기로 변해 버렸고, 손가락 사이에서 소용돌이치다가 아무것도 남기지 않고 사라졌다.

"액세서리. 오빠 거였지." 내가 쿠퍼의 실루엣을 보면서 말한다. 나이 들어가는 그의 얼굴이 십 대 오빠의 얼굴로 바뀐다. 그는 너무 어렸다. 겨우 열다섯 살이었다.

"아빠가 내 방에서 발견했어. 내 방, 바닥 널 밑에서."

내가 쿠퍼의 잡지를 발견하고서 아빠에게 일러바쳤던 바닥 널 아래 비밀 공간. 내가 고개를 숙인다.

"아빠가 상자를 가져가서 깨끗하게 닦은 다음 어떻게 할지 결정할 때까지 벽장 안에 숨겨 놨어. 하지만 결정할 기회가 없었지. 네가 먼저 찾아냈으니까."

내가 먼저 찾아냈다. 스카프를 찾다가 우연히 발견한 비밀. 나는 상자를 열고 한가운데에서 회색으로 죽어 버린 리나의 배꼽 링을 꺼냈다. 난 알았다. 리나의 것임을 알았다. 내가 그날 리나의 배에 얼굴을 대고 손으로 리나의 매끄럽고 따뜻한 살갗을 느끼면서 그것을 보았다.

누가 보고 있네.

"아빠는 리나를 보고 있었던 게 아니야. 그때 그 축제 날. 아빠는 오빠를 보고 있었어."

내가 아빠의 심란하고 두려워하는 표정을 떠올리며 말한다. 자신을 괴롭히는, 말할 수 없는 생각. 자기 아들이 다음 희생자를 재면서 습격할 준비를 하고 있다는 생각에 골몰한 아빠.

"타라 이후로 계속 그랬어. 아빠는 종종 그렇게 나를 지켜봤어. 알고 있는 것처럼." 쿠퍼가 말한다. 눈의 실핏줄이 분홍색으로 번득인다. 이럴 줄 알고 있었지만, 한번 입을 열자 말이 줄줄 나온다. 나는 오빠의 잔을, 바닥에 남은 와인을 내려다본다.

타라 킹. 그 일이 시작되기 1년 전에 가출한 소녀. 시어도어 게이츠가 엄마에게 언급했던 타라 킹. 패턴에서 벗어난, 수수께끼. 아무도 입증할 수 없었던 희생자.

"걔가 처음이었어. 나는 한동안 궁금했었지. 어떤 느낌일지."

어쩔 수 없이 내 시선이 구석으로, 버트 로즈가 서 있었던 곳으로 향한다.

어떤 느낌인지 생각해 봤니? 나는 밤중에 잠도 안 자고 생각해. 상상을 하면서.

"그러던 어느 날 밤, 거기 그 애가 있었어. 도로가에 혼자서."

영화를 보는 것처럼 너무나 생생하게 보인다. 텅 빈 곳을 향해 소리를 지르면서 다가오는 위험을 막으려고 애쓰는 소녀. 하지만 아무에게도 들리지 않는다, 아무도 귀 기울이지 않는다. 아빠 차에 탄 쿠퍼. 쿠퍼는 그때 막 운전을 배웠다. 분명 자유로웠을 거다. 숨통이 트였을 것이다. 오빠가 운전대 뒤에서 조용히 지켜보면서 시동을 켠 채 가만히 앉아 있는 모습이 그려진다. 생각을 하면서. 쿠퍼는 평생 사람들에게 둘러싸여 있었다. 학교에서, 체육관에서, 축제에서 그를 둘러싸고 절대 곁에서 떠나지 않는 사람들. 하지만 혼자였던 그 순간, 오빠는 기회를 보았다. 타라 킹. 그녀의 어깨에 묵직하게 걸린 여행 가방. 부엌 카운터에 남겨둔 쪽지. 그녀는 가출해서 떠났다. 그녀가 사라졌을 때 아무도 찾을 생각을 하지 않았다.

"너무 쉬워서 깜짝 놀랐던 기억이 나. 손으로 목을 잡았는데, 움직임이 그냥… 뚝 멈췄어." 그가 말을 멈추고 나를 본다. "정말로 다 알고 싶어?"

"내 오빠잖아. 어떻게 됐는지 말해 줘." 내가 손을 뻗어 쿠퍼의 손에 포개며 말한다. 지금 그의 살갗에 닿으니 토하고 싶다. 도망가고 싶다. 하지만 그 대신 나는 억지로 그 말을, 쿠퍼의 말을, 통할 것이 너무나 분명한 말을 한다.

"나는 잡히기만을 기다렸어." 마침내 그가 말한다. "경찰이든, 누구든 집으로 찾아오기를 계속 기다렸지만 아무도 안 왔어. 심지어 아무도 그 일에 대해서 얘기하지 않았지. 그때 난 깨달았어…. 아무 처벌도 받지 않고 빠져나갈 수 있다는 걸 말이야. 아무도 몰랐어, 딱 한 사람…."

쿠퍼가 말을 멈추더니 다음 말이 지금까지 했던 그 어떤 말보다 더 충격적이라는 사실을 안다는 듯이 침을 꿀걱 삼킨다.

"리나만 빼고. 리나가 알고 있었어." 마침내 쿠퍼가 말한다.

리나. 항상 혼자서 밤늦게까지 돌아다니는 아이. 잠긴 방에서 몰래 빠져나와서 밤이 깊도록 방황하는 리나. 아무것도 모른 채 도로가를 걸어가는 타라의 뒤에서 아빠 차를 타고 천천히 다가가는 쿠퍼를 보았다. 리나가 쿠퍼를 봤다. 리나는 쿠퍼에게 반한 것이 아니었다. 리나는 쿠퍼를 압박하며 시험했다. 이 세상에서 쿠퍼의 비밀을 아는 사람은 리나밖에 없었고, 리나는 그 힘에 취해서 늘 그렇듯 불장난을 하며 점점 가까이 다가가다가 불이 붙어 버렸다. 가끔 네 차에 나도 좀 태워 줘. 어깨 너머로 이렇게 외쳤었다. 뻣뻣하게 굳은 쿠퍼의 등, 주머니에 푹 찔러 넣는 손. 리나처럼 되고 싶은 건 아니잖아. 나는 풀밭에 누워 있는 리나를, 개미가 그녀의 뺨을 타고 올라가는 것을 상상한다. 차분하고 꼼짝도 하지 않는 리나를. 쿠퍼의 방에 몰래 들어갈 때, 쿠퍼한테 들켰을 때 입술을 뒤틀며 짓던 미소. 허리에 손을 얹고 다 안다는 듯이, 이렇게 말하는 듯이 짓던 그 미소. 내가 널 어떻게 할 수 있는지 봐.

리나는 무적이었다. 우리 모두, 심지어는 리나 자신도 그렇게 생각했다.

"리나는 골칫덩이였어. 오빠는 리나를 없애야 했지." 목구멍을 타고 올라오는 눈물을 삼키려고 무진 애를 쓰며 내가 말한다.

"그러고 나니까 그만둘 이유가 없었어." 오빠가 어깨를 으쓱하며 말한다.

오빠가 갈구한 것은 살인이 아니었다. 이제 알겠다. 카운터 위로 몸을 숙인 오빠를 보니 그 주위에서 수십 년 동안의 기억이 소용돌이친다. 중요한 건 통제였다. 왠지 나도 이해가 간다. 가족이기 때문에 이해할 수 있다. 나의 온갖 두려움을, 내가 끊임없이 상상하는, 통제 불가능한 순간을 떠올린다. 내 목을 감싸고 세게 조이는 두 손. 쿠퍼가 좋아하는 것은 바로 내가 잃을까 봐 두려워하는 그 통제력을 빼앗는 것이었다. 소녀들이 곤경에 처했음을 깨닫는 순간 그가 느꼈던 통제력, 그 아이들의 눈빛, 간청하는 목소리의 떨림이 좋았던 것이다. 제발, 뭐든지 할게. 자신이, 오로지 자신만이 삶과 죽음을 결정한다는 자각. 정말이지 쿠퍼는 항상 그런 식이었다. 버트 로즈의 가슴을 밀치면서 도전하는 쿠퍼. 레슬링 매트 위에서 빙글빙글 돌 때 더 약한 라이벌의 주위를 맴도는 호랑이처럼 발톱을 박아 넣을 태세를 갖추고 움찔거리는 손가락. 쿠퍼는 상대 선수의 목을 잡았을 때 바로 그런 생각을 했던 게 아닐까. 조르고, 비트는 생각. 부러뜨리는 생각. 그의 손가락 밑에서 급소가 박동하고 있었으니 얼마나 쉬웠을까. 그리고 상대 선수의 목을 놓아줄 때는 신이 된 기분이었을 것이다. 그들에게 하루를 더 허락하는 신.

타라, 로빈, 수전, 마거릿, 캐리, 질. 쿠퍼에게는 그것이, 선택하는 것이 짜릿함의 일부였다. 아이스크림 맛을 고를 때처럼 손가락을 펴고 유리 케이스 안에 뭐가 들었는지 열심히 본 다음 결정을 내리고, 가리키고, 가져가는 것. 그러나 리나는 늘 다르게, 특별하게 느껴졌다. 리나는 그 이상인 것 같았는데, 실제로 그랬기 때문이다. 리나는 아무렇게나 고른 대상이 아니었다. 필요해서 선택했다. 리나는 알았고, 그래서 죽어야 했다.

아빠도 알았다. 그러나 쿠퍼는 다른 방법으로 그 문제를 해결했다. 자신의 말로 문제를 해결했다. 젖은 눈으로 애원하면서. 구석에 도사린 그림자가 있다고, 저항하려고 얼마나 애를 썼는지 모른다고 이야기하면서. 쿠퍼는 항상 딱 맞는 말을 찾아서 자신에게 유리하게, 사람들을 통제하고 사람들에게 영향을 끼치는 데 이용했다. 그 방법은 잘 통했다. 항상 통했다. 아빠에게도 통했고, 그래서 쿠퍼는 아빠를 이용해 자유롭게 풀려났다. 리나에게도 통했다. 쿠퍼는 리나가 스스로 무적이라고, 쿠퍼가 자신을 해치지 않을 거라고 믿게 만들었다. 그리고 나에게도, 나에게는 특히 잘 통했다. 쿠퍼는 내 팔다리에 매달린 줄을 당겨서 자기 마음대로 춤을 추게 만들었다. 딱 맞는 때에 딱 맞는 정보를 제공하면서. 쿠퍼는 내 인생의 저자였다. 늘 그랬다. 자신이 원하는 대로 내가 생각하게 만들었고, 내 마음속에 거짓말의 거미줄을 쳤다. 교묘한 덩굴손으로 곤충들을 끌어당겨서 목숨을 걸고 싸우는 모습을 지켜보다가 통째로 잡아먹는 거미였다.

"아빠한테 들켰을 때 오빠는 신고하지 말라고 아빠를 설득했어."

"너라면 어떻게 할래? 알고 보니 아들이 괴물이었다면 말이야. 그러면 더 이상 사랑하지 않을 거야?" 쿠퍼가 한숨을 쉬고 나를 본다. 피부가 축 늘어졌다.

나는 엄마를 생각한다. 경찰서에 가서 신고한 다음 아빠에게 돌아가는 엄마. 엄마가 머릿속으로 만들어 낸 합리화. 그는 우리를 해치지 않아. 그러지 않을 거야. 자기 가족은 해치지 않을 거야. 대니얼을 보면서, 잔뜩 쌓인 증거를 보면서도 믿고 싶지 않았던 나. 어딘가에 좋은 점이 분명히 있을 거라고 생각하고 바라면서. 그리고 물론 아빠도 그렇게 생각했을 것이다. 결국 내가 아빠를 신고했고, 경찰이 잡으러 왔을 때 아빠는 저항하지 않았다. 그 대신 아빠는 아들을, 쿠퍼를 보고 약속을 받아냈다.

나는 시계를 흘긋 본다. 7시 반. 쿠퍼가 도착하고 30분이 지났다. 지금이 바로 그 순간이다. 내가 쿠퍼를 여기로 부른 다음 계속 생각했던 순간. 가능한 모든 시나리오를 검토하고, 모든 결과를 고려했다. 마치 반죽을 할 때처럼 뒤집고 또 뒤집으며 생각했다.

"알지, 난 경찰에 신고해야 돼. 쿠퍼, 나는 신고를 해야 돼. 오빠는 사람을 죽였어."

오빠가 나를 본다. 무거운 눈꺼풀이다.

"그럴 필요 없어. 타일러는 죽었어. 대니얼은 증거가 없고. 과거는 과거로 놔두면 돼, 클로이. 과거는 그 자리에 머물러 있으면 돼."

나는 가만히 생각해 본다. 그것은 내가 검토해 보지 않은 유일한 시나리오다. 내가 자리에서 일어나 문을 여는 것을 상상해 본다. 쿠퍼가 밖으로 나가서 내 인생에서 영영 사라지도록 놔준다면. 쿠퍼가 지난 20년 동안 그래 왔던 것처럼 처벌받지 않고 달아나게 해 준다면. 쿠퍼가 바깥에서 돌아다니고 있다는 사실을 아는 것이 나에게 어떤 영향을 끼칠까 생각해 본다. 빤히 보이는 곳에 숨어서 우리들 사이에서 걸어 다니는 괴물. 누군가의 직장 동료, 이웃, 친구. 그러자 손가락을 뻗어서 정전기를 건드린 것처럼 충격이 척추를 타고 흐른다. 텔레비전 화면에 딱 달라붙어 있던 엄마가, 아빠의 재판을 빠짐없이 보고 한 마디도 놓치지 않던 엄마가 보인다. 아빠의 변호사가 찾아와서 형량 협상을 거론하기 전까지는 그랬다.

제가 애써 볼 다른 단서가 없다면 말입니다. 저한테 말하지 않은 게 있다면 뭐든지 좋아요.

알고 있었던 것이다. 엄마도 알고 있었다. 우리가 경찰서에 상자를 제출하고 집으로 돌아온 뒤에, 내가 위층으로 올라갔을 때 아빠가 엄마를 불러 세워서 사실대로 말한 것이 틀림없다. 하지만 때는 이미 늦었다. 바퀴가 굴러가기 시작했다. 경찰이 아빠를 잡으러 오는 중이었고, 그래서 엄마는 뒤로 물러나 앉아 아빠가 잡혀가도록 내버려두었다. 살해 도구도 시체도 없으므로 그것으로는 충분하지 않을지도 모른다는 희망을 가지고. 아빠가 풀려날지도 모른다는 희망을 안고. 쿠퍼와 내가 계단에 앉아서 귀를 기울이던 기억이 난다. 타라 킹의 이름이 나오자 쿠퍼의 손가락이 내 팔에 파고들어 포도 무늬의 멍을 남겼다. 나는 미처 몰랐지만 엄마가 거짓말을 하기로 선택한 순간을 목격했던 것이다. 비밀을 안고 살기로 결심한 순간을.

아뇨, 없어요. 당신이 모르는 건 없어요.

그때부터 엄마는 변했다. 그 느릿한 변화는 전부 쿠퍼 때문이었다. 엄마는 자기 아들과 한 지붕 밑에서 살면서 아들이 죄를 짓고도 빠져나가는 것을 지켜보았다. 엄마의 눈에서 빛이 꺼졌다. 엄마는 방에 틀어박힌 채 거실로 나오지 않았다. 스스로를 가두었다. 엄마는 아들이 어떤 사람인지, 아들이 무슨 짓을 저질렀는지 감당할 수 없었다. 남편은 감옥에 있고, 창문으로 돌멩이가 날아들어 오고, 버트 로즈가 마당까지 찾아와 팔을 휘두르며 손톱으로 자기 살을 찢고. 내 손목을 건드리던 엄마의 손가락이,

내가 스크래블 타일을 가리킬 때 담요를 두드리던 그 손가락이 느껴진다. 디D, 그리고 에이A. 엄마가 무슨 말을 하려 했는지 이제야 알겠다. 엄마는 내가 아빠에게 가기를 원했던 것이다. 아빠를 찾아가서 진실을 듣기를 말이다. 내가 실종된 여자애들에 대해서 하는 말을, 비슷한 점과 데자뷔에 대해서 하는 말을 듣고 알아차렸던 것이다. 엄마는 과거를 벽장 깊이 밀어 넣고 잊으려고 해도, 그게 그곳에 머물지 않는다는 사실을 누구보다도 잘 알았다.

나는 브로브리지에 절대 돌아가고 싶지 않았다. 그 집 복도를 두 번 다시 걷고 싶지 않았다. 내가 지금까지 그 작은 마을에 묶어 두려고 애썼던 기억을 두 번 다시 떠올리고 싶지 않았다. 그러나 이제 나는 안다. 기억은 가만히 머무르지 않는다. 나의 과거는 평생 나를 쫓아다녔다. 결코 쉬지 않는 유령처럼, 그리고 그 여자애들처럼.

"그럴 순 없어. 그럴 수 없다는 거 알잖아." 나는 쿠퍼를 보며, 고개를 저으며 말한다.

쿠퍼가 천천히 주먹을 쥐며 나를 마주 본다.

"이러지 마, 클로이. 꼭 이럴 필요는 없어."

"그래야 해." 이렇게 말하고 나는 바 의자를 뒤로 민다. 하지만 내가 일어서자 쿠퍼가 손을 뻗어 내 손목을 잡는다. 나는 아래를, 내 손을 세게 잡느라 새하얘진 쿠퍼의 손가락 관절을 내려다본다. 이제 알겠다. 쿠퍼가 그렇게 했으리라는 것을 드디어 알겠다. 쿠퍼는 나도 죽였을 것이다. 바로 여기서, 내 부엌 카운터에 앉아서. 그는 양손을 뻗어 내 목을 움켜잡았을 것이다. 목을 조르며 내 눈을 들여다보았을 것이다. 나는 오빠가 나를 사랑한다는 사실에 한 점의 의심도 없지만 결국 나는 리나와 마찬가지로 골칫덩이다. 해결해야 할 문제다.

"오빠는 날 해치지 못해." 내가 쿠퍼의 손을 뿌리치며 내뱉는다. 나는 의자를 뒤로 밀고 일어서서 나에게 달려들려는 쿠퍼를 바라본다. 하지만 그는 달려드는 대신 비틀거린다. 갑자기 자신의 무게에 짓눌려 무릎이 휘청거린다. 나는 쿠퍼가 의자에 걸려 넘어지는 것을, 바닥으로 무너져 내리는 모습을 본다. 쿠퍼가 당황스럽다는 듯이 나를 보고 카운터를 올려다본다. 자신이 비운 와인 잔을, 텅 빈 주황색 약병을.

"설마 네가…."

쿠퍼가 말을 시작하지만 그 노력이 너무 힘겨워서 다시 멈춘다. 나는 지금의 쿠퍼와 똑같은 느낌이 들었던 때를 떠올린다. 모텔에서의 그날 밤이었다. 타일러가 청바지를 입고 욕실로 들어갔을 때. 그가 나에게 주면서 마시라고 했던 그 물. 나중에 바로 그 청바지 주머니에서 약이 발견되었다. 내가 쿠퍼의 와인에 약을 섞고 그의 눈이 이토록 빨리 흐릿해지는 것을 지켜본 것처럼, 타일러가 그 물에 약을 섞었던 것이다. 다음 날 아침에 나는 노랗고 시큼한 액체를 격렬하게 토해냈다.

나는 굳이 대답하지 않는다. 그 대신 천장을, 구석에서 평온하게 깜빡이는 핀 구멍처럼 작은 카메라를 올려다본다. 모든 것을 녹화하는 카메라. 내가 손을 들어서 그들에게 들어오라고 손짓한다. 토머스 형사가 대니얼과 함께 자기 차에 앉아서 무릎에 전화기를 올려놓고 기다리고 있다. 전부 보고, 전부 들으면서.

나는 다시, 마지막으로 오빠를 내려다본다. 우리가 단둘이 있는 것은 지금이 정말 마지막일 것이다. 추억을 떠올리지 않기가 힘들다. 집 뒤쪽 숲에서 달리기를 하다가 뱀 화석처럼 땅에서 튀어나온 구불구불한 뿌리에 걸려서 넘어졌던 일. 쿠퍼가 까진 무릎의 피를 닦아 주고 따가운 살갗에 거즈를 대고 눌러 주었던 것. 숨겨진 동굴에, 우리의 비밀 장소 깊숙이 기어들어갈 때는 쿠퍼가 내 발목에 밧줄을 묶어 주었던 것. 문득, 나는 소녀들이 거기 있음을 깨닫는다. 빤히 보이는 곳에 숨겨진 실종된 소녀들. 우리만 아는 어둠 속 깊이 밀어 넣어진 소녀들.

나는 삽을 들고 숲에서 나오던 까만 형체를 그려 본다. 쿠퍼는 항상 열다섯 살치고는 키가 컸고 레슬링을 해서 근육질이었다. 낮게 숙인 고개와 얼굴을 가리는 어둠. 그림자가 그를 삼켰고, 결국 그는 사라졌다.

2019년
7월

A FLICKER
IN THE
DARK

48

열린 창문으로 시원한 바람이 불어 들어오자 머리카락이 흩날리면서 뺨을 스친다. 저무는 태양의 번득이는 빛이 피부에 닿자 따뜻하게 느껴지지만 그래도 오늘은 드물게 상쾌한 날이다. 7월 26일, 금요일.

내 결혼식 날.

나는 무릎에 놓인 종잇조각을 내려다본다. 이렇게 저렇게 꺾어 어떤 주소지까지 가는 방법이 적혀 있다. 나는 앞 유리창 너머로 길게 뻗은 도로와, 나무에 구리 숫자 네 개를 망치로 박아 놓은 우편함을 흘깃 본다. 길을 꺾자 타이어가 먼지를 일으키고, 나는 마침내 작은 집 앞에 차를 세운다. 초록색 덧창이 달린 빨간 벽돌집. 미시시피주 해티스버그.

나는 차에서 내려 문을 닫는다. 그런 다음 진입로를 걸어가서 계단을 올라 손을 뻗고 두꺼운 소나무 문을 두 번 두드린다. 연두색으로 칠한 문 한가운데에 짚을 엮어서 만든 리스가 걸려 있다. 안에서 발소리와 부드럽게 중얼거리는 목소리들이 들려온다. 문이 열리고 어떤 여자가 내 앞에 선다. 그녀는 수수한 청바지에 흰색 탱크탑을 입고 슬리퍼를 신고 있다. 얼굴에는 자연스러운 미소를 띠고 맨 어깨에 행주를 걸쳤다.

"무슨 일이시죠?"

그녀는 내가 누구인지 몰라서 잠시 빤히 보지만 곧 그녀의 눈에 알겠다는 빛이 비친다. 내 얼굴을 알아보는 순간 그녀의 예의 바른 미소가 점차 사라진다. 나는 대니얼에게서 너무나 자주 맡았던 익숙한 냄새를 들이마신다. 인동꽃과 녹인 설탕을 섞은 것처럼 지나치게 달콤한 냄새. 학교 사진 속에 있던 작은 소녀의 모습이 보인다. 소피 브릭스. 곱슬곱슬한 금발은 젤을 발라서 둥근 컬로 말았고, 콧잔등에 주근깨가 별자리처럼 흩어져 있다. 누가 주근깨를 한 자밤 집어서 소금을 뿌리듯 뿌려 놓은 것 같다.

"안녕하세요." 갑자기 멋쩍어진 내가 말한다. 나는 포치에 서서 꾸물거리며 리나에게 어른이 될 기회가 있었다면 어떤 모습이 되었을까 생각한다. 나는 소피가 그랬던 것처럼 리나 역시 어딘가로 피신해서 자신만의 세상에서 안전하게 살고 있다고 생각하는 것을 좋아한다.

"대니얼은 안에 있어요. 혹시 만나고 싶으시면…." 그녀가 몸을 틀어 문을 가리킨다.

"아니에요." 내가 뺨을 붉히며 고개를 젓는다. 쿠퍼가 체포된 후 대니얼은 우리 집에서 나갔는데, 왠지 모르겠지만 나는 그가 여기에 왔으리라는 생각을 못했다. "아뇨, 괜찮아요. 사실 전 당신을 만나러 왔어요."

내가 약혼반지를 쥐고 있던 손을 내밀어서 펼친다. 타일러 프라이스의 자동차 바닥에서 발견된 반지를 지난주에 경찰로부터 돌려받았다. 그녀는 아무 말 없이 손을 내밀어 반지를 집고 이리저리 돌려 본다.

"당신 거잖아요. 당신 가족 거요." 내가 말한다.

소피가 중지에 반지를 끼더니 손을 쫙 펴고 원래 자리에 돌아온 반지를 황홀하게 바라본다. 그녀의 뒤쪽 복도를 보니 입구 탁자에 사진이 놓여 있고 계단 밑에 아무렇게나 벗어둔 신발이 있다. 난간 손잡이에 걸려 있는 야구 모자. 나는 집 안에서 억지로 시선을 돌려 마당을 둘러본다. 이 집은 작지만 고아하고, 확실히 사람 사는 느낌이 난다. 나뭇가지에 밧줄 두 개로 나무 그네를 매달아 두었고 롤러블레이드 한 켤레가 차고에 기대어져 있다. 갑자기 안에서 목소리가 들린다. 남자 목소리, 대니얼의 목소리다.

"소프, 누구야?"

"전 가볼게요." 나는 너무 어슬렁거린 것 같아서 이렇게 말하고 돌아선다. 모르는 사람의 욕실 캐비닛 안을 몰래 뒤지면서 어떻게 살고 있는지 끼워 맞춰 보려고 애쓰는 사람이 된 기분이다.

소피 브릭스가 그 쓰러져 가는 낡은 집에서 나와 뒤도 돌아보지 않고 걸어가기 시작한 순간부터 지난 20년 동안 어떻게 살았는지 엿보려고 애쓰면서. 겨우 열세 살짜리 아이였는데 얼마나 힘들었을까. 친구 집에서 나와 그 어두컴한 길을 걸어간다. 전조등을 끈 자동차가 다가와서 뒤에 선다. 오빠 대니얼이 천천히 차를 몰아 옆옆 마을의 버스 정류장에 내려 준다. 그리고 돈이 든 봉투를 동생의 손에 쥐여 준다. 바로 이 순간을 위해서 그가 모아둔 돈을.

내가 만나러 갈게. 그는 약속했다. 졸업하고 나서. 졸업하면 나도 여길 떠날 수 있어.

그의 어머니, 휴지처럼 얇은 살갖을 긁는 그 더러운 손톱, 내 눈을 들여다보던 촉촉한 눈. 고등학교 졸업식 바로 다음 날 집을 나갔고, 그 이후로 소식을 못 들었어.

나는 둘이서 함께 보낸 그 세월이 어땠을까 생각한다. 대니얼은 학위를 따려고 인터넷으로 수업을 듣는다. 소피는 자기가 할 수 있는 방법으로 웨이트리스로 일하면서, 또 식료품을 봉투에 담으면서 돈을 번다. 그러던 어느 날, 두 사람은 서로를 마주 보고 둘 다 자랐음을 깨달았다. 세월이 흘렀음을, 위험이 사라졌음을. 두 사람에게 진짜 인생을 살 권리가 있음을. 그래서 대니얼은 소피를 떠나 배턴루지로 갔지만 항상 돌아가는 길을 찾을 수 있었다.

내가 계단 맨 윗단에 발을 내디딜 때 소피가 다시 입을 연다.

그녀의 목소리에서 자기주장이 강하고 단호한 대니얼의 목소리가 들린다.

"제 생각이었어요. 이 반지를 당신에게 주는 것은요." 내가 몸을 틀어서 그녀를 본다. 그녀는 가슴 앞으로 팔짱을 끼고 아직 그 자리에 서 있다. "대니얼은 늘 당신 이야기를 했어요. 지금도 마찬가지고요. 청혼할 생각이라는 말을 들었을 때, 어떤 면에서는 우리가 연결되어 있다고 생각했나 봐요. 이 반지를 낀 당신을 상상했어요. 언젠가 우리가 서로 알게 될 것처럼 말이에요." 그녀가 씩 웃는다.

나는 대니얼을, 그의 침실 책장의 책 사이에 끼워져 있던 신문 기사들을 생각한다. 대니얼은 쿠퍼의 범죄에서 영감을 받아 소피를 빼냈다. 소피를 사라지게 만들었다. 내 오빠 때문에 너무나 많은 사람이 죽었다. 나는 그 사실 때문에 아직도 밤에 잠을 못 이룬다. 그 사람들의 얼굴이 내 머릿속에 불로 새겨져 있다. 리나의 손바닥에 남은 라이터로 그을린 자국처럼 말이다. 크고 까만 자국.

너무나 많은 생명이 사라졌다. 소피 브릭스만 빼고. 소피는 목숨을 건졌다.

"그랬다니 기뻐요. 이젠 정말로 알게 됐네요." 내가 미소를 짓는다.

"당신 아버지가 출소하신다고 들었어요." 내가 가지 않기를 바라는 것처럼 소피가 한 걸음 다가온다. 나는 어떻게 대답해야 할지 몰라서 고개를 끄덕인다.

대니얼이 앵골라에 가서 아버지를 만났을 거란 내 예상은 맞았다. 나에게는 출장을 간다고 말하고 아버지를 만나러 갔다. 대니얼은 쿠퍼에 대한 진실을 알아내려고 했다. 살인이 다시 시작되었다고, 증거로 오브리의 목걸이를 보여 주며 여자애들이 사라지고 있다고 말했을 때 아빠는 전부 다 털어놓겠다고 했다. 하지만 이미 살인을 인정하고 형량 협상까지 한 이상 단순히 마음을 바꾼다고 될 일이 아니었다. 그 이상이, 진범의 자백이 필요했다. 거기서 내가 등장했다.

어쨌거나 아빠가 감옥에 간 것은 내가 한 말 때문이었으므로 20년 뒤에는 내가 쿠퍼와 나눈 대화를 이용해서 아빠를 풀어 주는 게 맞을 것 같았다.

나는 지난주에 아빠가 뉴스에 나와서 사과하는 모습을 보았다. 거짓말을 한 것과 아들을 보호하려 한 것에 대해서 사과했다. 그 때문에 추가로 빼앗긴 생명에 대해서도 사과했다. 나는 아직 아빠를 차마 직접 볼 수는 없었지만 예전처럼 TV 화면을 통해서 아빠의 얼굴을 빤히 보았다. 하지만 이번에는 TV를 보면서 내 머릿속에 남아 있는 아빠의 얼굴과 새로운 아빠의 얼굴을 조화시키려 노력하고 있었다. 원래는 테가 두꺼운 안경을 썼지만 이제 단순하고 가느다란 금속테 안경으로 바뀌었다. 순찰차에 머리를 부딪쳐서 원래 안경이 깨지면서 뺨에 피가 한 줄기 흘러내렸고, 그때 코에 흉터가 생겼다. 머리카락은 짧아졌고 얼굴은 흉터가 생길 때까지 사포로 문지르거나 콘크리트에 문댄 것처럼 거칠어졌다. 나는 아빠의 팔에 난, 아마도 화상일 흉터를 보았다. 팽팽해진 피부가 반들거렸고 담뱃불처럼 동그란 모양이 었다.

하지만 이 모든 변화에도 불구하고 바로 그 사람이었다. 나의 아버지였다. 살아 숨 쉬는 아빠였다.

"이제 어떻게 할 거예요?" 소피가 묻는다.

"잘 모르겠어요." 내가 말한다. 사실이다. 나는 모르겠다. 어떤 날에는 아직도 너무나 화가 난다. 아빠가 거짓말을 했다. 아빠가 쿠퍼의 죄를 뒤집어썼다. 아빠는 보석함을 발견하고 그것을 숨 겼다. 비밀로 간직했다. 쿠퍼의 생명과 자신의 자유를 맞바꾸었 다. 그리고 그 때문에 두 명의 소녀가 더 죽었다. 하지만 또 어떤 날에는 이해가 갔다. 나는 이해했다. 부모는 그런 존재이기 때문 이다. 부모는 어떤 대가를 치르더라도 아이들을 보호한다. 나는 카메라를 뚫어지게 바라보던 그 엄마들을, 그 옆에 웅덩이처럼 녹아내린 아빠들을 떠올린다. 그들의 아이가 어둠에 잡혀갔다. 하지만 당신의 아이가 바로 그 어둠이라면? 그래도 보호하고 싶 지 않을까? 결국은 통제의 문제다. 죽음을 막을 수 있다는 환상, 우리의 손에 가두어 꽉 잡고 절대 놓치지 않을 수 있다는 환상. 쿠퍼에게 기회를 한 번 더 주면 변할 수 있다는 환상. 우리 오빠 앞에서 얼쩡거리며 약을 올리고 불에 살갗을 살짝 태우다가도 언제든지 물러설 수 있다는 리나의 환상. 상처 하나 없이 빠져나갈 수 있다는 환상.

하지만 그것은 우리가 스스로에게 하는 거짓말일 뿐이다. 쿠퍼는 전혀 변하지 않았다. 리나는 불꽃으로부터 도망치지 못했다. 대니얼도 노력했다. 자기 안에 내재된 분노를 다스리려 애썼다. 그가 가장 약한 순간 슬쩍 나오려고 하는, 자기 아버지와 같은 면을 필사적으로 억눌렀다. 나 역시 유죄다. 한밤중의 속삭임처럼 나를 부르는, 책상 서랍 가득한 작은 약병들.

나는 우리 집 부엌에서 쿠퍼의 주위를 맴돌면서 힘이 빠진 그의 몸을 내려다보았을 때 남을 통제한다는 것이 어떤 느낌인지 진정으로 맛보았다. 통제력을 갖는 것뿐만 아니라 다른 사람의 통제력을 빼앗는 느낌. 통제력을 낚아채서 내 것이라고 주장하는 것. 어둠 속의 번득임처럼 아주 짧은 순간이었지만 기분이 좋았다.

소피에게 미소를 짓고 다시 돌아서서 마지막 몇 계단을 내려가자 마침내 신발이 보도에 닿는다. 나는 주머니에 손을 넣고 내 차로 돌아가서 지평선을 분홍색과 노란색과 주황색으로 물들이는 황혼을 바라본다. 늘 그렇듯이 어둠이 다시 자리 잡기 전, 색채가 마지막으로 보이는 순간이다. 바로 그때 나는 알아차린다. 주변 공기에 익숙한 전하가 흐르면서 웅웅거린다. 나는 걸음을 멈추고 가만히 서서 지켜본다. 기다린다. 그런 다음 양손을 컵처럼 모아서 허공을 움켜쥐고 손을 꽉 다물자 손바닥에서 미세한 파닥거림이 느껴진다. 나는 맞물린 손가락 사이를, 내가 손바닥에 가둔 것을 내려다본다. 말 그대로 내 손에 달린 그 생명을. 그런 다음 손을 얼굴로 가져와서 손가락 사이 작은 구멍으로 들여다본다.

반딧불이 한 마리가 생명으로 박동하며 밝은 빛을 낸다. 나는 꽉 쥔 손가락에 이마를 대고 반딧불이를 잠시 바라본다. 내 손아귀 안에서 빛을 내고 깜빡이는 반딧불이를 보면서 리나를 생각한다.

그런 다음 손을 벌려 그녀를 놓아준다.

깜빡이는 소녀들

초판 1쇄 인쇄 2023년 11월 23일
초판 1쇄 발행 2023년 12월 1일

지은이 스테이시 윌링햄
옮긴이 허진
펴낸이 최동혁

영업본부장 최후신
책임편집 한윤지
기획편집 장보금 이현진
디자인팀 유지혜 김진희
마케팅팀 김영훈 김유현 양우희 심우정
영상제작 김예진 박정호
물류제작 김두홍
재무회계 권은미
인사경영 조현희 양희조
디자인 엄혜리

펴낸곳 ㈜세계사컨텐츠그룹
주소 06071 서울시 강남구 도산대로 542 8,9층(청담동, 542빌딩)
이메일 plan@segyesa.co.kr
홈페이지 www.segyesa.co.kr
출판등록 1988년 12월 7일(제406-2004-003호)
인쇄·제본 예림

ISBN 978-89-338-7234-5 03840

앞으로 채워질 당신의 책꽂이가 궁금합니다.

마흔 살의 세계사는 더욱 섬세해진 통찰력으로
당신의 삶을 빛내줄 귀한 책을 소개하겠습니다.